珍珠鸟

冯骥才 ◎ 著

作家出版社

目录

情怀

人物

绘画

思想

序言

情怀

灵感忽至

　　凌晨时分被一种莫名的不安扰醒，这不安可不是什么焦虑与担心，而是有种兴致在暗暗鼓动，缘何有此兴奋我并不知道。随后想到今天是元月元日。这一日像时间的领头羊，带着一大群时光充裕的日子找我来了。

　　妻子还在睡觉，房间光线不明。我披衣走到书房。平日随手堆满了书房的纸页和图书在迷离的晨色里充满了温暖和诗意。这里是我安顿灵魂的地方。我的巢不是用树枝搭起来而是用写满了字的纸和书码起来的。我从中抽出一页素纸，要为今天写些什么。待拿起笔，坐了良久，心中却一片茫然。一时人像浮在无际无涯的半空中，飘飘忽忽，空空荡荡。我便放下笔，知道此时我虽有情绪，却无灵感。

　　写作是靠灵感启动的。那么灵感是什么？它在哪里？它怎么到来？不知道。似乎它想来就来，不请自来，但有时求也不来，甚至很久也不露一面，好似远在天外，冷漠又悭吝。没有灵感的艺术家心如荒漠，几近呆滞。我起身打开音乐。我从不在没有心灵欲望时还赖在桌前。如果毫无灵感地坐在这里，会渐渐感觉自己江郎才尽，那就太可怕了。

　　音响里散放出的歌是前几年从俄罗斯带回来的，一位当下正红的女歌手的作品集。俄罗斯最时尚的歌曲的骨子里也还是他们固有的气质，浑厚而忧伤。忧伤的音乐最容易进入心底，撩动起过往的岁月积存在那里的抹不去的情感。很快，我就陷入这种情绪里。这时，忽见画案那边有一块金黄色的光。它很小，静谧，神秘。它是初升的太阳照在对面大楼的玻璃幕墙反射下来的，落在画案那边什么地方。此刻书房内的夜色还未褪尽，在灰蒙蒙、晦暗的氤氲里，这块光像一扇远远亮着灯的小窗。也许受到那忧伤歌声的感染，这块光使我想起四十年间蛰居市廛中的那间小屋，还有炒锅里的菜叶、破烂的家什、混合在寒冷的空气中烧煤的气味、妻子无奈的眼神……然而在那冰天雪地的时代，唯有家里的灯光才是最温暖的。于是此刻这块小小的光亮变得温情了。我不禁走到画案前铺上宣纸，拿起颤动的笔蘸着黄色和一点点朱红，将这扇明亮的小窗子抹在纸上。随即是那扰着风雪的低矮的小屋。一大片被冷风摇曳着的老槐树在屋顶上空横斜万状，说不清那些苍劲的枝桠是在抗争还是兀自地挣扎。在通幅重重叠叠黑影的对比下，我这亮灯的小屋反倒显得更加温馨与安全。我说过，家是世界上最不必设防的地方。

记得有一年，特大的雪下了一夜，我的矮屋门槛太低，早晨推不开门，门外挡着的积雪足足有两尺厚。我从这小窗户跳出去，用木板推开门外的雪才把门打开。当时我们从家里走出，站在清冽的冻耳朵的空气里，多么像雪后从洞里钻出来的野兔……于是我把矮屋前大块没有落墨的纸当做白雪。我用淡淡的水墨渲染地上厚厚而柔软的白雪时，还记起那时常有的一种盼望——有朋友来串门和敲门。支撑我们走过困境与苦难的不就是人间种种情与义吗？我便用笔在雪地上点出一串深深的脚窝渐渐通进我的小屋。这小屋的灯光顿时更亮，黄色的光影还透射到窗外的雪地上。

没想到，就这样一幅画出来了。温情又伤感，孤寂又温馨。画中的一切都是我心底的景象。我写过这样一句话："人为了看见自己的内心才画画。"而心中的画多半是它们自己冒出来的。这是一种长久的日积月累，等待着有朝一日的升华；就像冬日大地上的万物，等待着春风吹来，一切复活；又如高高一堆干枝干柴，等待着一个飞来的火种。这意外出现的火种就是灵感。

灵感带来突然之间的发现、突破、超越与升腾。它是上天的赐予。是上天对艺术家的心灵之吻。是对一切生命创造的发端与启动。那么我们只有束手等待它吗？当然不是。正如无上的爱总是属于对它苦苦的追求者的。在你找它时，它一定也在找你。当然它不一定在你规定的时间和地点到来。就像我在书房原本是想写点什么，灵感没有来，可是谁料它竟然化为一块灵性的光降临到我的画案上。它没有进入我的钢笔，却钻进了我的毛笔。

记得前些年访问挪威时，中国作家协会请我写一幅字赠送给挪威作家协会。我只写了两个字：笔顺。挪威的作家朋友不明其意。我解释道："这是中国古代文人间相互的祝词。笔顺就是写作思路顺畅，没有障碍的意思。"对方想了想，点点头，似乎还没弄明白我写这两个字的含义。中国的文字和文化真是很深，对外交流时首先要把自己解释明白。我又换了一种说法解释道："就是祝你们写作时常常有灵感。"他听了马上咧开嘴，很高兴地谢谢我，也祝我常有灵感。看来灵感对于全球的艺术家都是"救世主"了。

新年初至，灵感即降临我的书房画室，这于我可是个好兆头。当然我明白，只要我守住自己的信仰与追求及其所爱，灵感会不时来吻一吻我的脑门。

逼来的春天

　　那时，大地依然一派毫无松动的严冬景象，土地梆硬，树枝全抽搐着，害病似的打着冷颤；雀儿们晒太阳时，羽毛多开好像绒球，紧挤一起，彼此借着体温。你呢，面颊和耳朵边儿像要冻裂那样的疼痛……然而，你那冻得通红的鼻尖，迎着凛冽的风，却忽然闻到了春天的气味！

　　春天最先是闻到的。

　　这是一种什么气味？它令你一阵惊喜，一阵激动，一下子找到了明天也找到了昨天——那充满诱惑的明天和同样季节、同样感觉却流逝难返的昨天。可是，当你用力再去吸吮这空气时，这气味竟又没了！你放眼这死气沉沉冻结的世界，准会怀疑它不过是瞬间的错觉罢了。春天还被远远隔绝在地平线之外吧。

　　但最先来到人间的春意，总是被雄踞大地的严冬所拒绝、所稀释、所泯灭。正因为这样，每逢这春之将至的日子，人们会格外的兴奋、敏感和好奇。

　　如果你有这样的机会多好——天天来到这小湖边，你就能亲眼看到冬天究竟怎样退去，春天怎样到来，大自然究竟怎样完成这一年一度起死回生的最奇妙和最伟大的过渡。

　　但开始时，每瞧它一眼，都会换来绝望。这小湖干脆就是整整一块巨大无比的冰，牢牢实实，坚不可摧；它一直冻到湖底了吧？鱼儿全死了吧？灰白色的冰面在阳光反射里光芒刺目；小鸟从不敢在这寒气逼人的冰面上站一站。

逢到好天气，一连多天的日晒，冰面某些地方会融化成水，别以为春天就从这里开始。忽然一夜寒飙过去，转日又冻结成冰，恢复了那严酷肃杀的景象。若是风雪交加，冰面再盖上一层厚厚雪被，春天真像天边的情人，愈期待愈迷茫。

然而，一天，湖面一处，一大片冰面竟像沉船那样陷落下去，破碎的冰片斜插水里，好像出了什么事！这除非是用重物砸开的，可什么人、又为什么要这样做呢？但除此之外，并没发现任何异常的细节。那么你从这冰面无缘无故的坍塌中是否隐隐感到了什么……刚刚从裂开的冰洞里露出的湖水，漆黑又明亮，使你想起一双因为爱你而无限深邃又默默的眼睛。

这坍塌的冰洞是个奇迹，尽管寒潮来临，水面重新结冰，但在白日阳光的照耀下又很快地融化和洞开。冬的伤口难以愈合。冬的黑子出现了。

冬天与春天的界限是瓦解。

冰的坍塌不是冬的风景，而是隐形的春所创造的第一幅壮丽的图画。

跟着，另一处湖面，冰层又坍塌下去。一个、两个、三个……随后湖面中间闪现一条长长的裂痕，不等你确认它的原因和走向，居然又发现几条粗壮的裂痕从斜刺里交叉过来。开始这些裂痕发白，渐渐变黑，这表明裂痕里已经浸进湖水。某一天，你来到湖边，会止不住出声地惊叫起来，巨冰已经裂开！黑黑的湖水像打开两扇沉重的大门，把一分为二的巨冰推向两旁，终于袒露出自己阔大、光滑而迷人的胸膛……

这期间，你应该在岸边多待些时候。你会发现，这漆黑而依旧冰冷的湖水泛起的涟漪，柔软又轻灵，与冬日的寒浪全然两样了。

7

那些仍然覆盖湖面的冰层，不再光芒夺目，它们黯淡、晦涩、粗糙和发脏，表面一块块凹下去。有时，忽然"咔嚓"清脆的一响，跟着某一处，断裂的冰块应声漂移而去……尤其动人的，是那些在冰层下憋闷了长长一冬的大鱼，它们时而激情难捺，猛地蹦出水面，在阳光下银光闪烁打个"挺儿"，"哗啦"落入水中。你会深深感到，春天不是由远方来到眼前，不是由天外来到人间；它原是深藏在万物的生命之中的，它是从生命深处爆发出来的，它是生的欲望、生的能源与生的激情。它永远是死亡的背面。唯此，春天才是不可遏制的。它把酷烈的严冬作为自己的序曲，不管这序曲多么漫长。

追逐着凛冽朔风的尾巴的，总是明媚的春光；所有冻凝的冰的核儿，都是一滴春天的露珠；那封闭大地的白雪下边是什么？你挥动大帚，扫去白雪，一准是连天的醉人的绿意……

你眼前终于出现这般景象：宽展的湖面上到处浮动着大大小小的冰块。这些冬的残骸被解脱出来的湖水戏弄着，今儿推到湖这边儿，明日又推到湖那边儿。早来的候鸟常常一群群落在浮冰上，像乘载游船，欣赏着日渐稀薄的冬意。这些浮冰不会马上消失，有时还会给一场春寒冻结在一起，霸道地凌驾湖上，重温昔日威严的梦。然而，春天的湖水既自信又有耐性，有信心才有耐性。它在这浮冰四周，扬起小小的浪头，好似许许多多温和而透明的小舌头，去舔弄着这些渐软渐松渐小的冰块……最后，整个湖中只剩下一块肥皂大小的冰片片了，湖水反而不急于吞没它，而是把它托举在浪波之上，摇摇晃晃，一起一伏，展示着严冬最终的悲哀、无助和无可奈何……终于，它消失了。冬，顿时也消失于天地间。这时你会发现，湖水并不黝黑，而是湛蓝湛蓝。它和天空一样的颜色。

天空是永远宁静的湖水，湖水是永难平静的天空。

春天一旦跨到地平线这边来，大地便换了一番风景，明朗又朦胧。它日日夜夜散发着一种气息，就像青年人身体散发出的气息。

清新的、充沛的、诱惑而撩人的，这是生命本身的气息。大地的肌肤——泥土，松软而柔和；树枝再不抽搐，软软地在空中自由舒展，那纤细的枝梢无风时也颤悠悠地摇动，招呼着一个万物萌芽的季节的到来。小鸟们不必再夯开羽毛，个个变得光溜精灵，在高天上扇动阳光飞翔……湖水因为春潮涨满，仿佛与天更近；静静的云，说不清在天上还是在水里……湖边，湿漉漉的泥滩上，那些东倒西歪的去年的枯苇棵里，一些鲜绿夺目、又尖又硬的苇芽，破土而出，愈看愈多，有的地方竟已簇密成片了。你真惊奇！在这之前，它们竟逃过你细心的留意，一旦发现即已充满咄咄的生气了！难道这是一夜春风、一阵春雨或一日春晒，便齐刷刷钻出地面？来得又何其神速！这分明预示着，大自然囚禁了整整一冬的生命，要重新开始新的一轮竞争了。而它们，这些碧绿的针尖一般的苇芽，不仅叫你看到了崭新的生命，还叫你深刻地感受到生命的锐气、坚忍、迫切，还有生命和春的必然。

苦夏

　　这一日，终于撂下扇子。来自天上干燥清爽的风，忽吹得我衣角飞举，并从袖口和裤管钻进来，把周身滑溜溜地抚动。我惊讶地看着阳光下依旧夺目的风景，不明白数日前那个酷烈非常的夏天突然到哪里去了。

　　是我逃遁似的一步跳出了夏天，还是它就像七六年的"文革"那样——在一夜之间崩溃？

　　身居北方的人最大的福分，便是能感受到大自然的四季分明。我特别能理解一位新加坡朋友，每年冬天要到中国北方住上十天半个月，否则会一年里周身不适。好像不经过一次冷处理，他的身体就会发酵。他生在新加坡，祖籍中国河北。虽然人在"终年都是夏"的新加坡长大，血液里肯定还执著地潜在着大自然四季的节奏。

　　四季是来自于宇宙的最大的拍节。在每一个拍节里，大地的景观便全然变换与更新。四季还赋予地球以诗，故而悟性极强的中国人，在四言绝句中确立的法则是：起，承，转，合。这四个字恰恰就是四季的本质。起始如春，承续似夏，转变若秋，合拢为冬。合在一起，不正是地球生命完整的一轮？为此，天地间一切生命全都依从着这一拍节，无论岁岁枯荣与生死的花草百虫，还是长命百岁的漫漫人生。然而在这生命的四季里，最壮美和最热烈的不是这长长的夏么？

女人们孩提时的记忆散布在四季；男人们的童年往事大多是在夏天里。这是由于，我们儿时的伴侣总是各种各样的昆虫，像蜻蜓、天牛、蚂蚱、螳螂、蝴蝶、蝉、蚂蚁、蚯蚓，此外还有青蛙和鱼儿。它们都是夏日生活的主角，每个小动物都给我们带来无穷的快乐。甚至我对家人和朋友们记忆最深刻的细节，也都与此有关。比如妹妹一见到壁虎就发出一种特别恐怖的尖叫，比如邻家那个斜眼的男孩子专门残害蜻蜓，比如同班一个最好看的女生头上花形的发卡，总招来蝴蝶落在上边；再比如，父亲睡在铺了凉席的地板上，夜里翻身居然压死了一只蝎子。这不可思议的事使我感到父亲的无比强大。后来父亲挨斗，挨整，写检查；我劝慰和宽解他，怕他自杀，替他写检查——那是我最初写作的内容之一。这时候父亲那种强大感便不复存在。生活中的一切事物，包括夏天的意味全都发生了变化。

在快乐的童年里，根本不会感到蒸笼般夏天的难耐与难熬。唯有在此后艰难的人生里，才体会到苦夏的滋味。快乐把时光缩短，苦难把岁月拉长，一如这长长的仿佛没有尽头的苦夏。但我至今不喜欢谈自己往日的苦楚与磨砺。相反，我却从中领悟到"苦"字的分量。苦，原是生活中的蜜。人生的一切收获都压在这沉甸甸的"苦"字的下边。然而一半的"苦"字下边又是一无所有。你用尽平生的力气，最终所获与初始时的愿望竟然去之千里。你该怎么想？

于是我懂得了这苦夏——它不是无尽头的暑热的折磨，而是我们顶着毒日头默默又坚忍的苦斗的本身。人生的力量全是对手给的，那就是要把对手的压力吸入自己的骨头里。强者之力最主要的是承受力。只有在匪夷所思的承受中才会感到自己属于强者，也许为此，我的写作一大半是在夏季。很多作家包括普希金不都是在爽朗而惬意的秋天里开花结果？我却每每进入炎热的夏季，反而写作力加倍地旺盛。我想，这一定是那些沉重的人生的苦夏，锻造出我这个反常的性格习惯。我太熟悉那种写作久了，汗湿的胳膊粘在书桌玻璃上的美妙无比的感觉。

在维瓦尔第的《四季》中，我常常只听"夏"的一章。它使我激动，胜过春之蓬发、秋之灿烂、冬之静穆。友人说"夏"的一章，极尽华丽之美。我说我从中感受到的，却是夏的苦涩与艰辛，甚至还有一点儿悲壮。友人说，我在这音乐情境里已经放进去太多自己的故事。我点点头，并告诉他我的音乐体验。音乐的最高境界是超越听觉；不只是它给你，更是你给它。

年年夏日，我都会这样体验一次夏的意义，从而激情迸发，心境昂然。一手撑着滚烫的酷暑，一手写下许多文字来。

今年我还发现，这伏夏不是被秋风吹去的，更不是给我们的扇子轰走的——

夏天是被它自己融化掉的。

因为，夏天的最后一刻，总是它酷热的极致。我明白了，它是耗尽自己的一切，才显示出夏的无边的威力。生命的快乐是能量淋漓尽致地发挥。但谁能像它这样，用一种自焚的形式，创造出这火一样辉煌的顶点？

于是，我充满了夏之崇拜！我要一连跨过眼前的辽阔的秋，悠长的冬和遥远的春，再一次邂逅你，我精神的无上境界——苦夏！

秋天的音乐

　　你每次上路出远门千万别忘记带上音乐，只要耳朵里有音乐，你一路上对景物的感受就全然变了。它不再是远远待在那里、无动于衷的样子，在音乐撩拨你心灵的同时，也把窗外的景物调弄得易感而动情。你被种种旋律和音响唤起的丰富的内心情绪，这些景物也全部神会地感应到了，它还随着你的情绪奇妙地进行自我再造。你振作它雄浑，你宁静它温存，你伤感它忧患，也许同时还给你加上一点人生甜蜜的慰藉，这是真正知友心神相融的交谈……河湾、山脚、烟光、云影、一草一木，所有细节都浓浓浸透你随同音乐而流动的情感，甚至一切都在为你变形，一幅幅不断变换地呈现出你心灵深处的画面。它使你一下子看到了久藏心底那些不具体、不成形、朦胧模糊或被时间湮没了的感受，于是你更深深坠入被感动的漩涡里，享受这画面、音乐和自己灵魂三者融为一体的特殊感受……

　　秋天十月，我松松垮垮套上一件粗线毛衣，背个大挎包，去往东北最北部的大兴安岭。赶往火车站的路上，忽然发觉只带了录音机，却把音乐磁带忘记在家，恰巧路过一个朋友的住处，他是音乐迷，便跑进去向他借。他给我一盘说是新翻录的，都是"背景音乐"。我问他这是什么曲子，他怔了怔，看我一眼说：

"秋天的音乐。"

他多半随意一说，搪塞我。这曲名，也许是他看到我被秋风吹得松散飘扬的头发，灵机一动得来的。

火车一出山海关，我便戴上耳机听起这秋天的音乐。开端的旋律似乎熟悉，没等我怀疑它是不是真正地描述秋天，下巴发懒地一蹭粗软的毛衣领口；两只手搓一搓，让干燥的凉手背给湿润的热手心舒服地摩擦摩擦，整个身心就进入秋天才有的一种异样温暖甜醉的感受里了。

我把脸颊贴在窗玻璃上，挺凉，带着享受的渴望往车窗外望去，秋天的大自然展开一片辉煌灿烂的景象。阳光像钢琴明亮的音色洒在这收割过的田野上，整个大地像生过婴儿的母亲，幸福地舒展在开阔的晴空下，躺着，丰满而柔韧的躯体！从麦茬里裸露出浓厚的红褐色是大地母亲健壮的肤色；所有树林都在炎夏的竞争中把自己的精力膨胀到头，此刻自在自如地伸展它优美的枝条；所有金色的叶子都是它的果实，一任秋风翻动，煌煌夸耀着秋天的富有。真正的富有感，是属于创造者的；真正的创造者，才有这种潇洒而悠然的风度……一只鸟儿随着一个轻扬的小提琴旋律腾空飞起，它把我引向无穷纯净的天空。任何情绪一入天空便化为一片博大的安寂。这愈看愈大的天空有如伟大哲人恢弘的头颅，白云是他的思想。有时风云交会，会闪出一道智慧的灵光，响起一句警示世人的哲理。此时，哲人也累了，沉浸在秋天的松弛里。它高远，平和，神秘无限。大大小小、松松散散的云彩是他思想的片断，而片断才是最美的，无论思想还是情感……这千形万状精美的片断伴同空灵的音响，在我眼前流过，还在阳光里洁白耀眼。那乘着小提琴旋律的鸟儿一直钻向云天，愈高愈小，最后变成一个极小的黑点儿，忽然"噗"地扎入一个巨大、蓬松、发亮的云团……

我陡然想起一句话：

"我一扑向你，就感到无限温柔啊。"

我还想起我的一句话：

"我睡在你的梦里。"

那是一个清明的早晨，在实实在在酣睡一夜醒来时，正好看见枕旁你朦胧的、散发着香气的脸说的。你笑了，就像荷塘里、雨里、雾里悄然张开的一朵淡淡的花。

接下去的温情和弦，带来一片疏淡的田园风景。秋天消解了大地的绿，用它中性的调子，把一切色泽调匀。和谐又高贵，平稳又舒畅，只有收获过了的秋天才能这样静谧安详。几座闪闪发光的麦秸垛，一缕银蓝色半透明的炊烟，这儿一棵那儿一棵怡然自得站在平原上的树，这儿一只那儿一只慢吞吞吃草的杂色的牛。在弦乐的烘托中，我心底渐渐浮起一张又静又美的脸。我曾经用吻，像画家用笔那样勾勒过这张脸：轮廓、眉毛、眼睛、嘴唇……这样的勾画异常奇妙，无形却深刻地记住。你嘴角的小涡、颤动的睫毛、鼓脑门和尖俏下巴上那极小而光洁的平面……近景从眼前疾掠而过，远景跟着我缓缓向前，大地像唱片慢慢旋转，耳朵里不绝地响着这曲人间牧歌。

一株垂死的老树一点点走进这巨大唱片的中间来。它的根像唱针，在大自然深处划出一支忧伤的曲调。心中的光线和风景的光线一同转暗，即使一湾河水强烈的反光，也清冷，也刺目，也凄凉。一切阴影都化为行将垂暮秋天的愁绪；萧疏的万物失去往日共荣的激情，各自挽着生命的孤单；篱笆后一朵迟开的小葵花，像你告别时在人群中伸出的最后一次招手，跟着被轰隆隆前奔的列车甩到后边……春的萌动、战栗、骚乱，夏的喧闹、蓬勃、繁华，全都销匿而去，无可挽回。不管它曾经怎样辉煌，怎样骄傲，怎样光芒四射，怎样自豪地挥霍自己的精力与才华，毕竟过往不复。人生是一次性的；生命以时间为载体，这就决定人类以死亡为结局的必然悲剧。谁能把昨天和前天追回来，哪怕再经受一次痛苦的诀别也是幸福，还有那做过许多傻事的童年，年轻的母亲和初恋的梦，都与这老了的秋天去之遥远了。一种浓重的忧伤混同音乐漫无边际地散开，渲染着满目风光。我忽然想喊，想叫这列车停住，倒回去！

突然，一条大道纵向冲出去，黄昏中它闪闪发光，如同一支号角嘹亮吹响，声音唤来一大片拔地而起的森林，像一支金灿灿的铜管乐队，奏着庄严的乐曲走进视野。来不及分清这是音乐还是画面变换的缘故，心境陡然一变，刚刚的忧愁一扫而光。当浓林深处一棵棵依然葱绿的幼树晃过，我忽然醒悟，秋天的凋谢全是假象！

它不过在寒飙来临之前把生命掩藏起来，把绿意埋在地下，在冬日的雪被下积蓄与浓缩，等待下一个春天里，再一次加倍地挥洒与铺张！远远山坡上，坟茔，在夕照里像一堆火，神奇又神秘，它哪里是埋葬的一具尸体或一个孤魂？既然每个生命都在创造了另一个生命后离去，什么叫做死亡？死亡，不是一种生命的转换、旋律的变化、画面的更迭吗？那么世间还有什么比死亡更庄严、更神圣、更迷人！为了再生而奉献自己的伟大的死亡啊……

秋天的音乐已如圣殿的声音；这壮美崇高的轰响，把我全部身心都裹住、都净化了。我惊奇地感觉自己像玻璃一样透明。

这时，忽见对面坐着两位老人，正在亲密交谈。残阳把他俩的脸晒得好红，条条皱纹都像画上去的那么清楚。人生的秋天！他们把自己的青春年华、所有精力为这世界付出，连同头发里的色素也将耗尽，那满头银丝不是人间最值得珍惜的么？我瞧着他俩相互凑近、轻轻谈话的样子，不觉生出满心的爱来，真想对他俩说些美好的话。我摘下耳机，未及开口，却听他们正议论关于单位里上级和下级的事，哪个连着哪个，哪个与哪个明争暗斗，哪个可靠和哪个更不可靠，哪个是后患而必须……我惊呆了，以致再不能听下去，赶快重新戴上耳机，打开音乐，再听，再放眼窗外的景物。奇怪！这一次，秋天的音乐，那些感觉，全没了。

"艺术原本是欺骗人生的。"

在我返回家，把这盘录音带送还给我那朋友时，把这话告诉他。

他不知道我为何得到这样的结论，我也不知道他为何对我说：

"艺术其实是安慰人生的。"

冬日絮语

　　每每到了冬日，才能实实在在触摸到岁月。年是冬日中间的分界。有了这分界，便在年前感到岁月一天天变短，直到残剩无多！过了年忽然又有大把的日子，成了时光的富翁，一下子真的大有可为了。

　　岁月是用时光来计算的。那么时光又在哪里？在钟表上，日历上，还是行走在窗前的阳光里？

　　窗子是房屋最迷人的镜框。节气变换着镜框里的风景。冬意最浓的那些天，屋里的热气和窗外的阳光一起努力，将冻结玻璃上的冰雪融化；它总是先从中间化开，向四边蔓延。透过这美妙的冰洞，我发现原来严冬的世界才是最明亮的。那一如人的青春的盛夏，总有阴影遮翳，葱茏却幽暗。小树林又何曾有这般光明？我忽然对老人这个概念生了敬意。只有阅尽人生，脱净了生命年华的叶子，才会有眼前这小树林一般明澈。只有这彻底的通彻，才能有此无边的安宁。安宁不是安寐，而是一种博大而丰实的自享。世中唯有创造者所拥有的自享才是人生真正的幸福。

　　朋友送来一盆"香棒"，放在我的窗台上说："看吧，多漂亮的大叶子！"

　　这叶子像一只只绿色光亮的大手，伸出来，叫人欣赏。逆光中，它的叶筋舒展着舒畅又潇洒的线条。一种奇特的感觉出现了！严寒占据窗外，丰腴的春天却在我的房中怡然自得。

自从有了这盆"香棒"，我才发现我的书房竟有如此灿烂的阳光。它照进并充满每一片叶子和每一根叶梗，把它们变得像碧玉一样纯净、通亮、圣洁。我还看见绿色的汁液在通明的叶子里流动。这汁液就是血液。人的血液是鲜红的，植物的血液是碧绿的，心灵的血液是透明的，因为世界的纯洁来自于心灵的透明。但是为什么我们每个人都说自己纯洁，而整个世界却仍旧一片混沌呢？

我还发现，这光亮的叶子并不是为了表示自己的存在，而是为了证实阳光的明媚、阳光的魅力、阳光的神奇。任何事物都同时证实着另一个事物的存在。伟大的出现说明庸人的无所不在；分离愈远的情人，愈显示了他们的心丝毫没有分离；小人的恶言恶语不恰好表达你的高不可攀和无法企及吗？而骗子无法从你身上骗走的，正是你那无比珍贵的单纯。老人的生命愈来愈短，还是他生命的道路愈来愈长？生命的计量，在于它的长度，还是宽度与深度？

冬日里，太阳环绕地球的轨道变得又斜又低。夏天里，阳光的双足最多只是站在我的窗台上，现在却长驱直入，直射在我北面的墙壁上。一尊唐代的木佛一直伫立在阴影里沉思，此刻迎着一束光芒无声地微笑了。

阳光还要充满我的世界，它化为闪闪烁烁的光雾，朝着四周的阴暗的地方浸染。阴影又执著又调皮，阳光照到哪里，它就立刻躲到光的背后。而愈是幽暗的地方，愈能看见被阳光照得莹莹发光的游动的尘埃。这令我十分迷惑：黑暗与光明的界限究竟在哪里？黑夜与晨曦的界限呢？来自于早醒的鸟第一声的啼叫吗……这叫声由于被晨露滋润而异样地清亮。

但是，有一种光可以透入幽闭的暗处，那便是从音箱里散发出来的闪光的琴音。鲁宾斯坦的手不是在弹琴，而是在摸索你的心灵；他还用手思索，用手感应，用手触动色彩，用手试探生命世界最敏感的悟性……琴音是不同的亮色，它们像明明灭灭、强强弱弱的光束，散布在空间！那些旋律片段好似一些金色的鸟，扇着翅膀，飞进布满阴影的地方。有时，它会在一阵轰响里，关闭了整个地球上的灯或者创造出一个辉煌夺目的太阳。我便在一张寄给远方的失意朋友的新年贺卡上，写了一句话：

你想得到的一切安慰都在音乐里。

冬日里最令人莫解的还是天空。

盛夏里，有时乌云四合，那即将被峥嵘的云吞没的最后一块蓝天，好似天空的一个洞，无穷地深远。而现在整个天空全成了这样，在你头顶上无边无际地展开！空阔、高远、清澈、庄严！除去少有的飘雪的日子，大多数时间连一点点云丝也没有，鸟儿也不敢飞上去，这不仅由于它冷冽寥廓，而是因为它大得……大得叫你一仰起头就感到自己的渺小。只有在夜间，寒空中才有星星闪烁。这星星是宇宙间点灯的驿站。万古以来，是谁不停歇地从一个驿站奔向下一个驿站？为谁送信？为了宇宙间那一桩永恒的爱吗？

我从大地注视着这冬天的脚步，看看它究竟怎样一步步、沿着哪个方向一直走到春天？

夕照透入书房

我常常在黄昏时分，坐在书房里，享受夕照穿窗而入带来的那一种异样的神奇。

此刻，书房已经暗下来。到处堆放的书籍文稿以及艺术品重重叠叠地隐没在阴影里。

暮时的阳光，已经失去了白日里的咄咄逼人；它变得很温和，很红，好像一种橘色的灯光，不管什么东西给它一照，全都分外的美丽。首先是窗台上那盆已经衰败的藤草，此刻像镀了金一样，蓬勃发光；跟着是书桌上的玻璃灯罩，亮闪闪的，仿佛打开了灯；然后，这一大片橙色的夕照带着窗棂和外边的树影，斑斑驳驳地投射在东墙那边一排大书架上。阴影的地方书皆晦暗，光照的地方连书脊上的文字也看得异常分明。《傅雷文集》的书名是烫金的，金灿灿放着光芒，好像在骄傲地说："我可以永存。"

怎样的事物才能真正的永存？阿房宫和华清池都已片瓦不留，李杜的名句和老庄的格言却一字不误地镌刻在每个华人的心里。世上延绵最久的还是非物质的——思想与精神。能够准确地记忆思想的只有文字。所以说，文字是我们的生命。

当夕阳移到我的桌面上，每件案头物品都变得妙不可言。一尊苏格拉底的小雕像隐在暗中，一束细细的光芒从一丛笔杆的缝隙中穿过，停在他的嘴唇之间，似乎想撬开他的嘴巴，听一听这位古希腊的哲人对如今这个混沌而荒谬的商品世界的醒世之言。但他口含夕阳，紧闭着嘴巴，一声不吭。

昨天的哲人只能解释昨天，今天的答案还得来自今人。这样说来，一声不吭的原来是我们自己。

陈放在桌上的一块四方的镇尺最是离奇。这个镇尺是朋友赠送给我的。它是一块纯净的无色玻璃，一条弯着尾巴的小银鱼被铸在玻璃中央。当阳光彻入，玻璃非但没有反光，反而由于纯度过高而消失了，只有那银光闪闪的小鱼悬在空中，无所依傍。它瞪圆眼睛，似乎也感到了一种匪夷所思。

一只蚂蚁从阴影里爬出来，它走到桌面一块阳光前，迟疑不前，几次刚把脑袋伸进夕阳里，又赶紧缩回来。它究竟畏惧这奇异的光明，还是习惯了黑暗？黑暗总是给人一半恐惧，一半安全。

人在黑暗外边感到恐惧，在黑暗里边反倒觉得安全。

夕阳的生命是有限的。它在天边一点点沉落下去，它的光却在我的书房里渐渐升高。短暂的夕照大概知道自己大限在即，它最后抛给人间的光芒最依恋也最夺目。此时，连我的书房的空气也是金红的。定睛细看，空气里浮动的尘埃竟然被它照亮。这些小得肉眼刚刚能看见的颗粒竟被夕阳照得极亮极美，它们在半空中自由、无声和缓缓地游弋着，好像徜徉在宇宙里的星辰。这是唯夕阳才能创造的景象——它能使最平凡的事物变得无比神奇。

在日落前的一瞬，夕阳残照已经挪到我书架最上边的一格。满室皆暗，只有书架上边无限明媚。那里摆着一只河北省白沟的泥公鸡。雪白的身子，彩色翅膀，特大的黑眼睛，威武又神气。这个北方著名的泥玩具之乡，至少有千年的历史，但如今这里已经变为日用小商品的集散地，昔日那些浑朴又迷人的泥狗泥鸡泥人全都了无踪影。可是此刻，这个幸存下来的泥公鸡，不知何故，对着行将熄灭的夕阳张嘴大叫。我的心已经听到它凄厉的哀鸣。这叫声似乎也感动了夕阳。一瞬间，高高站在书架上端的泥公鸡竟被这最后的阳光照耀得夺目和通红，好似燃烧了起来。

时光

　　一岁将尽，便进入一种此间特有的情氛中。平日里奔波忙碌，只觉得时间的紧迫，很难感受到"时光"的存在。时间属于现实，时光属于人生。然而到了年终时分，时光的感觉乍然出现。它短促、有限、性急，你在后边追它，却始终抓不到它飘举的衣袂。它飞也似的向着年的终点扎去。等到你真的将它超越，年已经过去，那一大片时光便留在过往不复的岁月里了。

　　今晚突然停电，摸黑点起蜡烛。烛光如同光明的花苞，宁静地浮在漆黑的空间里；室内无风，这光之花苞便分外优雅与美丽；些许的光散布开来，朦胧依稀地勾勒出周边的事物。没有电就没有音乐相伴，但我有比音乐更好的伴侣——思考。

　　可是对于生活最具悟性的，不是思想者，而是普通大众。比如大众俗语中，把临近年终这几天称做"年根儿"，多么真切和形象！它叫我们顿时发觉，一棵本来是绿意盈盈的岁月之树，已被我们消耗殆尽，只剩下一点点根底。时光竟然这样的紧迫、拮据与深浓……

　　一下子，一年里经历过的种种事物的影像全都重叠地堆在眼前。不管这些事情怎样庞杂与艰辛，无奈与突兀，我也想从中找到自己的足痕。从春天落英缤纷的京都退藏到冬日小雨空濛的雅典德尔菲遗址；从重庆荒芜的红卫兵墓到津南那条神奇的蛤蜊堤；从一个会场到另一个会场，一个活动到另一个活动中；究竟哪一些足迹至今清晰犹在，哪一些足迹杂沓模糊甚至早被时光干干净净一抹而去？

我瞪着眼前的重重黑影，使劲看去。就在烛光散布的尽头，忽然看到一双眼睛正直对着我。目光冷峻锐利，逼视而来。这原是我放在那里的一尊木雕的北宋天王像。然而此刻他的目光却变得分外有力。它何以穿过夜的浓雾，穿过漫长的八百年，锐不可当、拷问似的直视着任何敢于朝他瞧上一眼的人？显然，是由于八百年前那位不知名的民间雕工传神的本领、非凡的才气。他还把一种阳刚正气和直逼邪恶的精神注入其中。如今那位无名雕工早已了无踪影，然而他那令人震撼的生命精神却保存下来。

在这里，时光不是分毫不曾消逝么？

植物死了，把它的生命留在种子里；诗人离去，把他的生命留在诗句里。

时光对于人，其实就是生命的过程。当生命走到终点，不一定消失得没有痕迹，有时它还会转化为另一种形态存在或再生。母与子的生命的转换，不就在延续着整个人类吗？再造生命，才是最伟大的生命奇迹。而此中，艺术家们应是最幸福的一种。唯有他们能用自己的生命去再造一个新的生命。小说家再造的是代代相传的人物；作曲家再造的是他们那个可以听到的迷人而永在的灵魂。

此刻，我的眸子闪闪发亮，视野开阔，房间里的一切艺术珍品都一点点地呈现。它们不是被烛光照亮，而是被我陡然觉醒的心智召唤出来的。

其实我最清晰和最深刻的足迹，应是书桌下边，水泥的地面上那两个被自己的双足磨成的浅坑。我的时光只有被安顿在这里，它才不会消失，而被我转化成一个个独异又鲜活的生命，以及一行行永不褪色的文字。然而我一年里把多少时光抛入尘器，或是支付给种种一闪即逝的虚幻的社会场景。甚至有时属于自己的时光反成了别人的恩赐。检阅一下自己创造的人物吧，掂量他们的寿命有多长。艺术家的生命是用他艺术的生命计量的。每个艺术家都有可能达到永恒，放弃掉的只能是自己。是不是？

迎面那宋代天王瞪着我，等我回答。

我无言以对，尴尬到了自感狼狈。

忽然，电来了，灯光大亮，事物通明，恍如更换天地。刚才那片幽阔深远的思想世界顿时不在，唯有烛火空自燃烧，显得多余。再看那宋代的天王像，在灯光里仿佛换了一个神气，不再那样咄咄逼人了。

我也不用回答他，因为我已经回答自己了。

往事如"烟"

    从家族史的意义上说，抽烟没有遗传。虽然我父亲抽烟，我也抽过烟，但在烟上我们没有基因关系。我曾经大抽其烟，我儿子却绝不沾烟，儿子坚定地认为不抽烟是一种文明。看来个人的烟史是一段绝对属于自己的人生故事。而且在开始成为烟民时，就像好小说那样，各自还都有一个"非凡"的开头。

    记得上小学时，我做肺部的 X 光透视检查。医生一看我肺部的影像，竟然朝我瞪大双眼，那神气好像发现了奇迹。他对我说："你的肺简直跟玻璃的一样，太干净太透亮了。记住，孩子，长大可绝对不要吸烟！"

    可是，后来步入艰难的社会。我从事仿制古画的单位被"文革"的大锤击碎。我必须为一家塑料印刷的小作坊跑业务，天天像沿街乞讨一样，钻进一家家工厂去寻找活计。而接洽业务，打开局面，与对方沟通，先要敬上一支烟。烟是市井中一把打开对方大门的钥匙。可最初我敬上烟时，却只是看着对方抽，自己不抽。这样反而倒有些尴尬。敬烟成了生硬的"送礼"。于是，我便硬着头皮开始了抽烟的生涯。为了敬烟而吸烟。应该说，我抽烟完全是被迫的。

    儿时，那位医生叮嘱我的话，那句金玉良言，我至今未忘。但生活的警句常常被生活本身击碎。因为现实总是至高无上的。甚至还会叫真理甘拜下风。当然，如果说起我对生活严酷性的体验，这还只是九牛一毛呢！

古人以为诗人离不开酒，酒后的放纵会给诗人招来意外的灵感；今人以为作家的写作离不开烟，看看他们写作时脑袋顶上那纷纭缭绕的烟缕，多么像他们头脑中翻滚的思绪啊。但这全是误解！好的诗句都是在清明的头脑中跳跃出来的；而"无烟作家"也一样写出大作品。

他们并不是为了写作才抽烟。他们只是写作时也要抽烟而已。

真正的烟民全都是无时不抽的。

他们闲时抽，忙时抽；舒服时抽，疲乏时抽；苦闷时抽，兴奋时抽；一个人时抽，一群人更抽；喝茶时抽，喝酒时抽；饭前抽几口，饭后抽一支；睡前抽几口，醒来抽一支。右手空着时用右手抽，右手忙着时用左手抽。如果坐着抽，走着抽，躺着也抽，那一准是头一流的烟民。记得我在自己烟史的高峰期，半夜起来还要点上烟，抽半支，再睡。我们误以为烟有消闲、解闷、镇定、提神和助兴的功能，其实不然。对于烟民来说，不过是这无时不伴随着他们的小小的烟卷，参与了他们大大小小一切的人生苦乐罢了。

我至今记得父亲挨整时，总躲在屋角不停地抽烟。那个浓烟包裹着的一动不动的蜷曲的身影，是我见到过的世间最愁苦的形象。烟，到底是消解了还是加重了他的忧愁和抑郁？

那么，人们的烟瘾又是从何而来？

烟瘾来自烟的魅力。我看烟的魅力，就是在你把一支雪白和崭新的烟卷从烟盒抽出来，性感地夹在唇间，点上，然后深深地将雾化了的带着刺激性香味的烟丝吸入身体而略感精神一爽的那一刻。即抽第一口烟的那一刻。随后，便是这吸烟动作的不断重复。而烟的魅力在这不断重复的吸烟中消失。

其实，世界上大部分事物的魅力，都在这最初接触的那一刻。

我们总想去再感受一下那一刻，于是就有了瘾。所以说，烟瘾就是不断燃起的"抽上一口"——也就是第一口烟的欲求。这第一口之后再吸下去，就成了一种毫无意义的习惯性的行为。我的一位好友张贤亮深谙此理，所以他每次点上烟，抽上两三口，就把烟灭在烟缸里。有人说，他才是最懂得抽烟的。他抽烟一如赏烟。并说他是"最高品位的烟民"。但也有人说，这第一口所受尼古丁的伤害最大，最具冲击性，所以笑称他是"自残意识最清醒的烟鬼"。但是，不管怎么样，烟最终留给我们的是发黄的牙和夹烟卷的手指，熏黑的肺，咳嗽和痰喘，还有难以谢绝的烟瘾本身。

父亲抽了一辈子烟，抽得够凶。他年轻时最爱抽英国老牌的"红光"，后来专抽"恒大"。"文革"时发给他的生活费只够吃饭，但他还是要挤出钱来，抽一种军绿色封皮的最廉价的"战斗牌"纸烟。如果偶尔得到一支"墨菊"、"牡丹"，便像今天中了彩那样，立刻眉开眼笑。这烟一直抽得他晚年患"肺气肿"，肺叶成了筒形，呼吸很费力，才把烟扔掉。

十多年前，我抽得也凶，尤其是写作中。我住在人民文学出版社写长篇时，四五个作家挤在一间屋里，连写作带睡觉。我们全抽烟，天天把小屋抽成一片云海。灰白色厚厚的云层静静地浮在屋子中间。烟民之间全是有福同享。一人有烟大家抽，抽完这人抽那人。全抽完了，就趴在地上找烟头。凑几个烟头，剥出烟丝，撕一条稿纸卷上，又一支烟。可有时晚上躺下来，忽然害怕桌上烟火未熄，犯起了神经质，爬起来查看查看，还不放心。索性把新写的稿纸拿到枕边，怕把自己的心血烧掉。

烟民做到这个份儿，后来戒烟的过程必然十分艰难。单用意志远远不够，还得使出各种办法对付自己。比方，一方面我在面前故意摆一盒烟，用激将法来锤炼自己的意志；一方面在烟瘾上来时，又不得不把一支不装烟丝的空烟斗叼在嘴上。好像在戒奶的孩子的嘴里塞上一个奶嘴，致使来访的朋友们哈哈大笑。

只有在戒烟的时候，才会感受到烟的厉害。

最厉害的事物是一种看不见的习惯。当你与一种有害的习惯诀别之后，又找不到新的事物并成为一种习惯时，最容易出现的便是返回去。从生活习惯到思想习惯全是如此。这一点也是我在小说《三寸金莲》中"放足"那部分着意写的。

如今我已经戒烟十年有余。屋内烟消云散，一片清明，空气里只有观音竹细密的小叶散出的优雅而高逸的气息。至于架上的书，历史的界线更显分明：凡是发黄的书脊，全是我吸烟时代就立在书架上的；此后来者，则一律鲜明夺目，毫无污染。今天，写作时不再吸烟，思维一样灵动如水，活泼而光亮。往往看到电视片中出现一位奋笔写作的作家，一边皱眉深思，一边喷云吐雾，我会哑然失笑，并庆幸自己已然和这种糟糕的样子永久地告别了。

一个边儿磨毛的皮烟盒，一个老式的有机玻璃烟嘴，陈放在我的玻璃柜里。这是我生命的文物。但在它们成为文物之后，所证实的不仅仅是我做过烟民的履历，它还会忽然鲜活地把昨天生活的某一个画面唤醒，就像我上边描述的那种种的细节和种种的滋味。

去年，我去北欧。在爱尔兰首都都柏林的一个小烟摊前，一个圆形红色的形象忽然跳到眼中。我马上认出这是父亲半个世纪前常抽的那种英国名牌烟"红光"。一种十分特别和久违的亲切感涌来。我马上买了一盒。回津后，在父亲祭日那天，用一束淡雅的花衬托着，将它放在父亲的墓前。这一瞬竟让我感到了父亲在世时的音容，很生动，很贴近。这真是奇妙的事！虽然我明明知道这烟曾经有害于父亲的身体，在父亲活着的时候，我希望彻底撇掉它。但在父亲离去后，我为什么又把它十分珍惜地自万里之外捧了回来？

我明白了，这烟其实早已经是父亲生命的一部分。

从属于生命的事物，一定会永远地记忆着生命的内容，特别是在生命消失之后。我这句话是广义的。

物本无情，物皆有情，这两句话中间的道理便是本文深在的主题。

马年的滋味

龙年颂龙，猴年夸猴，牛年赞牛，马年呢？友人说，你脱脱俗套说点真实的吧，你属马，也最知马年的滋味。

我回头一看，倏忽已过了五个马年。回味一下，每个本命年的滋味竟然全不一样。

我的第一个马年是 1942 年，我出生。本来母亲先怀一个孩子，不料小产了，不久就怀上我，倘若那孩子——据说也是个男孩子"地位稳固"，便不会有我。我的出生乃是一种幸中之幸。第一个马年里我一落地，就是匹幸运之马。

第二个马年是 1954 年，我十二岁。这一年天下太平。世界上没有大战争，吾国没有政治运动。我一家人没病没灾没祸没有意外的不幸。今天回忆起那个马年来，每一天都是笑容。我则无忧无虑地踢球、钓鱼、捉蟋蟀、爬房、画画、钻到对门大院内去偷摘苹果，并且第一次感觉到邻桌的女孩有种动人的香味。这个马年我是快乐之马。

第三个马年是 1966 年，我二十四岁。这年大地变成大海。黑风白浪，翻天覆地。我的家被红卫兵占领四十天，占领者每人执一木棒或铁棍，将我的一切，包括我的理想与梦想全都淋漓尽致地捣个粉碎。那一年我看到了生活的反面、人的负面，并发现只有漆黑的夜里才是最安全的。我还有三分钟的精神错乱。这一马年我是受难之马。

第四个马年是 1978 年，我三十六岁。这一年我住在北京的人民文学出版社里写小说。第一次拿到了散发着油墨香味的自己的书《义和拳》。但我真正走进文学还是因为投入了当时思想解放的洪流。当时到处参加座谈会，每个会都是激情洋溢，人人发言都有耀眼的火花。那是个热血沸腾的时代。作家们都为自己的思想而写作。我"胆大妄为"地写了伤痕文学《铺花的歧路》。这小说原名叫《创伤》，由于书稿在人民文学出版社引起激烈争论，误了发表，而卢新华的《伤痕》出来了，便改名为《铺花的歧路》。这情况直到十一月才有转机。一是由于茅盾先生表示对我的支持，二是被李小林要走，拿到刚刚复刊的《收获》上发表。我便一下子站到当时文学的"风口浪尖"上。这一马年对于我，是从挣扎之马到脱缰之马。

第五个马年是 1990 年，我四十八岁。我的创作出现困顿，无人解惑，便暂停了写作，打算理一理自己的脑袋，再走下边的路。在迷惘与焦灼中重拾画笔，却意外地开始了阔别久矣的绘画生涯。世人不知我的"前身"为画家，吃惊于我；我却不知这些年竟积累如此深厚的人生感受，万般情境，挥笔即来，我也吃惊于自己。在艺术创作中最美好的感觉莫过于叫自己吃惊。于是发现，稿纸之外还有一片无涯的天地，心情随之豁然。这一年的我，可谓突围之马。

回首五个马年才知，这马年的滋味，酸甜苦辣，驳杂种种。何况本命年只是人生的驿站。各站之间长长的十二年的征程中，还有说不尽的曲折婉转。我不知别人的本命马年是何滋味，反正人生况味，都是五味俱全。五味之中，苦味为首。那么，在这个将至的马年里，我这匹马又该如何？

前几天，请友人治印两方，皆属闲文。一方是"一甲子"，一方是"老骥"。这"老骥"二字，不过是乘一时之兴，借用曹操的诗，以寓志在千里罢了。可是反过来，我又笑自己不肯甘守寂寞，总用种种近忧远虑来折磨自己。看来这一年我注定是奔波之马了。

白发

人生入秋，便开始被友人指着脑袋说：

"呀，你怎么也有白发了？"

听罢笑而不答。偶尔笑答一句："因为头发里的色素都跑到稿纸上去了。"

就这样，嘻嘻哈哈、糊里糊涂地翻过了生命的山脊，开始渐渐下坡来。或者再努力，往上登一登。

对镜看白发，有时也会认真起来：这白发中的第一根是何时出现的？为了什么？思绪往往会超越时空，一下子回到了少年时——那次同母亲聊天，母亲背窗而坐，窗子敞着，微风无声地轻轻掀动母亲的头发，忽见母亲的一根头发被吹立起来，在夕照里竟然银亮银亮，是一根白发！这根细细的白发在风里柔弱摇曳，却不肯倒下，好似对我召唤。我第一次看见母亲的白发，第一次强烈地感受到母亲也会老，这是多可怕的事啊！我禁不住过去扑在母亲怀里。母亲不知出了什么事，问我，用力想托我起来，我却紧紧抱住母亲，好似生怕她离去……事后，我一直没有告诉母亲这究竟为了什么。最浓烈的感情难以表达出来，最脆弱的感情只能珍藏在自己心里。如今，母亲已是满头白发，但初见她白发的感受却深刻难忘。那种人生感，那种凄然，那种无可奈何，正像我们无法把地上的落叶抛回树枝上去……

当妻子把一小酒盅染发剂和一支扁头油画笔拿到我面前，叫我帮她染发。我心里一动，怎么，我们这一代生命的森林也开始落叶了？我瞥一眼她的头发，笑道："不过两三根白头发，也要这样小题大做？"可是待我用手指撩开她的头发，我惊讶了，在这黑黑的头发里怎么会埋藏这么多的白发！我竟如此粗心大意，至今才发现才看到。也正是由于这样多的白发，才迫使她动用这遮掩青春衰退的颜色。可是她明明一头乌黑而清香的秀发呀，究竟怎样一根根悄悄变白的？是在我不停歇的忙忙碌碌中、侃侃而谈中，还是在不分昼夜地埋头写作中？是那些年在大地震后寄人篱下的茹苦含辛的生活所致？是为了我那次重病内心焦虑而催白的？还是那件事……几乎伤透了她的心，一夜间骤然生出这么多白发？

黑发如同绿草，白发犹如枯草；黑发像绿草那样散发着生命诱人的气息，白发却像枯草那样晃动着刺目的、凄凉的、枯竭的颜色。我怎样做才能还给她一如当年那一头美丽的黑发？我急于把她所有变白的头发染黑。她却说：

"你是不是把染发剂滴在我头顶上了？"

我一怔。赶忙噙住泪水，不叫它再滴落下来。

一次，我把剩下的染发剂交给她，请她也给我的头发染一染。这一染，居然年轻许多！谁说时光难返，谁说青春难再，就这样我也加入了用染发剂追回岁月的行列。谁知染发是件愈来愈艰难的事情。不仅日日增多的白发需要加工，而且这时才知道，白发并不是由黑发变的，它们是从走向衰老的生命深处滋生出来的。当染过的头发看上去一片乌黑青黛，它们的根部又齐刷刷冒出一茬雪白。任你怎样去染，去遮盖，它还是茬茬涌现。人生的秋天和大自然的春天一样顽强。挡不住的白发啊！

开始时精心细染，不肯漏掉一根。但事情忙起来，没有闲暇染发，只好任由它花白。染又麻烦，不染难看，渐而成了负担。

这日，邻家一位老者来访。这老者阅历深，博学，又健朗，鹤发童颜，很有神采。他进屋，正坐在阳光里。一个画面令我震惊——他不单头发通白，连胡须眉毛也一概全白；在强光的照耀下，蓬松柔和，光明透澈，亮如银丝，竟没有一根灰黑色，真是美极了！我禁不住说，将来我也修炼出您这一头漂亮潇洒的白发就好了，现在的我，染和不染，成了两难。老者听了，朗声大笑，然后对我说：

"小老弟，你挺明白的人，怎么在白发面前糊涂了？孩童有稚嫩的美，青年有健旺的美，你有中年成熟的美，我有老来冲淡自如的美。这就像大自然的四季——春天葱茏，夏天繁盛，秋天斑斓，冬天纯净。各有各的美感，各有各的优势，谁也不必羡慕谁，更不能模仿谁，模仿必累，勉强更累。人的事，生而尽其动，死而尽其静。听其自然才对！所谓听其自然，就是到什么季节享受什么季节。哎，我这话不知对你有没有用，小老弟？"

我听罢，顿觉地阔天宽，心情快活。摆一摆脑袋，头上花发来回一晃，宛如摇动一片秋光中的芦花。

书桌

　　我有张小小的书桌。它又窄又矮，破旧极了。在外人眼里简直不成样子。上边的漆成片地剥落下来，残余的漆色变得灰暗发黑，连我自己都认不准它最新是什么颜色。桌面又满是划痕、硬伤，还有热水杯烫成的一个个套起来的深深浅浅的白圈儿。它一边只有三个小抽屉，抽屉的把手早不是原套了。一个是从破箱子上移来的铜把手，另两个是后钉上去的硬木条。别看它这副模样，三十年来，却一直放在我的窗前，我房间透进光来的地方。我搬过几次家，换过几件家具，但从来没有想到处理掉它……

　　"这么难看还要它干吗?! 要是我早劈掉生火了!"

　　"它又不实用。你这么大人将就这样一个小桌子，早晚得驼背!"

　　"你怎么就是不肯扔掉这破玩意儿。难道它是件宝? 你说呀……"

　　我笑而不答。那淡淡的笑意里包含着任何知己都难以理解、难以体会到的一种，一种……一种什么呢?

　　没有共同的经历就不会有同感。有时，同感能发挥出非常奇妙的作用，它能成为两颗心相融的最短、最直接的通道。如果没有同感，说它做什么? 还不如独自一人到树林里，踩着落叶，自己对自己默默地说它一阵子，排遣出来，倒是一种安慰。

　　我无法想起，究竟是什么时候，我开始使用这小桌的。我只模模糊糊记得，最初，我是站在它前面写写画画，而不是坐着。待我要坐下时，屁股下边必须垫上书包、枕头或一大叠画报，才能够得上桌面……

　　记忆里，幼时的事，都是穿不成串儿的珠子。这些珠子在记忆深井的底儿滴溜溜、闪闪发光地打转，很难抓住它们——

　　我把"人"字总误写成"入"字，就在这桌上吧！

　　我一排排地晾干弹弓子用的小泥球儿，就在这桌上吧！

　　我在小木板上钉钉子，就在这桌上吧！

　　对，就在这儿。桌面上原来有一块能够照见自己脸儿的光光的玻璃板，给我钉钉子时打碎了——这件事我可记得清清楚楚，为此我还挨爸爸一通好打呢！也许打得太疼，我才记得十分牢。但过后我却一点也不后悔。因为，从此我做过的、经历过的、经受过的许许多多的事，都在这没有玻璃板保护的桌面上留下了痕迹。

　　桌面上净是些小瘪坑。有的坑儿挺深，像个洞眼，蚂蚁爬到那儿，得停一下，迟疑片刻，最后绕过去……细细瞧吧，还满是划痕呢，横竖歪斜，有的深，如一道沟；有的轻浅，还有的比蛛丝还细。这细细的印痕，是不是当初刮铅笔尖留下的？那一条条长长的道道儿，是不是随意用指甲划上去的？那儿黑糊糊的一块儿，是不是过年做灯笼，烤弯竹条时碰倒了蜡烛烧的？分辨不清了，原因不明了，全搅在一起了。这中间还混着许多字迹，钢笔的、铅笔的、墨笔的，还有用什么硬东西刻上去的。也有画上去的形象，有的完整，有的破碎——一只靴子啦，枪啦，一张侧面脸啦，这是不是我的自画像？年深日久，早都给磨得模糊一片。痕迹斑驳的桌面，有如一块风化得相当厉害、漫漶不清的碑石。

　　但我从中细心查辨，也能认出某些痕迹的来由，想起这里边包含着的、只有我才知道的故事，并联想到与此有关或无关的、早已融进往昔岁月中的童年生活。

为此，我很少用湿布去拭抹它。

只有一次例外。那是我上小学四年级时。我前排坐着一个女同学，十分瘦弱。她年龄与我一般大，个子却比我矮一头。两条短短的黄辫儿，简直是两根麻绳头。一天，上语文课，我没听讲，却悄悄把眼前的两条黄辫子拴在这女同学的椅子背儿上。正巧老师叫她回答问题，她一起身，拴住的辫子扯得她头痛得大叫。我的语文老师姓李，瘦削的脸满是黑胡楂，连脸颊上都是。一副黑边的近视镜遮住他的眼神，使我头次见到他时以为他挺凶，其实他温和极了。他对我们调皮的忍耐限度比别的老师都大。但不知为什么，那天他好厉害，把我一把拉到课堂前，叫我伸出双手，狠狠打了十多板子。他真生气啦！气呼呼地直喘，什么话也说不出来了，只指着门瞪圆眼对我吼道："走！快走！"我离开了课堂，一路跑回家。我手疼倒没什么，但当众挨打受罚，我的自尊心受不了。于是，我眼泪汪汪地在桌上写了"李老师是狗！"几个字。我写得那么痛快和解气，好像这几个字给我报了什么"仇"似的。这几个字就相当威风地在我桌上保留了好长时间。

在表的滴答声中，在上下课的铃声中，在雨和雪轮番交替地敲打窗子声中，我长大起来，事也懂得多了。桌上那几个字却不那么神气了。反而怕被人瞧见，似乎成了一种不光彩、甚至是耻辱的污迹，我带着一种说不清是对李老师、还是对长大后再也遇不到的那个瘦弱女同学的愧疚心情，用手巾尖儿蘸些水使劲把这几个字抹下去。

真奇怪！字儿抹掉了，好像心里干净了一些。

我上了中学，毕业了，参加了工作。我的许多事，写信、写文章、画画、吃东西，做些什么零七八碎的事都在这桌上，它一直伴随着我。

但它在我长大起来的身躯前，渐渐显得矮小，不合用了。而且用久了，愈来愈破旧，在后来买进来的新家具中间，显得寒碜和过时。它似乎老了，早完成了使命，在人世间物换星移的常规里等待着被取代。

有一天我画画。画幅大，桌面小。不得不把一半画纸垂到桌下，先画铺在桌面上的一半。待画得差不多时，再拉上纸来画另一半。这样就很难照顾到画面的整体感，我画得那么别扭，真急了，止不住愤愤地骂道：

"真该死，这破桌子！"

它听着，不吭一声。等我画好了画儿，张挂起来，发现画面却意外好。我十分快活，早把桌子忘在一旁。它呢？依然默默旁立。它就是这样与我为伴，好像我不抛掉它，它就一心而从无二意地跟随着我。是不是由于它仅仅是无生命的物品？我从未把它作为一只小猫、小鸟、小兔那样的伴侣，但是，小兔死了，小猫跑了，小鸟飞了，它却不声不响地有心地记下我经历过的许多酸甜苦辣，并顺从地任我做任何有损于它的事。当一次，我听说自己遭遇不幸，是因为被一位多年来与我非常要好的朋友出卖时，我忍受不住，发疯似的猛地一拍桌面：

"啪！"

桌面上出现一条长长的裂缝；我那颗初入社会纯真的心上，也暗暗出现一条裂痕。它竟同我一样。

从此，我便不觉地爱护起它来了。

我有过一个女朋友。她是一只快乐的小鸟——那早晨站在沾着露水的枝头抖动翅膀、在阳光里飞来飞去、在烟囱上探头探脑的小鸟。她总笑。她整天似乎除去快乐什么也不知道。她在任何一群人中出现，都能极快地把快乐通过笑、通过活泼的目光、通过喜气洋洋的俊俏的小脸儿、通过率真的动作，传染给每一个人。我说她的快乐是照眼的、悦耳的、香喷喷的，是魔术。我称她为"快乐女神"。

她一双腿长长的，爱穿一条淡蓝色的短裙。她一进屋来，常常是一蹦就坐到小书桌上——这或许是她还带着些孩子气儿；或许她腿长，桌子矮，坐上去正合适。

我呢？过去吻她高矮也正好。我吻她，她不让。一忽儿把脸甩向左边，一忽儿又甩到右边，还调皮地笑着。她那光滑的短发像穗子一样在我笨拙的嘴唇上蹭来蹭去。

以后，由于挺复杂的原因，她终于说："我们的爱没有物质土壤，幻想的种子连幻想也结不出来了。"这句话，她说了许多遍，一次比一次肯定，最后她无可奈何又断然地离去了。

稀奇的是，那快乐女神始终与我这哑巴桌子连在一起。每当我的目光碰到桌沿，就会幻觉出她当初坐在桌上的样子。浅蓝色的短裙扇状地铺开，一双直直又顺溜儿的长腿垂下来，两只小巧的脚交叉地别着。这时她那动听的笑声好似又在桌上的空间里发出来。

我需要记着的，这桌儿都给我记着了。而那"女神"与我临别时掉在桌上的泪滴，却一点痕迹也没留下。大概那不是泪，而是水滴。

桌上唯有一处大硬伤。那是——那天，一群穿绿服装、臂套红色袖章的男女孩子们闯进我家来。每人拿一把斧头，说要"砸烂旧世界"，我被迫站在门口表示欢迎，并木然地瞅着他们在顷刻间，把我房间里的一切胡乱砸一通。其中有个姑娘，模样挺端正，但她的眼神叫我害怕。她不吵不闹，砸起东西来异乎寻常的细致。她在屋里转来转去，把尚且完整的东西翻出来，一件件、有条不紊地敲得粉碎。然后，她翻出我一本相册，把里面的照片一张张抽出来，全都撕成两半。她做这些事时，脸上没有任何表情。

她忽然把一张照片面对我，问：

"这是谁？"

这是我那"快乐女神"的。我说：

"一个朋友。"

她微微现出一种冷笑，一双秀气的眼睛直盯着我，两只白白的手把这照片撕成细小的碎片。我至今不明白，在那时为什么一些女孩子干这种事时，反比男孩子们干得更彻底、更狠心、更无情。相册中所有女人的照片——我姐姐、妻子、母亲的，她撕得尤其凶，"刷、刷、刷"地响。仿佛此刻她心里有什么受不了的情感折磨着她，迫使她这样做。

最后，她临去时，一眼瞥见我的书桌。大约这书桌过于破旧，开始时并没引起他们的兴趣。此刻在一堆碎物中间，反而惹眼了。她撇向一边的薄薄的唇缝里含着一种讥讽：

"你还有这么个破玩意儿！"

随手一斧子，正砍在桌角上。掉下一块挺大的木碴。

就这样，我过去生活的一切，无论是快乐和幸福的，还是忧愁和不幸的，都留在桌上了。哪怕我忘了，它会无声地提醒我。

它就摆在我窗前。从窗子透进的光笼罩着它。我窗外是一棵大槐树的树冠。这树冠摇曳婆娑的影子总是和阳光一起投照在我这小小的桌面上。

每当这树冠的枝影间满是小小的黑点时，那是春天。黑点儿是大槐树初发的芽豆豆。这期间，偶尔还有一种俗名叫做"绿叶儿"的候鸟，在枝间伶俐地蹦跳的影子出现在桌面上。夏天来了，树影日浓，渐渐变成一块荫凉，密密实实地遮盖住我的小桌。等到那块厚厚的荫凉破碎了，透现出一些晃动着的阳光的斑点时，秋风还会把一两片变黄的叶子吹进窗，像几只金色的小船，落在我这如同无风的水面一般平光光的桌面上。随后该关窗子了，玻璃蒙上了薄薄的水蒸气。那片光秃秃的只剩下枝桠的树影，便像一张朦胧模糊的大网，把我的小桌罩住……

我常常被这些情景弄得发呆。谁说它丑？它无用？它应当被丢弃？它有着任何华贵的物品都无法代替的风韵和诗意。在它的更深处，甚至还潜藏着思想。

尤其是在阴雨的日子里，乌云像拉上的厚帘子把窗户遮暗了，小桌变成黑影，很像一块浓雾里的礁石，黑黝黝的，沉默无语。忽然一道闪电把它整个照亮，它那桌面上反射着可怕的蓝色的电光。但在这一瞬间的强光里，它上边的一切痕迹都清晰地显现出来，留在这中间的往事一下子全都复活了……

我闭上眼，情愿被再现在幻觉中的往事深深地感动着。

我终于失去了它。

在地震中，塌落下来的屋顶把它压垮。我的孩子正好躲在桌下，被它保护住了生命。它才是真正地为我献出了一切呢！等我从废墟中把它找出来，只是一堆碎木板、木条和木块了。我请来一个能干的木匠，想把它复原。木匠师傅瞅着它，抽着烟，最后摇了摇头，并且莫名其妙地瞟了我一眼。显然他不明白我何以有此意图——又不是复原一件破损的稀世古物。

它就这样在我的生活中没了。

我需要书桌，只得另买一张。新买的桌子宽大、实用、漆得锃亮，高矮也挺合适。我每每坐在这崭新却陌生的大书桌前，就觉得过去的一切像那不能再生的书桌一样，烟消云散，虚无缥缈，再也无从抓住似的……

我因此感到隐隐的忧伤。不由得想起几句话，却想不起是谁说的了：

"啊，生活，你真迷人……哪怕是久已过去的，也叫人割舍不得；哪怕是不幸的，也渐渐能化为深沉的诗。"

花巷

头一次来到杭州市的我，只认得她。

还有，诗里书里照片里常见的那湿濛濛的风景。

以前，一想到她——她的形影总是混在这片朦胧又柔和的风景里。

这是一种想象。想象总比现实美，会不会有比想象更美的现实？

女人最善于用想象创造现实。因此她第一次伴我游览西湖，选择晚间到苏堤上漫步。她的轮廓常常恍恍惚惚地消融在黑黑的夜色里，又一下子给月光照亮的湖水清晰地映衬出来。她的脸模糊得像一团雾，目光却像远处的灯光那样忽然灿然一闪……一直走到堤上无人，月在中天。她约我明天傍晚去她家，然后告诉我一条街道的名字。我问她门牌号数，她说在一条巷子里。我又问这巷子的名称。

她神秘地说，你闻到空气里有什么气味吗？

我吸一吸鼻子说，闻到了，是一种花香，挺特别，很清淡，不过又很浓厚……

她绽开笑容说，好了，只要你在那条街上闻到这种花味，就是我的巷子。巷子尽头的一个小门，就是我的家。

第二天傍晚，我找到那条街，便开始寻昨夜那香味。我忽然有点紧张，好像把那香味忘了。我向一群孩子打听，孩子们都笑了。他们说这街上有好多巷子，每条巷子都开满花，都香，你说的是哪种花？什么味儿？

　　我更茫然。似乎把那花连同她一起丢掉了。原来用鼻子记事这么不可靠。

　　我从街这端一直走到那端，来回两遍。街上竟有这么多巷子，每条巷子都像花的甬道。一条红、一条黄、一条紫或一条雪白。我在每条巷口都吸一吸鼻子。花的种类不一样，不同的花喷溢出不同的香味，把我的嗅觉完全搞乱了。

　　直到天暗来下，万物消形，没了色彩。我疲惫不堪地坐在路边道沿上，失去信心，只是还不甘心返回旅店。忽然，一种淡淡的熟悉的香味，从背后飘来，好似蹑手蹑脚到我身后，轻轻将我拢住。我一回头，一阵浓浓的芬芳扑在我脸上。这就是属于我的那花香呀。我眼前渐渐出现一条幽蓝幽蓝深长的巷子，巷子两边，白晃晃，满是花，正是她的巷子！

　　奇怪，为什么刚刚来回几次都没闻到这花香？难道它像夜来香那样，入夜才散放芳香？难道它只有等着你苦苦寻求时，才悄悄出现？

　　我走进巷子，蓝色的夜凉如水，从我面颊和臂膀旁滑溜溜地流过。我整个身子融入这深巷，也就融入这浓得化不开的芬芳里。我记得她的话——巷子尽头是她家。我一直往里走，感觉自己像一只蜜蜂，钻进一个巨大、柔美、香喷喷的花蕊里……渐渐地，我一点点看见，巷子尽头站着一个人，浅浅一条长裙。她大概在这里默立许久，却相信我一定会来。

　　这是太久太久的事了。对于这条花巷以及那特有的香味，偶尔还会动心地想起。但我不会再来，因为世上不会再有那样的女孩了。

猫婆

我那小阁楼的后墙外，居高临下是一条又长又深的胡同，我称它为猫胡同。每日夜半，这里是猫儿们无法无天的世界。它们戏耍、求偶、追逐、打架，叫得厉害时有如小孩扯着嗓子嚎哭。吵得人无法入睡时，便常有人推开窗大吼一声"去——"，或者扔块石头瓦片轰赶它们。我在忍无可忍时也这样怒气冲冲干过不少次。每每把它们赶跑，静不多时，它们又换个什么地方接着闹，通宵不绝。为了逃避这群讨厌的家伙，我真想换房子搬家。奇怪，哪来这么多猫，为什么偏偏都跑到这胡同里来聚会闹事？

一天，我到一位朋友家去串门，聊天，他养猫，而且视猫如命。

我说："我挺讨厌猫的。"

他一怔，扭身从墙角纸箱里掏出个白色的东西放在我手上。呀，一只毛线球大小雪白的小猫！大概它有点怕，缩成个团儿，小耳朵紧紧贴在脑袋上，一双纯蓝色亮亮的圆眼睛柔和又胆怯地望着我。我情不自禁赶快把它捧在怀里，拿下巴爱抚地蹭它毛茸茸的小脸，竟然对这朋友说："太可爱了，把它送给我吧！"

我这朋友笑了，笑得挺得意，仿佛他用一种爱战胜了我不该有的一种怨恨。他家大猫这次一窝生了一对小猫——一只一双金黄眼

46

儿，一只一双天蓝色眼儿。尽管他不舍得送人，对我却例外地割爱了，似乎为了要在我身上培养出一种与他同样的爱心来。真正的爱总希望大家共享，尤其对我这个厌猫者。

小猫一入我家，便成了我全家人的情感中心。起初它小，趴在我手掌上打盹睡觉，我儿子拿手绢当被子盖在它身上，我妻子拿眼药瓶吸牛奶喂它。它呢，喜欢像婴儿那样仰面躺着吃奶，吃得高兴时便用四只小毛腿抱着你的手，伸出柔软的、细砂纸似的小红舌头亲昵地舔你的手指尖……这样，它长大了，成为我家中的一员，并有着为所欲为的权利——睡觉可以钻进任何人的被窝儿，吃饭可以跳到桌上，蹲在桌角，想吃什么就朝什么叫，哪怕最美味的一块鱼肚或鹅肝，我们都会毫不犹豫地让给它。嘿，它夺去我儿子受宠的位置，我儿子却毫不妒忌它，反给它起了顶漂亮顶漂亮的名字，叫蓝眼睛。这名字起得真好！每当蓝眼睛闯祸——砸了杯子或摔了花瓶，我发火了，要打它，但只要一瞅它那纯净光澈、惊慌失措的蓝眼睛，心中的火气顿时全消，反而会把它拥在怀里，用手捂着它那双因惊恐瞪大的蓝眼睛，不叫它看，怕它被自己的冒失吓着……

我也是视猫如命了。

入秋，天一黑，不断有些大野猫出现在我家的房顶上，大概都是从后面猫胡同爬上来的吧。它们个个很丑，神头鬼脸向屋里张望。它们一来，蓝眼睛立即冲出去，从晾台蹿上屋顶，和它们对吼、厮打，互相穷追不舍。我担心蓝眼睛被这些大野猫咬死，关紧通向晾台的门，蓝眼睛便发疯似的抓门，还哀哀地向我乞求。后来我知道蓝眼睛是小母猫，它在发狂地爱，我便打开门不再阻拦。它天天夜出晨归，归来时，浑身滚满尘土，两眼却分外兴奋明亮，像蓝宝石。就这样，在很冷的一天夜里出去了，没再回来，我妻子站在晾台上拿根竹筷子"当当"敲着它的小饭盆，叫它，一连三天，期待落空。意想不到的灾难降临——蓝眼睛丢了！

情感的中心突然失去，家中每个人全空了。

我不忍看妻子和儿子噙泪的红眼圈，便房前房后去找。黑猫、白猫、黄猫、花猫、大猫、小猫，各种模样的猫从我眼前跑过，唯独没有蓝眼睛……懊丧中，一个孩子告诉我，猫胡同顶里边一座楼的后门里，住着一个老婆子，养了一二十只猫，人称猫婆，蓝眼睛多半是叫她的猫勾去的。这话点亮了我的希望。

当夜，我钻进猫胡同，在没有灯光的黑暗里寻到猫婆家的门，正想察看情形，忽听墙头有动静，抬头吓一跳，几只硕大的猫影黑黑地蹲在墙上。我轻声一唤"蓝眼睛"，猫影全都微动，眼睛处灯光似的一闪一闪，并不怕人。我细看，没有蓝眼睛，就守在墙根下等候。不时一只走开，跳进院里；不时又从院里爬上一只来，一直没等到蓝眼睛。但这院里似乎是个大猫洞，我那可怜的宝贝多半就在里边猫婆的魔掌之中了。我冒冒失失地拍门，非要进去看个究竟不可。

门打开，一个高高的老婆子出现——这就是猫婆了。里边亮灯，她背光，看不清面孔，只是一条墨黑墨黑神秘的身影。

我说我找猫，她非但没拦我，反倒立刻请我进屋去。我随她穿过小院，又低头穿过一道小门，是间阴冷的地下室。一股浓重噎人的猫味马上扑鼻而来。屋顶很低，正中吊下一个很脏的小灯泡，把屋内照得昏黄。一个柜子，一座生铁炉子，一张大床，地上几只放猫食的破瓷碗，再没别的，连一把椅子也没有。

猫婆上床盘腿而坐，她叫我也坐在床上。我忽见一团灰涂涂的棉被上，东一只西一只横躺竖卧着几只猫。我扫一眼这些猫，还是没有蓝眼睛。猫婆问我："你丢那猫什么样儿？"我描述一遍，她立即叫道："那大白波斯猫吧？长毛？大尾巴？蓝眼睛？见过见过，常从房上下来找我们玩儿，还在我们这儿吃过东西呢，多疼人的宝贝！丢几天了？"我盯住她那略显浮肿、苍白无光的老脸看，只有焦急，却无半点装假的神气。我说："五六天了。"她的脸顿时阴沉下来，停了片刻才说："您甭找了，回不来了！"我很疑心这话为了骗我，目光搜寻可能藏匿蓝眼睛的地方。这时，猫婆的手忽向上一指，呀，迎面横着的铁烟囱上，竟然还趴着好一大长排各种各样的猫！有的眼睛看我，有的闭眼睡觉，它们是在借着烟囱的热气取暖。

猫婆说："您瞧瞧吧，这都是叫人打残的猫！从高楼上摔坏的猫！我把它们拾回来养活的。您瞧那只小黄猫，那天在胡同口叫孩子们按着批斗，还要烧死它，我急了，一把从孩子们手里抢出来的！您想想，您那宝贝丢了这么多天，哪还有好？现在乡下常来一伙人，下笼子逮猫吃，造孽呀！他们在笼里放了鸟儿，把猫引进去，笼门就关上……前几天我的一只三花猫就没了。我的猫个个喂得饱饱的，不用鸟儿绝对引不走，那些狼心狗肺的家伙，吃猫肉，叫他们吃！吃得烂嘴、烂舌头、浑身烂、长疮、烂死！"

她说得脸抖，手也抖，点烟时，烟卷抖落在地。烟囱上那小黄猫，瘦瘦的，尖脸，很灵，立刻跳下来，叼起烟，仰起嘴，递给她。猫婆笑脸开花，咧着嘴不住地说："瞧，您瞧，这小东西多懂事！"像在夸赞她的一个小孙子。

我还有什么理由疑惑她？面对这天下受难猫儿们的救护神，告别出来时，不觉带着一点惭愧和狼狈的感觉。

蓝眼睛的丢失虽使我伤心很久，但从此不知不觉我竟开始关切所有猫儿的命运。猫胡同再吵再闹也不再打扰我的睡眠，似乎有一只猫叫，就说明有一只猫活着，反而令我心安。猫叫成了我的安眠曲……

转过一年，到了猫儿们求偶时节，猫胡同却忽然安静下来。

我妻子无意间从邻居那里听到一个不幸的消息：猫婆死了。同时——在她死后——才知道关于她在世时的一点点经历。

据说，猫婆本是先前一个开米铺老板的小婆，被老板的大婆赶出家门，住在猫胡同那座楼第一层的两间房子里。后又被当做资本家老婆，轰到地下室。她无亲无故，孑然一身，拾纸为生，以猫为伴，但她所养的猫没有一个良种好猫，都是拾来的弃猫、病猫和残猫。她天天从水产店捡些臭鱼烂虾煮了，放在院里喂猫，也就招引一些无家可归的野猫来填肚充饥，有的干脆在她家落脚。她有猫必留，谁也不知道她家到底有多少只猫。

"文革"前，曾有人为她找个伴儿，是个卖肉的老汉。结婚不过两个月，老汉忍受不了这些猫闹、猫叫、猫味儿，就搬出去住了。人们劝她扔掉这些猫，接回老汉，她执意不肯，坚持与这些猫共享着无人能解的快乐。

前两个月，猫婆急病猝死，老汉搬回来，第一件事便是把这些猫统统轰走。被赶跑的猫儿依恋故人故土，每每回来，必遭老汉一顿死打，这就是猫胡同忽然不明不白静下来的根由了。

这消息使我的心一揪。那些猫，那些在猫婆床上、被上、烟囱上的猫，那些残的、病的、瞎的猫儿们呢？那只尖脸的、瘦瘦的、为猫婆叼烟卷的小黄猫呢？如今漂泊街头、饿死他乡，被孩子弄死，还是叫人用笼子捉去吃掉了？一种伤感与担忧从我心里漫无边际地散开，散出去，随后留下的是一片沉重的空茫。这夜，我推开后窗向猫胡同望下去，只见月光下，猫婆家四周的房顶墙头趴着一只只猫影，大约有七八只，黑黑的，全都默不作声。这都是猫婆那些生死相依的伙伴，它们等待着什么呀？

从这天起，我常常把吃剩下的一些东西，一块馒头、一个鱼头或一片饼扔进猫胡同里去，这是我仅能做到的了。但这年里，我也不断听到一些猫这样或那样死去的消息，即使街上一只猫被轧死，我都认定必是那些从猫婆家里被驱赶出来的流浪儿。入冬后，我听到一个令人震悚的故事——

　　我家对面一座破楼修理瓦顶。白天里瓦工们换瓦时活没干完，留下个洞，一只猫为了御寒，钻了进去；第二天瓦工们盖上瓦走了，这只猫无法出来，急得在里边叫。住在这楼顶层的五六户人家都听到猫叫，还有在顶棚上跑来跑去的声音，但谁家也不肯将自家的顶棚捅坏，放它出来。这猫叫了三整天，开头声音很大，很惨，瘆人，但一天比一天声音微弱下来，直至消失！

　　听到这故事，我彻夜难眠。

　　更深夜半，天降大雪，猫胡同里一片死寂，这寂静化为一股寒气透进我的肌骨。忽然，后墙下传来一声猫叫，在大雪涂白了的胡同深处，猫婆故居那墙头上，孤零零趴着一只猫影，在凛冽中蜷缩一团，时不时哀叫一声，甚是凄婉。我心一动，是那尖脸小黄猫吗？忙叫声："咪咪！"想下楼去把它抱上来，谁知一声唤，将它惊动，起身慌张跑掉。

　　猫胡同里便空无一物。只剩下一片夜的漆黑和雪的惨白，还有奇冷的风在这又长又深的空间里呼啸。

空信箱

　　我的信箱挂在大门上，门板掏个长形的洞，信打外边塞进来。只要听邮递员"叮叮"一拨车铃，马上跑去打开，一封信悄然沉静立在箱子里。天蓝色的信封像一块天空，褐色的牛皮纸信封像一片泥板，沉甸甸。扯开信时的心情总是急渴渴，不知里边装着是意外是倾诉是愁苦是体贴是欢愉是求助，或是火一样的恋情烟一样的思绪带子一样扯不断的思念？天南地北海角天涯朋友们的行踪消息全靠它了。

　　有时等信等得好苦，一天几次去打开它，总以为错过邮递员的铃，打开却是空的。我最怕它空空洞洞冷冷清清的样子。我的院墙高，门也高，阳光跨不进来，外边世界的兴衰枯荣常常由它告诉我。打开信箱，里边有时几团柳絮几片落花几个干卷的叶子，还有洁白的雪深暗的雨点。它们是从投信孔钻进来的。有时随着开门的气流，几朵蒲公英的种子"噗"地毛茸茸地扑在脸上，然后飘飘摇摇飞升，在高高的阳光里闪着，有如银羽。目光便随它投向淡淡的天，亮的云。春天也到达我塞外朋友那里了吧，我陷入一片温馨的痴想……

　　它是拿几块木板草草钉上的，没涂漆，日晒雨淋，到处开裂，但没有任何箱子比它盛得更多。

它是我生活的一部分，也就是我心的一部分。

用心生活是累人的，但唯此才幸福。

大灾难把我这部分扯去。信箱的门儿叫一个无知的孩子掰掉。箱子的四边像个方木框残留在那里。一连几个月等不到邮递员铃的召唤，朋友们的命运都会碰到什么？

我这才懂得，心不相连人极远。

它空在那儿，似乎比我还空。

可是……奇迹出现了。一天天暮，夕阳打投信孔照进来。我院子头一次有阳光。先是在长条形洞孔迷蒙灿烂地流连了一会儿，便落到墙角，照着最暗最潮最阴冷的地方，把满地青苔照得鲜碧如洗。俯下身看，好像一片清晰雨后的草原，极美。随后这光就沿着墙根一条砖一条砖往上爬，直爬到第五条砖，停住，几只蚂蚁也停在那里默默享受这世界最后的暖意和光明。不知不觉这光变得渐细渐淡直到无声无息地熄灭。整个信箱变成一块方形的黑影。盯着它看，就会一直走进空无一物的宇宙。

蜘蛛开始在信箱里拉网了，上下左右，横来斜去，它们何以这样放胆在这儿安家？天一凉，秋叶钻进来，落在蛛网上。金色的船，银色的渔网，一层网一层船，原来寂寞也会创造诗。诗人从来不会创造寂寞。

忽然一天，"叮叮"，我心一亮，邮递员，信！

跑出去，远远就见白白的一封信稳稳竖在箱中。过去一捏，厚厚的，千言万语，一个几次梦到的朋友寄来的。一拿，却有股微微的力往回扯，是黏黏带点韧劲的蛛丝。再拉，蛛丝没断却拉得又长又直，极亮，还微微颤抖，上边船形的黄叶子全在一斜一直、一直一斜来回扭动。一如五线谱上甜蜜的旋律，无声地响起来……

昨夜我忽然梦到这许久以前的情景，一条条长长亮闪闪的蛛丝，来回扭动的黄叶子，我梦得好逼真，连拉蛛丝时那股子韧劲都感觉到了。心里有点奇怪，可我断言这是我有生以来最美的一个梦境。

空屋

　　好像家里人谁也不肯说，为什么后院那间小屋一直空着，锁着，甚至连院子也很少人去。这空屋便常常隐在几株大梧桐深幽的、湿漉漉的阴影里，红砖墙几乎被青苔涂绿，黝黑的檐下总是挂着一些亮闪闪的大蜘蛛网。一入秋，大片大片黄黄的落叶就粘在蛛网上，片片姿态都美，它们还把地面铺得又厚又软。奇怪的是很少有鸟儿飞到这院里来，这便在它的荒芜中加进一点阴森的感觉。影影绰绰，好像听说这屋闹鬼——空屋里常有人走动，还有女人咯咯笑，茶壶自己竟会抬起来斟水……弄不清这是从哪个鬼故事里听来的，还就是这空屋里发生过的令人毛骨悚然的事。那时我小，儿时常把真假混记在一起。

　　一个夏夜，我隔窗清晰听到后院这空屋突然发出"叭"的一声，好像谁用劲把一根棍子掰断了，分明有人！鬼？当时，只觉得自己身子缩得很小很小，眼睛瞪得老大老大，脖子不敢也不能转动了。母亲以为我得了什么急病，问我，我不敢说，最可怕的事都是怕说出来的。从这次起我连通往后院的小门都不敢接近，以致一穿过那段走廊，两条胳膊的鸡皮疙瘩马上全鼓起来。但上楼梯必须横穿过这走廊，每次都是慌慌张张连蹿带跳冲过去，不止一次滑倒跌跤，还跌断过一颗门牙，做了半年多的"没牙佬"。在我的童年里

54

这空屋是我的一个阴影、威胁、精神包袱，是各种可怕的想象与噩梦的来源。

后来，长大一些，父亲叫我随他去后院这空屋里拿东西，我慑于父亲的威严，被迫第一次走进这鬼的世界。

我紧贴在父亲的身后，胆战心惊地瞅这屋，竟然和我生来对它所有猜想都截然不同。没有骷髅、白骨、血手印和任何怪物，而是一间静得要死的素雅的小书房。几架子书，一个书桌，一张小床，一个带椭圆形镜子的小衣柜。屋里的主人好像突然在某一个时候离去——桌上的铜墨盒打开着，床上的被子没叠，地上的果核也没清扫，便被时间的灰尘一层层封闭了。我从来没见过哪一间屋子有这么厚的尘土，积在玻璃杯里的灰尘足有半寸厚，杯子外边的灰尘也同样厚，一切物品都陷没并凝固在逝去的岁月里。灰蒙蒙的，看上去像一幅淡淡而又冷漠的水墨画。

灰尘是时间的物质。它隔离人与物，今与昔，但灰尘下边呢？什么东西暗暗相连？

一间房子里如果有人住，虽然天天使用房中的一切，它们反而不会损坏。这大概是由于人的精神照射在这些物品上，它们带着活人的气息，与人的生命有光、有色、有声、有机地混合一起。但如果这房子久无人住，它们便全死了，待在那儿自己竟然会开裂、脱落、散架、坏掉……奇怪吗？不不，人创造的一切因人而在。人旺而物荣，人灭而物毁。只见这书桌前的座椅已经散成一堆木棍，有如零落的尸骨；蚊帐粉化了，依稀还有些丝缕耷拉在床架上，好像吹口气便会化成一股烟；头顶上双股灯线断了一根，灯儿带着伞状的灯罩斜垂着；迎面的几个书架最惨，木框大多脱开，上边的书歪歪斜斜或成堆地掉落在尘埃里……忽然，吓我一跳！什么东西在动？那椭圆镜子里的自己？鬼！我看见了一个人！我的叫声刚到嗓子眼儿，再瞧，原来是墙上旧式镜框里一个陌生的男青年的照片——他隔着尘污的玻璃炯炯望着我，目光直视，冷冷的，有点怕

55

人。他是谁？这空屋原先的主人吗？我可从来没见过这个梳中分头、穿西装、领口系黑色蝴蝶结的人！他早死了吗？空屋里那些吓人的动静莫非就是他的幽灵作祟？

父亲拿了一盏台灯和字典，把那铜墨盒和铜笔架放在我手里。我抢在父亲前面赶快走出这空屋。经我再三追问，母亲才告诉我——

墙上那照片里的青年确实早已死去。他竟是我的堂兄！他在上大学时，被他痴爱的女友抛弃，从此每当上哲学课，就对一位不相干的教哲学的女教师嘿嘿傻笑，这才知道他疯了。那女友与他分手时送给他一枝双朵的芭兰花。那是用细铁丝拧成的双叉的小叉子，把一对芭兰花插在上边。他便天天捏着这对花忽笑忽哭，直到花儿烂掉，没了，他依旧举着这光光的小叉子用鼻子闻，后来大概他意识到没有花了，就把小叉往鼻孔里插，常常鼻孔被插出血来。终于一天，他把这小叉子插在电插座上，结束了痛苦绝望的人生。据说那一瞬间，我家电闸的保险丝断了，所有灯齐灭，全楼一片漆黑。

我那时还不懂爱情这东西如此厉害，但它的刺激性全部感受到了。虽然我对这位堂兄全无印象，他是在我三岁时去世的，可随着我渐渐长大，就一点点悟出我这同胞灵魂中曾经承受和不能承受的是些什么。对鬼的幻觉与惧怕也就随之消失，但我仍不肯再走进这空屋。在我那同胞与世决绝之时，这空屋里的一切都不曾给他一点牵挂与挽留啊！这是个无情的空间，一如冷漠人生。我讨厌那屋里所有东西，似乎都是冰冷的、不祥的，像一堆尸骨。我不明白父亲为什么要用那台灯、墨盒和笔架。尤其当那台灯在父亲的书案上亮起，一看这惨白清冷的灯光，我心里便禁不住打个寒噤。世界上所有台灯的灯光都有一种温情啊！

我认定自己终生不会走进这空屋，但第二次进去却是另一种更加意想不到的感受。

"文革"初的一天，突如其来，我家被彻底捣毁，父亲被弄到屋顶上批斗，他随时可能被推下来或者自己跳下来；母亲给拉到大街上，被迫和几个挨整的妇女跪着赛跑。许多陌生人围在门外喊口号，一个老邻居家的孩子带领红卫兵用棍棒斧头把我家扫荡得粉碎，直到天黑他们才退去。一家人坐在被砸毁的成堆成堆的破烂东西上，战战兢兢，不知何时会有人闯进来，再发生什么祸事。这世界变得无法无天，无论谁都可以对我们构成致命的威胁。更深夜半时，近处和远处还在响着喊斗呼打声，我们不敢开灯，不敢出声，黑夜有如恐怖无边地、紧紧地包裹着我……

后来，疲惫不堪的父母和妹妹卧在地上睡着了，不知为什么，我独自起身悄悄穿过走廊和后院，走进那一向被我拒绝的空屋。脚一踏入，那是怎样一个异样宁静的空间啊！

我先在屋中央，在被月光照射得银白耀眼的一块地上蹲下来，瞅着一片片清晰而如墨的梧桐叶影。四周，透过黑色透明的空气，书架等家具一件件朦朦胧胧地显现出来。随之而来的是一种很奇怪的感觉，屋中这些陌生的、无生命的、本来被我看做是无情无义的死东西，此刻对我反而都是这世上独有的无伤害和保护的了。一切有关的都不安全，一切无关的才最安全。隐隐约约，黑糊糊的墙上，我那疯了并死了的堂兄正冷冷地瞅着我。镜框可能被抄家的人打歪，堂兄的脸也歪着，更添一种活生生的神情。我丝毫不怕，却很想他能像鬼那样走下来，和我说话，这样反倒会驱散现实压在我心上非常具体的恐怖。我紧紧盯着他，等他，盼他的鬼魂出现……不知不觉进入一种从未经验过的境界：安慰、逃脱与超然。

整整一夜，我享受着这空屋。

花脸

做孩子的时候，盼过年的心情比大人来得迫切，吃穿玩乐花样都多，还可以把拜年来的亲友塞到手心里的一小红包压岁钱都积攒起来，做个小富翁。但对于孩子们来说，过年的魅力还有更深一层的缘故。

每逢年至，小闺女们闹着戴绒花、穿红袄，嘴巴要涂上浓浓的胭脂团儿，男孩子们的兴趣都在鞭炮上。我则不然，最喜欢的是买个花脸戴。这是种纸浆轧制成的面具，用掺胶的彩粉画上戏里边那些有名有姓、威风十足的大花脸。后边拴根橡皮条，往头上一套，自己俨然就变成那员虎将了。这花脸是依脸型轧的，眼睛处挖两个孔，可以从里边往外看。但鼻子和嘴的地方不通气儿，一戴上，好闷，还有股臭胶和纸浆的味儿，说出话来，声音变得低粗，却有大将威武不凡的气概，神气得很。

一年年根儿，舅舅带我去娘娘宫前年货集市上买花脸。过年时人都分外有劲，挤在人群里好费力，终于从挂满一条横竿上的花花绿绿几十种花脸中，惊喜地发现一个。这花脸好大，好特别！通面赤红，一双墨眉，眼角雄俊地吊起，头上边凸起一块绿包头，长巾贴脸垂下，脸下边是用马尾做的很长的胡须。这花脸与那些愣头愣脑、傻头傻脑、神头鬼脸的都不一样。虽然毫不凶恶，却有股子凛然不可侵犯的庄重之气，咄咄逼人。叫我看得直缩脖子，要是把它戴在脸上，管叫别人也吓得缩脖子。我竟不敢用手指它，只是朝它扬下巴，说："我要那个大红脸！"

卖花脸的小罗锅儿，举竿儿挑下这花脸给我，龇着黄牙笑嘻嘻地说："还是这小少爷有眼力，要做关老爷！关老爷还得拿把青龙偃月刀呢！我给您挑把顶精神的！"就着从戳在地上的一捆刀枪里，抽出一柄最漂亮的大刀给我。大红漆杆，金黄刀面，刀面上嵌着几块闪闪发光的小镜片，中间画一条碧绿的小龙，还拴一朵红缨子。这刀！这花脸！没想到一下得到两件宝贝。我高兴得只是笑，话都说不出。舅舅付了钱，坐三轮车回家时，我就戴着花脸，倚着舅舅的大棉袍执刀而立，一路引来不少人瞧我，特别是那些与我一般大的男孩子们投来艳羡的目光时，使我快活至极。舅舅给我讲了许多关公的故事，过五关斩六将，温酒斩华雄。舅舅边讲边说："你好英雄呀！"好像在说我的光荣史。当他告诉我这把青龙偃月刀重八十斤，我简直觉得自己力大无穷。舅舅还教我用京剧自报家门的腔调说：

"我——姓关，名羽，字云长。"

到家，人人见人人夸，妈妈似乎比我更高兴。连总是厉害地板着脸的爸爸也含笑称我"小关公"。我推开人们，跑到穿衣镜前，横刀立马地一照，呀，哪里是小关公，我是大关公哪！

这样，整个大年三十我一直戴着花脸，谁说都不肯摘，睡觉时也戴着它，还是睡着后我妈妈轻轻摘下放在我枕边的，转天醒来头件事便是马上戴上，恢复我这"关老爷"的本来面貌。

大年初一，客人们陆陆续续来拜年，妈妈喊我去，好叫客人们见识见识我这关老爷。我手握大刀，摇晃着肩膀，威风地走进客厅，憋足嗓门叫道："我——姓关，名羽，字云长。"

客人们哄堂大笑，都说："好个关老爷，有你守家，保管大鬼小鬼进不来！"

我愈发神气，大刀呼呼抡两圈，摆个张牙舞爪的架势，逗得客人们笑个不停。只要客人来，妈妈就喊我出场表演。妈妈还给我换上只有三十夜拜祖宗时才能穿的那件青缎金花的小袍子。我成了全家过年的主角。连爸爸对我也另眼看待了。

　　我下楼一向不走楼梯。我家楼梯扶手是整根的光亮的圆木。下楼时便一条腿跨上去，"哧溜"一下滑到底。这时我就故意躲在楼上，等客人来时突然由天而降，叫他们惊奇，效果会更响亮！

　　初一下午，来客进入客厅，妈妈一喊我，我跨上楼梯扶手飞骑而下，呜呀呀大叫一声闯进客厅，大刀上下一抡，谁知用力过猛，脚底没根，身子栽出去，"叭"地巨响，大刀正砍在花架上一尊插桃枝的大瓷瓶上，哗啦啦粉粉碎，只见瓷片、桃枝和瓶里的水飞向全屋。一个瓷片从二姑脸旁飞过，险些擦上了。屋内如淋急雨，所有人穿的新衣裳都是水渍。再看爸爸，他像老虎一样直望着我，哎哟，一根开花的小桃枝迎面飞去，正插在他梳得油光光的头发里。后来才知道被我打碎的是一尊祖传的乾隆官窑百蝶瓶，这简直是死罪！我坐在地上吓傻了，等候爸爸上来一顿狠狠的揪打。妈妈的神情好像比我更紧张，她一下抓不着办法救我，瞪大眼睛等待爸爸的爆发。

　　就在这生死关头，二姑忽然破颜而笑，拍着一双雪白的手说道：

　　"好啊，好啊，今年大吉大利，岁(碎)岁(碎)平安呀！哎，关老爷，干吗傻坐在地上，快起来，二姑还要看你耍大刀哪！"

　　谁知二姑这是使什么法术，绷紧的气势霎时就松开了。另一位姨婆马上应和说："旧的不去，新的不来，不除旧，不迎新。您等着瞧吧，今年非抱个大金娃娃不成，是吧？"她满脸欢笑朝我爸爸说，叫他应声。其他客人也一拥而上，说吉祥话，哄爸爸乐。

　　这些话平时根本压不住爸爸的火气，此刻竟有神奇的效力，迫使他不乐也得乐。过年乐，没灾祸。爸爸只得嘿嘿两声，点头说：

"啊，好、好、好……"

尽管他脸上的笑纹明显含着被克制的怒意，我却奇迹般地因此逃脱开一次严惩。妈妈对我丢了眼色，我立刻爬起来，拖着大刀，狼狈而逃。身后还响着客人们着意的拍手声、叫好声和笑声。

往后几天里，再有拜年的客人来，妈妈不再喊我，节目被取消了。我躲在自己屋里很少露面，那把大刀也掖在床底下，只是花脸依旧戴着，大概躲在这硬纸后边再碰到爸爸时有种安全感。每每从眼孔里望见爸爸那张阴沉含怒的脸，不再觉得自己是关老爷，而是个可怜虫了！

过了正月十五，大年就算过去了。我因为和妹妹争吃撤下来的祭灶用的糖瓜，被爸爸抓着腰提起来，按在床上死揍了一顿。我心里清楚，他是把打碎花瓶的罪过加在这件事上一起清算，因为他盛怒时，向我要来那把惹祸的大刀，用力折成段，大花脸也撕成碎片片。

从这事，我悟到一个祖传的概念：一年之中唯有过年这几天是孩子们的自由日，在这几天里无论怎样放胆去闹，也不会立刻得到惩罚。这便是所有孩子都盼望过年的深在的缘故。当然那被撕碎的花脸也提醒我，在这有限的自由里可得勒着点自己，当心事后加倍地算账。

捅马蜂窝

爷爷的后院虽小，它除去堆放杂物，很少人去，但里边的花木从不修剪，快长疯了！枝叶纠缠，阴影深浓，却是鸟儿、蝶儿、虫儿们生存和嬉戏的一片乐土，也是我儿时的乐园。我喜欢从那爬满青苔的湿漉漉的大树干上，取下一只又轻又薄的蝉衣，从土里挖出筷子粗的肥大的蚯蚓，把团团飞舞的小蠓虫赶到蜘蛛网上去。那沉甸甸压弯枝条的海棠果，个个都比市场买来的大。这里，最壮观的要数爷爷窗檐下的马蜂窝了，好像倒垂的一只大莲蓬，无数金黄色的马蜂爬进爬出，飞来飞去，不知忙些什么，大概总有百十只之多，以至爷爷不敢开窗子，怕它们中间哪个冒失鬼一头闯进屋来。

"真该死，屋子连透透气儿也不能，哪天请人来把这马蜂窝捅下来！"奶奶总为这个马蜂窝生气。

"不行，要蜇死人的！"爷爷说。

"怎么不行？头上蒙块布，拿竹竿一捅就下来。"奶奶反驳道。

"捅不得，捅不得。"爷爷连连摇手。

我站在一旁，心里却涌出一种捅马蜂窝的强烈欲望。那多有趣！当我给这个淘气的欲望鼓动得难以抑制时，就找来妹妹，乘着爷爷午睡的当儿，悄悄溜到从走廊通往后院的小门口。我脱下褂子蒙住头顶，用扣上衣扣儿的前襟遮盖下半张脸，只露一双眼。又把两根竹竿接绑起来，作为捣毁马蜂窝的武器。我和妹妹约定好，她躲在门里，把住关口，待我捅下马蜂窝，赶紧开门放我进来，然后把门关住。

妹妹躲在门缝后边，眼瞧我这非凡而冒险的行动。我开始有些迟疑，最后还是好奇战胜了胆怯。当我的竿头触到蜂窝的一刹那，好像听到爷爷在屋内呼叫，但我已经顾不得别的，一些受惊的马蜂轰地飞起来，我赶紧用竿头顶住蜂窝使劲地摇撼两下，只听"嗵"，一个沉甸甸的东西掉下来，跟着一团黄色的飞虫腾空而起，我扔掉竿子往小门那边跑，谁料到妹妹害怕，把门在里边插上，她跑了，将我关在门外。我一回头，只见一只马蜂径直而凶猛地朝我扑来，好像一架燃料耗尽、决心相撞的战斗机。这复仇者不顾一死而拼命的气势使我惊呆了。我抬手想挡住脸，只觉眉心像被针扎似的剧烈地一疼，挨蜇了！我捂着脸大叫，不知道谁开门把我拖到屋里。

当夜，我发了高烧。眉心处肿起一个枣大的疙瘩，自己都能用眼瞧见。家里人轮番用醋、酒、黄酱、万金油和凉手巾把儿，也没能使我那肿疮迅速消下来。转天请来医生，打针吃药，七八天后才渐渐复愈。这一下好不轻呢！我生病也没有过这么长时间，以至消肿后的几天里不敢到那通向后院的小走廊上去，生怕那些马蜂还守在小门口等着我。

过了些天，惊恐稍定，我去爷爷的屋子，他不在，隔窗看见他站在当院里，摆手召唤我去，我大着胆子去了。爷爷手指窗根处叫我看，原来是我捅掉的那个马蜂窝，却一只马蜂也不见了，好像一只丢弃的干枯的大莲蓬头。爷爷又指了指我的脚下，一只马蜂！我惊吓得差点叫起来，慌忙跳开。

"怕什么，它早死了！"爷爷说。

仔细瞧，噢，原来是死的。仰面朝天躺在地上，几只黑蚂蚁在它身上爬来爬去。

爷爷说：

"这就是蜇你的那只马蜂。马蜂就是这样，你不惹它，它不蜇你。它要是蜇了你，自己也就死了。"

"那它干吗还要蜇我呢，它不就完了吗？"

"你毁了它的家，它当然不肯饶你，它要拼命的！"爷爷说。

我听了心里暗暗吃惊。一只小虫竟有这样的激情和勇气。低头再瞧瞧那只马蜂，微风吹着它，轻轻颤动，好似活了一般。我不禁想起那天它朝我猛扑过来时那副视死如归的架势，与毁坏它们生活的人拼出一死，真像一个英雄……我面对这壮烈牺牲的小飞虫的尸体，似乎有种罪孽感沉重地压在我的心上。

那一窝马蜂呢，无家可归的一群呢，它们还会不会回来重建家园？我甚至想用胶水把那只空空的蜂窝粘上去。

这一年，我经常站在爷爷的后院里，始终没有等来一只马蜂。

转年开春，有两只马蜂飞到爷爷的窗檐下，落到被晒暖的木窗框上，然后还在过去的旧巢的残迹上爬了一阵子，跟着飞去而不再来。空空又是一年。

第三年，风和日丽之时，爷爷忽叫我抬头看，隔着窗玻璃看见窗檐下几只赤黄色的马蜂忙来忙去。在这中间，我忽然看到，一个小巧的、银灰色的第一间蜂窝已经筑成了。

于是，我和爷爷面对面开颜而笑，笑得十分舒心。我不由得暗暗告诉自己，再不做一件伤害旁人的事。

珍珠鸟

　　真好！朋友送我一对珍珠鸟。放在一个简易的竹条编成的笼子里，笼内还有一卷干草，那是小鸟舒适又温暖的巢。

　　有人说，这是一种怕人的鸟。

　　我把它挂在窗前。那儿还有一盆异常茂盛的法国吊兰。我便用吊兰长长的、串生着小绿叶的垂蔓蒙盖在鸟笼上，它们就像躲进深幽的丛林一样安全。从中传出的笛儿般又细又亮的叫声，也就格外轻松自在了。

　　阳光从窗外射入，透过这里，吊兰那些无数指甲状的小叶，一半成了黑影，一半被照透，如同碧玉，斑斑驳驳，生意葱茏。小鸟的影子就在这中间隐约闪动，看不完整，有时连笼子也看不出，却见它们可爱的鲜红小嘴儿从绿叶中伸出来。

　　我很少扒开叶蔓瞧它们，它们便渐渐敢伸出小脑袋瞅瞅我。我们就这样一点点熟悉了。

　　三个月后，那一团愈发繁茂的绿蔓里边，发出一种尖细又娇嫩的鸣叫。我猜到，是它们有了雏儿。我呢？决不掀开叶片往里看，连添食加水时也不睁大好奇的眼去惊动它们。过不多久，忽然有一个小脑袋从叶间探出来。更小哟，雏儿！正是这个小家伙！

　　它小，就能轻易地由疏格的笼子钻出身。瞧，多么像它的母亲；红嘴红脚，灰蓝色的毛，只是后背还没有生出珍珠似的圆圆的白点。它好肥，整个身子好像一个蓬松的球儿。

起先，这小家伙只在笼子四周活动，随后就在屋里飞来飞去。一会儿落在柜顶上，一会儿神气十足地站在书架上，啄着书背上那些大文豪的名字；一会儿把灯绳撞得来回摇动，跟着跳到画框上去了。只要大鸟在笼里生气地叫一声，它立即飞回笼里去。

我不管它。这样久了，打开窗子，它最多只在窗框上站一会儿，决不飞出去。

渐渐它胆子大了，就落在我书桌上。

它先是离我较远，见我不去伤害它，便一点点挨近，然后蹦到我的杯子上，俯下头来喝茶，再偏过脸瞧瞧我的反应。我只是微微一笑，依旧写东西，它就放开胆子跑到稿纸上，绕着我的笔尖蹦来蹦去，跳动的小红爪子在纸上发出嚓嚓响。

我不动声色地写，默默享受着这小家伙亲近的情意。这样，它完全放心了。索性用那涂了蜡似的、角质的小红嘴，"嗒嗒"啄着我颤动的笔尖。我用手抚一抚它细腻的绒毛，它也不怕，反而友好地啄两下我的手指。

有一次，它居然跳进我的空茶杯里，隔着透明光亮的玻璃瞅我。它不怕我突然把杯口捂住。是的，我不会。

白天，它这样淘气地陪伴我；天色入暮，它就在父母的再三呼唤声中，飞向笼子，扭动滚圆的身子，挤开那些绿叶钻进去。

有一天，我伏案写作时，它居然落到我的肩上。我手中的笔不觉停了，生怕惊跑它。待一会儿，扭头看，这小家伙竟趴在我的肩头睡着了，银灰色的眼睑盖住眸子，小红脚刚好给胸脯上长长的绒毛盖住。我轻轻抬一抬肩，它没醒，睡得好熟！还咂咂嘴，难道在做梦！

我笔尖一动，流泻下一时的感受：

信赖，往往创造出美好的境界。

歪儿

　　那个暑假，天刚擦黑，晚饭吃了一半，我的心就飞出去了。因为我又听到歪儿那尖细的召唤声："来玩踢罐电报呀——"

　　"踢罐电报"是那时男孩子们最喜欢的游戏。它不单需要快速、机敏，还带着挺刺激的冒险滋味。它的玩法又简单易学，谁都可以参加。先是在街中央用白粉笔粗粗画一个圈儿，将一个空洋铁罐儿摆在圈里，然后大家聚拢一起"手心手背"分批淘汰，最后剩下一个人坐庄。坐庄可不易，他必须极快地把伙伴们踢得远远的罐儿拾回来，放到原处，再去捉住一个乘机躲藏的孩子顶替他，才能下庄。可是就在他四处去捉住那些藏身的孩子时，冷不防从什么地方会蹿出一人，"叭"地将罐儿丁零当啷踢得老远，倒霉，又得重新开始……一边要捉人，一边还得防备罐儿再次被踢跑，这真是个苦差事，然而最苦的还要算是歪儿！

　　歪儿站在街中央，寻着空铁罐左盼右盼，活像一个蒸熟了的小红薯。他细小，软绵绵，歪歪扭扭，眼睛总像睁不开，薄薄的嘴唇有点斜。更奇怪的是他的耳朵，明显的一大一小，像是父子俩。他母亲是苏州人，四十岁才生下这个有点畸形的儿子，取名叫"弯儿"。我们天天都能听到她用苏州腔呼唤儿子的声音，却把"弯儿"错听成"歪儿"。也许这"歪儿"更像他的模样。由于他身子歪，跑起来就打斜，玩踢罐电报便十分吃亏。可是他太热爱这种游戏了，他宁愿坐庄，宁愿徒自奔跑，宁愿一直累得跌跌撞撞……大家玩的罐儿还是他家的呢！

只有他家才有这装芦笋的长长的铁罐，立在地上很好踢，如果要没有这宝贝罐儿，说不定大家嫌他累赘，不带他玩了呢！

我家刚搬到这条街上来，我就加入了踢罐电报的行列，很快成了佼佼者。这游戏简直就是为我发明的——我的个子比同龄的孩子高一头，腿也几乎长一截，跑起来真像骑摩托送电报的邮差那样风驰电掣，谁也甭想逃脱我的追逐。尤其我踢罐儿那一脚，"叭"的一声过后，只能在远处朦胧的暮色里去听它丁零当啷的声音了，要找到它可费点劲呢！这时，最让大家兴奋的是瞅着歪儿去追罐儿那样子，他一忽儿斜向左，一忽儿斜向右，像个脱了轨而瞎撞的破车，逗得大家捂着肚子笑。当歪儿正要发现一个藏身的孩子时，我又会闪电般冒出来，一脚把罐儿踢到视线之外，可笑的场面便再次出现……就这样，我成了当然的英雄，得意非凡。歪儿怕我，见到我总是一脸懊丧。天天黄昏，这条小街上充满着我的迅猛威风和歪儿的疲于奔命。终于有一天，歪儿一屁股坐在白粉圈里，快快无奈地痛哭不止……他妈妈跑出来，操着纯粹的苏州腔朝他叫着骂着，扯他胳膊回家。这愤怒的声音里似乎含着对我们的谴责。我们都感觉自己做了什么不好的事，默默站了一会儿才散。

歪儿不来玩踢罐电报了。他不来，罐儿自然也变了，我从家里拿来一种装草莓酱的小铁罐，短粗，又轻，不但踢不远，有时还踢不上，游戏的快乐便减色许多。那么失去快乐的歪儿呢？我望着他家二楼那扇黑黑的玻璃窗，心想他正在窗后边眼巴巴瞧着我们玩吧！这时忽见窗子一点点开启，跟着一个东西扔下来。这东西掉在地上的声音那么熟悉、那么悦耳、那么刺激，原来正是歪儿那长长的罐儿。我的心头一次感到被一种内疚深深地刺痛了。我迫不及待地朝他招手，叫他来玩儿。

歪儿回到了我们中间。

一切都奇妙又美好地发生了变化。大家并没有商定什么，却不约而同、齐心合力地等待着这位小伙伴了。大家尽力不叫他坐庄。有时他"手心手背"输了，也很快有人情愿被他捉住，好顶替他。大家相互配合，心领神会，作假成真。一次，我看见歪儿躲在一棵大槐树后边正要被发现，便飞身上去，一脚把罐儿踢得好远好远，解救了歪儿，又过去拉着他，急忙藏进一家院内的杂物堆里。我俩蜷缩在一张破桌案下边，紧紧挤在一起，屏住呼吸，却互相能感到对方的胸脯急促起伏，这紧张充满异常的快乐啊！我忽然见他那双眯缝的小眼睛竟然睁得很大，目光兴奋、亲热、满足，并像晨星一样光亮！原来他有这样一双又美又动人的眼睛。是不是每个人都有这样一双眼睛，就看我们能不能把它点亮？

长衫老者

我幼时，家对门有条胡同，又窄又长，九曲八折，望进去深邃莫测。隔街是店铺集中的闹市，过往行人都以为这胡同通向那边闹市，是条难得的近道，便一头扎进去，弯弯转转，直走到头，再一拐，迎面竟是一堵墙壁，墙内有户人家。原来这是条死胡同！好晦气！凡是走到这儿来的，都恨不得把这面堵得死死的墙踹倒！

怎么办？只有认倒霉，掉头走出来。可是这么一往一返，不但没抄了近道，反而白跑了长长一段冤枉路。正像俗话说的：贪便宜者必吃亏。那时，只要看见一个人满脸丧气从胡同里走出来，哈，一准知道是撞上死胡同了！

走进这死胡同的，不仅仅是行人，还有一些小商小贩。为了省脚力，推车挑担串进来，这就热闹了。本来狭窄的道儿常常拥塞，让车轱辘碰伤孩子的事也不时发生。没人打扫它，打扫也没用，整天尘土蓬蓬。人们气急就叫："把胡同顶头那家房子扒了！"房子扒不了，只好忍耐。忍耐久了，渐渐习惯。就这样，乱乱哄哄，好像它天经地义就该如此。

一天，来了一位老者，个子矮小，干净爽利，一件灰布长衫，红颜白须，目光清朗，胳肢窝夹个小布包包，看样子像教书先生。他走进胡同，一直往里，可过不久就返回来。嘿，又是一个撞上死胡同的！

这位长衫老者却不同常人。他走出来时，面无懊丧，而是目光闪闪，似在思索，然后站在胡同口，向左右两边光秃秃的墙壁望了望，跟着蹲下身，打开那布包，包里面有铜墨盒、毛笔、书纸和一个圆圆的带盖的小饭盆。他取笔展纸，写了端端正正、清清楚楚四个大字：此路不通。又从小盆里捏出几颗饭粒，代做糨糊，把这张纸贴在胡同口的墙壁上，看了两眼便飘然而去。

咦，谁料到这张纸一出，立刻出现奇迹。过路人若要抄近道扎进胡同，一见纸上的字，就转身走掉。小商贩们即使不识字，见这里进出人少，疑惑是死胡同，自然不敢贸然进去。胡同陡然清静多了。过些日子，这纸条给风吹雨打，残破了，胡同里的住家便想到用一块木板，仿照这四个字写在上边，牢牢钉在墙上，这样就长久地保留下来。

胡同自此大变样子。

它出现了从来没见过的情景：有人打扫，有人种花，有孩童玩耍，鸟雀也敢在地面上站一站。逢到一夜大雪过后，犹如一条蜿蜒洁白的带子，渐渐才给早起散步的老人们，踩上一串深深的雪窝窝。这些饱受市井喧嚣的人家，开始享受起幽居的静谧和安宁来了。

于是，我挺奇怪，本来这么简单的一举，为什么许多年里不曾有人想到？我因此愈加敬重那矮小、不知姓名、肯思索、更肯动手来做的长衫老者了……

鼻子的轶事

　　我一直认为人类的艺术创造有个重大疏漏，就是没有一种满足鼻子的艺术。在艺术中，有满足眼睛的，比如美术、雕塑和摄影；有满足耳朵的，比如音乐和歌唱；影视和戏曲是综合艺术，它们能同时满足眼睛和耳朵，却唯独把鼻子排斥在"艺术爱好者"之外了。嘴呢？对了，你会问。不要说也没有专供嘴巴来享受的艺术吧，千变万化的烹调艺术足能使嘴巴受用不尽了。聪明万能的人类为什么偏偏冷淡了、小瞧了、甚至荒废了鼻子？这个位居脸的中心的高贵的鼻子难道是个"艺盲"？难道它迟钝、麻木、低层次、无感受、缺乏情感细胞？难道它只能分辨香臭、只是用来呼吸吗？是啊，是啊，你想想看，流泪是一种感情的表露，那么流鼻涕呢？那不是伤心而是伤风。

　　然而，请你静下心再想一想——

　　每每早春初至，你是怎样感受到它的来临？那时，大地既没有绽露些许绿意，冰河尚无解冻时清脆的声响——你显然不是依靠眼睛和耳朵，而是凭着灵敏的鼻子察觉出这大自然催生的气息……我说过，春天最先是闻到的。

　　你是从哪一种气息里闻到的？

　　从融雪的气息、腐叶的气息、带着寒意的清晨的气息、泥土中苏醒的气息里，还是从一阵冷冷的疾雨里？世间雨的气息各种各样，有瑟缩深秋的绵绵细雨、炎炎夏日骤然浇下又热烘烘蒸腾起来的阵雨，以及随同微风可以闻到的凉丝丝的夜雨……这种种不同的雨的气味，比起雨的画面更能勾起你在同一种雨中经历的回忆。一次空空的等待或一次失去般的离别，一次义气的援救或是一次负疚的逃脱——不管具体细节怎样，总是气味帮助你记忆，也帮助你回忆。混同气味记在心底的，也只能被同一种气味勾上心头。再往深处想想，是不是世界上只有亲人的气味你记得最深最牢？母亲的、恋人的、孩子的。这气味比形象和声音更不能模仿和复制。精确分辨又刻骨铭心记住的不全是依靠鼻子吗？

我知道一个女人，一直保存着她逝去的丈夫的一件睡衣。她从来不洗这件睡衣，为了保留丈夫身体的气味，每当思念之情不能自已时，就拿出这件睡衣，贴在脸上闻一闻，活生生的丈夫便在身边。由此我得知，当生命消失时，它会转化为一种气息留在世上，活着的人靠着鼻子与它息息相通、默默相连。鼻子并非呼吸的器官，而是心灵的器具。由于多愁善感的鼻子，我们对这世界的感知便多了一倍！

鼻子又是慷慨无私的。尽管人类不给它任何享受艺术的方式，它却积极地参与艺术的创造。对了！我说的是鼻音，想想看，当歌唱家们使用鼻音时，那声音就会变得何等的奇异与美妙！

这叫我想起一件往事。虽然有些怪诞，却是我经历过的。

很多年前，我有个邻居是位业余歌手，他相貌寻常，身材四肢都极普通，唯有那鼻子大得像只梨儿挂在脸的中央。如果你坐在他身旁，会觉得呼吸困难，好像氧气都叫他那硕大无朋的鼻子吸走了。他说话，声音似乎不穿过喉咙而穿过鼻腔，那声音就像火车穿过隧道那样隆隆作响，唱起歌来根本听不见歌词，仿佛一百只大黄蜂在空中狂飞。据说他考过许多专业歌唱团，但谁会选取这种听不清歌词的鼻子叫呢。而邻居们不过把他的歌唱，当做一种有高低音变化的鼾声罢了。

后来，他走运了。一个名叫"海河合唱团"的团长以伯乐的眼光瞧上了他的大鼻子，把他请进合唱团。合唱团不管他咬字是否清晰，只要他的鼻音。谁料到他这闷雷般的轰鸣，像是给合唱加进去一架大风琴那样，产生意想不到的声音效果。上百张嘹亮的嘴巴加上一个浑厚的鼻子，开创一个前所未闻的神奇境界。这个平淡无奇的合唱团竟因为一个鼻子走红了。很多观众为这鼻音而来，向台上寻找这奇妙声音的发源地。看吧，这梨儿似的鼻子，多像是给合唱团佩戴的一枚闪闪发光的勋章！

"文革"期间，许多文艺团体受冲击，合唱团为了跨时代地存在下去，改名叫做"红太阳宣传队"。但我这个邻居遇到了麻烦。因为当时所唱的歌曲一律是革命歌曲，他吐字不清，被怀疑是故意不唱歌词。受怀疑比受指责更可怕，他必须赶快学会吐字。大革命真是无坚不摧，这先天的毛病居然也改了。有生以来，声音一直从他鼻孔出来，现在竟改道走喉咙了。随着一个个字儿愈来愈清楚地蹦出嘴唇，那鼻音便一点点稀薄和消退，最终他唱起歌来和所有演员没有两样。一旦被统一了，他也就消失了。大家全一样，每个人便都可有可无。"红太阳宣传队"因此没了魅力，在后来的社会变动中无声无息地散了伙。

失去了鼻子的世界居然会变得如此乏味，你说究竟为了什么？是因为那独特的鼻子，还是因为那鼻子的独特？

年意

　　年意一如春意或秋意，时深时浅时有时无。然而，春意是随同和风、绿色、花气和嗡嗡飞虫而来，秋意是乘载黄叶、凉雨、瑟瑟天气和凋残的风景而至，那么年意呢？

　　年意不像节气那样——宇宙的规律，大自然的变化，都是外加给人的……它很奇妙！比如伏天挥汗时，你去看那张传统而著名的木版年画《大过新年》，画面上风趣地描绘着大年夜阖家欢聚的种种情景。你呢？最多只为这民俗的意蕴和稚拙的版味所吸引，并不被打动。但在腊月里，你再去瞅这花花绿绿的画儿，感觉竟然全变了。它变得亲切、鲜活、热烈、火爆，一下子撩起你过年的兴致。它分明给了你以年意的感染。但它的年意又是哪来的呢？倘若含在画中，为何夏日里你却从中丝毫感受不到？

　　年年一喝那杂米杂豆熬成的又黏又甜味道独特的腊八粥，便朦胧看到了年，好似彼岸那样在前面一边诱惑一边等待了。时光通过腊月这条河，一点点驶向年底。年意仿佛大地寒冬的雪意，一天天簇密和深浓。你想一想，这年意究竟是怎样不声不响却日日加深的？是从交谈中愈来愈多说到"年"这个字，是开始盘算如何购置新衣、装点房舍、筹办年货……还是你在年货市场挤来挤去时，受到了人们要把年过好那股子高涨的生活热情的传染？年货，无论是吃的、玩的、看的、使的，全都火红碧绿艳紫鲜黄，亮亮堂堂，生活好像一下子点满了灯。那些年年此时都要出现的图案，一准全冒出来——松菊、蝙蝠、鹤鹿、老钱、宝马、肥猪、刘海、八仙、喜鹊、聚宝盆，谁都知道它们暗示着富贵、长寿、平安、吉利、好运与兴旺……它们把你围起来，掀动你的热望，鼓舞你的欲求，叫你不知不觉把心中的祈望也寄托其中了。祖祖辈辈不管今年的希望明年是否落空，不管老天爷的许诺是否兑现，他们照样活得这样认真、虔诚、执著与热情。唯有希望才使生活充满魅力……

当窗玻璃外冷冽的风撩动红纸吊钱敲打着窗户，或是性急的小孩子提前零落地点响爆竹，或是邻人炖肉煮鸡的芬芳窜入你的鼻孔，都让你感觉大年将临，甚至有种逼迫感。如果此时你还欠缺几样年货未有齐备，少四头水仙或二斤大红苹果，不免会心急不安，跑到街上转来转去，无论如何也要把这必备的年货买齐。圆满过年，来年圆满。年意原来竟如此深厚、如此强劲！如果此时你身在异地，急切回家，就算那一列列火车被返乡度年的人满满实实挤得变了形，而你生怕误车而错过大年夜的团圆，也许会不顾挨骂、撅着屁股硬爬进车窗。年意还是一种着魔发疯的情绪！

不管一年里你有多少失落与遗憾，自艾自怨，在大年三十晚上坐在摆满年饭的桌旁，必须笑容满面。脸上无忧，来年无愁。你极力说着吉祥话和吉利话，极力让家人笑，家人也极力让你笑。你还不自觉地让心中美好的愿望膨胀起来，热乎乎地填满你的心怀。哎，这时你是否感觉到，年意其实不在任何其他地方，它原本就在你的心里，也在所有人的心里。年意不过是一种生活的情感、期望和生机。而年呢？就像一盏红红的灯笼，一年一度把它迷人地照亮。

大地震给我留下什么？

　　在我私人的藏品中，有一个发黄而旧黯的信封，里面装着十几张大地震后化为废墟的照片，那曾是我的"家"。还有一页大地震当天的日历，薄薄的白纸上印着漆黑的字：1976 年 7 月 28 日。后边我再说这页日历和那些照片是怎么来的。现在只想说，每次打开这信封，我的心都会变得异样。

　　变得怎么异样？是过于沉重吗？是曾经的一种绝望又袭上心头吗？记得一位朋友知道我地震中家覆灭的经历，便问我："你有没有想到过死？哪怕一闪念？"我看了他一眼。显然这位朋友没有经过大地震——这种突然的大难降临是何感受。

　　如果说绝望，那只是地震猛烈地摇晃 40 秒钟的时间里。这次大地震的时间实在太长了。后来我楼下的邻居说，整个地动山摇的过程中我一直在喊，叫得很惨，像是在嚎，但我不知道自己在叫。

　　当时由于天气闷热，我睡在阁楼的地板上。在我被突如其来的狂跳的地面猛烈弹起的一瞬，完全出于本能扑向睡在小铁床上的儿子。我刚刚把儿子拉起来，小铁床的上半部就被一堆塌落的砖块压下去。如果我的动作慢一点，后果不堪设想。我紧抱着儿子，试图翻过身把他压在身下，但已经没有可能。小铁床像大风大浪中的小船那般癫狂。屋顶老朽的木架发出嘎吱嘎吱可怕的巨响，顶上的砖瓦大雨一般落入屋中。我亲眼看见北边的山墙连同窗户像一面大帆飞落到深深的后胡同里。闪电般的地光照亮我房后那片老楼，它们全在狂抖，冒着烟土，声音震耳欲聋。然而，大地发疯似的摇晃不停，好像根本停不下来了，就像当时的"文革"。我感到我的楼房马上要塌掉。睡在过道上的妻子此刻不知在哪里，我听不到她的呼叫。我感到儿子的双手死死地抓着我的肩背。那一刻，我感到末日来临。

但就在这时，大地的晃动戛然而止，好像列车的急刹车。这一瞬的感觉极其奇妙，恐怖的一切突然消失，整个世界特别漆黑而且没有声音。我赶紧踹开盖在腿上的砖块跳下床，呼喊妻子。我听到了她的应答。原来她就在房门的门框下，趴在那里，门框保护了她。我忽然感到浑身热血沸腾，就像从地狱里逃出来，第一次强烈地充满再生的快感和求生的渴望。我大声叫着："快逃出去。"我怕地震再次袭来！

过道的楼顶已经塌下来。楼梯被柁架、檩木和乱砖塞住。我们奋力扒开一个出口，像老鼠那样钻出去，并迅速逃出这座只要再一震就可能垮掉的老楼。待跑出胡同，看到黑乎乎的街上全是惊魂未定而到处乱跑的人。许多人半裸着。他们也都是从死神手缝里侥幸的生还者。我抱着儿子，与妻子跑到街口一个开阔地，看看四周没有高楼和电线杆，比较安全，便从一家副食店门口拉来一个菜筐，反扣过来，叫妻儿坐在上边，便说："你们千万别走开，我去看看咱们两家的人。"

我跑回家去找自行车。邻居见我没有外裤，便给我一条带背带的工作裤。我腿长，裤子太短，两条腿露在外边。这时候什么也顾不得了，活着就是一切。我跨上车，去看父母与岳父岳母。车子拐到后街上，才知道这次地震的凶猛。窄窄的街面已经被地震扭曲变形，波浪般一起一伏，一些树木和电线杆横在街上，仿佛刚遭遇炮火的轰击。通电全部中断，街两边漆黑的楼里发着呼叫。多亏昨晚我睡觉前没有摘下手表，抬起手腕看看表，大约是凌晨四时半。

幸好父母与岳父岳母都住在一楼，房子没坏，人都平安，他们都已经逃到比较宽阔的街上。待安顿好长辈，回到家时，已是清晨。见到妻子才彼此发现，我们的脸和胳膊全是黑的。原来地震时从屋顶落下来的陈年的灰尘，全落在脸上和身上。我将妻儿先送到一位朋友家。这家的主妇是妻子小学时的老师，与我们关系甚好。这便又急匆匆跨上车，去看我的朋友们。

从清晨直到下午四时，一连去了十六家。都是平日要好的朋友。在"文革"那种清贫和苍白的日子，朋友是最重要的心灵财富了。此时相互看望，目的很简单，就是看人出没出事，只要人平安，谢天谢地，打个照面转身便走。我的朋友们都还算幸运，只有一位画画的朋友后腰被砸伤，其他人全都逃过这一劫。一路上，看到不少尸首身上盖一块被单停放在道边，我已经搞不清自己到底是怎样还活在这世上的。中午骑车在道上，我被一些穿白大褂的人拦住，他们是来自医院的志愿者，正忙着在街头设立救护站。经他们提醒，我才知道自己的双腿都被砸伤，有的地方还在淌血。护士给我消毒后涂上紫药水，双腿花花的，看上去很像个挂了彩的伤员。这样，在路上再遇到的朋友和熟人，得知我的家已经完了，都毫不犹豫地从口袋掏出钱来。若是不要是不可能的！他们硬把钱塞到我借穿的那件工作服胸前的小口袋里。那时的人钱很少，有的一两块，多的三五块。我的朋友多，胸前的钱塞得愈来愈鼓。大地震后这天奇热，跑了一天，满身的汗，下午回来时塞在口袋里的钱便紧紧粘成一个硬邦邦拳头大的球儿。掏出来掰开，和妻子数一数，竟是 71 元，整个"文革"十年我从来没有这么巨大的收入。我被深深地打动！当时谁给了我几块钱，我都记得清清楚楚。现在事过三十年，已经记不清是哪些人，还有那些名字，却记得人间真正的财富是什么，而且这财富藏在哪里，究竟什么时候它才会出现。

画家尼玛泽仁曾经对我说：在西藏那块土地上，人生存起来太艰难了。它贫瘠、缺氧、封闭。但藏民靠着什么坚忍地活下来的呢，靠着一种精神，靠着信仰与心灵。

个人对信念的恪守和彼此间心灵的抚慰是最珍贵的。

大地震是"文革"终结前最后的一场灾难。它在人祸中加入天灾，把人们无情地推向深渊的极致。然而，支撑着我们生活下来的，不正是一种对春天回归的向往、求生的本能以及人间相互的扶持与慰藉吗？在我本人几十年种种困苦与艰难中，不是总有一只又一只热乎乎、有力的手不期而至地伸到眼前吗？

我相信，真正的冰冷在世上，真正的温暖在人间。

大地震的第三天，我鼓起勇气，冒着频频不绝的余震，爬上我家那座危楼。我惊奇地发现，隔壁巨大而沉重的烟囱竟在我的屋子中央，它到底是怎样飞进来的？然而我首先要做的，不是找寻衣物。我已经历了两次一无所有。一次是"文革"的扫地出门，一次是这次大地震。我对财物有种轻蔑感。此刻，我只是举着一台借来的海鸥牌相机，把所有真实的景象全部记录下来。此时，忽见一堵残墙上还垂挂着一本日历。日历那页正是地震的日子。我把它扯下来。一直珍存到今天。

我要留住这一天。人生有些日子是要设法留住的。因为在这种日子里，总是在失去很多东西的同时，得到的却更多——关键是我们是否能够看到。如果看到了它，就会被它更正对人生的看法并因之受益一生。

书房花木深

一天忽发奇想，用一堆木头在阳台上搭了一座木屋，还将剩余的板条钉了几只方形的木桶，盛满泥土，栽上植物，分别放在房间四角。鲜花罕有，绿叶为多。再摆上几把藤椅、竹几、小桌、两只木筋裸露的老柜子？各类艺术品随心所欲地放置其间。还有一些老东西，如古钟、傩面、钢剑以及拆除老城时从地上捡起的铁皮门牌高高矮矮挂在壁上……最初是想把它作为一间新辟的书房，期待从中获得新的灵感。谁料坐在里边竟写不出东西来。白日里，阳光进来一晒，没有涂油漆的松木的味道浓浓地冒出来，与植物的清香混在一起，一种享受生活的欲望被强烈地诱惑出来。享受对于写作人来说是一种腐蚀。它使心灵松弛，握不住手里沉重的笔了。

偏偏我在这书房各个角落装了一些灯，到了夜间，这些灯使所有事物全都陷入半明半暗。明处很美，暗处神秘。如果再打开音响，根本不可能再写作了。

写作是一种与世隔绝的想象之旅，是钻到自己的心里的一种生活，是精神孤独者的文字放纵。在这样的被各种美迷乱了心智的房子里怎么写作呢？因此，我没在里面写过一行字。每有"写"的欲望，仍然回到原先那间胡乱堆满书卷与文稿的书房伏案而作。

渐渐的这间搭在阳台上的木屋成了花房，但得不到我的照顾。

我只是在想起要给那些植物浇水时才提着水壶进去，没时间修葺与收拾。房内四处的花草便自由自在、毫无约束地疯长起来。从云南带回来的田七，张着耳朵大的碧绿的圆叶子，沿着墙面向上爬，像是"攀岩"。几棵年轻又旺盛的绿萝已经蹿到房顶，一直钻进灯罩里。最具生气的是窗台那些泥槽里生出的野草，已经把窗子下边一半遮住，上边一半又被蒲扇状的葵叶黑糊糊地捂住。由窗外射入的日光便给这些浓密的枝叶撕成一束束，静静地斜在屋子当中。一天，两只小麻雀误以为这里是一片天然的树丛，从敞着的窗子唧唧喳喳地飞了进来，使我欣喜至极，我怕惊吓它们，不走进去，它们居然在里边快乐地鸣唱起来了。

一下子，我感受到大自然野性的气质，并感受到大自然的本性乃是绝对的自由自在。我便顺从这个逻辑，只给它们浇水，甚至还浇点营养液，却从不人为地改变它们。于是它们开始创造奇迹——

首先是那些长长的枝蔓在屋子上端织成一道绿莹莹的幔帐。常春藤像长长的瀑布直垂地面，然后在地上愈堆愈高。绿萝是最调皮的，它在上上下下胡乱"行走"——从桌子后边钻下去，从藤椅靠背的缝隙中伸出鲜亮的芽儿来。几乎每次我走进这房间，都会惊奇地发现一个新画面：一些凋落的粉红色的花瓣落满一座木佛身上，几片黄叶盖住桌上打开的书。一次，我把水杯忘在竹几上，一枝新生的绿蔓从杯柄中穿过，好似一弯娇嫩的手臂挽起我的水杯。于是，在我写作过于劳顿之时，或在画案上挥霍一通水墨之后，便会推开这房间的门儿，撩开密叶纠结的垂幔，独坐其间，让这种自在又松弛的美，平息一下写作时心灵中涌动的风暴。

我开始认识到这间从不用来写作的房间非凡的意义。虽然我不在这里写作，它却是我写作的一部分。

我前边说，写作是一种忘我的想象，只有离开写作才回到现实来。这间小屋却告诉我，我的写作常常十分尖刻地切入现实，放下笔坐在这里所享受的反倒是一种理想。

我被它折服了。并把这种奇妙的感受告诉一位朋友。朋友笑道："何必把现实与理想分得太清楚呢！其实你们这种人理想与现实从来就是混成一团。你们总不满现实，是因为你们太理想主义。你们的问题是总用理想要求现实，因此你们常常被现实击倒在地，也常常苦恼和无奈。是不是？"

　　朋友的话不错。于是当我坐在这间花木簇拥的木屋中，心里常常会蹦出这么一句话：

　　我们是天生用理想来生活的人！

挑山工

一

你见过泰山的挑山工吗？这是种很奇特的人！

不知别处对这种运货上山的民夫怎样称呼。这儿习惯叫做挑山工。单从"挑山"二字，就可以体会出这种工作非凡的艰辛。肩挑着百十斤的重物，从山下直挑到烟云缭绕、鸟儿都难飞得上去的山顶，谁敢一试？更何况，这被誉为"五岳之首"的泰山，自有其巍巍而不可征服的威势。从山根直至极顶处，一条道儿，全是高高的石头台阶，简直就是一架直上直下的万丈天梯。在通向南天门的十八盘道上，那些游山来的健壮的男儿，也不免气喘吁吁。一般人更是精疲力竭，抓着道旁的铁栏，把身子一点点往上移，每爬上十来级台阶，就要停下来歇一歇。只有这时，你碰到一个挑山工——他给重重的挑儿压塌了腰，汗水湿透衣衫，两条腿上的肌条筋缕都清晰地凸现在外，默不作声，一步一步，吃力又坚忍地走过你身旁，登了上去。你那才算是约略知道"挑山"二字的滋味……

挑山工，大概自古就有。山头那些千年古刹所用的一切建筑材料，都是从山下运上来的。你瞧着这些构造宏伟的古建筑上巨大的梁柱础石、沉重的铜砖铁瓦，再低头俯望一条灰白的山路，如同一根细绳，蜿蜒曲折，没入茫茫的谷底。你就会联想到，当年为了建造这些庙宇寺观，为了这壮观的美，挑山工们付出了怎样艰巨和惊人的劳动！

我少时来游泰山，山顶上还有三四十户人家，家中的男人大多是挑山工，给山上的国营招待所运送食品货物以为生计。清早，他们拿了扁担绳索，带着晨风晓露下山去，后响随着一片暮云夕阳，把货物挑上山来。星光烁烁时，家家都开夜店，留宿在山头住一夜而打算转天早起观瞻日出的游人，收费却比国营招待所低廉。他们的屋子是石头垒的。山上风大，小屋都横竖卧在山道两旁的凹处，屋顶与道面一般平。屋里边简陋得几乎什么也没有，用来招待客人的，只有一条脏被和热开水。为了招待主顾，各家门首还挂着一个小幌牌，写着店名。有的叫"棒槌店"，就在木牌两边挂一对小木棒槌；有的叫"勺儿店"，便挂一对乌黑的小生铁勺儿，下边拴些红布穗子，随风摇摆，叮当轻响。不过，你在这店里睡不好觉。劳累了一天的挑山工和客人们睡在一张炕上。他们要整整打上一夜松涛般呼呼作响的鼾声……

在这些小石屋中间，摆着一件非常稀罕的东西。远看一人多高，颜色发黑，又圆又粗，两个人才能合抱过来。上边缀满繁密而细碎的光点，熠熠闪烁，好像一块巨型的金星石。近处一看，原来是一口特大的水缸，缸身满是裂缝，那些光点竟是数不清的连合破缝的锔子，估计总有一两千个。颇令人诧异。我问过山民，才知道，山顶没有泉眼，缺水吃，山民们用这口缸储存雨水。为什么打了这么多锔子呢？据说，三百多年前，山上住着一百多户人家。每天人们要到半山间去取水，很辛苦。一年，从这些人家中，长足了八个膀大腰圆、力气十足的小伙子。大家合计一下，在山下的泰安城里买了这口大缸。由这八个小伙子出力，整整用了七七四十九天，才把大缸抬到山顶。以后，山上人家愈来愈少，再也不能凑齐那样八个健儿，抬一口新缸来。每次缸裂了，便到山下请上来一位锔缸的工匠，锔上裂缝。天长日久，就成了这样子。

听了这故事，你就不会再抱怨山顶饭菜价钱的昂贵。山上烧饭用的煤，也是一块块挑上来的呀！

二

在泰山上，随处都可以碰到挑山工。他们肩上架一根光溜溜的扁担，两端翘起处，垂下几根绳子，拴挂着沉甸甸的物品。登山时，他们的一条胳膊搭在扁担上，另一条胳膊垂着，伴随登踏的步子有节奏地一甩一甩，以保持身体平衡。他们的路线是折尺形的——先从台阶的一端起步，斜行向上，登上七八级台阶，就到了台阶的另一端；便转过身子，反方向斜行，到一端再转回来，一曲一折向上登。每次转身，扁担都要换一次肩，这样才能使垂挂在扁担前头的东西不碰在台阶的边沿上，也为了省力。担了重物，照一般登山那样直上直下，膝头是受不住的。但路线曲折，就使路程加长。挑山工登一次山，大约多于游人们路程的一倍！

你来游山。一路上观赏着山道两旁的奇峰异石、巉岩绝壁、参天古木、飞烟流泉，心情喜悦，步子兴冲冲。可是当你走过这些肩挑重物的挑山工的身旁时，会禁不住用一种同情的目光，注视他们一眼。你会因为自己身无负载而倍觉轻松，反过来，又为他们感到吃力和劳苦，心中生出一种负疚似的情感……而他们呢？默默的，不动声色，也不同游人搭话——除非向你问问时间。一步步慢吞吞地走自己的路。任你怎样嬉叫闹喊，也不会惊动他们。他们却总用一种缓慢又平均的速度向上登，很少停歇。脚底板在石阶上发出坚实有力的嚓嚓声。在他们走过之处，常常会留下零零落落的汗水的滴痕……

奇怪的是，挑山工的速度并不比你慢。你从他们身边轻快地超越过去，自觉把他们甩在后边很远。可是，你在什么地方饱览四周雄美的山色；或在道边诵读与抄录凿刻在石壁上的爬满青苔的古人的题句；或在喧闹的溪流前洗脸濯足，他们就会在你身旁慢吞吞、不声不响地走过去，悄悄地超过了你。等你发现他走在你的前头时，会吃一惊，茫然不解，以为他们是像仙人那样腾云驾雾赶上来的。

有一次，我同几个画友去泰山写生，就遇到过这种情况。我们在山下的斗姥宫前买登山用的青竹杖时，遇到一个挑山工。矮个子，脸儿黑生生，眉毛很浓，大约四十来岁，敞开的白土布褂子中间露出鲜红的背心。他扁担一头拴着几张黄木凳子，另一头捆着五六个青皮西瓜。我们很快就越过他去。可是到了回马岭那条陡直的山道前，我们累了，舒开身子，躺在一块平平的被山风吹得干干净净的大石头上歇歇脚，这当儿，竟发现那挑山工就坐在对面的草茵上抽着烟。随后，我们差不多同时起程，很快就把他甩在身后，直到看不见。但当我爬上半山的五松亭时，却见他正在那株姿态奇特的古松下整理他的挑儿。褂子脱掉，现出黑黝黝、健美的肌肉和红背心。我颇感惊异。走过去假装问道，让支烟，跟着便没话找话，和他攀谈起来。这山民倒不拘束，挺爱说话。他告诉我，他家住在山脚下，天天挑货上山。一年四季，一天一个来回。他干了近二十年。然后他说："您看俺个子小吗？干挑山工的，长年给扁担压得长不高，都是矮粗。像您这样的高个儿干不了这种活儿。走起来，晃晃悠悠哪！"

他逗趣似的一抬浓眉，咧开嘴笑了，露出皓白的牙齿。山民们喝泉水，牙齿都很白。

这么一来，谈话更随便些，我便把心中那个不解之谜说出来：

"我看你们走得很慢，怎么反而常常跑到我们前边来了呢？你们有什么近道儿吗？"

他听了，黑生生的脸上显出一丝得意之色。他吸一口烟，吐出来，好像作了一点思考，才说：

"俺们哪里有近道，还不和你们是一条道？你们是走得快，可你们在路上东看西看，玩玩闹闹，总停下来呗！俺们跟你们不一样。不能像你们在路上那么随便，高兴怎么就怎么。一步踩不实不行，停停站站更不行。那样，两天也到不了山顶。就得一个劲儿总往前走。别看俺们慢，走长了就跑到你们前边去了。瞧，是不是这个理儿？"

我笑吟吟，心悦诚服地点着头。我感到这山民的几句话里，似乎蕴藏着一种意味深长的哲理、一种切实而朴素的思想。我来不及细细嚼味，作些引申，他就担起挑儿起程了。在前边的山道上，在我流连山色之时，他还是悄悄超过了我，提前到达山顶。我在极顶的小卖部门前碰见他，他正在那里交货。我们的目光相遇时，他略表相识地点头一笑，好像对我说：

"瞧，俺可又跑到你的前头来了！"

我自泰山返回家后，就画了一幅画——在陡直而似乎没有尽头的山道上，一个穿红背心的挑山工给肩头的重物压弯了腰，却一步步、不声不响、坚忍地向上登攀。多年来，这幅画一直挂在我的书桌前，不肯换掉，因为我需要它……

黄山绝壁松

    黄山以石奇云奇松奇名天下。然而登上黄山，给我以震动的还是黄山松。

    黄山之松布满黄山。由深深的山谷至大大小小的山顶，无处无松。可是我说的松只是山上的松。

    山上有名气的松树颇多。如迎客松、望客松、黑虎松、连理松等等，都是游客们争相拍照的对象。但我说的不是这些名松，而是那些生在极顶和绝壁上不知名的野松。

    黄山全是石峰。裸露的巨石侧立千仞，光秃秃没有土壤。尤其那些极高的地方，天寒风疾，草木不生，苍鹰也不去那里，一棵棵松树却破石而出，伸展着优美而碧绿的长臂，显示其独具的气质。世人赞叹它们独绝的姿容，却很少去想在终年的烈日下或寒飙中，它们是怎样存活和生长的？

    一位本地人告诉我，这些生长在石缝里的松树，根部能够分泌一种酸性的物质，腐蚀石头的表面，使其化为养分被自己吸收。为了从石头里寻觅生机，也为了牢牢抓住绝壁，以抵抗不期而至的狂风的撕扯与摧折，它们的根日日夜夜与石头搏斗着，最终不可思议地穿入坚如钢铁的石体。细心便能看到，这些松根在生长和壮大时常常把石头从中挣裂！还有什么树木有如此顽强的生命力？

我在迎客松后边的山崖上仰望一处绝壁，看到一条长长的石缝里生着一株幼小的松树。它高不及一米，却旺盛而又有活力。显然曾有一颗松子飞落到这里，在这冰冷的石缝间，什么养料也没有，它却奇迹般生根发芽，生长起来。如此幼小的树也能这般顽强？这力量是来自物种本身，还是在一代代松树坎坷的命运中磨砺出来的？我想，一定是后者。我发现，山上之松与山下之松决不一样。那些密密实实拥挤在温暖的山谷中的松树，干直枝肥，针叶鲜碧，慵懒而富态；而这些山顶上的绝壁松却是枝干瘦硬，树叶黑绿，矫健又强悍。这绝壁之松是被恶劣与凶险的环境强化出来的。它遒劲和富于弹性的树干，是长期与风雨搏斗的结果；它远远地伸出的枝叶是为了更多地吸取阳光……这一代代艰辛的生存记忆，已经化为一种个性的基因，潜入绝壁松的骨头里。为此，它们才有着如此非凡的性格与精神。

它们站立在所有人迹罕至的地方。在那些荒峰野岭的极顶，那些下临万丈的悬崖峭壁，那些凶险莫测的绝境，常常可以看到三两棵甚至只有一棵孤松，十分夺目地立在那里。它们彼此姿态各异也神情各异，或英武，或肃穆，或孤傲，或寂寞。远远望着它们，会心生敬意。但它们——只有站在这些高不可攀的地方，才能真正看到天地的浩荡与博大。

于是，在大雪纷飞中，在夕阳残照里，在风狂雨骤间，在云烟明灭时，这些绝壁松都像一个个活着的人：像站立在船头镇定又从容地与激浪搏斗的艄公，像战场上永不倒下的英雄，像沉静的思想者，像超逸又具风骨的文人……在一片光亮晴空的映衬下，它们的身影就如同用浓墨画上去的一样。

但是，别以为它们全像画中的松树那么漂亮。有的枝干被飓风吹折，暴露着断枝残干，但另一些枝叶仍很苍郁；有的被酷热与冰寒打败，只剩下赤裸的枯骸，却依旧尊严地挺立在绝壁之上。于是，一个强者应当有的品质——刚强、坚忍、适应、忍耐、奋取与自信，它全都具备。

现在可以说了，在黄山这些名绝天下的奇石奇云奇松中，石是山的体魄，云是山的情感，而松——绝壁之松是黄山的灵魂。

绵山奇观记

凡是名山，必有奇观。何谓奇观，天下罕见之神奇者也。那么，深藏在三晋腹地的绵山有什么奇观呢？

绵山以寒食清明节的发源地闻名于世。也许是寒食清明的名气太大，遮掩了它种种的神奇。今年清明时节，去到绵山拜谒大情大义的介子推墓，进山一看，吃了一惊，绵山竟藏龙卧虎有此绝世的奇观！

归来与友人侃一侃绵山的见闻。友人便给我出一道题："你能给绵山的神奇起个名目吗？"我说："至少三大奇观。"友人说："说说看，哪三样奇观。不过，每一样必能称奇于天下，方可谓之奇观。"我听罢笑而道来——

第一样是佛教奇观：全身舍利。

早听说古代高僧修成正果，圆寂之后，身体不坏，僧人们便请来彩塑工匠，以泥土包其身，依其容塑其形。佛教中，高僧尸体火化后米粒状的凝结物，称做舍利，并视做勤修得来功德的成果与标志。而这种圆寂后身体不坏的高僧更具同样的意义，故称全身舍利。一般的佛像都是用泥土草木塑造的，全身舍利却有高僧的身体与精神在其中，自然对敬奉者有一种震撼力和影响力。要有怎样坚定的意志和信念，才能成就这样的全身舍利？

所有全身舍利都是古代留下来的。如今不再有了，故极其珍罕。然而，谁会想到绵山上竟还有十四五尊之多！大都完好地保存在云峰山顶上的正果寺中。

在古代绵山，修炼一生的高僧，自知大限将至，便由一根铁索攀至山顶，或通过一个临时搭架的木梯爬到悬崖绝壁上天然的洞穴里，停食净身，结跏趺坐，瞑目凝神，安然真寂。据说只有真正修成的高僧才能肉身不腐。如今绵山正果寺中东西殿的全身舍利共十二尊。由于身体风干后收缩，体量显得比常人略小，其神气却栩栩如生。三晋彩塑艺人的技术真是高超绝伦，居然把每一位"包塑真容"的高僧的个性都传达出来。有的仁慈和善，有的忧患悲悯，有的明澈空灵，有的沉静淡定。他们大多是唐宋金元几代的高僧，至今最少也七八百甚至上千年！岁月太长，泥皮破裂，里边露出僧袍；那位唐代天宝年间的高僧师显的脚指甲还能清晰地看到呢！历史赤裸裸和千真万确地呈现在眼前。一种坚忍追求的精神得到见证，令人敬佩。当今世上哪里还能见到这样佛教的奇观？

再一样是山水的奇观。

先说山。绵山以石为骨骼，土为血肉，树为衣衫。山多巨岩，往往直立百丈，巍然博大，颇为壮观。最奇特的是这些巨岩的半腰或下部，常常向内深凹进去，有如大汉吸腹，深邃如洞。里边既宁静又安全，无风无雨，冬暖夏凉。绵山里这种内凹的岩洞随处可见，最大的要算是云峰寺山的抱腹岩，中间竟然凹进去五六十米，高五六十米，宽竟达二百米！我此次到绵山已是春暖花开，岩腹内冬天里冻结的冰竟然依旧坚硬不化。古人早就看上这大自然神奇的恩赐，便在这巨大而幽深的岩腹里建庙筑寺。自三国以降，历代修建的庙寺层层叠叠，高低错落，优美异常。每年逢到庙会，来朝拜的香客多达万人。一时香烟缭绕，溢满岩腹。这样的奇观何处之有？

绵山的山奇水亦奇。

原以为绵山多石，水必定少。山里的人却告我一句不可思议的话："绵山山有多高，水有多高"。待我山上山下留心察看，竟然真的如此。不单溪水在谷底奔流，就连近两千米的龙脊岭和李姑岩的极顶也可以见到泉水从石缝里涓涓冒出。奇怪的是，这些水好似从石头里溢出来的。有的像雨水一样滴滴答答落下来，有的汇成细流沿着石壁蜿蜒而下，有的从岩石里渗到表面湿漉漉地洇成一片，难道绵山的石头里都是水——就像古人所说好的石头都是"负土胎泉"？

绵山最神奇的水莫过于圣乳泉。

圣乳泉在一块巨大的石壁上。但不是挂在石壁之上，而是从岩石的裂缝或洞眼里一点点淌出来的。时间太久，渐成石乳，饱满地隆起在岩壁上。这泉水便沿着圆圆的石乳头亮晶晶地滴下。

关于圣乳泉的传说，与寒食节有关。据说那位春秋时晋国大臣介子推搀扶母亲避火来到这里，一时口渴难忍，正巧绵山的五龙圣母路经此地，解开衣襟以乳水相救。但是火太大了，把圣母的双乳烧成石乳，五龙圣母就把石乳留在这里，以帮助山中口渴的人。人们感激圣母，称之为圣乳泉或母奶泉。据说这圣乳慈爱有灵，每一百年会再生出一对石乳来。从春秋至今 2500 年，岩壁上大大小小的石乳已生出 25 对。大的如枕头，小的似南瓜。而且全都是成对成双，酷似妇女的双乳。如果饮一口这圣乳滴下的泉水，还真的甘甜清冽，沁人心脾！

传说的圣乳是一种理想，现实的石乳却更奇异。所有石乳都长满厚厚的生气盈盈的绿苔，好似毛茸茸翠绿色的乳罩。有时上边还生出一种紫色小花，娇艳可爱。

这美丽而神奇的圣乳不是绵山独有的奇观吗？

更加惊心动魄的绵山奇观是——挂祥铃。这个原本在唐代是一种祈雨谢佛的法事活动，渐渐已演化为绵山一带的民间习俗。

绵山的挂祥铃在抱腹岩的空王寺。人们在寺中拜求空王佛许愿或还愿之后，便请专事挂铃的艺人上山，将一只水罐大小的铜铃挂在岩腹上方陡峭的岩壁上。

挂铃之举十分惊险。艺人先要爬到山顶，将一条绳索系在松树上，然后扯住绳索一点点降落下来，直至岩腹上方，遂以绳荡身，直到贴附岩壁，再把铜铃牢牢挂在洞口上方的岩壁上。整个过程令人心惊胆战。艺人只身悬吊，下临无地，全凭一根绳索，需要非凡的胆量与技能，是不是非此不能表达对佛的虔敬？故而，每每将铜铃挂好，随即燃放红鞭炮一挂，以庆事成，亦报吉祥。

挂祥铃这个古俗为绵山人所喜爱，千年不绝。如今抱腹岩洞口挂着铜铃密密麻麻一片，山风吹来，铃声叮当，清脆悠远，与下边寺庙中的钟鼓和梵音合奏成乐，悦耳亦悦心。此情此景此民俗。何处还有？

友人听我讲到这里，已然目瞪口呆。他的眼神似在问我还有什么奇观。

我说，山里的人们陪我登上龙脊岭时，遥指远处叫我看。只见起伏的山影宛如蓝色波涛，重重叠叠。其中几个峰巅，似有小屋。他们说，那山顶上近一处叫草庵，远一处叫茅庵，都是古庙，由于山高路远，没人去过。那儿有何奇人奇物奇事奇观，尚不可知。我所见到的绵山奇观，不过是厚厚的一本书前边的几十页而已。

人物

记韦君宜

我不知道为什么，对一个人深入的回忆，非要到他逝去之后。难道回忆是被痛苦带来的吗？

1977年春天我认识了韦君宜。我真幸运，那时我刚刚把一只脚怯生生踏在文学之路上。我对自己毫无把握。我想，如果我没有遇到韦君宜，我以后的文学可能完全是另一个样子。我认识她几乎是一种命运。

但是这之前的十年"文革"把我和她的历史全然隔开。我第一次见到她时，并不清楚她是谁，这便使我相当尴尬。

当时，李定兴和我把我们的长篇处女作《义和拳》的书稿寄到人民文学出版社。尽管我脑袋里有许多天真的幻想，但书稿一寄走便觉得希望落空。因为人民文学出版社是公认的国家文学出版社，面对这块牌子谁会有太多的奢望？可是没过多久，小说北组（当时出版社负责长江以北的作者书稿的编辑室）的组长李景峰便表示对这部书稿的热情与主动，这一下使我和定兴差点成了一对范进。跟着出版社就把书稿打印成厚厚的上下两册征求意见本，分别在京津两地召开征求意见的座谈会。那时的座谈常常是在作品出版之前，绝不是当下流行的一种炒作或造声势，而是为了尽量提高作品的出版质量。于是，李景峰来到天津，还带来一个个子不高的女同志，他说她是"社领导"。当李景峰对我说出她的姓名时，那神气似乎等待我的一番惊喜，但我却只是陌生又迟疑地朝她点头。我当时脸上的笑容肯定也很窘。后来我才知道她在文坛上的名气，并恨自己的无知。

座谈会上我有些紧张，倒不是因为她是"社领导"，而是她几乎一言不发。我不知该怎么跟她说话。会后，我请他们去吃饭——这顿饭的"规格"在今天看来简直难以想象！1976年的大地震毁掉我的家，我全家躲到朋友家的一间小屋里避难。在我的眼里，劝业场后门那家卖锅巴菜的街头小铺就是名店了。这家店一向屋小人多，很难争到一个凳子。我请韦君宜和李景峰占一个稍松快的角落，守住小半张空桌子，然后去买牌，排队，自取饭食。这饭食无非是带汤的锅巴、热烧饼和酱牛肉。待我把这些东西端回来时，却见一位中年妇女正朝着韦君宜大喊大叫。原来韦君宜没留意坐在她占的一张凳子上了。这中年妇女很凶，叫喊时龇着长牙，青筋在太阳穴上直跳，韦君宜躲在一边不言不语，可她还是盛怒不息。韦君宜也不解释，睁着圆圆一双小眼睛瞧着她，样子有点窝囊。有个汉子朝这不依不饶的女人说："你的凳子干吗不拿着，放在那里谁不坐？"这店的规矩是只要把凳子弄到手，排队取饭时便用手提着凳子或顶在脑袋上。多亏这汉子的几句话，一碗水似的把这女人的火气压住。我赶紧张罗着换个地方，依然没有凳子坐，站着把东西吃完，他们就要回北京了。这时韦君宜对我说了一句话："还叫你花了钱。"这话虽短，甚至有点吞吞吐吐，却含着一种很恳切的谢意。她分明是那种羞于表达、不善言谈的人吧！这就使我更加尴尬和不安。多少天里我一直埋怨自己，为什么把他们领到这种拥挤的小店铺吃东西。使我最不忍的是她远远跑来，站着吃一顿饭，无端端受了那女人的训斥和恶气，还反过来对我诚恳地道谢。

不久我被人民文学出版社借去修改这部书稿。住在北京朝内大街一百六十六号那幢灰色而陈旧的办公大楼的顶层。"文革"刚结束，文化单位依存着肃寂的气息，"揭批查"的大字报挂满走廊。人一走过，大字报哗哗作响。那时伤痕文学尚未出现，作家们仍未解放，只是那些拿着这枷锁的钥匙的家伙们不知跑到哪里去了。出版社从全国各地借调来改稿的业余作者，每四个人挤在一间小屋，各自拥抱着一张办公桌，抽烟、喝水、写作，并把自己独有的烟味和身体气息浓浓地混在这小小空间里。有时从外边走进来，气味真有点噎人。我每改过一个章节便交到李景峰那里，他处理过再交到韦君宜处。韦君宜是我的终审，我却很少见到她，大都是经由李景峰间接听到韦君宜的意见。李景峰是个高个子、朴实的东北人，编辑功力很深，不善于开会发言，但爱聊天，话说到高兴时喜欢把裤腿往上一捋，手拍着白白的腿，笑嘻嘻地对我说："老太太(人们对韦君宜背后的称呼)又夸你了，说你有灵气，贼聪明。"李景峰总是死死守护在他的作者一边，同忧同喜，这样的编辑现在已经不多见了。我完全感觉得到，只要他在韦君宜那里听到什么好话，便恨不得马上跑来告诉我。他每次说完准又要加上一句："别翘尾巴呀，你这家伙！"我呢，就这样地接受和感受着这位责编美好又执著的情感。然而，我每逢见到韦君宜，她却最多朝我点点头，与我擦肩而过，好像她并没有看过我的书稿。她走路时总是很快，嘴巴总是自言自语那样嗫嚅着，即使迎面是熟人也很少打招呼。可是一次，她忽然把我叫去。她坐在那堆满书籍和稿件的书桌前——她天天肯定是从这些书稿中"挖"出一块桌面来工作的。这次她一反常态，滔滔不绝。她与我谈起对聂士成和马玉昆的看法，再谈我们这部小说人物的结局，人物的相互关系，史料的应用与虚构，还有我的一些语病。她令我惊讶不已，原来她对我们这部五十五万字的书稿每个细节都看得入木三分。然后，她从满桌书稿中间的盆地似的空间里仰起脸来对我说："除去那些语病必改，其余凡是你认为对的，都可以不改。"这时我第一次看见了她的笑容，一种温和的、满意的、欣赏的笑容。

这是我永远不会忘记的一个笑容。随后，她把书桌上一个白瓷笔筒底儿朝天地翻过来，笔筒里的东西"哗"地全翻在桌上。有铅笔头、圆珠笔心、图钉、曲别针、牙签、发卡、眼药水等，她从这堆乱七八糟的东西里找到一个铁夹子——她大概从来都是这样找东西。她把几页附加的纸夹在书稿上，叫我把书稿抱回去看。我回到五楼一看便惊呆了。这书稿上竟然密密麻麻地写满了她修改的字迹，有的地方用蓝色圆珠笔改过，再用红色圆珠笔改，然后用黑圆珠笔又改一遍。想想，谁能为你的稿子付出这样的心血？

我那时工资很低，还要分出一部分钱放在家里。每天抽一包劣质而辣嘴的"战斗牌"烟卷，近两角钱，剩下的钱只能在出版社食堂里买那种五分钱一碗的炒菠菜。这种日子的一些细节往往刀刻一般记在心里。比如那位已故的、曾与我同住一起的新疆作家沈凯，一天晚上他举着一个剥好的煮鸡蛋给我送来，上边还撒了一点盐，为了使我有劲熬夜。再比如朱春雨一次去"赴宴"，没忘了给我带回一块猪排骨。他用稿纸画了一个方碟子，下面写上"冯骥才的晚餐"，把猪排骨放在上边。至今我仍然保存着这张纸，上面还留着那块猪排骨的油渍。有一天，李景峰跑来对我说："从今天起出版社给你一个月十五块钱的饭费补助。"每天五角钱！怎么会有这样天大的好事？李景峰笑道："这是老太太特批的，怕饿垮了你这大个子！"当时说的一句笑话，今天想起来，我却认真地认为，我那时没被那几十万字累垮，肯定就有韦君宜的帮助与爱护了。

我不止一次听到出版社的编辑们说，韦君宜在全社大会上说我是个"人才"，要"重视和支持"。然而，我遇到她，她却依然若无其事，对我点点头，嘴里自言自语似的嗫嚅着，匆匆擦肩而过。可是我似乎已经习惯了这种没有交流的接触方式。她不和我说话，但我知道我在她心里的位置。她是不是也知道，我虽然没有任何表示，她在我心里却有个很神圣的位置？

在我的第二部长篇小说《神灯前传》出版时，我去找她，请她为我写一篇序。我做好被回绝的准备。谁知她一听，眼睛明显地一亮，她点头应了，嘴巴又嚅动几下，不知说些什么。我请她写序完全是为了一种纪念，纪念她在我文字中所付出的母亲般的心血，还有那极其特别的从不交流却实实在在的情感。我想，我的书打开时，首先应该是她的名字。于是《神灯前传》这本书出版后，第一页便是韦君宜写的序言《祝红灯》。在这篇序中依然是她惯常的对我的方式，朴素得近于平淡，没有着意的褒奖与过分的赞誉，更没有现在流行的广告式的语言，最多只是"可见用功很勤"，"表现作者运用史料的能力和历史的观点都前进了"，还有文尾处那句"我祝愿他多方面的才能都能得到发挥"。可是语言有时却奇特无比，别看这几句寻常话语，现在只要再读，必定叫我一下子找回昨日那种默默又深深的感动……

韦君宜并不仅仅是伸手把我拉上文学之路。此后伤痕文学崛起时，我那部中篇小说《铺花的歧路》的书稿在人民文学出版社内部引起争议。当时"文革"尚未在政治上全面否定，我这部彻底揭示"文革"的书稿便很难通过。当年冬天在和平宾馆召开的"中篇小说座谈会"上，韦君宜有意安排我在茅盾先生在场时讲述这部小说，赢得了茅公的支持。于是，阻碍被扫除，我便被推入了"伤痕文学"激荡的洪流中……

此后许多年里，我与她很少见面。以前没有私人交往，后来也没有。但每当想起那段写作生涯，那种美好的感觉依然如初。我与她的联系方式却只是新年时寄一张贺卡，每有新书便寄一册，看上去更像学生对老师的一种含着谢意的汇报。她也不回信，我只是能够一本本收到她所有的新作。然而我非但不会觉得这种交流过于疏淡，反而很喜欢这种绵长与含蓄的方式———一切尽在不言之中。人间的情感无须营造，存在的方式各不相同。灼热的激发未必能够持久，疏淡的方式往往使醇厚的内涵更加意味无穷。

大前年秋天，王蒙打来电话说，京都文坛的一些朋友想聚会一下为老太太祝寿。但韦君宜本人因病住院，不能来了。王蒙说他知道韦君宜曾经厚待于我，便通知我。王蒙也是个怀旧的人。我好像受到某种触动，忽然激动起来，在电话里大声说"是呀、是呀"，一口气说出许多往事。王蒙则用他惯常的玩笑话认真地说："你是不是写几句话传过来，表个态，我替你宣读。"我便立即写了一些话用传真传给王蒙。于是我第一次直露地把我对她的感情写出来。我满以为老太太总该明白我这份情义了，但事后我才知道老太太由于几次脑血管病发作，头脑已经不十分清楚了。瞧瞧，等到我想对她直接表达的时候，事情又起了变化，依然是无法沟通！但转念又想，人生的事，说明白也好，不说明白也好，只要真真切切地在心里就好。

尽管老太太走了。这些情景却仍然——并永远地真真切切保存在我心里。人的一生中，能如此珍藏在心里的故人故事能有多少？于是我忽然发现，回忆不是痛苦的，而是寂寥人间一种暖意的安慰。

致大海

——为冰心送行而作

今天是给您送行的日子，冰心老太太！

我病了，没去成，这也许会成为我终生的一个遗憾。但如果您能听到我这话，一准会说："是你成心不来！"那我不会再笑，反而会落下泪来。

十点钟整，这是朋友们向您鞠躬告别的时刻，我在书房一片散尾竹的绿影里跪伏下来，向着西北方向——您遥远的静卧的地方，恭敬地磕了三个头。然后打开音乐，凝神默对早已备置在案前的一束玫瑰。当然，这就是面对您。本来心里缭乱又沉重，但渐渐地我那特意选放的德彪西的《大海》发生了神奇的效力，涛声所至，愁云扩散。心里渐如海天一般辽阔与平静。于是您往日那些神气十足的音容笑貌全都呈现出来，而且愈来愈清晰，一直逼近眼前。

我原打算与您告别时，对您磕这三个头。当然，绝大部分人一定会诧异于我何以非要行此大礼。他们哪里知道这绝非一种传统方式，一种中国人极致的礼仪，而是我对您特殊的爱的方式，这里边的所有细节我全部牢牢记得。

二十世纪八十年代末，一个您生命的节日——10月5日。我在天津东郊一位农人家中，发现他家装了电话，还能挂长途，便抓起话筒拨通了您家。我对着话筒大声说：

105

"老太太，我给您拜寿了！"

您马上来了幽默。您说："你不来，打电话拜寿可不成。"您的口气还假装有点生气。但我却知道在电话那端，您一定在笑，我好像看见了您那慈祥的并带着童心的笑容。

为了哄您高兴。我说："我该罚，我在这儿给您磕头了！"

您一听果然笑了，而且抓着这个笑话不放，您说："我看不见。"

我说："我旁边有人，可以作证。"

您说："他们都是你一伙的，我不信。"

本来我想逗您乐，却被您逗得乐不可支。谁说您老，您的机敏和反应能力超过任何年轻人。我只好说："您把这笔账先记在本子上。等我和您见面时，保证补上。"

这便是磕头的来历，对不对？从此，它成了每次见面必说的一个玩笑的由头。只要说说这个笑话，便立即能感受到与您之间那种率真、亲切，又十分美好的感觉。

大约是1992年底，我在中国美术馆举办画展期间，和妻子顾同昭，还有三两朋友一同去看您。那天您特别爱说话，特别兴奋，特别精神。您一向底气深厚的嗓音由于提高了三度，简直洪亮极了。您说，前不久有一位大人物来看您，说了些"长寿幸福"之类的吉祥话。您告诉他，您虽长寿，却不总是幸福的。您说自己的一生正好是"酸甜苦辣"四个字。跟着您把这四个字解释得明白有力，铮铮作响。

您说，您的少时留下许多辛酸——这是酸；青年时代还算留下一些甜美的回忆——这是甜；中年以后，"文革"十年，苦不堪言——这是苦；您现在老了，但您现在却是——"姜是老的辣"。当您说到这个"辣"字时，您的脖子一梗。我便看到了您身上的骨气。老太太，那一刻您身上真是闪闪发光呢！

这话我当您的面是不会说的。我知道，您不喜欢听这种话，但我现在可以说了。

记得那天，您还问我："要是碰到大人物，你敢说话吗？"没等我说，您又进一步说道，"说话谁都敢，看你说什么。要说别人不敢说、又非说不可的话。冯骥才——你拿的工资可是人民给的，不是领导给的。领导的工资也是人民给的。拿了人民的钱就得为人民说话，不要怕！"

说完您还着意地看了我一眼。

老太太，您这一眼可好厉害。您似乎要把这几句话注入我的骨头里。但您知道吗？这也正是我总愿意到您那里去的真正缘故。

我喜欢您此时的样子，很气概，很威风，也很清晰。您吐字和您写字一样，一笔一画，从不含混。您一生都明达透彻，思想在脑海里如一颗颗美丽的石子沉在清亮见底的水中。您享受着清晰，从来不委身于糊涂。

再说那天，老太太！您怎么那么高兴。您把我妻子叫到跟前，您亲亲她，还叫我也亲亲她。大家全笑了。您把天堂的画面搬到大家眼前，融融的爱意使每一个人的心情都充满美好。于是在场朋友们说，冯骥才总说给冰心磕头拜寿，却没见过真的磕过头。您笑嘻嘻地说我："他是个口头革命派！"

我听罢，立即趴在地上给您磕了三个头。您坐在轮椅上无法阻拦我，但我听见您的声音："你怎么说来就来。"等我起身，见您被逗得正在止不住地笑，同时还第一次看到您挺不好意思的表情。我可不愿意叫您发窘。我说："照老规矩，晚辈磕头，得给红包。"

您想了想，边拉开抽屉，边说："我还真的有件奖品给你。今年过生日时，有人给我印了一种寿卡，凡是朋友们来拜寿，我就送一张给他作纪念。我还剩点儿，奖给你一张吧！"

粉红色的卡片精美雅致，名片大小，上边印着金色的寿字，还有您的名字与生日的日子。卡片的背面是您手书自己的那句座右铭："有了爱便有了一切。"

您说，这寿卡是编号的，限数100。您还说，这是他们为了叫您长命百岁。

我接过寿卡一看，编号77，顺口说："看来我既活不到您这分量，也活不到您这岁数了。"

您说："胡说。你又高又大，比我分量大多了。再说你怎么知道自己不长寿？"

我说："编号100是百岁，我这是77号，这说明我活77岁。"

您嗔怪地说："更胡说了。拿来——"您要过我手中的寿卡，好像想也没想，拿起桌上的圆珠笔在编号每个"7"字横笔的下边，勾了半个小圈儿，马上变成99号了！您又写上一句，"骥才万寿，冰心，1992．12．20"。

大家看了大笑，同时无不惊奇。您的智慧、幽默、机敏，令人折服。您的朋友们都常常为此惊叹不已！尽管您坐在轮椅上，您的思维之神速却敢和这世界上任何人赛跑。但对于我，从中更深深的感动则来自一种既是长者又是挚友的爱意。可使我一直不解的是，您历经那么多时代的不幸，对人间的诡诈与丑恶的体验较我深切得多，然而，您为何从不厌世、不避世、不警惕世人，对人们依然始终紧拥不弃，痴信您那句常常会使自己陷入被动的无限美好的格言——"有了爱便有了一切"？这到底是为了一种信念，还是一种天性使然？

我想到一件更远的事。

那时吴文藻先生还在世。那天是您和吴先生金婚的纪念日。我和楚庄、邓伟志等几位文友去看您。您那天新裤新褂，容光焕发。您总是这么神采奕奕，叫人家无论碰到怎样的打击也无法再垂头丧气。

那天聊天时，没等我们问您就自动讲起当年结婚时的情景。您说，您和吴文藻度蜜月，是相约在北京西山的一个古庙里。

您当时的神气真像回到了六十年前——

您说，那天您在燕京大学讲完课，换一件干净的蓝旗袍，把随身用品包一个方方正正的小布包，往胳肢窝里一夹就去了。到了西山，吴文藻还没来——说到这儿，您还笑一笑说："他就这么糊涂！"

您等待时间长了，口渴了，便在不远的农户那儿买了几根黄瓜，跑到井边洗了洗，坐在庙门口高高的门槛上吃黄瓜，一时引得几个农家的女人来到庙前瞧新媳妇。这样直等到您的新郎吴文藻姗姗来迟。

您结婚的那间房子是庙里后院的一间破屋，门关不上，晚上屋里经常跑大耗子，桌子有一条腿残了，晃晃荡荡。"这就是我们结婚的情景。"说到这儿，您大笑，很快活，弄不清您是自嘲，还是为自己当年的清贫又洒脱而洋洋自得。这时您话锋一转，忽问我："冯骥才，你怎么结的婚？"

我说："我还不如您哪。我是'文革'高潮时结的婚！"

您听了一怔，便说："那你说说。"

我说那时我和未婚妻两家都被抄了，结婚没房子，街道赤卫队队长人还算不错，给我们一间几平米的小屋。结婚那天，我和我爱人的全家去了一个小饭馆吃饭。我父亲关在牛棚，母亲的头发被红卫兵铰了，没能去。我把劫后仅有的几件衣服叠了叠，放在自行车后车架上，但在路上颠掉了，结婚时两手空空。由于我们都是被抄户，更不敢说"庆祝"之类的话，大家压低嗓子说："祝贺你们！"然后不出声地碰一下杯子。

饭后我们就去那间小屋。屋里空荡荡，四个房角，看得见三个。床是用砖块和木板搭的。要命的是，我这间小屋在二楼，楼下是一个红卫兵"总部"。他们得知楼上有两个狗崽子结婚，虽然没上来搜查盘问，却不断跑到院里往楼上吹喇叭，还一个劲儿打手电，电光就在我们天花板上扫来扫去。我们便和衣而卧。我爱人吓得靠在我胸前哼嗦了一个晚上。"这就是我们的新婚之夜!"我说。

我讲述这件事时,您听得认真又紧张。我想完事您一定会说出几句同情的话来。可是您却微笑又严肃地对我说:"冯骥才,你可别抱怨生活,你们这样的结婚才能永远记得,大鱼大肉的结婚都是大同小异,过后是什么也记不住的。"

您的话使我出其不意。

一下子,您把我的目光从一片荆棘的困扰中引向一片大海。

哎哎,您没有把我送给您那幅关于海的画带走吧?

那幅画我可是特意为您画得那么小,您的房间太窄,没有挂大画的墙壁。但是您告诉我:"只要是海,都是无边的大。"

我把您那本译作《先知》的封面都翻掉了。因此我熟悉您这种诗样的语言所裹藏的深邃的寓意。我送给您一幅画,您送给我这一句话。

我在那幅蓝色的画里,给您画了许多阳光;您在这个短句中,给了我无尽的放达的视野。

在与您的交往中,我懂得了什么是"大"。大,不是目空一切,不是做宏观状,不是超然世外,或从权力的高度俯视天下。人间的事物只要富于海的境界都可以既博大又亲近,既辽阔又丰盈。那便是大智,大勇,大仁,大义,大爱,与正大光明。

德彪西的《大海》全是画面。

被狂风掀起的水雾与低垂的阴云融成一片,雪色的排天大浪迸溅出的全是它晶莹透明的水珠。一束夕照射入它蓝幽幽的深处,加倍反映出夺目的光芒。瞬息间,整个世界全是细密的迷人的柔情的微波。大海中从无云影,只有阳光。这是因为,它不曾有过瞬息的静止,它永远跃动不已的是那浩瀚又坦荡的生命。

这也正是您的海。我心里的您!

我忽然觉得,我更了解您。

我开始奇怪自己,您在世时,我不是对您已经十分熟悉与理解了吗？但为什么，您去了，反倒对您忽有所悟，从而对您认识更深，感受也更深呢？无论是您的思想、气质、爱，甚至形象，还有您的意义。这真是个神奇的感觉！于是，我不再觉得失去了您，而是更广阔又真切地拥有了您。我不再觉得您愈走愈远，却感到您从来没有像此刻这样的贴近。远离了大海，大海反而进入我的心中。我不曾这样为别人送行过。我实实在在是在享受着一种境界。并不知不觉在我心里响起少年时代记忆得刻骨铭心的普希金那首长诗《致大海》的结尾：

> 再见吧，大海！我永远不会
> 忘记你庄严的容光，
> 我将久久地久久地听着
> 你黄昏时分的轰响；
> 我的心将充满了你，
> 我将把你的山岩，你的海湾，
> 你的光和影，你浪花的喋喋，
> 带到森林，带到寂寞的荒原。

大话美林

一

在当今画坛上，能够让我每一次见面都会感到吃惊的是——韩美林。

昨天刚被他一种全新的艺术语言所震撼，今天他竟然把他的画室变成一片前所未见的视觉天地。

一刻不停地改变自己，瞬间万变地创造自己。每一天都在和昨天告别，每一天都被他不可思议地翻新。然而，真正的才华好似在受神灵的驱使，不期而至，匪夷所思，不仅震动别人，也常常令自己惊讶。每每此时，他便会打电话来："快来我的画室，看看我最新的画，棒极了！"他盼望亲朋好友去一同共享。等到我站在他的画前，情不自禁说出心中崭新的感动时，他会说："你信不信，我还没开始呢！"

这是我最爱听到的美林的话。

此时，我感到一种无形而磅礴、不可遏制的创造力在他心中激荡。他像喷着浓烟的火山一样渴望爆发。这是艺术家多美好的自我感觉与神奇的时刻！

二

美林的空间有多大？这是一个谜。

二十多年来，我关注的目光紧随着他。一路下来，我已经眼花缭乱，甚至找不到边际与方向。一会儿是一片粗粝又沉重的青铜世界，一会儿是滑溜溜、溢彩流光的陶瓷天地；一会儿是十几米、几十米、上百米山一般顶天立地的石雕，一会儿是轻盈得一口气就可吹起的邮票；一会儿是大片恢弘、变幻万千的水墨，一会儿是牵人神经的线条，或刚劲或粗野或跌宕或飞扬或飘逸或游丝一般的线条。一切物象，一切样式，一切手段，一切材料，都能被他随心所欲地使用乃至挥霍，他要的只是随心所欲。

在这心灵的驰骋中，艺术的空间无边无际。地球可以承载整个人类，每个人的心灵却都可以容纳宇宙。尤其是艺术家的心灵。他们用心灵想象，用心灵创造，因为他们的心灵是自由的。

美林艺术的灵魂是绝对自由的。这正是他的艺术为什么如此无拘无束与辽阔无涯的根由。

谁想叫他更夺目，谁就帮助他心处自由之中；谁想叫他黯淡下去，谁就捆缚他制约他——但这不可能——他就像他笔下狂奔的马，身上从来没有一根缰绳。

三

美林还是评论界的一个难题。

这个兴趣到处跳跃的任性的艺术家，使得评论家的目光很难瞄准他。他艺术中的成分过于丰富与宽广。如果评论对象的内涵超过了自己熟知的范畴，怎样下笔才能将他"言中"？

在美林各种形式的作品中，可以找到中西艺术与文化史的极其斑驳的美的因子。艺术史各个重要的艺术成果，不是作为一种特定的审美样式被他采用，而是被他化为一种精灵，潜入他的艺术的血液里。就像我们身上的基因。

依我看，他的艺术是由三种基因编码合成的。一是远古，一个现代，一是中国民间。

在将中国民间的审美精神融入现代艺术时，美林不是以现代西方的审美视角去选择中国民间的审美样式，在那一类艺术里，中国的民间往往只剩下一些徒具特色却僵死的文化符号。在美林笔下，这些曾经光芒四射的民间文化的生命顺理成章地进入当代；它们花花绿绿，土得掉渣，喊着叫着，却像主角一样在现代艺术世界中活蹦乱跳。

同时，我们审视美林艺术中古代与现代的关系时，绝对找不到八大山人、石涛或者毕加索、达利的任何痕迹。然而中国大写意的精神以及现代感却鲜明夺目。美林拒绝已经精英化和个体化的任何审美语言，不克隆任何人。他只从中西文化的源头去寻找艺术的来由。

我一直以为，远古的艺术和乡土之美能够最自然地相互融合，是因为这些远古艺术，大地上开放的民间之花，都具有艺术本原的性质，原发的生命感，以及文明的初始性。而这些最朴素、最本色的文化生命，不正是当前靠机器和电脑说话的工业文化所渴望的吗？

因此说，美林的艺术既是现代的、人类性的，又是地道的华夏民族的灵魂。

四

美林的世界都是哪些角色？

只要一闭眼就能涌现出来——倔犟的牛、发疯的马、精灵般的麋鹿、喔喔叫的公鸡、老实巴交的羊以及叫人想把脸颊贴上去的无限温柔的小兔小猫。

其实它们并不是美林客观的"绘画对象"，而是画家一时心性的凭借。美林性格中那些与生俱来的执拗、坚忍与率真，心绪中那些倏忽而至的昂奋、快意与柔情，全都鲜活地表现在他笔下这些生灵的身上。我从来都是从这些生灵来观察他当时的生命状态。在我的学院大楼落成剪彩那天，美林送来一匹丈二尺的巨马，这马雄强硕大，轰隆隆奔跑着，好似一台安上四条腿的蒸汽机。我对美林说：凭这股子元气你能活过一百岁！

美林世界的一切都是他生命的化身。不知还有谁的艺术拥有如此纯粹的生命感。他时不时会顺手拿起身边一件亮晶晶、造型奇特的陶壶陶罐，对你说："看这小胖子，多神气！"或者"瞧它呼呼直喘气，可爱吧！"

这种生命感，从形象到抽象，从画面上每一根线条到他神奇的天书。

这些来自于汉简、古陶、岩画、石刻、甲骨和钟鼎彝器的铭文中大量的未可考释的文字，之所以诱惑着他，不只是每一个文字后边神秘莫测的历史信息，而是至今犹然带着远古人用来传达所思所想时生命的活力与表情。美林之所以把它们重新书写出来，不是对这些罕见的古文字的一种审美上的好奇，更不是在视觉上故弄玄虚，而是想唤醒那些遥远而丰盈的生命符号和符号生命。

美林的世界的所有角色，其实都是他自己。任何杰出的艺术家都是极致的自我。为此，这个好动的画家的笔下的一切，都充满动感，很少静态。过分的情绪化，使得他喜欢瞬息间完成作品，阔笔泼墨自然是其拿手的本领。天性的豪气，令其书法字字如虎。他不刻意于琐细，没有心思在人际之间做文章，甚至不谙人情世故。所以千差万别的个性的人物，从来不进入他的世界。有人问他："你为什么不画人物？"

我在一边说："刻画人物是作家的事。"

五

美林的原创力是什么？

在美林艺术馆一面很长的墙壁上挂着一百多个小瓷碟。每个小碟中心有一幅绘画小品。虽然，画面各不相同，但画中的小鸟小兔小花，连同各种奇妙的图案都在唱歌。这是美林与建萍热恋时，他从电话中得知建萍由外地起程来看他——从那一刻起，他溢满爱意的心就开始唱歌。他边"唱"边画。各种奇妙至极的画面就源源不绝地从笔端流泻出来。爱使人走火入魔，进入幻境。幻想美丽，幻境神奇。美林全然不能自制，直到建萍推门进来，画笔方歇。不到一天，他画了179幅小画。这些画被烧制在一般大小粗釉的瓷碟的碟心，活灵活现地为艺术家的爱作证。

尽管谁都愿意享受被爱，但爱比被爱幸福。爱的本质是主动的给予。这个本质与艺术的本质正好契合。因为，艺术不仅是获取，也是给予。爱便成了美林艺术激情勃发的原动力。美林的爱是广角的。他以爱、以热情和慷慨对待朋友，对待熟人，甚至对待一切人，以至看上去他有点挥金如土。这个爱多得过剩的汉子自然也常常吃到爱的苦果。不止一次我看到他为爱狂舞而稀里糊涂掉进陷阱后的垂头丧气，过后他却连疼痛的感觉都忘得一干二净，又张开双臂拥抱那些口头上挂着情义的人去了。然而正是这样——正是这种傻里傻气的爱和情义上的自我陶醉，使他的笔端不断开出新花。其实不管生活最终到底怎样，艺术家需要的只是此时此刻内心的感动与神圣，哪怕这中间多半是他本人的理想主义。

哲学家在现实中寻求真理，艺术家在虚幻里创造神奇。

到底缘自一种天性还是心中装满爱意，使美林总是尽量让朋友快乐，给朋友快乐？他以朋友们的快乐为快乐。他的艺术也是快乐的，从不流泪，也不伤感，绝无晦涩。这个曾经许多次与死神擦肩而过的汉子，画面上从来没有多磨的命运留下的阴影，只有阳光。他把生活的苦汁大口吞下，在心中酿出蜜来，再热辣辣地送给站在他画前的每一个人。美林是我见过的最阳光的画家。

最大的事物都是没有阴影的。比如大海和天空。

然而爱是一定有回报的。因此他拥有天南地北那么多朋友，那么广泛地热爱他艺术的人。如今韩美林已经是当今中国画坛、当代中国文化的一个符号。这种符号由国际航班带上云天，也被福娃带到世界各地。更多的是他创造的千千万万、美妙而迷人的艺术形象，五彩缤纷地传播于人间。这个符号的内涵是什么呢？我想是：

自由的心灵，真率的爱，深厚的底蕴，无边而神奇的创造，而这一切全都融化在美林独有的美之中了。

怀念老陆

近些天常常想起老陆来。想起往日往事的那些难忘的片断，还有他那张始终是温和与宁静的脸，一如江南的水乡。

老陆是我对他的称呼。国文和王蒙则称他文夫。他们是一代人。世人分辈，文坛分代。世上一辈二十岁，文坛一代是十年。我视上一代文友有如兄长。老陆是我对他一种亲热的尊称。

我和老陆一南一北很少往来，偶然在京因会议而邂逅，大家聚餐一处，老陆身坐其中，话不多，但有了他便多一份亲切。他是那种人——多年不见也不会感到半点陌生和隔膜。他不声不响坐在那里，看着从维熙逞强好胜地教导我，或是张贤亮吹嘘他的西部影城如何举世无双，从不插话，只是面含微笑地旁听。我喜欢他这种无言的笑。温和、宽厚、理解，他对这些个性大相径庭的朋友们总是报之以一种欣赏——甚至是享受。

这不能被简单地解释为"与世无争"。没有一个作家会在思想原则上做和事老。凡是读过他的《围墙》乃至《美食家》，都会感受到他笔尖里的针芒。只不过他常常是绵里藏针。我想这既源自他的天性，也来自他的小说观。他属于那种艺术性的作家，把小说当做一种文本的和文字的艺术。高晓声和汪曾祺都是这样。他们非常讲究技巧，但不是技术的，而是艺术的和审美的。

一次我到无锡开会，就近去苏州拜访他。他陪我游拙政、网师诸园。一边在园中游赏，一边听他讲苏州的园林。他说，苏州园林的最高妙之处，不是玲珑剔透，极尽精美，而是曲曲折折，没有穷尽。每条曲径与回廊都不会走到头。有时你以为走到了头，但那里准有一扇小门或小窗。推开望去，又一番风景。说到此处，他目光一闪说："就像短篇小说，一层包着一层。"我接着说："还像吃桃子，吃去桃肉，里边有个核儿，敲开核儿，又一个又白又亮又香的桃仁。"老陆听了很高兴，禁不住说："大冯，你算懂小说的。"

　　此时，眼前出现一座水边的厅堂。那里四边怪石相拥，竹树环合，水光花影投射厅内，厅中央陈放着待客的桌椅，还有一口天青色素釉的瓷缸，缸里插着一些长长短短的书轴画卷。乃是每有友人来访，本园主人便邀客人在此欣赏书画。厅前悬挂一匾，写着"听松读画堂"。老陆问我，为什么写"读画"不写"看画"，画能读吗？我说，这大概与中国画讲究文学性有关。古人常说的"诗画相生"或"诗是无形画，画是有形诗"。这些诗意与文学性藏在画中，不能只用眼看，还要靠读才能理解到其中的意味。老陆说，其实园林也要读。苏州园林真正的奥妙是这里边有诗文，有文学。我听到的能对苏州园林如此彻悟的只有两位：一是园林大师陈从周——他说苏州园林有书卷气；另一位便是老陆，他一字道出欣赏苏州园林乃至中国园林的要诀：读。

　　读，就是从文学从诗的角度去体会园林内在的意蕴。

　　记得那天傍晚，老陆在得月楼设宴招待我。入席时我心中暗想，今儿要领略一下这位美食家的真本领究竟在哪里了。席间每一道菜都是精品，色香味俱佳，却看不出美食家有何超人的讲究。饭菜用罢，最后上来一道汤，看上去并非琼汁玉液，入口却是又清爽又鲜美，直喝得胃肠舒畅，口舌愉悦，顿时把这顿美席提升到一个至高境界。大家连连呼好。老陆微笑着说："一桌好餐关键是最后的汤。汤不好，把前边的菜味全遮了。汤好，余味无穷。"然后目光又是一闪，好似来了灵感，他瞅着我说，"就像小说的结尾。"

我笑道："老陆，你的一切全和小说有关。"

于是我更明白老陆的小说缘何那般精致、透彻、含蓄和隽永。他不但善于从生活中获得写作的灵感，还长于从各种意味深长的事物里找到小说艺术的玄机。

然而生活中的老陆并不精明，甚至有点"迂"。我听到过一个关于他"迂"到极致的笑话。那是二十世纪八十年代中期，老陆当选中国作协副主席。据说苏州当地政府不知他这职务是什么"级别"，应该按什么"规格"对待。电话打到北京，回答很模糊，只说"相当于副省级"。这却惊动了地方，苏州还没有这么大的官儿，很快就分一座两层小楼给他，还配给他一辆小车。老陆第一次在新居接待外宾就出了笑话。那天，他用车亲自把外宾接到家来。但楼门口地界窄，车子靠边，只能由一边下人。老陆坐在外边，应当先下车。但老陆出于礼貌，让客人先下车，客人在里边出不来，老陆却执意谦让，最后这位国际友人只好说声："对不起。"然后伸着长腿跨过老陆跳下车。

后来见到老陆，我向他核实这则文坛轶闻的真伪。老陆摆摆手，什么也不说，只是笑。不知这摆手，是否定这个瞎诌的玩笑，还是羞于再提那次的傻实在？

说起这摆手，我永远会记着另一件事。那是 1991 年冬天，我在上海美术馆开画展，租了一辆卡车，运满满一车画框。由天津出发，车子走了一天，凌晨四时途经苏州时，司机打盹，一头扎进道边的水沟里，许多画框玻璃被粉碎。当时我不知道这件事，身在苏州的陆文夫却听到消息。据说在他的关照下，用拖车把我的车拉出沟，并拉到苏州一家车厂修理，还把镜框的玻璃全部配齐。这便使我三天后在上海的画展得以顺利开幕，否则便误了大事。事后我打电话给老陆，几次都没找到他。不久在北京遇到他，当面谢他。他也是伸出那瘦瘦的手摆了摆，笑了笑，什么也没说。

他的义气，他的友情，他的真切，都在这摆摆手之间了。这一摆手，把人间的客套全都挥去，只留下一片真心真意。由此我深刻地感受到他的气质。这气质正像本文开头所说的一如江南水乡的宁静、平和、清淡与透彻，还有韵味。

作家比其他艺术家更具有生养自己的地域的气质。作家往往是那一块土地的精灵。比如老舍和北京，鲁迅和绍兴，巴尔扎克和巴黎。他们的心时时感受着那块土地的欢乐与痛苦。他们的生命与土地的生命渐渐地融为一体——从精神到形象。这便使我们一想起老陆，总会在眼前晃过苏州独有的景象。于是，老陆去世那些天，提笔作画，不觉间一连画了三四幅水墨的江南水乡。妻子看了，说你这几幅江南水乡意境很特别，静得出奇，却很灵动，似乎有一种绵绵的情味。我听了一怔，再一想，我明白了，我怀念老陆了。

哀谢晋

我曾对一向生龙活虎的谢晋说："你能活到二十二世纪。"但他辜负了我的祝愿，今天断然而去，只留下朋友们对他深切的痛惜与怀念，以及一片浩阔的空茫。

前不久，台湾导演李行来访，谈到夏天里谢晋在台北摔伤，流了许多血，"当时的样子很可怕，把我们都吓坏了"，跟着又谈到谢晋老年丧子。我说老谢曾经特意把他儿子谢衍的处女作《女儿红》剧本寄给我，嘱我"非看不可"。李行说谢晋对谢衍这条根脉很在乎，丧子之痛会伤及他的身体。这时我忽然感到老谢今年有点流年不利。心想今年若去南方，要设法绕道去上海看看他。但现在这一切都只是过往的一些毫无意义的念头了。

太熟太熟的一位朋友了。自二十世纪八十年代以来在政协、文联以及大大小小各种会议和活动中，无论是会场上相逢相遇，还是在走廊或人群中打个照面，都会有种亲切感。老谢是个亲和、简单、没有距离感的人。在我的印象中，他几十年说的话似乎只有三个内容：剧本，演员，为电影的现状焦急。他脑袋里再放不进去别的东西。如果你想谈别的——那你只好去自言自语，他没有听进去；但只要你停下来，他立即开始大谈他的剧本和演员，或者对电影业种种弊端发火。他发火时根本不管有谁在座。这时的老谢直率得可爱。他认为他在为电影说话，不用顾及谁爱听或不爱听。他从不谈自己，他的心里似乎没有自己。他口中总是挂着斯琴高娃、姜文、陈道明、潘虹、刘晓庆、宋丹丹和第五代导演们那些出色的电影精英。他眼里全是别人的优点。能欣赏别人的优点是快乐的。还听得出来，他为拥有这些精英的中国电影而骄傲。

在此之外的老谢一刻不停地忙忙碌碌，找演员、搭班子、谈经费、来去匆匆去看外景。难得一见的是他在某个会议餐厅的一角，面前摆着从自助餐的餐台拣的一碟子爱吃的菜，还戳着一瓶老酒，临时拉不到酒友就一人独酌。这便是老谢最奢侈也是最质朴的人生享受了。他说全凭着酒，才能在野战军般南征北战的拍片生涯中落下一副好身骨。他说，这琼浆玉液使得他血脉流畅，充满活力。前七八年我和他在京东蓟县选外景时，他不小心被什么绊了一跤，摔得很重，吓坏了同行的人，老谢却像一匹壮健的马，一跃而起，满脸憨笑，没受一点伤。那年他78岁。

天生的好身体是他天性好强的本钱。他好穿球鞋和牛仔裤，喜欢独来独往，不喜欢陪伴。一位标准的职业电影人。虽然他穿上西服挺漂亮，但他认为西服是"自由之敌"。他从不关心全国文联副主席和政协常委算什么级别，也不靠着这些头衔营生。他只关心他拍出的电影分量。一次，一位朋友问他是不是不喜欢炒作自己。他说他相信真正的艺术评价来自口碑，也就是口口相传。因为对于艺术，只有被感动并由衷地认可才会告知他人。

这样的艺术家，活得平和、单纯而实在。那些年，年年政协会议期间，文艺界的好朋友们都要到韩美林家热热闹闹地聚会一次。吴雁泽唱歌、陈钢弹曲、白淑湘和冯英跳舞，张贤亮吹牛，姜昆不断地用"现挂"撩起笑声。唯有老谢很少言语，从头到尾手端着酒杯，宽厚地笑着，享受着朋友们的欢乐。这时，他会用他很厚很热的手抓着我的手使劲地攥一下，无声地表达一种情意。最多说上一句："你这家伙不给我写剧本。"

他心里想的、嘴里说的还是电影！

我的确欠他一笔债。二十世纪九十年代初，他跑到天津要我为他写一部足球的电影。他说当年他拍了《女篮5号》之后，主管体育的贺龙元帅希望他再拍一部足球的影片。他说他欠贺老总一部片子。他这个情结很深。我笑着说，如果我写足球就从一个教练的上台写到他下台——足球怪圈的一个链环。他问我"戏"（影片）怎么开头。我说以一场大赛的惨败导致数万球迷闹事，火烧看台，迫使老教练下台和新教练上台——"好戏就开始了"。他听了眼睛冒光，直逼着我往下追问："教练上台的第一个细节是什么？"我想一想说："新教练走进办公室，一拉抽屉，里边一条上吊的绳子。这是球迷送给老教练的，现在老教练把这根上吊的绳子留给了他。"当时老谢使劲一拍我肩膀说，咱们合作了。但是在紧接着的亚运会期间，我和老谢一同坐在看台上看中国与泰国的足球赛，想找一点灵感。但那天中国队输了球，二比〇，很惨。赛后，我和老谢去找教练高丰文想问个究竟，请高丰文一定说实话，到底输在哪里。没料到高丰文说："还得承认人有个能力的问题。"

这句话给我很大的刺激，使我一下子抓不到电影的魂儿了。此后尽管老谢一个劲儿地催我写，但他也抓不住这部电影的魂儿了。合作就这样搁置。之后几年里，老谢一直埋怨我不肯为他出力，直到他看中我的一部中篇小说《石头说话》才算有了"转机"。我对他说："第一，我把这部小说送给你，不要原作版权；第二，我免费为你改写剧本。但欠你的那笔'足球债'得给我销账了。"我嘴上说是"还债"，心里却是想支持他。因为此时的谢晋拍电影已经相当困难。

谢晋无疑是中国当代电影史上一位卓越的创造者。二十世纪后半个世纪，电影在中国是最大众化的艺术。谢晋是这中间的一个奇迹。从《舞台姐妹》《女篮5号》到《天云山传奇》《牧马人》《芙蓉镇》《鸦片战争》，他每一部作品都给千家万户带来巨大的艺术震撼。可以说，从他的电影创作中可以清晰地找到当代电影史的脉络。谢晋的电影美学是典型的现实主义。他注重时代的主题，长于正剧，以强烈的戏剧冲突有声有色地推动故事。他善于调动观众的情感参与，尽可能面对最广大的受众，个性而丰满的人物是他的至上追求。不管电影怎么发展，电影的观念和技术怎么更新，历史是已经被认定的现实。谢晋是那个时代耀眼的骄子。他是在当代电影史写过光辉一页的大师。

　　然而，从历史的站头下车的人是落寞又尴尬的。晚年的老谢，走出电影创作的中心，但他不改好强的本性，为了筹资和找选题四处奔波。他曾给我寄来《拉贝日记》，还想叫我去法国寻觅冼星海遗落在那里的一段美丽的爱情往事。这期间，我的那个一直未上马的《石头说话》，几次燃起希望随后又石沉大海。相信还有别人与老谢也有同样的交往。我不求那个电影拍成，只望他有事可做。一位友人对我说："老谢简直是挣扎了。他应该学会放弃，因为他的时代已经过去了。电影已经从文学化走向视觉化。他那种故事没人看了。"

　　我说："你不懂老谢。电影是他的生命，他活一天，就得活在电影中。他最佩服黑泽明，因为黑泽明是死在拍摄现场的。他说他也会这样。"

　　今天，老谢终于完成了他这个可怕又浪漫的理想。听说他正要去杭州为他的《大人家》筹款呢。

　　一个把事业做到生命尽头的工作狂，一个用生命基奠艺术的艺术家。他用一生诠释了艺术家真正的定义。艺术家就是要把全部生命放在艺术里，而不是还留一些放在艺术外边。

　　原本开笔写此文之时，心中一片哀伤，隐隐发冷。然而，写到这里，已经浑身火辣辣地充满激情。这好，我愿用这样的文章结尾送一送老谢。

在雅典的戴先生

——纪念戴爱莲

这两天太忙，各种没头绪的事扰在一起。可即便忙得不可开交时，也会觉得一个不舒服的东西堵在心头，稍有空闲便明白：是戴先生永别我们而去了。于是种种片段的往事就纷纷跑到眼前。

戴先生是大家对戴爱莲的尊称。戴先生对中国当代舞蹈的贡献世人皆知，因此二十年前初识她时，深深折下腰来，向她恭敬地鞠了一个躬。戴先生的个子不高，见我这六尺大汉行此大礼，不禁哈哈大笑。其实个子再高的人，心中对她也一定是"仰视"的。

平日很少能见到戴先生，偶尔在会议上才能碰到她，谁料一次竟有十天的时间与她独处。那是 1996 年。我赴希腊参加 IOV（国际民间艺术组织）举办的"民间文化展望国际研讨会"。与会者来自世界各地，我被裹在许多金发碧眼和卷发黑肤中间，正巴望着出现一位同胞，有人竟在背后用中文叫我："冯骥才，是你吗？"我扭身一看，一位轻盈的老太太，通身黑衣，满头银发，肩上很随意地披一条暗红的披肩，高雅又自然。我马上认出是戴先生。让我认出她来的，不只是她清新的容貌和总那样弯弯的笑眼，更是一种独特的艺术家的气质。我不禁说："戴先生，您真的很美。"

她显得很高兴。她说她是 IOV 的执委，从伦敦过来参会。她也希望碰到一个中国人，没想到这个人会是我。

我与她之间一直有一种亲切感。这可能由于她与我母亲同岁。再一个原因很特别，便是她的汉语远不如英语来得容易。她的发音像一个学汉语的老外，而且汉语的词汇量非常有限。然而，语言能力愈有限，表达起来就愈直率。我喜欢和她这样用不多的语汇，像两个小孩子那样说话，真率又开心。是不是因此使我感觉与她在一起很亲切？

　　她喜欢抽烟，顺手让给我一支。我已经戒烟很久，为了让她高兴，接过来便抽。我曾经是抽烟的老手，姿势老到，使她完全看不出我戒烟的历史。烟可以助兴，笑声便在烟里跳动。在雅典那个漫长的会议中，她时不时从座位上站起来，在离开会场时朝我歪一下头，我神会其意，起身出来，与她坐在走廊的沙发上一人一支烟，胜似活神仙。

　　此后在戴先生从艺八十周年纪念会上，我致词时提起这事，并对她开玩笑说："戴先生差点把我的烟瘾重新勾起来。"

　　戴先生听了竟然睁大眼，吃惊地说："我犯罪了，真的犯罪了。"她说得愈认真，我们笑得愈厉害。

　　在雅典，我可真正领略到这位大师的舞蹈天才。那天，主人邀请我们去市郊一家歌舞厅玩。雅典这种歌舞厅没有灯红酒绿的商业色彩，全然是本地一种地道的传统生活。大厅中央用粗木头搭造一个巨型高台，粗犷又原始。上边有乐器、歌手，中间是舞池。下边摆满桌椅，坐满了人，多半是本地人，也有一些来感受雅典风情的游客。一些穿着土布坎肩的漂亮的服务员手托食品，不断地送上此地偏爱的烤肉、甜果、啤酒。这里吸烟自由，所以戴先生和我一直口吐云烟。在我们刚坐下时候，台上只唱歌，歌手们唱得都很动情。这些通俗歌曲，混合了希腊人的民歌，听起来味道很独特很新鲜。

　　此时，我发现戴先生已经陷入在歌曲的感受里，她显得很痴迷。渐渐歌儿唱得愈来愈起劲，所选择的曲目也愈来愈热烈。台下的人受到感染，一男一女手拉手带头跑上舞池，在音乐的节奏里跳起希腊人的民间舞。这时的戴先生轻轻地晃肩摆腰，有一点手舞足蹈了。随后，一对对年轻人登上舞池，而且愈来愈多，很快就排成队，形成人圈，绕着舞池跳起来。他们的舞步很特别，尤其是行进中有节奏地停顿一下，奇妙、轻快又优美。戴先生对我说："这是四步半。"大厅里人声鼎沸，她的声音像喊。然后她问我："我们上去跳吗？"她的眼睛烁烁闪光，很兴奋。我是舞盲，如果我当众跳舞干脆就是献丑。我对她摇着头笑道："我怕踩着您的脚。"

戴先生也笑了，但她的艺术激情已经不能克制，居然自己走上去。她一进入那支"队伍"，立即踏上那种节拍，好像这美妙的节拍早就在她的双腿上。待到舞入高潮，她的腿抬得很高，情绪随之飞扬。别忘了，她那年八十岁！大概她的舞感动了台下一位希腊的男青年，这小伙子跳上去给戴先生伴舞。很多人为戴先生鼓掌，掌声随同舞曲的节拍，为这位心儿年轻的东方的艺术家鼓劲。与我们同来的 IOV 的秘书长法格尔手指戴先生对我说：

"她是最棒的。"

她那次也把一个笑话留给了我。

一天，戴先生要我陪她去挑选一件纪念品。在一家纪念品商店里，戴先生手指着一套小小的陶瓷盘问我："好看吗？"

我看了一怔。浓黑的底釉，赤红色古老的图案，画面是古希腊传说中的英雄们，然而全是一丝不挂的男性裸体。她不在乎这些裸体吗？是不是她在西方久了，观念上深受西方影响，对裸体毫不介意？但我还是反问她一句：

"您喜欢吗？"

她高兴地说："我喜欢。"

我说："好，那就买吧。"

她掏钱买下了。

谁想回国后的一天，她忽来电话问我："我买的是什么糟糕的东西！我眼睛不好，没戴眼镜，所以请你做军师，你怎么叫我买这样的东西，太难看了，我要把这些糟糕东西都给你。"

我笑道："难道我失职了吗？记得我问您是不是喜欢，您可是说喜欢的。如果您不想要就送给我吧。"

她叫起来："快别说我喜欢，这么糟糕的东西我怎么能说喜欢，羞死我了，真的羞死我了。"

她天真得像一个女孩子那样。八十岁的老人也能有这样的童心？

不久，我收到这套瓷盘，还有一个信封，里边装着她半个世纪前在西南地区收集到的六首少数民族的舞曲。她说这些舞曲已经失传，交给我保存。她还说，她赞成我所做的抢救民间文化的事情。我明白，这位从中华大地上整理出《狮子舞》《红绸舞》《西藏舞》和《剑舞》的舞蹈大师，必定深知真正的舞蹈艺术的生命基因是在广大的田野里。

她是我的知己。她以此表示对我的支持。

由此忽然明白，她与我之间的一种忘年的情谊，原是来自于对艺术和文化纯粹的挚爱。我便怀着这种感受，打算在什么时候与戴先生再碰上，好好聊一聊。但人生给人的机缘常常吝啬得只有一次。也许唯有一次才珍贵，也许这一次已经把什么都告诉你了，就像在雅典碰上可敬又可爱的戴先生。

和巴金的精神站在一起

从真正的文学意义上说，我的文学之路是从《收获》开始的。在春寒尤烈的新时期文学解冻期，《收获》听到我那部最早的批判性作品受到困扰时立即伸以援手，给我以决定性的支持。由此我感受到这个刊物所具有的纯正的思想立场和文学立场。它绝不只是一个美丽扎眼的大舞台，它有自己性格化的标准。我知道这标准来自它的主编巴金的精神与良心。此后三十年来，我每写出满意的作品都首先寄给《收获》看看，借以检验一下自己。我感觉我的作品发表在《收获》上，就是和巴金的精神站在一起。今天，虽然巴金走了，它精神的遗产还在《收获》中。因为它一直无言地坚守着自己的标准——文学的良心。我感谢《收获》。因为我在把自己的作品交给《收获》时，也用这个标准要求自己了。

绘画

水墨文字

一

兀自飞行的鸟儿常常会令我感动。

在绵绵细雨中的峨眉山谷，我看见过一只黑色的孤鸟。它用力扇动着又湿又沉的翅膀，拨开浓重的雨雾和叠积的烟霭，艰难却直线地飞行着。我想，它这样飞，一定有着非同寻常的目的。它是一只迟归的鸟儿？迷途的鸟儿？它为了保护巢中的雏鸟还是寻觅丢失的伙伴？它扇动的翅膀，缓慢、有力、富于节奏，好像慢镜头里的飞鸟。它身体疲惫而内心顽强。它像一个昂扬而闪亮的音符在低调的旋律中穿行。

我心里忽然涌出一些片断的感觉，一种类似的感觉，那种身体劳顿不堪而内心的火犹然熊熊不息的感觉。

后来我把这只鸟，画在我的一幅画中。

所以我说，绘画是借用最自然的事物来表达最人文的内涵。这也正是文人画的首要的本性。

二

画又是画家作画时的心电图。画中的线全是一种心迹。因为，唯有线条才是直抒胸臆的。

心有柔情，线则缠绵；心有怒气，线也发狂。心静如水时，一条线从笔尖轻轻吐出，如蚕吐丝，又如一串清幽的音色流出短笛。可是你有情勃发，似风骤至，不用你去想怎样运腕操笔，一时间，线条里的情感、力度，乃至速度全发生了变化。

为此，我最爱画树画枝。

在画家眼里，树枝全是线条；在文人眼里，树枝无不带着情感。

树枝千姿万态，皆能依情而变。树枝可仰，可俯，可疏，可繁，可争，可倚；唯此，它或轩昂，或忧郁，或激奋，或适然、或坚忍，或依恋……我画一大片树叶凋零而倾倒于泥泞中的树木时，竟然落下泪来。而每一笔斜拖而下的长长的线，都是这种伤感的一次宣泄与加深，以至我竟不知最初缘何动笔？

至于画中的树，我常常把它们当做一个个人物。它们或是一大片肃然站在那里，庄重而阴沉，气势逼人；或是七零八落，有姿有态，各不相同，带着各自不同的心情。有一次，我从画面的森林中发现一棵婆娑而轻盈的小白桦树。它娇小、宁静、含蓄，那叶子稀少的树冠是薄薄的衣衫。作画时我并没有着意地刻画它。但此时，它仿佛从森林中走出来了。我忽然很想把一直藏在心里的一个少女写出来。

三

绘画如同文学一样，作品完成后往往与最初的想象全然不同。作品只是创作过程的结果。而这个过程却充满快感，其乐无穷。这快感包括抒发、宣泄、发现、深化与升华。

绘画比起文学更多的变数。因为，吸水性极强的宣纸与含着或浓或淡的墨的毛笔接触时，充满了意外与偶然。它在控制之中显露光彩，在控制之外却会现出神奇。在笔锋扫过之地方，本应该浮现出一片沉睡在晨雾中的远滩，可是感觉上却像阳光下摇曳的亮闪闪的荻花，或是一抹在空中散步的闲云？有时笔中的水墨过多过浓，天下的云向下流散，压向大地山川，慢慢地将山顶峰尖黑压压地吞没。它叫我感受到，这是天空对大地惊人的爱！但在动笔之前，并无如此的想象。到底是什么，把我们曾经有过的感受唤起与激发？

是绘画的偶然性。

然而，绘画的偶然必须与我们的心灵碰撞才会转化为一种独特的画面。

绘画过程中总是充满了不断的偶然，忽而出现，忽而消失。就像我们写作中那些想象的明灭，都是一种偶然。感受这种偶然的是我们的心灵。将这种偶然变为必然的，是我们敏感又敏锐的心灵。

因为我们是写作者。我们有着过于敏感的内心。我们的心还积攒着庞杂无穷的人生感受。我们无意中的记忆远远多于有意的记忆，我们深藏心中的人生积累永远大于写在稿纸上的有限的素材。但这些记忆无形地拥满心中，日积月累，重重叠叠，谁知道哪一片意外形态的水墨，会勾出一串曾经牵肠挂肚的昨天？

然而，一旦我们捕捉到一个千载难逢的偶然，绘画的工作就是抓住它不放，将它定格，然后去确定它、加强它、深化它。一句话：

艺术就是将瞬间化为永恒。

四

纯画家的作画对象是他人，文人（也就是写作者）的作画对象主要是自己。面对自己和满足自己。写作者作画首先是一种自言

135

自语、自我陶醉和自我感动。

因此，写作者的绘画追求精神与情感的感染力，纯画家的绘画崇尚视觉与审美的冲击力。

纯画家追求技术效果和形式感，写作者则把绘画作为一种心灵工具。

<h1 style="text-align:center">五</h1>

一阵急雨沙沙有声地落在纸上。那是我洒落在纸上的水墨。江中的小舟很快就被这阵濛濛雨雾所遮翳，只有桅杆似隐似现。不能叫这雨过密过紧，吞没一切。于是，一支蘸足清水的羊毫大笔挥去，如一阵风，掀起雨幕的一角，将另一只扁舟清晰地显露出来，连那个头顶竹笠、伫立船头的艄公也看得分外真切。一种混沌中片刻的清明，昏沉里瞬息的清醒。可是，跟着我又将一阵急雨似淋漓的水墨洒落纸上，将这扁舟的船尾遮蔽起来，只留下这瞬息显现的船头与艄公。

我作画的过程就像我上边文字所叙述的过程。我追求这个过程的一切最终全都保留在画面上，并在画面上能够体验到，这就是可叙述性。

写作的叙述是线性的，过程性的，一字一句，不断加入细节，逐步深化。

这里，我的《树后边是太阳》正是这样：大雪后的山野一片洁白，绝无人迹。如果没有阳光，一定寒冽又寂寥。然而，太阳并没有隐遁，它就在树林的后边。虽然看不见它灿烂夺目的本身，但它无比强烈的光芒却穿过树干与枝桠，照射过来，巨大的树影无际无涯地展开，一下子铺满了辽阔的雪原。

于是，一种文学性质需要说明白，就是我这里所说的叙述性。它不属于诗，而属于散文。那么绘画的可叙述也就是绘画的散文化。

六

最能寄情寓意的是大自然的事物。

比如前边所说树枝的线条可以直接抒发情绪。

再比如，这种种情绪还可以注入流水。无论它激扬、倾泻、奔流，还是流淌、潺缓、波澜不惊，全是一时的心绪。一泻万里如同浩荡的胸襟，骤然的狂波好似突变的心境，细碎的涟漪中夹杂着多少放不下的愁思？

至于光，它能使一切事物变得充满生命感，哪怕是逆光中的炊烟，一切逆光的树叶都胜于艳丽的花。这原因，恐怕还是因为一切生命都受惠于太阳，生命的一切物质含着阳光的因子。比如我们迎着太阳闭上眼，便会发现被太阳照透的眼皮里那种血色，通红透明，其美无比。

还有秋天的事物。一年四季里，唯有秋天是写不尽也画不尽的。春之萌动与锐气，夏之蓬勃与繁华，冬之萧瑟与寂寥，其实也都包括在秋天里。秋天的前一半衔接着夏天，后一半融入冬天。它本身又是大自然最丰饶的成熟期。故此，秋的本质是矛盾又斑斓，无望与超逸，繁华而短促，伤感而自足。

写作人的心境总是百感交集的。比起单纯的情境，他们一定更喜欢唯秋天才有的萧疏的静寂，温柔的激荡，甜蜜的忧伤，以及放达又优美的苦涩。

能够把一切人生的苦楚都化为一种美的只有艺术。

在秋天里，我喜欢芦花。这种在荒滩野水中开放的花，是大自然开得最迟的野花。它银白色的花有如人老了的白发，它象征着大自然一轮生命的衰老吗？如果没有染发剂，人间一定处处皆芦花。它生在细细的苇秆的上端，在日渐寒冽的风里不停地摇曳。然而，从来没有一根芦苇荻花是被寒风吹倒吹落的！还有，在漫长的夏天里，它从不开花，任凭人们漠视它，把它只当做大自然的芸芸众生，当做水边普普通通的野草。它却不在乎人们怎么看它，一直要等到百木凋零的深秋，才喷放出那穗样的毛茸茸的花来。没有任何花朵与它争艳。不，本来它的天性就是与世无争的。它无限的轻柔，也无限的洒脱。虽然它不停在风中摇动，但每一个姿态都自在，随意，绝不矫情，也不搔首弄姿。尤其在阳光的照耀下，它那么夺目和圣洁！我敢说，没有一种花能比它更飘洒、自由、多情，以及这般极致的美！也没有一种花比它更坚忍与顽强。它从不取悦于人，也从不凋谢摧折。直到河水封冻，它依然挺立在荒野上。它最终是被寒风一点点撕碎的。

在这永无定态的花穗与飘逸自由的茎叶中，我能获得多少人生的启示与人生的共鸣？

七

绘画的语言是可视的。

绘画的语言有两种。一种形式的，一种技术的。古人叫做笔墨，现代人叫做水墨。

我更看重笔墨这种语言。

笔作用于纸，无论轻重缓急；墨作用于纸，无论浓淡湿枯——都是心情使然。

笔的老辣是心灵的枯涩，墨的融化是情感的舒展；笔的轻淡是一种怀想，墨的浓重是一种撞击。故此，再好的肌理美如果不能碰响心里事物，我也会将它拒之于画外。

文学表达含混的事物，需要准确与清晰的语言；绘画表达含混的事物，却需要同样含混的笔墨。含混是一种视觉美，也是我们常在的一种心境。它暧昧、未明、无尽、嗫嚅、富于想象。如果写作者作画，便一定会醉心般地身陷其中。

八

我习惯写散文时，放一些与文章同种气质的音乐当背景。

那天，我在写一只搁浅于湖边的弃船在苦苦期待着潮汐。忽然，耳边听到潮汐之声骤起。当然这是音乐之声，是拉赫马尼诺夫的音乐吧！我看到一排排长长的深色的潮水迎面而来。它们卷着雪白的浪花，来自天边，其速何疾！一排涌过，又一排上来，向着搁浅的小船愈来愈近。雨点般的水点溅在干枯的船板上，扬起的浪头像伸过来的透明而急切的手。音乐的旋律一层层如潮般地拍打我的心上。我紧张地捏着笔杆，心里激动不已，却不知该怎么写。

突然，我一推书桌，去到画室。我知道现在绘画已经是我最好的方式了。

我把白宣纸像月光一样铺在画案上，满满地刷上清水。然后，用一支水墨大笔来回几笔，墨色神奇的洇开，顿时乌云满纸。跟着大笔落入水盂，笔中的余墨在盂中的清水里像烟一样地散开。我将一笔极淡的花青又窄又长地抹上去，让阴云之间留下一隙天空。随即另操起一支兼毫的长锋，重墨枯笔，捻动笔管，在乌云压迫下画出一排排翻滚而来的潮汐……笔中的水墨不时飞溅到桌上手背上，笔杆碰在盆子碟子上叮当有声。我已经进入绘画之中了。

待我画完这幅《久待》，面对画面，尚觉满意，但总觉还有什么东西深藏画中。沉默的图画是无法把这东西"说"出来的。我着意地去想，不觉拿起钢笔，顺手把一句话写在稿纸上：

"人生的大部分时间就像垂钓者那样守着一种美丽的空望。"

跟着，我就写了下去：

"期望没有句号。"

"美好的人生是始终坚守着最初的理想。"

"真正的爱情是始终恪守着最初的誓言。"

"爱比被爱幸福。"

于是，我又返回到文学中来。

我经常往返在文学与绘画之间，然而这是一种甜蜜的往返。

绘画是文学的梦

　　我曾经使用这个题目做过一次演讲，是在美国旧金山我的画展期间。我相信那一次大多数人没有弄懂我这个题目里边非常特殊的内涵。因为多数听众只是单纯对我的绘画有兴趣，抑或是我的文学读者。只有极少的人是专业人士。

　　我这个话题的题目听起来美，但内容却很专业，范围又很偏狭。它置身在绘画与文学两个专业之间，既非绘画的中心，又非文学的腹地。我身在两个巨大高原中间一个深邃的峡谷里。站在高原上的人无法理解我独有的感受。但我偏偏时常在这个空间里自由自在地游弋。我很孤独，也满足。现在，我就来挖掘这个空间中深藏的意义。

　　我之所以说"绘画是文学的梦"，却不说"文学是绘画的梦"，正表示我是站在文学的立场上来谈绘画的。一句话，我是表达一个写作人（古代称文人）的绘画观。

一

　　文人在写作时，使用单一的黑墨水，没有色彩。色彩都包含在字里行间；而且，他们是通过抽象的文字符号来表达心中的想象与形象。这时，文字的使命是千方百计唤起读者形象的联想，唤起读者的画面感，设法叫读者"看见"作家所描述的一切，也就是契诃夫所说的"文学就是要立即生出形象"。但是这是件很难的事。怎么才能唤起读者心中的画面？这是一个大题目，我会另写一篇大文章，来描述不同作家文字的可视性。而此时此刻，另一种艺术一定令写作人十分向往和崇尚——这就是绘画。

所以我说，人为了看见自己的内心才画画。

我相信古代文人大都为此才拿起画笔的。

但是，一旦拿起笔来，西方与东方却大不相同。

对于西方人来说，绘画与写作的工具从来不是一种。他们用钢笔和墨水写作，用油画颜料与棕毛笔作画。如果西方的写作人想画画，他起码先要学会把握工具性能的技术和方法。尽管普希金、歌德、萨克雷、雨果等都画得一手好画，但毕竟是凤毛麟角。在西方人眼中，他们属于跨专业的全才。

可是在古代东方，绘画与写作使用的同样是笔墨纸砚。对于一个东方的写作人，只要桌有块纸，砚有余墨，便可乘兴涂抹一番。自从宋代的苏轼、米芾、文同等几位大文人挥手作画之后，文人们的亦诗亦画成了一种文化时尚。乃至元代，文人们在画坛集体登场，幡然一改唐宋数百年来院体派和纯画家的面貌，展现出前所未有的文人画风光奇妙的全新景观。

我对明人董其昌、莫是龙、孙继儒等关于文人画和"南北宗"的理论没有兴趣，我最关心的是究竟文人画给绘画带来什么？如果从表面看，可能是令人耳目一新的笔墨情趣，技术效果，还有在院体派画家笔下绝对看不到的将文字大片大片写到画面上的形式感。但文人画的意义决不止于这些！进而再看，可能是文学手段的使用。比如象征、比喻、夸张、拟人。应该说，正是由于从文学那里借用了这些手段，才确立了中国画高超的追求"神似"的造型原则。但文人画的意义不止于此！

文人画的意义主要是两个方面：

一是意境的追求。意境这两个字非常值得琢磨。依我看，境就是绘画所创造的可视的空间，意就是深刻的意味，也就是文学性。意境——就是把深邃的文学的意味，放到可视的空间中去。意境二字，正是对绘画与文学相融合的高度概括。应该说，正是由于学养渊深的文人进入绘画，才为绘画带进去千般意味和万种情怀。

二是心灵的再现。由于写作人介入绘画，自然会对笔墨有了与文字一样的要求，就是自我的表现。所谓"喜气与兰，怒气与竹"，"逸笔草草，不求形似，聊发胸中之逸气耳"，都表明了写作人要用绘画直接表达他们主观的情感、心绪与性灵。于是个性化和心灵化便成了文人画的本质。

绘画的功能就穿过了视觉享受的层面，而进入丰富与敏感的心灵世界。

如果我们将马远、夏圭、范宽、许道宁、郭熙、刘松年这些院体派画家们放在一起，再把徐渭、梅清、倪瓒、金农、朱耷、石涛这些文人画家放在一起，相互对照和比较，就会对文人画的精神本质一目了然。前者相互的区别是风格，后者相互的区别是个性；前者是文本，后者是人本。

在中国绘画史上，文人画兴起不久，便很快就成为主流。这是西方所没有的。正为此，中国画最终形成了自己独有的艺术体系与文化体系。过去我们常用南北朝谢赫的"六法论"来表述中国画的特征，这其实是很荒谬的。在南北朝时期，中国画尚处在雏形阶段。中国画的真正成熟，是在文人画成为主流之后。

因为，文人画使中国画文人化。

文人化是中国画的本质。

在绘画之中，文人化致使文学与绘画的结合；在绘画之外，则是写作人与画家身份的合二为一。

西方的写作人作画，被看做一种跨专业的全才；中国文人的"琴棋书画，触类旁通"，则是理所当然的。因而中国人常把那种技术高而文化浅的画家贬为画匠。

这是中国画一个很重要的传统。

然而，这个传统在近百年却悄悄地瓦解了。其中最重要的原因，是书写工具的西方化。我们用钢笔代替了毛笔。这样一来，写作人就离开了原先的纸笔墨砚。绘画的世界与写作人渐渐脱离，日子一久竟有了天壤之别。当然，从深远的背景上说，西方的解析性思维一点点在代替着东方人包容性的思维。西方人明晰的社会分工方式，逐渐更换了东方人的兼容并蓄与触类旁通。于是，近百年的画坛景观是文人的撤离。不管这样是耶非耶，但这是一种被人忽略的画坛史实。这个史实使得近百年中国画的非文人化。

正因为非文人化的出现，才有近十年来颇为红火的"新文人画"运动。但新文人画并非是写作人重新返回画坛，而是纯画家们对古代文人画的一种形式上的向往。

二

我本人属于一个另类。

我在写作之前画了十五年的画。我的工作是摹制古画，主要是摹制宋代院体派的作品。恰恰不是文人画。

平山郁夫曾一语道出我有过"宋画的磨炼"，这说明他很有眼光。我的画里没有黄公望与石涛的基因，只有郭熙与马远的影子。正像我的小说没有昆德拉和赛林格，只有巴尔扎克、屠格涅夫、蒲松龄、冯梦龙、鲁迅，还间接有一点马尔克斯。

我自二十世纪七十年代末与绘画分手，走上文坛，成为第一批"伤痕文学"作家。在二十世纪八十年代，我几乎把绘画忘掉。那时，我曾经在《文艺报》上发表过一篇文章叫做《命运的驱使》，写我如何受时代责任所迫而从画坛跨入文坛。但当时，人们都关心我的小说，没人关心我的画。我的脑袋里也拥满了那一代人千奇百怪的命运与形象。就这样，我无名指上那个常年被画笔的笔杆磨出的硬茧也不知不觉地消退了。

到了二十世纪九十年代初期，我重新思考自己下一步的创作道路，陷入苦闷。在又困惑又焦灼的那一段时间里，无意中拿起画笔，只想回到久别的笔墨天地里走一走。忽然我惊呆了。我不是发现了久违的过去，而是发现了从未见过的世界。因为，我发现心灵竟然可以如此逼真并可视地呈现在自己的面前。

但是，现在来认识自己，我并没有什么重大突破和发现，我只不过又回到文人画的传统里罢了。

三

我与古代一般的文人不同的是，我写过大量的小说。每篇小说都有许多人物。小说家总是要进入他笔下每一个人物的心中。就像演员进入角色，体验不同情境中特定的情感与心境。我相信任何小说家的内心都是巨大的情感仓库。他们对情感的千差万别都有精确入微的感受。比如感伤，还有伤感、忧虑、忧郁、忧愁、愁闷、惆怅等，它们的内涵、分量、给人的感觉，都是全然不同的。它们不是全可以化为画面吗？一旦转为画面，相互便会大相径庭。

我现在作画，已经与我二十年前作为一个纯画家作画完全不同了。以前我是站在纯画家的立场上作画，现在我是从写作人的立场出发来作画。

尽管现在，我作画中也有愉悦感，但我不是为自娱而画。绘画对于我，起码是一种情感方式或生命方式。我的感受告诉我，世界上有一些东西是只能写不能画的，还有一些东西是只能画不能写的。比如，我对"三寸金莲"的文化批判，无法以画为之。比如我在《思绪的层次》中对大脑的思辨中那种纵横交错、混沌又清明的无限美妙的状态，只有用画面才能呈现。

尽管我对画面上水墨的感觉，对肌理效果，对色彩关系的要求，也很严格甚至苛刻，但这一切都像我的文字，必须服从我的心灵，而不是为了水墨或肌理的本身。

我之所以这么注重心灵，还是写作人的观念。因为文学最高的职责是挖掘心灵。

四

关于绘画的文学性。我明确地不把诗作为追求目的。

绘画是静止的瞬间，是瞬间的静止与概括；诗是用一滴海水来表现整个大海，诗是在"点"上深化与升华。所以诗与画最容易结合。在古人中，最早这样做的是王维。故此苏轼说"味摩诘之诗，诗中有画；观摩诘之画，画中有诗"。诗是中国绘画与文学的结合点与交融点。

但我不是诗人，我写散文。我的散文非常强烈地追求画面感，那么我也希望我的画散文化。尤其是对于现代人，更亲近散文而不是诗。

散文与诗的不同是，散文是一段一段，是线性的。但线性的描述可以一点点地深化情感和深化意境。同时使绘画的意境具有可叙述性。诗的意境是静止的。散文的意境是一个线性的过程。但这不是我创造的，最初给我启发的是林风眠先生，林风眠先生的画就是散文化的，还有东山魁夷的画。

说到这里，我应该承认，我的画不是纯画家的画，我在当今应是一个"另类"。应该说，在写作人基本撤离出画坛的时代，我反方向地返回去，皈依文人画的传统。我愿意接受平山郁夫对我的评价，我是一种"现代文人画"。

五

现在我从梦里醒来，回到很现实的一个问题里。

今年一次在北京参加会议，忽然接到一个电话，声称是我的铁杆读者，心里憋口气，想骂骂我。为此他喝了两大杯酒。酒劲上头，乘兴把电话打来。我便笑道："你想说什么，尽管说吧。批评也好，骂也无妨，都没关系。"

他被酒扰昏了头，有的话来来回回说了好几遍。我却听明白了，他说我亦文亦画，又投入城市文化保护，又搞民间文化遗产抢救工程。他说："你简直是浪费自己。除去写小说，那些事都不是你干的！不写小说还称得上什么作家！你对读者不负责！"他挺粗的呼吸通过电话线阵阵撞在我的耳膜上。我只支应着，笑着，一再表示接受他的意见。我没作任何表白，因为此时不是交流的时候。

我常常遇到这样的读者，他们对我不满。怎么办？

不久前，我为既是作家又是画家的雨果写了一篇文章，叫做《神奇的左手》。里边有几句话，正是我想对我的读者说的：

"你看到过雨果、歌德、萨克雷等人的绘画吗？只有认真地读他们的书又读他们的画，你才能更整体和深刻地了解他们的心灵。我所说的了解，不是指他们的才能，而是他们的心灵。"

理性的境界

是日，做纯理性思考。思考乃一奇妙的境界。各种思维线索，有如大地江河，往来奔突，纵横交错，看上去如同乱网，实则源流有序，泾渭分明。于是一时思得心头大畅，抬手由笔筒取长锋羊毫一支，正巧砚池有墨，案桌有纸，遂将笔锋饱浸墨汁。笔随手，手随心，心无所想，更无形象，落纸却长长抒展出一根枝条来。这好似春风吹树，生机勃发，转瞬就又软又韧伸出这好长好鲜的一条啊。

一枝既出，复一枝顺势而来。由何而来，我且不管。反正腕下如行云流水，漫泻轻飏，无所阻碍。枝枝不绝，铺向满纸。不知不觉间，已浸入并尽享一种自我的丰富之中了。

然而行笔之间，渐渐有种异样的感觉。这一条条运行在纸上的墨线，多么像刚才那思维的轨迹？

有时，一条线飘逸流泻，空游无依，自由自在，真好比一种神思在随意发挥；有时，笔生艰涩，腕中较劲，线条顿挫有力，蹿枝拔节，酷似思维的层层深入；有时，笔锋疾转，陡生意外，莫不是心中腾起新的灵感？于是，真如树分两枝，一条线化成两条线，各自扬长而去，纸上的境界为之一变。

这枝条居然都成了我思维的显影。

一大片修长的枝条好似向阳生长，朝着斜上方拥去。那里却有几条劲枝逆向而下，带着一股生气与锐意，把这片丰繁而弥漫的枝桠席卷回来。思维的世界本无定势，就看哪股力量更具生命的本质。往往一枝夺目出现，顿时满树没入迷茫。而常常又在一团参差交错、乱无头绪的枝桠中，会发现一个空洞似的空间，从中隐隐透着蒙蒙的微明。这可不是一处空白，仔细看去，那里边已经有了淡淡的优雅的一枝，它多么像一声清明又鲜活的召唤！

　　我明白了，原来这满纸枝条，本来就是我此刻思维的图像。我第一次看见了自己的理性世界。在这往复穿插、层层叠叠的立体空间里，无数优美的思维轨迹，无数勇气的涉入与艰涩的进取，无数灵性的神来之笔，无数深邃幽远的间隙，无比的丰富、神奇、迷人！这原来都是我们的思维创造的。理性世界原来并不完全是逻辑的、界定的、归纳的、简化的。它原来比生命天地更充溢着强者的对抗、新旧的更替、生动的兴衰与枯荣，它还比感情世界更加变化无穷、流动不已、灿烂多姿和充满了创造。

　　我停住笔，惊讶于自己画了这样一幅没有感情色彩却使自己深深感动的画。原来人类的理性思考才是一个至美的境界。此外，大千万象，人间万物，谁能比之？

文人的书法

文人书法的历史要比文人画的历史长。

文人用毛笔、墨和宣纸写文章，很容易就对书写的审美有了兴趣。书法的艺术便蕴藏其中。

文人以文章抒发心志，其书法天生具有挥洒情感、一任心灵的性质，故此文人书法以个性为其特征。文人性格彼此迥异，有一千个擅长书法的文人，就有一千个相去千里的书法面貌。故此文人书法风格都不是刻意追求的。

但是，在篆隶时代，字体规范严格，限制了个性的发挥，文人书法未能形成。到了行草时代，字体走向自由，张扬个性的文人书法便应运而生。此后文人书家所写的篆隶，也就融进了个人的意蕴与性情了。

文人的书法，向例是不拘法矩。情之所至，笔墨奋发。文字原本是表达与宣泄心灵的工具。工具缘何反过来要限制心灵？故此文人进入书法，天地突然豁朗。一无牵绊，万境俱开。

同时，文人不屑于书写别人的话语。言必己出，乃是书法之根本。每每心有难捺之语，或有灵性之句，捉笔展纸，书写出来。笔笔自然都是发自性灵的心迹，字字都是情感乃至情绪的形态。这样的书法，才是有魂的艺术。

历史地看，文人涉入书法，乃是文化的注入。于是，翰墨的世界，不仅奇花异卉争相开放，书法的底蕴更是走向雄厚深邃。但如今，文人著书立说的工具已经改成钢笔和圆珠笔，很多文人撤离书坛，亦文亦书者毕竟不多，文人书法该向何处去？我以为，文人书法已然历史地落到书家身上。

然而今之书家，是否亦有这般所思所想？

我的书法生活

我有两间工作室。一间书房，一间画室，屋门对开。写作间偶有妙思，或是佳句，旋即出书房，入画室，展白宣，运长锋，一挥而就，书法生矣！

笔墨是我的心灵器具。我不为书法而写，只为心灵而书。我的书法亦我的写作。还有一半是对笔墨美的崇尚。

故而，我从不临帖，但我读帖。我把古人当做崇高的朋友。我在与他们的神交之中，细品他们的品格、气质与精神。我不会照猫画虎地去"克隆"他们的一招一式。我以被人看出我师从何处为羞。我的书法只听命于我的精神情感。

倘有朋友约我书法，我不会提笔就写，立等就取。心无美文，情无所至，不会动笔。故而只是记住此事，慢慢等待内心的潮汐。倘若潮水忽来，笔墨随之卷入，辄必有一幅得意的书法赠与友人。

我把书法作为一己的心灵生活。故而，不喜欢别人的逼迫与勉强，不喜欢书写那种无关痛痒的名人留言，更不喜欢当众挥毫表演，似有江湖卖艺的感觉。

我不会天天不停地写，甚至一连写上三幅就会感到厌倦。我喜欢与书法的关系是一种不期而遇的邂逅。那一瞬，我们彼此都会惊奇，充满新鲜与兴奋。笔与墨，一边让我熟悉，一边给我意外。只有此时，我才会感到笔墨也是有生命的。笔墨的性格是一半顺从，一半逆反；一半清醒，一半烂醉。我们的艺术创造，不是一半来自于笔墨的自我发挥吗？

甲子之年，我写了一首诗，实际上是写了我的艺术观：

笔墨伴我一甲子，谁言劳心又劳神，

墨自含情也含爱，笔乃有骨亦有魂，

如烟岁月笔下挽，似水时光墨中存，

我书我画我文章，笔墨处处皆我人。

此诗写过，欲言尽之。

行间笔墨

在终日四处的奔波中，常常不能拒绝的事便是应人家请求，提起毛笔写几句话。想想看，人家盛情陪同，尽其所能地招待和照顾，而这些景物本来又都是自己切切关心的，待到告别之时，人家备好纸笔墨砚，请你留下"墨宝"，怎好把脸一板推掉？故而这些行间的笔墨大多在来去匆匆之间，凭的是一时的情意与兴致，很是即兴。比方，在四川绵竹考察年画，被那里独有的"填水脚"所震惊。所谓"填水脚"，乃是每逢年根儿，画工们干完活要回去过年，顺手将颜料渣子混上水色，涂抹在印了线版的纸上。画工们人人都是才艺精绝，故而这些看似率意为之的几笔，很像中国画的大写意，立笔挥扫，神气飞扬。绵竹年画本来就像川剧，高亢辛辣，这"填水脚"更是将川地年画独有的地域气质发挥到极致。特别是绵竹年画博物馆中一对清代中期"填水脚"的门神，不过七八笔，人物跃然而生。我看得如醉如痴，不停地说："这简直是民间的八大！"

从博物馆出来，便被主人引入一间小室。桌上已摆上文房四宝。不用去想，心中已有两句话冒出来，挥笔先写道："土中大艺术"。这上一句写过，忽觉心中的下一句不甚好。下边一句应当更妙才是。此刻扭头看到窗台上有个剑南春的酒瓶。绵竹也是名酒剑

154

南春的故乡。这一瞬，老天爷亲吻了我的脑门，妙语倏忽而至，接下去便写出来："纸上剑南春"。这一句叫主人高兴非常。

再一次更有趣的是在乐山。仰观大佛之后，在席间主人说："你总得留点纪念给我们。"我想，乐山大佛是天下佛窟中至美至上之宝。我已经是千里迢迢第二次来看大佛了，应当在这里留一幅字。有了这想法，却像得到神助那样，心中首先出现的两个字"大佛"，倒过来便是"佛大"，由是而下，一佳句油然而生——"佛大大于大佛"。下边还应有一句，自然想到"乐山"和"山乐"等，于是两句绝妙好词装入胸中。待展纸书写之时，我对主人说，这幅字很难写。主人说为什么。我说其中两个字要重复两次，还有两个字要重复三次。便是：

　　佛大大于大佛
　　山乐乐似乐山

待写过这幅，放下笔一看，居然竖着读奇妙，横着读也通也奇妙，更觉得这两句不是自己脑袋想出来的，好像谁告诉我的。此种乐趣，还有谁知？

这行间的笔墨并非总是灵感迭出、若有神助。有时人马劳顿、情思壅滞，而文人书法偏偏要"言必己出"，又不能落笔平庸，往往就被盛情的主人逼入绝境。逢到此时，只好请主人留下姓名地址，回去补写后再寄来，决不勉强自己。

即使是这样，也常常会留下遗憾。比如，前些天在如皋，参观水绘园。此园曾是文人学士汇集之所，又是明代名姬董小宛栖隐之处。园中景物相映，玲珑曲折，气息幽雅，世称文人图。游园时，因景生情，因情生句，待主人相邀题字时，捉笔便写了"园如书卷可捲，景似画轴当垂"两句。主人颔首称好。可是自己心里总感觉有些不妥。题字，字比词更为重要。但是，词要思量，字须推敲，时间这样仓促，被人又请又拉，怎好从细斟酌？从水绘园出来后，坐在车上，把刚刚的题词放在心中来回一折腾，忽觉应该改两个字，应是：

园如书卷半捲
景似画轴长垂

这样才好，可惜已经晚了。那幅糟糕的字留在人家那里，自己却带着遗憾直至此刻此时。

再说两件得意的事。

一次在西南某地。一位主人为他的上级领导向我索字。这也是在各地常常碰到的事。但我的笔墨从不为人帮闲，遂写了一句：

心中百姓是神仙

我想此句如使他受用，当也使他受益。

再一次是在南通小狼山的广教寺。寺中方丈请我留下笔墨。小狼山为天下最小名山，虽然仅仅一百零八米，却有一座古庙和宋塔伫立峰尖。日日晨钟暮鼓，梵声散布万家。想到此处，因题道：

最小山头，
顶大佛界。

由于宣纸劲润，笔也凑手，写得水墨淋漓，极是酣畅。

方丈合掌行礼，表示满意与谢意。我却说，这句话也是为我自己写的。此我世间的追求是也。

因之可谓，行间笔墨，其乐无穷。

我与《清明上河图》的故事

　　冥冥中我感觉《清明上河图》和我有一种缘分。这大约来自初识它时给我的震撼。一个画家敢于把一个城市画下来，我想古今中外唯有这位宋人张择端。而且它无比精确和传神，庞博和深厚，他连街头上发情的驴、打盹的人和犄角旮旯的茅厕也全都收入画中！当时我二十岁出头，气盛胆大，不知天高地厚，居然发誓要把它临摹下来。

　　临摹是学习中国画笔墨技术的一种传统。我的一位老师惠孝同先生是湖社的画师，也是位书画的大藏家，私藏中不少国宝。他住在北京王府井的大甜水井胡同。我上中学时逢到假期就跑到他家临摹古画。惠老师待我情同慈父，像郭熙的《寒林图》和王诜的《渔村小雪图》这些绝世珍品，都肯拿出来，叫我临摹真迹。临摹原作与印刷品是截然不同的，原作带着画家的生命气息，印刷品却平面呆板，徒具其形——此中的道理暂且不说。然而，临摹《清明上河图》是无法面对原作的，这幅画藏在故宫，只能一次次坐火车到北京故宫博物院的绘画馆去看，常常一看就是两三天，随即带着读画时新鲜的感受跑回来伏案临摹印刷品。然而故宫博物院也不是总展出这幅画。常常是一趟趟白跑腿，乘兴而去，败兴而归。

　　我初次临摹是失败的。我自以为习画从宋人院体派入手，《清明上河图》上的山石树木和城池楼阁都是我熟悉的画法，但动手临摹才知道画中大量的民居、人物、舟车、店铺、家具、风俗杂物和生活百器的画法，在别人画里不曾见过。它既是写意，也是工笔，洗练又精准，活脱脱活灵活现，这全是张择端独自的笔法。画家的个性愈强，愈难临摹，而且张择端用的笔是秃锋，行笔时还有些"战笔"，苍劲生动，又有韵致，仿效起来十分之难。偏偏在临摹时，我选择从画中最复杂的一段——虹桥入手，以为拿下这一环节，便可包揽全卷。谁料这不足两尺的画面上竟拥挤着上百个人物。各人各态，小不及寸，手脚如同米粒。相互交错，彼此遮翳。倘若错位，哪怕差之分毫，也会乱了一片。这一切只有经过临摹，才明白其中无比的高超。于是画过了虹桥这一段，我便搁下笔，一时真有放弃的念头。

我被这幅画打败！

重新燃起临摹《清明上河图》的决心，是在"文革"期间。一是因为那时候除去政治斗争，别无他事，天天有大把的时间；二是我已做好充分准备。先自制一个玻璃台面的小桌，下置台灯。把用硫酸纸勾描下来的白描全图铺在玻璃上，上边敷绢，电灯一开，画面清晰地照在绢上，这样再对照印刷品临摹就不会错位了。至于秃笔，我琢磨出一个好办法，用火柴吹灭后的余烬烧去锋毫的虚尖，这种人造秃笔画出来的线条，竟然像历时久矣的老笔一样苍劲。同时对《清明上河图》的技法悉心揣摩，直到有了把握，才拉开阵势，再次临摹。从卷尾始，由左向右，一路下来，愈画愈顺，感觉自己的画笔随同张择端穿街入巷，游逛百店，待走出城门，自由自在地徜徉在那些人群中……看来完成这幅巨画的临摹应无问题。可是忽然出了件意外的事——

一天，我的邻居引来一位美籍华人说要看画。据说这位来访者是位作家。我当时还没有从事文学，对作家心怀神秘又景仰，遂将临摹中的《清明上河图》抻开给她看。画幅太长，画面低垂，我正想放在桌上，谁料她突然跪下来看，那种虔诚之态，如面对上帝。使我大吃一惊。像我这样的在计划经济中长大的人，根本不知市场生活的种种作秀。当她说如果她有这样一幅画，就会什么也不要。我被深深打动，以为真的遇到艺术上的知己和知音，当即说我给你画一幅吧。她听了，那表情，好似到了天堂。

艺术的动力常常是被感动。于是我放下手中画了一小半的《清明上河图》，第二天就去买绢和裁绢，用红茶兑上胶矾，一遍遍把绢染黄染旧，再在屋中架起竹竿，系上麻绳，那条五米多长的金黄的长绢，便折来折去晾在我小小房间的半空中。我由于对这幅画临摹得正是得心应手，画起来很流畅对自己也很满意。天天白日上班，夜里临摹，直至更深夜半。嘴里嚼着馒头咸菜，却把心里的劲儿全给了这幅画。那年我三十二岁，精力充沛，一口气干下去，到了完成那日，便和妻子买了一瓶通化的红葡萄酒庆祝一番，掐指一算居然用了一年零三个月！

此间，那位美籍华人不断来信，说尽好话，尤其那句"恨不得一步就跨到中国来"，叫我依然感动，期待着尽快把画给她。但不久唐山大地震来了，我家被毁，墙倒屋塌，一家人差点被埋在里边。人爬出来后，心里犹然惦着那画。地震后的几天，我钻进废墟寻找衣服和被褥时，冒险将它挖出来。所幸的是我一直把它放在一个细长的装饼干的铁筒里，又搁在书桌抽屉最下一层，故而完好无损。这画随我又一起逃过一劫。这画与我是一般寻常关系吗？

此后，一些朋友看了这幅无比繁复的巨画，劝我不要给那位美籍华人。我执意说："答应人家了，哪能说了不算？"

待到1978年，那美籍华人来到中国，从我手中拿过这幅画的一瞬，我真有点舍不得。我觉得她是从我心里拿走的。她大概看出我的感受，说她一定请专业摄影师拍一套照片给我。此后，她来信说这幅画已镶在她家纽约曼哈顿第五大街客厅的墙上，还是请华盛顿一家博物馆制作的镜框呢。信中夹了几张这幅画的照片，却是用傻瓜机拍的，光线很暗，而且也不完整。

1985 年我赴美参加爱荷华国际笔会，中间抽暇去纽约，去看她，也看我的画。我的画的确堂而皇之被镶在一个巨大又讲究的镜框里，内装暗灯，柔和的光照在画中那神态各异的五百多个人物的身上。每个人物我都熟悉，好似"熟人"。虽是临摹，却觉得像是自己画的。我对她说别忘了给一套照片做纪念。但她说这幅画被固定在镜框内，无法再取下拍照了。属于她的，她全有了；属于我的，一点也没有。那时，中国的画家还不懂得画可以卖钱，无论求画与送画，全凭情意。一时我有被掠夺的感觉，而且被掠得空空荡荡。它毕竟是我年轻生命中一年零三个月换来的！

现在我手里还有小半卷未完成的《清明上河图》，在我中断这幅而去画了那幅之后，已经没有力量再继续这幅画了。我天性不喜欢重复，而临摹这幅画又是太浩大、太累人的工程。况且此时我已走上文坛，我心中的血都化为文字了。

写到这里，一定有人说，你很笨，叫人弄走这样一幅大画！

我想说，受骗多半缘自于一种信任或感动。但是世上最美好的东西不也来自信任和感动吗？你说应该守住它，还是放弃它？

我写过一句话：每受过一次骗，就会感受一次自己身上人性的美好与纯真。

这便是《清明上河图》与我的故事。

域外

维也纳春天的三个画面

　　你一听到青春少女这几个字，是不是立刻想到纯洁、美丽、天真和朝气？如果是这样你就错了！你对青春的印象只是一种未做深入体验的大略的概念而已。青春，它是包含着不同阶段的异常丰富的生命过程。一个女孩子的十四岁、十六岁、十八岁——无论她外在的给人的感觉，还是内在的自我感觉，都决不相同。就像春天，它的三月、四月和五月是完全不同的三个画面。你能从自己对春天的记忆里找出三个画面吗？

　　我有这三个画面。它不是来自我的故乡故土，而是在遥远的维也纳三次旅行中的画面定格，它们可绝非一般！在这个用音乐来召唤和描述春天的城市里，春天来得特别充分、特别细致、特别蓬勃，甚至特别震撼。我先说五月，再说三月，最后说四月，它们各有一次叫我的心灵感到过震动，并留下一个永远具有震撼力的画面。

　　五月的维也纳，到处花团锦簇，春意正浓。我到城市远郊的山顶上游玩，当晚被山上热情的朋友留下，住在一间简朴的乡村木屋里，窗子也是厚厚的木板。睡觉前我故意不关严窗子，好闻到外边森林的气味，这样一整夜就像睡在大森林里。转天醒来时，屋内竟大亮，谁打开的窗子？正诧异着，忽见窗前一束艳红艳红的玫瑰。

谁放在那里的？走过去一看，呀，我怔住了，原来夜间窗外新生的一枝缀满花朵的红玫瑰，趁我熟睡时，一点点将窗子顶开，伸进屋来！它沾满露水，喷溢浓香，光彩照人。它怕吵醒我，竟然悄无声息地又如此辉煌地进来了！你说，世界上还有哪一个春天的画面更能如此震动人心？

那么，三月的维也纳呢？

这季节的维也纳一片空濛。阳光还没有除净残雪，绿色显得分外吝啬。我在多瑙河边散步，从河口那边吹来的凉丝丝的风，偶尔会感到一点春的气息。此时的季节，就凭着这些许的春的泄露，给人以无限期望。我无意中扭头一瞥，看见了一个无论多么富于想象力的人也难以想象得出的画面——

几个姑娘站在岸边，她们正在一齐向着河口那边伸长脖颈、眯缝着眼、撅着芬芳的小嘴，亲吻着从河面上吹来春天的风！她们做得那么投入、倾心、陶醉、神圣，风把她们的头发、围巾和长长衣裙吹向斜后方，波浪似的飘动着。远看就像一件伟大的雕塑。这简直就是那些为人们带来春天的仙女们啊！谁能想到用心灵的吻去迎接春天？你说，还有哪个春天的画面，比这更迷人、更诗意、更浪漫、更震撼？

我心中的画廊里，已经挂着维也纳三月和五月两幅春天的图画。这次恰好在四月里再次访维也纳，我暗下决心，无论如何也要找到属于四月这季节的同样强烈动人的春天杰作。

开头几天，四月的维也纳真令我失望。此时的春天似乎只是绿色连着绿色。大片大片的草地上，没有五月那无所不在的明媚的小花。没有花的绿地是寂寞的。我对驾着车一同外出的留学生小吕说：

"四月的维也纳可真乏味！绿色到处泛滥，见不到花儿，下次再来非躲开四月不可！"

小吕听了，就把车子停住，叫我下车，把我领到路边一片非常开阔的草地上，然后让我蹲下来扒开草好好看看。我用手拨开草一看，大吃一惊：原来青草下边藏了满满一层花儿，白的、黄的、紫的，纯洁、娇小、鲜亮，这么多、这么密、这么辽阔！它们比青草只矮几厘米，躲在草下边，好像只要一努劲，就会齐刷刷地全冒出来……

"得要多少天才能冒出来？"我问。

"也许过几天，也许就在明天。"小吕笑道，"四月的维也纳可说不准，一天换一个样儿。"

可是，当夜冷风冷雨，接连几天时下时停，太阳一直没露面儿。我很快就要离开这里去意大利了，便对小吕说：

"这次看不到草地上那些花儿了，真有点遗憾呢，我想它们刚冒出来时肯定很壮观。"

小吕驾着车没说话，大概也有些怏怏然吧。外边毛毛雨点把车窗遮得像拉了一道纱帘。可车子开出去十几分钟，小吕忽对我说："你看窗外——"隔过雨窗，看不清外边，但窗外的颜色明显地变了：白色、黄色、紫色，在窗上流动。小吕停了车，手伸过来，一推我这边的车门，未等我弄明白是怎么回事，便说：

"去看吧——你的花！"

迎着细密的、凉凉的吹在我脸上的雨点，我看到的竟是一片花的原野。这正是前几天那片千千万万朵花儿藏身的草地，此刻一下子全冒出来，顿时改天换地，整个世界铺满全新的色彩。虽然远处大片大片的花已经与蒙蒙细雨融在一起，低头却能清晰看到每一朵小花，在冷雨中都像英雄那样傲然挺立、明亮夺目、神气十足。我惊奇地想：它们为什么不是在温暖的阳光下冒出来，偏偏在冷风冷雨中拔地而起？小小的花居然有此气魄！四月的维也纳忽然叫我明白了生命的意味是什么？是——勇气！

这两个普通又非凡的字眼，又一次叫我怦然感到心头一震。这一震，便使眼前的景象定格，成为四月春天独有的壮丽的图画，并终于被我找到了。

　　拥有了这三幅画面，我自信拥有了春天，也懂得了春天。

散漫的天性

    国界真是一种奇妙的分界线。奥地利人和德意志人各有三分之一边界相邻相连,共有着阿尔卑斯山;多瑙河先是流经半个德国,然后畅通无阻地直贯维也纳;站在萨尔茨堡的高山城堡上西望,倘若无人指点,从远景的画面上根本无从区分哪里是德国、哪里是奥地利。他们彼此还以同一种语言交谈,用同一种文字传递思想情感。谈到他们的历史渊源,更是悠久绵长、密不可分……虽说如此,奇怪的是,从他们的目光却能一下子清清楚楚区别开来。是吗?你会问。那你就看吧——

    德意志人的目光尖硬、冷峻、凝聚、专注,像一小块碎玻璃。这也许是他们严谨、苛刻、一丝不苟、善于逻辑思维的民族性的表露。但这块碎玻璃越过国界,到了奥地利人深陷而柔软的眼窝里就融化了。好像从多瑙河舀起的一小勺水,晶莹而温和,平静又散漫。说到散漫,我好像一下子抓住了对奥地利人总的感觉。

    在这块不大的充满画意的山地之国转一转,就会发现散漫好像一种有魔力的气体,到处弥漫。万物全着了魔。那些起伏不已的绿色丘陵,全像睡汉,懒洋洋舒展着躯体;那些红色和白色的尖顶小楼,也都随遇而安,自由散落在山水之间;那些系着颈铃的大牛,站在山坡上,常常一站半个小时,好像等待照相一般。特别是这散漫的气息还浸入奥地利人的骨子里和天性里，明显地表现在他们的生活方式和举止行动上。

如果把纽约街头健步如飞的女秘书们请到维也纳来走一遭，准会把维也纳人吓得惊慌失措，以为哪里失火了。我总觉得维也纳起码有一半人整天闲坐在咖啡馆或街头茶座中，这些随处可见的街头茶座是维也纳最有特色的市井风情。一些店铺在门外，用各式围栏和各样花池圈起一半边道，摆几张小桌，放些鲜艳的瓶花，还有些舒适的椅子。闲来一人独坐其间，或酒或茶，慢慢清饮，亦思亦想，出神怔神，悠悠然不管时间长短。或许两三友人，对酌闲话，常常把几个小时光阴全慷慨地坐在屁股下边了。

时间，仿佛是他们用来享受的，所以他们对时间不吝啬也不严格。

世界各民族对赴约的时间态度很不同。中国人赴约以提前早到，表示礼仪，故有张良拜师提早一个时辰等候而被传为佳话。德国人对时间苛刻又吝啬，赴约不早不晚，以准时准点、不差分秒而著称。但与德国人操同一种母语说话的奥地利人，却不守时，大多迟到晚点，见面说一句："很对不起，我来晚了。"此时，我留意他们的表情，歉意无多，说过便了，好像见面时的一句口头禅。

时间对于他们是太少还是太多了？

奥地利一年中法定的工休日是九十六天（每月八天），还要加上国庆、新年、各种风俗节日。再有，奥地利人百分之九十六信奉宗教，宗教节日不胜其多，比如复活节、三神节、圣诞节、狂欢节、圣灵降临节、耶稣圣体节、圣母玛利亚升天节，乃至圣母玛利亚怀孕节……有一种说法：奥地利人一半日子在度假。细算算，差不多。许多小店铺的老板们还常给自己放假。他们平日卖东西赚钱，只要够一次旅费，便关了铺面，外出旅行。

奥地利人不愿过分膨胀与竞争、把自己放在拉紧的弓弦上、眼睛死盯着大富大贵。他们喜欢小康式的富足，富足后的悠闲，多多享受生活本身。

"人人都希望富有，但富有与幸福是什么关系？比方说，你一生到底需要多少钱？三百万先令？好，如果你赚到三百万先令，再多赚一个先令也是多余的了。你何必不停下来，去尽情享受这足够使用的钱呢？"

我的一位奥地利朋友说，这是他们大家都认同的一种生活观。

尽管从哈斯堡王朝到奥匈帝国，奥地利权力的手掌曾遮盖过周边许多国家。但先人那股子并吞天下的雄心壮志早已化为一种历史感觉。不管当今奥地利的政治家们是否还争强好胜，但更多的普通的奥地利人则一往情深地醉心于昔日的文化，天赐的山川风物、葡萄美酒与音乐四重奏。他们只要能够感受到和享受到的。这样，看上去，他们潇洒、随意、散漫和自由自在。

我的这位奥地利朋友手指着在草地上晒太阳的人们，叫我看。这些人穿装随便，东倒西歪。有的说说笑笑；有的闭目仰卧，任由阳光爱抚；有的已经呼呼大睡。他对我说：

"你能想到吗？他们有的人是手里攥着账单来享受大自然的！"

噢，这些奥地利人，真行！

我心里说。

一先令的古堡

　　无论在国内还是在国外，我最爱看古代的房子。一位朋友便开车把我带到巴登以南二十公里远的地方，地名叫做马尔克特。这是座历史久远的小村，上世纪一些毕德迈耶画派的画家曾聚集在此。村内地势低陷，又称为"毕德迈耶沟"。

　　一入村口，迎面一座古屋闯入眼帘。石砌的外墙，历久变黄，依然坚实。门檐窗口都是石雕花纹，精致优美，很少巴洛克式的华美，更多则是哥特式的稳重，极有韵味。不巧的是，看房子的人带着钥匙走了，只好扒窗向里观望。屋内空寥无人，是座空楼，一切陈设皆如昔时：酒柜、餐桌、座钟、吊灯、台球桌等，都是古董。毛地毯和护壁纸的图案也是古色古香，尤其立在屋角的几个陶瓷壁炉，古朴优雅，应是十八世纪以前的器物。我看得激动起来，叫着："如果叫我住在里面，哪儿也不去了！"

　　我的朋友说："在奥地利这种房子很多，政府常出售，有时一个先令就能买到，还带着室内全部东西。"

　　一个先令交换一块人民币。我哈哈大笑，笑他信口胡言，不着边际。他却认真地说："你想买吗？你买得起，只怕你修不起。"

　　我甚不解。但五天后，一切都明白了。

　　那是从"佩尔勒山包"下来，奔往阿尔湖途中，应邀参加一位电影发行人的家庭晚宴。地名很怪，叫鹰岩宫，没人悟出个中含意，该是个古怪的地方吧！

待我找到这地方，便像走进一幅画中。一片疏阔林间，耸立着一座中世纪古堡式的楼宇，深灰色筒形的墙面高低错落许多窄长窗子，上端伸出许多帽状尖顶，像一大串巨型蜡烛。它实在太美！很像一种女人，吸引着你渴望走入她的心间。面对这美丽的古屋，我幻想着它春夏秋冬四时不同的迷人景象……这时，那位电影发行人——也就是这古堡的女主人，已经站在门口招呼我们了……

头一次认识她是在我的画展上，她像位职业妇女。这次见她俨然一位贵族女人。黑色头发松松绾起，黑色衣裙松松垂下，虽无珠光宝气，却有一种高贵气质，与她的古堡气息相合。尤其晚餐时，她不厌其烦地摆出一套又一套华丽精美的餐具，餐具的花纹与餐纸的图案相配套，如此讲究与配套，分明带着旧贵族的生活遗风。这就引起我对她的家世做出种种猜测。

她带领我们参观所有房间，恍然走入昔日的豪门。一切家具陈设无不散发古代风韵，挂满墙壁的油画由于年深日久而郁郁动人。所有细小部件，哪怕一个帘钩，一个门把，一个钉子，都是历史的细节，只有那一扇扇窄长的窗户外的风景是明丽又鲜活的。大自然永远长生不老。女主人说，这原是列支敦士登一位大公的情妇的居所，已有二百年历史。她前年才买下这座古堡，装修已经半年，还远远没有结束。在奥地利买这种古堡很便宜，和白送差不多，但装修必须像修缮古物，不准破坏原貌，不准翻新，不准改造，只能加固和保养。花费钱则难以计数。我这才明白一个先令买一座古堡的真正含义。她问我："你想来住几天吗？"

我说："当然愿意。人到未来容易，回到历史很难。住在这古堡里，就像夹在历史的某一页了。"

她听了高兴至极。她说，这里每一件物品都可以在博物馆陈列，所以在整修时必须非常严格。比如木器，只能打蜡，绝不能上漆。墙壁上古画的修补都是请专门的技术人员来做的。"不能让历史在我这里结束。"她表明观点。

她很有情调，也很有品位，喜欢各种艺术和野生的奇花异木，尤其喜欢干花的花瓣，几乎每一张桌子上都放一个素白透明的玻璃缸，里边放上半缸干枯却颜色犹存的花瓣碎屑。这给古屋平添了一种幽雅的情致。

晚餐后，女主人安排我们到客厅。由她丈夫——一位制作影视道具的以色列人，用自动风琴演奏莫扎特的钢琴曲。这种风琴在一百年前的欧洲非常流行，它无需指弹，只要将一卷带孔的纸(实际是一支曲子)放入琴中，对好配器拉钮，两脚不断踏动踏板，美妙的乐曲就飘飞出来。我们坐在昔时的高背雕花木椅上，端着英国细瓷茶杯，慢慢饮着浓香的咖啡，欣赏着男主人用古老的方式认真不苟地演奏，恍惚间竟想到，能不能让时光倒流七十年，回到那个列支敦士登大公的时代？

待清醒之后，我又想到，奥地利把这些古堡古屋交给珍惜它的人，此措施真是聪明又高明。一个民族的历史文化不管曾经怎样灿烂辉煌，但它在无文化的后代手里只能断送，在有文化的后辈手中才能永远发光。

萨尔茨堡的性格

小小的山城中一半以上是游客，怎样从中一眼就辨认出萨尔茨堡人来？我同来的伙伴说，随身带伞的人准是萨尔茨堡人。

这话没错。萨尔茨堡是个阴晴不定的城市。可是它不像巴黎那样——一阵雨把脑袋淋湿，紧跟着拨开云层的太阳又把头发晒干。萨尔茨堡的雨常常没完没了。整整一天把你拦在屋里发闷发愁，转天醒来，它在窗外依然起劲地下着。一条条长长的亮闪闪的雨丝无止无休，无法斩断，本地人称这种雨为"绳子雨"。

一些旅店和餐馆总是在门口备了雨伞。遇到雨的客人们随时可以拿去一用。当你从伞桶里抽出一把雨伞，按一下伞把上的开关，"刷"地将一块晴天撑到头上时，便会感受到此地人的一种善意与人情。

城中的老街粮食街很像一条巨大蜈蚣，趴在那里。这条蜈蚣太古老，差不多已经成了化石。天天都有成百上千的游人在蜈蚣身上走来走去，寻古探幽。

且不说街上那些店铺的铁艺招牌，一件件早已够得上博物馆的藏品。连莫扎特故居门前手拉门铃的小铜把手，也依旧灵巧地挂在墙上。它至少在一百年前就不使用了，但谁也不会去把它取下来——删节历史。因为最生动的历史记忆总是保留在这些细节里。

这里先不说萨尔茨堡人的历史观，往细处再说说这条老街。

任何老街都不是规划出来的，它是人们随意走出来的，所以它弯弯曲曲，幽深而诱惑。走在粮食街上，我很自然地想起意大利文艺复兴时期的名城西耶纳的那条老街，狭窄又曲折，布满阴影，没有边道。夹峙在街道两边的建筑又高又陡，墙壁上千疮百孔，到处是岁月沧桑的遗痕。

从这条老街两边散布出去的许许多多的小巷，好似蜈蚣又细又密的腿。一走进去，简直就是进入意大利了。这长长的巷子，大多在中间都有一个天井式的院落。四边是三层的罗马式的回廊。只有在中午时分，太阳才会由中天投下一小块叫人兴奋的阳光，使人想起卡夫卡对这种意大利庭院一个很别致的称呼：阳光的痰盂。只靠着这点阳光，每个庭院都是花木葱茏，常青藤会一直爬到房顶去晒太阳。

如果从粮食街直入犹太巷，再拐进莫扎特广场，意大利的气息会更加强烈地扑面而来。

那些铺满阳光的广场，那些森林一般耸立着的雪白的教堂，那些生着绿锈的典雅的屋顶，一群群鸽子在这中间飞来飞去。

从中，我们立刻感受到萨尔茨堡一千年政教合一的历史中，大主教至上的权威——他们的威严和尊贵！瞧吧，当年这些来自罗马的大主教们，多么想在这里过着和梵蒂冈中教皇一样的生活，多么想把萨尔茨堡建成"北方的罗马"！

萨尔茨堡不同于奥地利任何城市，与其相差最远的是维也纳。

维也纳建在一马平川的平原上，宏大而开阔；萨尔茨堡建在峡谷之间，狭窄而峭拔。维也纳的主人是哈布斯堡王朝，雍容华贵的宫廷气息散布全城；萨尔茨堡的主宰者是大主教们，神灵的精神笼罩着小小山城。所以，至今我们可以感受到维也纳的开放自由与萨尔茨堡的沉静封闭——这种历史的气氛。甭说城市，连城市的河流也大相径庭。绕过维也纳城市中心的多瑙河，总是给艺术家们很多灵感；但是从萨尔茨堡城中穿过的盐河，却没给人们更多的诗情画意。因此，逃出大主教阴影的莫扎特发誓他再不回到萨尔茨堡。此后他竟然连一支以故乡为题材的乐曲也没有。

当然，这是历史。

不管历史是怎样的，最终它都创造了城市各自独有的性格。

于是，宗教城市的静穆，大主教历史的森严和独来独往，山城的峻拔与曲折以及本地人的自信与执著，都已经成为今天萨尔茨堡深层的人文美。

当自以为是的美国人把麦当劳建在粮食街上时，他们第一次屈从了这里的文化传统，而把那种通行于世界的、粗鄙的、红底黄字的商标——大"M"，缩成小小的、镶在一个具有本地特有的古色古香的铁艺招牌中。

全球文化在这里服从了本土文化，从中我们是否看到了萨尔茨堡人的某些性格？

再往广处说，尽管每年来到这小城中的旅客人数高达两万人，本地人的生活方式却依然故我。他们没有被成帮结队、腰包鼓鼓的旅客扰得心浮气躁，一堆堆挤上去兜售生意。那些事都由旅游部门运行得井井有条。萨尔茨堡是用"电子商务"来经营旅游最出色的地方。人们呢？静静地做着自己的工作，并按照他们喜欢与习惯的方式去生活、娱乐和度假。他们远远地避开旅游景点，不喜欢到那种挤满游客的饭店和酒店去餐饮。因为在那些地方，他们找不到生活的温情与熟悉的气息。

如果想看一看真正的萨尔茨堡人，就去奥古斯汀啤酒屋吧！在那个一间间像厂房一样巨大的木头房子里，摆着一排排长条的木桌，看上去像卖肉的案子。桌子两边是木凳。萨尔茨堡人喜欢这里所保持的传统方式——自己去买酒买肉，洗杯和倒酒。陶瓷啤酒杯本来就很重，盛满酒更重；肉是烧烤的，又大又热又香。在这里没有人独酌，全都是一群人一边吃喝一边大声说话。

如果他们想一个人安静地消磨一下，就钻进盐河边的巴札咖啡店里。这家全萨尔茨堡人都去过的咖啡店，一点也不讲究，但这个城市的许多历史都在这家店中。小圆桌和圈椅随随便便放在那儿，进来一坐，一杯咖啡可以让你想呆多久就多久。尽管有人说话也听不见。咖啡店的规矩和教堂一样——保持安静。它和奥古斯汀啤酒屋完全是两个世界、两种情调，但是一个传统。

如果想放纵，想连喊带叫，想与朋友热闹一番，就去奥古斯汀；如果想让精神伸个懒腰，想愣一会神儿，想享受一下宁静与孤独，就去巴札。他们一直依循着这些与生俱来的生活感觉，从不改变。他们也看电视，也打手机，也听 CD，但离不开他们的奥古斯汀和巴札。

在外地人眼里，萨尔茨堡似乎有些因循守旧。甚至有人说维也纳是"音乐之城"，萨尔茨堡是"音乐之乡"，挖苦他们是乡下人。但一位萨尔茨堡人骄傲地说，我们这儿的女孩子从来没人骚扰。

在当今世界，很多城市由于旅游业兴旺，当地的人文风气发生骤变。商业扭曲和异化人们的心灵。然而萨尔茨堡人却岿然不动。他们本分，诚实，循规蹈矩，甚至看上去有点木讷，但叫你信任不疑。外地旅客不识德国与奥国的硬币，买了东西，常常将一把硬币捧给他们，让他们拿。他们决不会多拿一分钱。可是如果在威尼斯和巴塞罗那谁这样做，谁就是傻子。

民风的淳朴来自他们的传统。他们怎么使这传统在利欲熏心的商品世界里不瓦解、不松动？原因其实只有一个：他们深爱甚至迷恋着自己的传统。不要以为他们只是凭着一种传统的惯性活着。在大主教广场上，我看过他们举行的一个非常特殊的活动。一些身穿巴洛克时代服装的年轻人表演着先前的萨尔茨堡人怎么打铁、制陶、造纸、织布，以及怎么化妆、用餐和演戏，等等。我问他们为什么这么做。他们说，一方面使人们亲近传统，一方面吸引外来游客。我问他们，是为了赚游客的钱吗？

他们说，没有赚钱的目的。人家来旅游，不只为了玩和购物，更要看你的文化。我们这样做是为了宣传自己的文化。

老实说，萨尔茨堡人生活在一种很深的矛盾中。焦点就是旅游。

他们和任何旅游城市一样，天天都承受着潮水一般的游客的冲击。所有空间都是人头攒动，到处都是挎着背包和相机的陌客窜来窜去，动不动就举起相机对着他们"喀嚓"闪一下光。重要的是，生活被全部打乱、打碎。一位当地人说，萨尔茨堡已经不是我们的了，它卖给游人了。

然而，萨尔茨堡人又都明白，这座城市至少一半收入来自这些睁大眼睛四处乱看的游人。何况，每当游人们被萨尔茨堡的美震住，他们又从心底感到十分的自豪和满足。

萨尔茨堡人细致、诚恳、敬业，又很会做生意。他们善待每一位客人。每位客人进入这里的旅店，都会看到桌上放着一套"见面礼"。风光画片，旅游手册与地图，一套纪念册，几粒莫扎特糖球，有时还有一顶太阳帽。而为旅客想得如此周到的，不仅仅是旅店，还有餐馆、剧场、车站和各个著名的景点。他们抓住任何一位游客，让人充分享受到这里的精华。关键还是由于，他们真正懂得自己家乡的文化之美在哪里。

可是，如果与他们进一步接触，就会觉得在什么地方与他们总有一点距离，一点隔膜。这便很自然地想到，是不是一千年大主教特立独行的历史，给这座城市造成了一种封闭？

他们很高兴外来的人喜欢他们的文化，但对外来文化却并无很大兴趣。在城中的画廊里，很少能看到现代艺术，至于美国化的流行文化更难在这里立足。

任何在文化上自成系统的地方，总会以自我为中心。也许正是这种文化上的自我，才使它特色鲜明和不可替代，因之也就更具旅游价值。

我在萨尔茨堡有一位好友，名叫威力。他出生在北意大利的米朗特，十岁来到萨尔茨堡。人说米朗特曾经属于奥地利的蒂罗尔。我却坚信他是意大利血统。他见到朋友就张开双臂拥抱，像要放声唱歌；他脸色通红，仿佛时时都是激情洋溢。他不喜欢别人打断他的话。但他要是激动起来，也无法中断自己的话。然而，这位意大利人却是一位十足的"萨尔茨堡通"。他深知这座城市每一幢房子的历史，甚至知道扔在路边每一块有花纹的老石头来自哪里。

历史在史学家手里是一堆可以查证的材料，在民俗学家口中全是能够行走的生命。

他本职工作是铁路局的电气技师。对民俗与地方史的研究则用去全部业余时间。现在他退休了，他说"现在可以用全部生命的时间"了。前几年，州政府颁发给他一枚金质奖章，奖掖他对萨尔茨堡的地方史作出的出色贡献，后来别的组织也要向他颁奖，他却说，不要了，一个就足够了。这些事多了会很麻烦。他说："最重要的不是我，而是萨尔茨堡。"

我问他，为什么他会这么爱萨尔茨堡。

他说：因为它的魅力！

好像说一位他视如生命的女人。

我发现这个意大利血统的人激动起来，不但脸更红，而且眼球像通了电，目光灼亮。

后来，我在拜访萨尔茨堡音乐戏剧节组委会时，感受到在情感意义上他们个个都是威力。尽管距离 7 月底的音乐节还有三个月的时间，所有筹备工作已经紧张地干起来了。在一座剧场里，人们正在吊装巨大的具有抽象意味的彩绘幕布。音乐节时，这里将上演莫扎特歌剧《后宫诱逃》。他们正在加紧制作布景和道具。

已经有八十多年历史的萨尔茨堡音乐戏剧节是闻名于世的艺术节。他们既有一百米宽和三十米高超大舞台的现代剧院，也有三百年历史的岩石骑术学校剧场。届时萨尔茨堡将有两千五百个临时性工作人员，为来自世界各地的二十万观众服务。他们年年如此。

这位艺术节组委会的负责人对我说：“我们要让每一位客人都爱上萨尔茨堡。”

这话叫我吃了一惊。他不是在说大话，他说得很真诚。但叫人爱上一个城市是不容易的。如果你有这个想法，一定是你自己已经深深爱上它了。

可是，一个城市是否真正强大，正是来自这个城市的人对它的爱。这种爱缘于自信。而最深层的自信来自它独有的不可取代的人文和对这种人文的理解。

我喜欢黄昏时分在城市中散步，穿行于那些迂回辗转、交错不已的老街老巷中。此刻，古老的房屋全成了高高低低群山一般的剪影了，寥落的街上已经晦暗模糊。只有那些伸向天空的教堂鎏金的顶子映着夕照，闪耀着光辉。一些设在道边或街角的露天咖啡店桌上的蜡烛已然点亮。近处一个教堂的钟声方歇，远处一个教堂的钟声又起。忽然一阵钢琴声从前边的街角像一阵风似的吹来。

我感到了萨尔茨堡人对他们的传统与文化的一种依赖。

我不想评论这种依赖是耶非耶，但我却清晰地触摸到它的性格，它结实的、执著的、独立和富于魅力的性格。

阿尔卑斯山的精灵

　　晚间，坐在诺基尔森镇郊外的乡间小店又宽大又松软的椅子上，才感到疲劳，一种充满快感的疲劳。脑袋什么也不想了，里边塞满了图画一般的风光，挥之不去。再没有力量写日记了，但还是硬拿起笔在本子上记了一句：

　　今日之行乃是我平生走过的最美的一条路。

　　此后我想过一个问题：为什么奥地利历史上没产生过伟大的风景画家？从克里姆特、希勒、百水到马克斯·魏勒，几乎都与风景绝缘。即使是彼得迈耶时代也没有出现一个非常出色的画风景的高手。也许艺术的本质都是对未竟的美的一种追求，是饥渴之时心中的盛宴。可是面对萨尔茨堡这片美丽到达极致的水光山色又能做什么？只有享受而没有欲望。可我又想，奥地利毕竟不是绘画而是音乐的王国，这山水的精魂不是早都进入他们的音乐之中了？

　　尤其是驱车飞驰其间，车子的两边，大片大片被草原和森林覆盖的丘陵无止无休地起伏着。这丘陵的轮廓全是曲线，舒缓、流畅、变化不已。眼前一片碧草茸茸的开阔地慢慢地凹陷下去，后边齐齐的一排浓绿色的松林渐渐升起。不等它完整地展现出来，一条开满鲜红的罂粟花的低谷纵向地穿越过去，带着一种浪漫而放纵之情伸向极远的地方，可是跟着黑压压的杉树林就把它甩在自己的身后。阳光在树干之间跳跃着。是的，音乐的资质在这里表现出来了。这跳动的亮点是轻捷而快速的钢琴的琴音。但很快就被一片弦乐如潮水一般地淹没。辽阔的草原与森林又绕回到车窗上。又是丘陵延绵不断起伏的曲线。这曲线不就是那些优美而无形的旋律吗？连他们特有的华尔兹的节奏也在里边。所以我一直以为，正是这山水的精灵浸入了奥地利音乐家的灵魂之中，他们才有那种不竭的灵感和匪夷所思的才华。

大山如同一个男人，它一定在某时某地表现出自己的威严和博大。

要想见识一下这个名叫"阿尔卑斯"男人的豪气，就去大钟山！

驾车从它宽阔的山谷盘旋而上，好似驾机升空。这就一定会经历一种奇观。开始，无边的森林一层层地落下去，整个身体就像从巨大无比的浓绿的染料桶里缓缓升起。阳光把窗外的绿色反射到车里，连白色的衬衣也会令人惊奇地淡淡发绿。这时，来自斜上方一种强烈的光愈来愈亮。那不是太阳，而是白雪。有些白雪与天上的白云连成一气。等到路边的草坑与石缝里忽然出现一块块白雪，车子至少已经在一千五百米以上。随后便是白雪愈来愈多，从地上到树上。我发现自己正从一个绿色的世界升入一个银白又纯净的世界。原来大自然如此地升华！

到了两千五百米，走出车子，干脆就在大雪的世界里。尽管终年的积雪厚厚地遮盖着群山，但大山还是清晰地显示出它雄健的形态与骨气。让我惊讶的是，在那些极远又极冷的雪谷冰峰之间，哪来的一些又长又细的痕迹——从这边陡直的雪坡上断断续续一直向西，直到远处的迷雾中——原来是滑雪的人们留下的！他们用这些匪夷所思的行为在这冰雪之巅书写了自己的无畏。我的心不由得一动，似乎我碰到这大山的一种魂灵。

阿尔卑斯山引为自豪的是克里姆瀑布。延绵千里的沉默的大山只有在飞瀑流泉这种地方才得以开口说话。它咆哮呼号，如雷般爆发。而且远在数里之外，就把喷发出的水珠如同牛毛细雨一般散布在空气里，并乘风而来，凉丝丝地扑在我的脸上。

面对这一如大雪飞动的克里姆瀑布，我知道，它来自大钟山那些冰峰雪岭。几天后我又在远远一个地方找到它的归宿——那就是闻名世界的萨尔茨堡湖区。

天边的雪山是瀑布的父亲，大地上的湖泊是瀑布的母亲。

如果跳过瀑布，湖泊是雪山终极之地。为此，那些白皑皑的雪山全都静卧在这纯蓝而透明的湖水中休憩。

使我不解的是，这湖心近一百多米深的湖水，水质怎么能保持着饮用的标准？

在这里，无论任何一汪引自山泉的木槽里的水，任何一条游动着浅黑色鳟鱼的溪流，全都可以放心地痛饮一番。究竟是谁维护着大自然的本色与纯洁？

在克里姆瀑布对面的道边摆着一件艺术品。一头蓝色的大牛身上画满透明的水滴。牛是萨尔茨堡的象征，水滴表示对每一滴水的珍惜与爱护。对于热爱艺术的阿尔卑斯山民来说，这件十分醒目、优美和富于想象的艺术品胜过无数空洞的标语口号。所以在整个阿尔卑斯山的山区里看不见一条标语。他们喜欢用美的语言传播思想。那天晚上，我们的驻地诺基尔森镇正举办每年一次的水节。在镇上一间用原木搭建的俱乐部里，先是几位本地的音乐家演奏几支与水相关的乐曲，然后由一位邀请来的研究水的学者，向百姓们介绍关于水的知识和保护水源的最新的科学技术。他们把水的知识灌输到在水的源头生活着的人们。

从我的向导弗莱蒂口中得知，这片天国般的风光实际上承受着极大的压力。冬天时大雪蒙山，这压力来自滑雪爱好者；夏天里冰雪融化，带来压力的是游客。每年冬天，单是来到滑雪胜地萨尔巴河新格兰特镇的滑雪爱好者就有一百二十万；到了夏天，只是弗歇尔湖的游客就在五十万以上。

可是，旅游收入已经关系到这些地方的经济命脉。至少百分之六十的经济收入直接来自旅游与滑雪。

在地球变暖的时代，逢到缺雪的冬季，人们要把湖水引到山顶，通过喷洒，还原为雪。以保持足够数量的游客。

但他们决不会毁掉自己的家园，换成现金。比如那种方便游客却破坏景观的缆车，自 1922 年以来就没有再建新的缆车线路。另一方面他们的目标也很明确，就是不再吸引更多的游人到这里来。也就是始终要把游客的数量限定在可以良性地运行的范围之内。

采尔湖畔一家制作传统皮裤的师傅告诉我，他制作这种裤子的皮子来自红鹿。但在这里，猎取红鹿是要经过严格控制的。红鹿生长得很慢，寿命十二年到十五年。如果不加限制地猎取，红鹿就会濒危或灭绝。因此猎人必须持有猎证，而且要在指定时间和猎区之内猎取红鹿，还必须绝对地服从规定的数量。每个猎区一定要保持四十只活蹦乱跳的红鹿才行。

不仅是猎区里的红鹿，每个林区的树木的数量也有硬性的规定。

这样，阿尔卑斯山才永远是活着的。

5 月的森林会出现一种奇异的景象。常常从林间冒出一股烟来。一会儿在这儿，一会儿在那儿。有的很小很淡，很快就消散；有的很大很浓，像烟岚飘得挺远，挺神奇的。这是高山上的云吗？可怕的山火吗？那种传说中丑怪的山鬼躲在里边抽烟吗？

我在这里新结识的朋友奥托告诉我："这是松树在传送花粉，山上有风，一吹就会散发出来。"他还说，"你很幸运，这样的事六七年才出现一次。"

我笑了，说："这是树之间的爱情。爱情不能总发生的。"

奥托个子不高，硬邦邦，像山上的一块岩石。但走起路来，浑身充满弹性。和他握手就觉得突然被一只很大的钳子钳住。他今年六十五岁，依旧做登山教练。我的伙伴说："您这样的老人爬山可要小心了。"他马上满脸不高兴地说："我怎么会是老人？"

一个山民在旁边说："人的年龄大小全听他自己的。"

这是山民的一句格言。

阿尔卑斯山的人，全爱登山。奥托说，在登山时全身每一块肌肉都能用上。所以，每次从山上下来后，浑身会感觉舒服得无与伦比。肺部就像山谷那样开阔而畅快。他登山已经四十六年，从来不走正路，喜欢挑选野路和陡坡，这样总保持全身的一种新鲜和矫健的感觉。他说，总走老路，对山就没有感觉了。

他还说无论多高大的山也没有危险，只有需要克服的困难。比如登山过程中，忽然遇到了暴风雨与闪电，只要迅速下降五十米就可以了。

他说他已经属于阿尔卑斯山，他认识这山上的一花一草一树一石，只有在山上才感到浑身有力量，有目标，也有情感。

我听了，笑道："甭说在山上，现在说到山，你已经很有力量很有情感了。"

5月的山野到处被青翠的草场所覆盖。一大块一大块深深浅浅的草地好似不同绿色的毯子。一些体魄健硕的牛站在草地上，低着头慢吞吞地吃草，吃饱了就随便一卧打盹睡觉。此时，草地上到处开着一种黄色的小花，花儿繁密的地方绿草地变成一片鲜黄的花海。牛吃草时也吃花。记得十年前我在下奥州阿尔卑斯山下的圣·斯太克村，拜访一位老版画家弗里德利希·那云戈保尔。他送给我一张版画，画着一头牛，浑身全是草和花。他告诉我："它（指牛）最爱吃的东西都在它自己身上。"所以这期间的牛奶全都微微发黄，带着一些花的芬芳，喝到口中味道有点神奇的感觉，做出的奶酪也特别好吃。

这里没有人放牧。先前，山民们总在牛颈上拴一个铃铛。铃铛的形状接近方形，造型挺特别，声音也特别，虽然有点发闷却传得很远。牛主人单凭铃声就知道牛在哪里。据说三十年前有个美国游客搞恶作剧，摘下了牛铃铛，结果受到不小的一笔罚金。因为没有铃铛，牛就可能遗失在大山里。如今山民们不再使用铃铛，而在牛耳朵上挂个硬塑的小牌，上边有主人的名字、地址和电话，此外还有牛的年龄、重量以及它"父母"的情况。因此，在这里的市场上买任何一块牛肉，都是可以查到这头牛的来历的。

奥地利人的细致大概只有日本人可以与之相比，尤其在对待他们的家园上。

他们不仅把居室布置得很美，也同样着意地打扮室外的风景。奥地利人种花与日本人也很相近，他们不喜欢像荷兰人那样一个品种的花种一大片，他们爱用许多不同颜色和种类的花精巧地搭配在一起。而且每个人都把自己的家园当成作画的白纸，极力去表达自己的品味与情趣。有的人喜欢灿烂之美，就用各色玫瑰种满墙栏内外；有的人偏爱幽深之美，便使用常春藤把小楼严严实实地包裹起来，只留一些窗洞从中闪着光亮……这样，家家户户都如画一般引人驻足观赏。

此间，正是割草季节，草长得又旺又肥。山民割下青草，储备起来，作为冬日牛儿们的食粮。今天，割草与储草已采用现代技术。割草机像给草场理发一样，"推"下鲜嫩肥壮的一层，然后装进塑料袋，封好袋口抽成真空，这样在冬天打开袋子时，青草依然碧绿如新。于是，在这些草场中，常常可以看到一种淡绿色规格一样的塑料包，整齐地排放在草场上。看上去十分美观。

对于阿尔卑斯人来说，保持景观之美是一个传统。这传统一半来自他们唯美，一半是做事一丝不苟，很精心。

山民们堆放木材时，从来都是用剖面不同的木头拼成各种图案，很好看。至于他们造房盖屋，更注重与周围景色的和谐。他们不会彼此挤在一起，而总是像画家那样，在风光无限的地方，放上自己心爱的小屋。

为此，在整个人类都分外关切环境的当代，他们对环境美的要求便更加自觉。在周游阿尔卑斯山的几天里，我有意用苛刻和挑剔的目光注意观察，竟然没在任何乡镇、牧场和乡路上发现一块垃圾，连一个丢弃的塑料袋也没有。在当今世界，还有哪个地方能把环境美保护得如此绝对？

唯有唯美的萨尔茨堡的湖区。

由于他们唯美，才一直深爱和执著地遵循着自己的传统。

他们不崇尚美国式的高楼大厦以及时髦的现代建筑。他们新建房舍时，所选择的仍旧是那种坡顶、大阳台、上上下下种满鲜花的传统的木楼。当然里边的硬件设施都是现代科技的产物。但他们的衣着为什么还是民族服装？比方我在这里结识的弗莱蒂、奥托、弗里茨这几个男人，为什么都穿那种传统的紧身背带裤，足蹬长筒皮靴，上边一件绣花的粗线毛衣？

奥托笑道："因为你是贵客。凡是正式和隆重场合，我们就要穿传统的服装。"我知道，这表示对客人的尊重。

传统方式是这里至高的礼仪。

在新特格兰镇附近，途经一个小村时，聚了一些人，像有什么大事。一辆六人驾驶的老式马车停在一座房屋前。驾车的骑手穿戴得非常漂亮。人群中有老人，也有年轻的姑娘和孩子，还有神甫。一打听，原来是村中一对老夫妇在过金婚。这时我注意到所有人全穿着民族盛装，只有神甫穿着细长的黑袍子。一位被围在中间的老妇人戴着一顶传统的精美无比的金帽子。老妇人肯定是今天金婚的主角了，这亮闪闪的金帽子就是她五十年前的陪嫁。于是，场面显得分外隆重、神圣又淳朴和欢快。一个尊重自己历史文化的民族，总是令人感动和敬佩的！

我一按相机快门，忘了抬起手指，马达一转，一卷胶片转到头。

我忽然想起，十五年前我作为 IOV 的中国成员，来到萨尔茨堡观看一个乡村民间歌舞团的表演。其中一个节目，十来个小伙子神气活现地跳上台来。他们上身穿着民族服装，下边踩着高跷，高跷外套一条黑色长裤，个个足有三米高。很像他们每年六月过"山松节"时的巨人山松。他们用木跷使劲跺地，声音震耳，威风凛凛。据说这是在表演冬日的森林。随后上台的是一个丑怪的小人，在树林中间，窜来窜去，他是冬日的精灵。最后一个穿着长裙、梳一条辫子、十分漂亮的姑娘跑上台来，她代表着美丽的春天。于是春天开始在森林中驱赶冬天，经过一个艰辛的过程，终于将严冬赶出森林。舞台上出现一片万物复苏的春天景象。在活泼欢快的乐曲中，围在春姑娘四周的小伙子们把舞台都快踏翻了。

这个舞蹈使我至今难忘。它叫我懂得了民间情感就是大自然的情感。我一下子找到了民间传统的灵魂——用我们的话说，就是——天人合一。

由于我想到了这个舞蹈，想到那一次的所思所想，我就更加理解今天在这里见到的一切。然而，可贵的是，他们把民间传统之魂——天人合一，一直守护到今天。而我们早把大自然当做自己的对手了！这个对手被我们一次次征服，打得一败涂地。以致处处可以看到它遍体鳞伤的悲惨景象！

唉，不再说我们自己了。

这里的风景是温和的。

虽然阿尔卑斯山也有奇峰深谷，危崖绝壁，但它来到萨尔茨堡之后，就很快地化为一片音乐般起伏不已的丘陵了。

舒展、温和、朴实无华，如同童话里的画面。出没于这里的动物很少猛禽与恶兽。最常见的是小角的鹿、羚羊、野兔和一种黑羽红腮的山鸡。然后是大片大片的草场、森林、篱笆与挂满鲜花的木楼。

大地是静态的，在大地上行走的是一片一片银灰色的云影。

没错！这里风景没有野性。它有人为的东西，但绝不是今天或昨天制造的，而是千百年来一代代山民和乡人与大自然相处的结果。人们从大自然里取得自然的美，同时把自己理想的美融合进去，最终才创造了天人合一的最高境界——和谐。

把大自然与人融为一体的是音乐与歌。所以，每当我听到阿尔卑斯山山民在歌声中那种"哎嘿——哟"的呼叫，我立刻会感到耀眼的雪山和开阔的山谷就在眼前，清新的山风还无限快意地扑在我的脸上。

在这些山民家中，常常可以看到一种很特殊的装饰，就是门琴。这种花瓶状的彩绘的门琴，是挂在门后的。它有五根可以用旋钮调节的琴弦，五个用丝线吊着的小木球。每当客人来了，进来关门，门琴上的一排小球会顺势飘飞而起，再落下来，小木球敲打琴弦，发出一阵轻柔和美妙的弦音。这声音可以放进很多内容。当主人回到家，门琴的声音抒发着家庭的温馨与愉悦；当客人来串门，门琴的声音便表达一种快乐的欢迎。我想，世界上大概只有阿尔卑斯山的山民，把声音的美看得如此重要。任何地方，任何时间都需要它。像自己心爱的人儿。

山民的木楼中，最常见的图案是——心。有时用木头雕刻一个心，镶在门中间，表示这里是他们心爱的家；有时在木板窗上挖一个"心"形的洞，表示要用心去看世界。在圣吉尔根一家乡村风味的小餐馆吃饭时，老板听说我们来自中国，便把每一份菜做成一幅冒着香味的彩色图画。并告诉我们，他们是用心做的。

他们为什么把心看得这么重要？

在路边的花田里，还可以看到一块牌子插在那里，上边写着："带几枝花给你爱的人吧！"路人看到了，会停车下来，采几枝可意的花带走，并随手放几个硬币在牌子旁边。

他带去的不是花，而是这块土地芳香的爱心。

一次，去往圣吉尔根的路上，我的朋友库尔伯先生忽然指着车窗外很激动地说："你看，世界上有哪个国家的村庄，会在他们的标志牌上放满了鲜花——只有我们！"

由此我注意到，我途经每一个村口的标志牌下边一定都有一个长长的木头花盆，里边栽满了艳丽和盛开的花。

库尔伯是圣吉尔根人，他说这话的时候很自豪。他为他们的土地，为他们的大自然与人文而骄傲。但为了今天的骄傲，他们一代代的先人付出了多少努力！而今天他们所做的努力，将会化为后人永远的骄傲！

普希金为什么决斗？

黑河的决斗之地

圣彼得堡最令我关心的地方，就是普希金的决斗之地。尽管普希金为了爱情与尊严而与丹特士决斗的说法已成定论。但我心里还是隐藏着一个很大的疑团。我不相信发生在这样一位火一样酷爱生活和自由的诗人身上的悲剧根由会如此简单！

决斗在 1837 年 1 月 27 日清晨，地点在圣彼得堡近郊黑河边一块林间空地上。寒冽的大雪厚厚地铺在上边。丹特士在没有按照规定走到障碍物之前，突然回身给了普希金致命的一枪。鲜血染红白雪。

事情距今已过去 160 年。

虽然这块"决斗之地"依然保持原貌，但已经成了市区的一个公园。远处的公路上小汽车成串地飞跑着。我们把汽车停在一条小道旁，下车穿过草地，直奔前边一片疏落的杂树林走去。一条干涸的小河床弯弯曲曲躺在地上，这大概就是当年著名的黑河了。但河床已经变得很窄很浅，长满野草，几乎快和地面平了，完全成了一种史迹。河床上远远近近还横着腐朽的木头，这大概是倾圮已久的一些老桥的残骸吧。幸好俄罗斯人没有把这个游客经常光顾的地方当做旅游资源来开发，才使得这里的一切都保持着历史的原生态。包括寂静的气息。

如今，在普希金和丹特士决斗时站立的地方，各竖着一块石碑。一样的灰红色的花岗岩石板，一样大小，两块石碑相对而立，很像他们决斗时的样子。我用步子量了量两座石碑之间的距离，正好九步。

当时，丹特士被中弹后的普希金还了一枪，但没有击中要害。他没有因决斗而死。他的石碑只是一种标志，只有姓名。普希金的石碑正面刻着：

在黑河这个地方，1837 年 1 月 27 日（新历 2 月 8 日），伟大的俄罗斯诗人普希金在决斗中受伤致死。

石碑的背面刻着莱蒙托夫在普希金逝世那天所写的那首举世皆知的《诗人之死》开头的几句：

诗人死了！光荣的俘虏！
他倒下了，是为流言中伤，
胸膛里带着铅弹和复仇的渴望，
他垂下了高傲的头颅！

今天读起来，诗句中仍然激荡着难抑的悲愤之情。

此时是五月天气，两座石碑之间绿草如茵，开满了繁密的黄色的蒲公英和白色的野菊。这使我怎么也感受不到 1837 年决斗那天大雪过后肃杀的气氛。可是，当我身倚着普希金这边的石碑，朝着对面的石碑望去。阳光正巧照在丹特士那边光滑的碑面上，放射出强烈的、白色的、刺目的反光。使我恍惚间听到"嘣"地一声炸毁一切的枪响。

我脑袋立即冒出普希金死前最后的那句话：

"生命完结了！"

我始终琢磨着他这句话的意味。是一种崩溃一般的绝望，是彻底的摆脱，是灵魂快乐的升腾，还是一句生命的诗？

年轻时我读《普希金传》时，读到这一句，我掉下泪来。

折断翅膀的飞鸟

其实普希金的悲剧在他中学毕业时就开始了。

读一读他在学校时写的那首名诗《致同学》吧。他高歌：

自由——
在我胸中沸腾！
一个伟大民族的精神
没有在我的身上打盹。

这年他十六岁。

一个天性敏感、坦白真率、容易激动、酷爱自由、充满反抗精神的人。但是，他走出皇村学校就进入了沙皇政权的外交部，充当一名十等文官。这一只原本自由的鸟没有飞上天空，就被关进牢笼。而他终身都没有离开沙皇的控制，一直到他决斗时中弹为止。

然而，普希金的心和他的笔始终是自由的。他抗议沙皇的残暴，颂扬自由，呼唤新生活的降临。这样，三年后他就惹怒沙皇亚历山大一世，被放逐到南俄，流放达六年之久。

1825 年，亚历山大一世突然驾崩。在激烈的宫廷斗争中，发生了十二月党人的起义。但起义被亚历山大的一个兄弟尼古拉残酷镇压而失败。尼古拉继位登基。

这时，普希金对尼古拉呈上《请求书》，请求准予他自由。应该说普希金这一步是错误的。虽然普希金不是革命的十二月党人的成员，但被捕的成员的身上差不多都揣着普希金呼唤自由的诗篇。十二月党人和他的社会理想是一致的。他怎么反倒对沙皇尼古拉抱有希望呢？甚至还幻想尼古拉推行改革，重视教育，并能像彼得大帝一样成为"开明而宽容的君主"。这是一种天真吗？据说尼古拉没有以煽动罪逮捕他，关键由于茹科夫斯基等人的说情。茹科夫斯基一方面是优秀的诗人，爱惜普希金的天才；一方面是宫廷的教师，维护沙皇体制。他主张尼古拉用怀柔之术将这位影响巨大的"精神领袖"普希金拉到自己一边。沙皇尼古拉听从了茹科夫斯基的意见，决定赦免普希金。

1826年9月8日尼古拉召见普希金。他问普希金：

"如果你在圣彼得堡，会不会参加十二月党人的起义。"

普希金坦率回答："一定会！我所有的朋友都参加了，我不会不参加。只不过因为我不在彼得堡，才幸免于难。"这几句话是典型的诗人的回答。

尼古拉对他说：

"假如给你自由，你能不能改变你的思想与行动？"

普希金想了想，点头表示应允。

当然，普希金并没有放弃他的社会理想，以及诗的真诚。他既没有背弃朋友，也没有把杰尔查文、茹科夫斯基作为自己的楷模。但是沙皇尼古拉给他定下一条比任何检查制度还苛刻的条例，即普希金所写的一切东西都要先由尼古拉皇帝本人过目。

这好比要折断鸟的翅膀！诗人的心灵被紧紧夹在沙皇手中巨大的铁钳里。

我在想，是普希金把自己送给沙皇的吗？如果说普希金对新登基的尼古拉抱过幻想，那么幻想都成了噩梦，因为沙皇尼古拉把十二月党人全部处以绞刑；如果说他为了获得写作的自由而做了妥协与让步，他真正得到的却是灭绝人性的扼杀！

普希金的整个人生都是在沙皇严密的监控之下，他的一举一动始终在沙皇的视线里，他的信件常常被第三厅（沙皇的特务机关）偷阅。他没有行动自由，倘若没有沙皇的准许他是不能够随意离开彼得堡的。他一次次外出旅行的计划全都遭到了沙皇的拒绝，包括他访问中国的请求。

如果他的作品没有被沙皇"恩准"，是绝对不能发表与出版的。他的诗剧《波里斯·戈都诺夫》就是由于沙皇摇头而被搁置了六年。而那些没有出版和发表的诗篇，连在朋友中间朗诵一下都是不许可的。比如在一次军事审判中，由于从两名军官身上翻出普希金《安德莱·谢尼爱》中被审查时删掉的部分诗句，便立刻把普希金牵连到一桩很麻烦的案子中来。

我们无论怎样去想，也想象不出一个被严严实实捆缚着的灵魂是什么滋味。

波尔金诺的秋天

我在研究普希金创作年谱时发现，他最重要的著作都是在离开圣彼得堡时写出来的。主要有三次，这三次都是他创作的高潮期。

第一次是从 1820 年至 1825 年流放期间。他著名的长篇叙事诗《高加索的俘虏》（1821—1823 年）、《强盗兄弟》（1821—1822年）、《巴赫切萨拉伊的泪泉》（1821—1823 年）等等都是这期间写的。1823 年他一度被押送到普斯科夫省他父母的领地米哈伊洛夫斯克村，交由地方当局与教会监视。生活得虽然十分孤寂，身边只有童年时的老保姆陪伴着他。他的写作反而出现了高潮。他完成了长诗《茨岗》、诗体小说《努力伯爵》、历史剧《鲍里斯·戈都诺夫》等一系列重要作品，并着手写他堪称俄罗斯文学经典之作的《叶甫盖尼·奥涅金》。这些作品奠定了他在俄罗斯诗坛至高至上的位置。

第二次是 1830 年 9 月，他去到父亲的领地波尔金诺村处理田产。正赶上瘟疫流行，交通阻隔，他蛰居于这个僻远的乡村里，却进入了所谓"波尔金诺的秋天"的黄金般的创作时期。他不仅写完了巨作《叶甫盖尼·奥涅金》，又写了《莫扎特和沙莱里》《石客》《瘟疫流行时的宴会》和《吝啬的骑士》四部小悲剧，童话诗《神父和他的长工巴尔达的故事》，还完成了《别尔金小说集》全部五篇小说——《射击》《暴风雪》《驿站长》《棺材商人》和《乡下姑娘》。在我们读这些诗和小说时，便会感受到他的灵感好似节日的烟火那样灿烂地迸发着，还有他的心境轻松、愉快、自由和玻璃一般的光亮透明。正是这样的心境使他如江河狂泻，在短短三个月完成如此大量的杰作。一旦诗人的心被松绑了，他会创造出多么伟大的奇迹来！

第三次是 1833 年。他准备写十八世纪布加乔夫起义的历史，需要搜集相关材料。他从沙皇尼古拉那里获得四个月的假期。但他所去的几个省却都得到密令，对他严加监视。十月初，普希金提前结束考察，再次跑到波尔金诺村。这次他只有一个半月的时间，但他的收获更加惊人。在没有盯梢与偷窥的环境里，他的笔神奇般地流畅，不但一口气完成了《布加乔夫起义史》，而且写出那部不朽的童话诗《渔夫和金鱼的故事》，翻译了波兰诗人密兹凯维支的两部长诗。还完成了他的两部晚期的杰作——长篇叙事诗《青铜骑士》和中篇小说《黑桃皇后》。

我们在其他作家中很难找到类似的现象。这现象几乎是一种奇迹。这是自由的灵魂与专制的控制苦苦斗争的果实。但也许正是在这种严酷的高压之下，他才会有这样辉煌、神奇和巨大的喷发。于是我们一方面看到自由的心灵飞翔时的优美动人，一方面又感受到诗人所承受的灵魂上的苦难。

"够了，够了，我亲爱的！"

然而，更深的苦难是从 1831 年开始的。

1829 年普希金在一次舞会上认识了"莫斯科第一美人"冈察罗娃·娜塔丽亚。他为她绝顶的美丽而痴迷。他不懈地去追求她而终于得到成功，他们转年订婚。1831 年 2 月冈察罗娃与普希金在莫斯科结婚。在结婚的典礼上交换戒指时，普希金的戒指突然掉在地上，同时手里的蜡烛又不可思议地熄灭了。普希金轻声对自己说："这可不是个好兆啊！"谁想到，后来发生的事真的把他这句话应验了。

冈察罗娃是在上流社会养育出来的女孩子，喜欢穿戴入时，珠光宝气，在豪华而盛大的场面抛头露面，制造魅力，不停地应付着男人们蜂拥而至的殷勤。但在普希金眼里这一切都是生活垃圾。

可是普希金爱她。对于他来说，与心爱的冈察罗娃结了婚，就是达到了幸福的极致。他说："我唯一的愿望是，这一切不再改变，我再也没有什么别的妄想。"随后，他们在圣彼得堡定居，普希金仍回到外交部供职。冈察罗娃以她的美艳与聪慧很快成了圣彼得堡上流社会最耀眼的明星。无数爱慕者与追求者包围着她，这之中包括沙皇尼古拉。

普希金陷入一种困境中。在他的心中冈察罗娃是中心，但在冈察罗娃的圈子里却没有普希金的位置。当冈察罗娃与那些达官显贵们花枝招展地翩翩起舞时，普希金只是靠着舞厅的大墙或柱子，慢慢地饮酒，吃冰淇淋，消磨时光，一直等到舞会散场陪伴她回家。这种舞会常常要到凌晨三四点才结束，普希金天天都要等到这个时候。普希金因为爱她，为她忍受这一切。

但是在别人的眼里，普希金完全成了一个微不足道的男人，一个多余的人。

1834年的新年，尼古拉皇帝忽然下了一道命令，任命普希金为宫廷近侍卫。这个职务历来都由年轻人担任，尼古拉对已经三十五岁的普希金的"恩赐"便成了一种污辱。这表明尼古拉把这个捏在手心里的诗人完全不当一回事了。而这一任命还有更深的不可告人的目的，就是方便于冈察罗娃随时出入宫中，使沙皇自己有更多的机会与冈察罗娃见面。对于这深一层的意图普希金心里是明白的。冈察罗娃也明白，她却为此而高兴。因为，冈察罗娃对普希金的写作没有兴趣，她的全部心思都在流光溢彩的舞会上。

普希金最渴望的是逃出圣彼得堡。因为圣彼得堡使他厌倦，恶心，心情败坏，疲惫至极，什么也干不了。他在给冈察罗娃的诗《够了，够了，我亲爱的！》中写道：

够了，够了，我亲爱的！心要求平静——
一天跟着一天飞逝，而每一点钟
带走了一滴生命，我们两人理想的
是生活，可是看那——很快我们就死去。
世上没有快乐，却有平静和自由；
多么久了，这些一直使我梦寐以求——
唉，多么久了，我，一个疲倦的奴隶，
一直想逃往充满劳动和纯洁的遥远的他乡。

他一次次申请外出，都没被获准。1834年夏天和1835年夏天，他两度写辞呈，想回到乡下去生活和写作，但遭到尼古拉的怒斥。1835年秋天，他设法去了一趟米哈伊夫斯克村。他希望再获得一个"波尔金诺式"的创作黄金期，但是这次他竟然一无所获。他感到没有灵感，无法安静，笔管艰涩，心灵好像已经枯竭！他没有想到，圣彼得堡的垃圾生活已经快要榨干他了！

据说，普希金常常一个人在他圣彼得堡的书房里，痛苦地呼叫着：

"忧郁呀，我郁闷呀！"

为了心灵的自由

1836 年是普希金艰难的一年。

冈察罗娃除去给普希金生孩子，对普希金的精神痛苦视而不见，完全漠不关心。她甚至没有一次陪同普希金去到乡下的米哈伊洛夫斯克村。而她奢华的穿戴与开销使得普希金难以承担。这时普希金还不过是个九等文官，年薪五千卢布。还要承担四个孩子的家庭。而冈察罗娃个人每年需要就至少两万卢布。他欠债累累。服装店、车行、杂货店、书店的伙计们常常上门要债。普希金想以此为理由，提出辞职，要离开彼得堡。沙皇尼古拉依旧拒绝了他，答应借款三万卢布给他，还要在他薪金中扣除。

经济困窘是他很实在的一种压力。

普希金一直抱着一个文学愿望，就是办一家纯文学杂志，将俄罗斯的文学精英凝聚起来。这一时期，许多优秀的作家从文坛崛起，这些年轻人很需要支持。1836 年 4 月普希金获准主办《现代人》杂志。他兴致勃勃地邀请比自己小十岁的果戈理加入编辑部的工作。但事与愿违。当时文坛风气并不好，批评界矛盾重重，像他这样非常情绪化的诗人也很难办好一份事务性很强的杂志。《现代人》办得并不景气，这也加重他已然很糟糕的心境。

1836 年他母亲去世了。他一生敬爱他的母亲，这对他打击很大。他亲自护灵，将母亲安葬在米哈伊洛夫斯克村圣山大教堂的墓地里。在母亲坟墓的旁边，他还为自己购置了一块墓地。他为什么这样做？是为了死后永远陪伴自己的母亲，还是已经准备逃离这个世界？他在等待着一个死亡契机么？

1836 年夏天以来，关于冈察罗娃的绯闻已经沸沸扬扬。一方面是尼古拉的穷追不舍，一方面是法国军官丹特士对冈察罗娃公开而露骨的追求。丹特士长得英俊潇洒，舞跳得帅，口才又好，冈察罗娃对这位浪漫的法国人也同样抱有好感。于是上流社会种种暗中的讥讽与尖刻的嘲笑就落到骄傲的普希金身上。特别是那些曾经被普希金的讽刺诗嘲弄过的人物，趁机恶言恶语中伤普希金。这一切普希金完全知道。但他深爱着冈察罗娃，依然默默忍受着。

1836 年 11 月普希金收到一封匿名信，公然称普希金是"乌龟团长"。同样的信也寄到普希金的朋友们的手中。丑化与诽谤成了一种社会新闻。盛怒的普希金好像突然找到一条出路——按照当时的俄罗斯男人们解决纠纷的习俗，决斗是不可避免的了。

从事情的表面看，丹特士对冈察罗娃的死死纠缠不可能使事态得到缓和，普希金必然以决死的态度捍卫自己的尊严。从更深层来观察，却绝不仅仅由于这种戏剧性的情仇。

据说在普希金接到丹特士的应战书之后，心情立刻变得平静下来，好像一件大事终于可以了结。而接下来他对决斗竟然没有作任何准备，到了转天决斗之前他还没有助手。直到丹特士的助手找上门来，他才跑出去，在大街上把碰巧遇到的一个皇村学校的同学丹扎斯像抓公差那样拉来做自己的助手。而且叫丹扎斯帮他买一把枪，他自己则拿起一本书阅读。他是要去决斗，还是等候着期待中死亡的来临？

在他中弹后躺在家中时，朋友们要去与丹特士决斗，为他复仇。他反而说："不要去，要讲和，讲和。"难道他很乐于接受仇人射来的这颗子弹吗？

他还对冈察罗娃说："不要因为我而去责备你自己。这件事只与我个人有关。"这句话不单单是安慰冈察罗娃，还表明决斗之举的根由来自他个人的非常痛苦的难言之隐。

在他停止呼吸之前，他断断续续说了许多话，其中有一句话最重要。他说：

"这个世界上没有我活的地方。我一定要死的。显然，不应该这样。"

从上述这些细节，我们可以认定普希金的决斗是他走出困境唯一的选择。晚期的普希金被困难重重包围。他没有自由，受尽屈辱，经济困顿，事业受阻，才情衰退，心灵枯索。他被黑暗严严实实包在中间，看不到一点光明。当现实被黑暗堵塞，死亡往往被误认为是光明之所在。

据说，普希金与丹特士决斗的事，第三厅和尼古拉皇帝全都知道。但没有人出面制止。普希金中弹不正是他们的愿望么？

在莫依卡河畔的普希金故居，我看到这位伟大的诗人生前的真实的生活境况。在他仅仅占有楼房一层的几间屋子，不过是简简单单一个"九等文官"家居而已。看上去还算舒适，对于普希金却一如牢笼。他终生在监视下生存，也在监视下写作。但普希金留下的诗歌，没有一行是向皇帝示乖的、讨好的、逢迎的。他的身体被捆满绳索，他的心灵更渴望自由。这种自由被他写在每一行催动人心的诗中。这使我想到莎士比亚在《哈姆雷特》里的一句话：

就是把我放在火柴盒里，我也是无限空间的主宰者。

为此，普希金离去了一个半世纪，却依然受到人们的虔敬与尊崇。他一生都被钉在自由的十字架上，浑身流着血，但从不放弃自由的高贵与自由的尊严。

在他生命最后的一年里，他写了一首《纪念碑》。他骄傲又激情地写道：

> 不，我不会完全死去。在庄严的琴弦上，
> 我的灵魂将越过腐朽的骨灰永生。
> 我的名字会远扬，哪怕在这月光的世界上
> 仅流传着一个诗人……
> 我将被人民喜爱；他们将永远记着
> 我的诗歌所激起的善良的情感，
> 记着我怎样在这冷酷的时代歌颂自由
> 并且号召同情那些倒下的人。

现在我明白了，他的决斗实际上是一种自杀。自杀也会是一种伟大的举动。因为他自杀的目的只有一个，就是让心灵更自由。

列宁在哪里？

红场上的列宁墓

凡是到俄罗斯的中国人都有一个愿望，就是去克里姆林宫前的红场看列宁墓。面对面看一看这位影响了世界也影响了中国历史进程和内涵的人物。

尽管古埃及人使用木乃伊的方式把法老的遗骨不朽地保存了几十个世纪，但是使一个人死去了近百年却容颜依旧，还是从列宁身上开端的。

原以为到了红场就能进入列宁墓，事实上绝没有这么容易。列宁墓大门紧锁。瞻仰列宁必须在规定的时间内。这就更使我非看不可。

在指定日子的上午九时开始，红场关闭，所有入口都用铁栏切断，武装警卫站岗。红场内空荡荡，只能进行排着长队瞻仰列宁一种活动。气氛庄严肃穆，神圣不可侵犯。这大概是一直遵循着"苏联时代"的传统。

人们必须由红场的西侧进入。入口时要接受安全检查，所有背包提包手包，以及照相机、摄像机一类，一概不准携带入内。以使墓室的进入者，不能有任何旅游观光的意味，只有瞻仰膜拜和心灵体验。

入口后走一百多米，便是列宁墓。这座墓正在克里姆林枢密院的塔楼前，最早是木结构的。1930 年由舒谢夫设计成现在这个样子——方形红色的大理石，下大上小，总共四层。含有古埃及金字塔的意味，厚重和简约，倒是颇合这位历史巨人的气质。

可能是莫斯科的阳光过于强烈，一入墓室，一团漆黑，还有一股凉气使你觉得完全进入另一个时空。墓道是一级级向下的很长的台阶。我两眼黑糊糊地踩着台阶往下走，忽见迎面一个俄罗斯军人，肃然不动，脸上也无表情，好像墙上的彩色浮雕。才要定睛瞧他，他却开口说："向右走。"声音冷峻，似下命令。我便赶紧右拐往里走，跟着听到这位军人在我身后说的还是这句话。

走不远，一间宽阔的石室显现出来。跟着一眼就看到那个闻名世界的水晶棺。石室朦胧不亮，宁静而神秘，室内所有光线都是从水晶棺里扩散出来的。而水晶棺内的光线也不亮，好像深夜里室内的灯光，柔和地照耀着仰面躺卧、神情如睡的列宁。这光线只有在穿透水晶棺时，在水晶板材的边沿的锐角处折射一条条极亮的细线。

列宁身高只有一米六二，但他躺在那里却不显矮小。也许我过于使劲睁着眼睛去看，使我将他的眉毛与睫毛看得清清楚楚。他脸上的神气自然而平和，那种安睡般松弛的状态非常逼真。他没有死去之后的感觉，而是像睡着了那样。尽管他皮肤的质感看上去有一点缺乏弹性，面色却幽幽泛光。他的双手——左手习惯般地微微握着，右手似是不觉地松开。这两只手摆在黑色带红边的缎面的被盖上，十分生动。而且与他脸上的表情和谐一致。我想，这绝不是他去世一瞬间的姿态，因为他是坐在椅子上，听着妻子克鲁普斯卡娅诵读杰克·伦敦《热爱生命》时溘然长逝的。那么，那些为列宁的遗体做防腐和整容的科学家——解剖学家巴拉比约夫、生化学家斯科鲁斯基等人真叫人钦佩！原来科学家中也有伟大的艺术家呢。

此时，我没有去想列宁的 1918，没去想攻打冬宫和沙皇，也没去想苏联解体，我只想获得更多的亲身感受。当我正要进一步弄明白盖在列宁身上这黑色红边的被单是何含义时，耳边又响起一位军人用俄语发出的声音。扭头看到这军人贴墙站在石室的北面。

我的翻译告诉我："他叫你快走开。一个人滞留时间不能超过十五秒钟。"

我只好离开。

走出列宁墓，阳光刺得眼睛生疼。

按照规定，从墓室出来后不能直接离开红场。必须向西，绕过观礼台，到列宁墓的背后，去瞻仰"名人墓"。那里——紧靠克里姆林宫的红墙有二十几座墓，整齐地排成一排，他们都是前苏联时代功勋赫赫的人物。有加里宁、斯维尔德洛夫、捷尔仁斯基、朱可夫等军事家和政治家，也有作家高尔基、科学巨匠库尔恰托夫和人类历史上第一位宇航员加加林。这些墓的形制完全一致。方柱式墓碑上端，雕刻着墓主人的半身胸像。棺盖上平放一块黑色大理石板，上边刻着他们的姓名与生卒年月，还斜放两支红艳艳的康乃馨。

人们必须在这些墓前逐个走过，才能从东边的出口走出红场。这大概也是前苏联时代留下的遗规。至于曾经同样放在水晶棺中斯大林的遗体，早在赫鲁晓夫时代就被焚化了。现在，他的骨灰葬在"名人墓"的最后一位。历史仍给他一个位置。那是因为他在二战中建立的不朽功勋，至今依然被俄罗斯人牢记不忘。

阿尔巴特街上的"列宁同志"

看过列宁墓出来后，就去阿尔巴特街。这条至少有二百年历史的贵族们集聚的老街尽管风光依旧，却已经变为纯旅游性的莫斯科的风情街了。街上的店铺一半以上都出售地道的俄罗斯民间艺术品。旅游除去看好山好水，就是去寻找不同的人文特色，而最能直接表现民族特征的就是民间艺术。故此，街两旁的橱窗全都花枝招展地摆满了唯俄罗斯才有的大大小小的套娃、桦皮器物和漆画盒。俄罗斯民间惊人的手绘技艺，都表现在这些艺术品上。许多漆盒是民间高手所绘制，盒底有他们的签名。他们真的可以凭着那富于才气的手，将古代名画逼真地再现到这些最多只有十厘米大小的亮光光的漆盒上。如今，俄罗斯的套娃已经风靡天下了，连北京的天桥也可以买到。但是，正像羊肉泡馍非要在西北的黄土地上吃一碗不可，在阿尔巴特大街买一个胖胖的漂亮套娃，才算把俄罗斯的情味带回家。每当把一个花花绿绿的套娃从中打开，里边一准站着一个小一号的一模一样的彩绘的娃娃。然后就这样一个个地打开，直到最后把一个只有花生大小的小娃娃捏在手指中间，那就一定会被逗得哈哈笑起来。俄罗斯人的趣味多么可爱与健康！

老街上没有车辆。就像世界任何旅游名城一样，老街都成了步行街。街中心摆着形形色色的小杂货摊，堆满乡土工艺品与饰物。再有便是为行人画像的街头画家，用电子器械看手相的新一代的术士，耍猴的江湖艺人，还有民间魔术师与小型音乐会的演奏者们。我常常被这些表演所吸引，站住不动。这时，忽然什么人拉了我一下。我扭头一看吓一跳，这个人怎么像列宁！矮小的个子，一身黑西服，黑便帽，带白点的黑领带，全是列宁惯常的装束。胸前居然还戴着列宁作为"苏维埃代表"的那个红缎带的花结！他的脸形、眉眼、下巴与棕色的胡须都酷似列宁，他摘下帽子露出的硕大的脑壳和头形，简直就和列宁墓里的列宁本人完全一样。他是在这里表演吗？这叫我忽然想到在《列宁在十月》中那个把列宁演活了的史楚金。

他却忽然向我伸出三个指头，说了一句话。

我听不懂。我的翻译笑着对我说："他说，你出三十卢布，他可以同你合影。"

我一怔，跟着明白这是一种旅游性小项目。但我还是有点惊讶、好奇，却也有兴趣。毕竟他太像列宁了，而且一举一动，以及将两手的拇指勾在西服坎肩晃动上身的姿态都和列宁一样。我掏出三十卢布给他，然后我们握手，拍照！我们并肩，拍照！我们握手又并肩，拍照！他很郑重，最多有一丝微笑，更多是严肃。他没有因为收取费用而草率为之。还有在圣彼得堡夏宫里扮演彼得大帝和凯萨琳二世女王的，也都做得逼真，酷肖，活灵活现。不像我们的一些旅游点的大清宫女，又说又笑，甚至相互连打带闹，还会一下子把手机从怀里掏出来。在这里，你和他们合影，当然是要付钱的。但扮演者明白他们的工作是为了增加你对这个国家与城市的兴趣。因为无论是彼得大帝还是列宁，都是他们自豪的历史的一部分。

在苏联解体之后，斯大林、托洛斯基、赫鲁晓夫等都经历了尖锐的争议和翻来覆去的历史再评价。但唯有列宁仍是一位受到公认的伟大的历史人物。

当今，市场化已经覆盖了整个俄罗斯，可是他们对十月革命以来的历史仍然充满了歧见与自相矛盾。一方面他们将十月革命中被处决的沙皇的遗骨挖出来，重新举行国葬；另一方面那只"打响十月革命第一炮"的阿芙乐尔号巡洋舰，仍像国宝一样停泊在圣彼得堡宽阔的涅瓦河边。至于那种"镰刀斧头红五星"的前苏联国徽和党徽，依然保留在各地政府大楼的大门上端，甚至连俄罗斯国家大剧院的幕布也还是这种鲜明的政治图案。

我分别问了几位俄罗斯人怎么看这些现象。他们的回答却是不约而同的一致。他们说，这没什么，这是历史。

既然历史是一种客观的存在，那就应该让它在现实中保持存在的客观。所谓历史精神首先不是对历史本身的尊重吗？

进一步说，今天在俄罗斯的城市中见到最多的历史人物雕像还是列宁的。最常见的列宁形象是那种身体重心前倾的立像。他的一条胳膊伸向前，与目光一致。今天五十岁以上的俄罗斯人都知道这曾经象征着"导师指引着人民前进"。但斯大林的形象除去红场墓碑上那个胸像之外，再没有见到。他专制和独裁的漆黑的一页，已经被俄罗斯人认真地读过和反思过而翻过去了。然而在莫斯科著名的卫国战争纪念馆中，斯大林却是另外一个样子。

永明之火

俄罗斯大地给人最强烈的人文印象，是卫国战争烈士纪念碑。这种纪念碑随处可见，几乎普遍到每一个村镇里。小小的广场，竖立着石头或金属的碑形的建筑物，上边雕刻着这里曾经发生的一场战争的日期。有的有人名，有的没有人名；有的是尽人皆知的英雄的姓名，有的是一群无名战士——一些不知姓名的红军在这里献出了年轻的生命。在卫国战争中前苏联红军牺牲将近 2000 万人。在这辽阔的战场上，谁知道此时此地的牺牲者姓甚名谁？

纪念碑大多已经旧黯。铜质的碑发黑发绿，铁质的碑锈得发红，石质的碑风化后出现裂痕。但所有的纪念碑前都有燃烧着天然气的永明火。不论什么季节与天气——倾盆的雨中、繁密的大雪中，还是在狂风的肆虐中，永明之火总是熊熊不熄。这是我见过的世界上最顽强的火。它象征烈士们不灭的灵魂，也象征着他们对祖国的激情永远照亮后人吧！

后人没有忘记他们。我注意到每一座纪念碑前都放着鲜花。没有一座纪念碑空空地被遗忘着。最感人的是，年轻人结婚时都要到纪念碑前献花。没有人组织他们这样做。这已经成为一个传统一直保留到今天。在诺夫哥洛德附近，我看见一对新婚男女和他们的一些朋友聚在一座烈士纪念碑前。年轻的新郎，穿一身黑礼服，金黄色的卷发，唇上还有点软髭。他面对纪念碑肃立着，神情充满敬意。他的新娘——一个穿着雪白婚纱的女孩子弯下腰来，正在把很大一束红玫瑰郑重地放在碑座前。碑上是几位头戴钢盔的红军战士的胸像。碑面刻着一行字，说这座墓里有六个烈士。还有两句话：

> 谁也不会被忘记，
> 什么也不会忘记。

这一幕很像一幅庄严又诗意的图画。我忽想到，我们的一些年轻人并不信奉天主，却要到天主教堂举办婚礼，这真使我有些汗颜！俄罗斯人的婚礼也崇尚着崇高的精神意义。

我问过俄罗斯人，为什么这么做。他们说，爷爷奶奶那一代令他们骄傲。他们感谢那英雄的一代捍卫了祖国的尊严。

六十年前，法西斯对俄罗斯的闪电攻击是灭绝性的。战争期间，有两千座城镇和七万个村庄被夷为平地，三万座工厂被摧毁。死亡总数（包括军队）达五千万人。至今绝大多数家庭的命运依然还深深烙印着战争的创伤。

我在瓦尔代依遇到一位老太太。她喃喃地对我说着话。我听不懂俄语，却听出她的话在不断地重复着。我请来翻译才知道，她说她今年八十多岁，住在儿子家。她喋喋不休地来来回回说着几句话："我站在那儿，眼看着德国鬼子冲过来，炮弹在我身边炸开。有人在后边的树林里对我喊：'姑娘，快跑啊，到我这边来，到我这边来……'"

我的翻译石洪生告诉我，那件事对她的刺激实在太深了，至今她都无法忘却。可能人愈老，往事就愈清晰。

这样，使我后来参观卫国战争纪念馆时感受就来得分外的强烈。

最早决定修建卫国战争纪念馆是在二十世纪五十年代的前苏联时代。纪念馆建在莫斯科西南的俯首山上，与列宁山遥遥相望。占地极其辽阔，约一百三十五公顷。对于俄罗斯来说，只有这样巨型的建筑群，才能与伟大的卫国战争相称。但是前苏联的经济力量有限，工程进行中由于力不从心而搁置很久。直到九十年代俄罗斯联邦政府下了决心才把它干成。这表明在对待卫国战争这一重大历史事件上，俄罗斯与前苏联的立场是一致的。解体后俄联邦政府虽然手头拮据，他们却拿出巨资建造这座具有永恒精神价值的纪念馆，由此可见他们深远的思想眼光。

　　纪念馆之宏大、磅礴、震撼以及藏品的丰富自不必说。从德国人使用过的大量的坦克，到列宁格勒被围困的九百天里所使用的一小块牛油似的小肥皂，几乎无所不有。每一件文物都带来一片那个艰辛时代真实而浓烈的气息。单是列宁格勒保卫战中就死了八十万人！给我印象最深的是卫国战争初期几块被战火熔化的石头，还有一段粗大的树桩，上边生生嵌入了一截被炸毁的"喀秋莎"发射器的钢架。一下子叫我感受到德国人闪电战的凶猛和战争的酷烈。1941年6月22日拂晓，德国人以五千架飞机、四千辆坦克、一百五十二个师，对前苏联发动突然袭击。三个星期内纵入前苏联境内五百公里。几乎是所向披靡。俄罗斯人卫国战争的号角就是在这样几乎崩溃的局面中奋起而吹响的。

　　1941年7月卫国战争进入最关键时期。德军集结强大军事力量。包括一百万装备精良的士兵，近千架飞机，近两千辆坦克，一万多门大炮，团团围住莫斯科，志在必得。而且前沿的德国军队已经距莫斯科二十五公里。许多政府机关从莫斯科撤出，但斯大林留了下来。11月7日是十月革命纪念日，斯大林坚持按照传统方式在红场检阅三军。城外隆隆炮声传到红场上，斯大林把它们当做一种免费的礼炮。他这举动震惊了世界，震撼了德国人，也给本国人民以极大的精神鼓舞。现在，他这幅检阅三军的照片被放得很大，挂在卫国战争纪念馆中。他庄严、镇定、从容、充满信心。这种英雄的气概是俄罗斯人民的财富，是俄国人民最终打败法西斯德国的精神之本，也是全人类进程中光明一定战胜黑暗、正直一定战胜邪恶的历史精神的体现。所以，在纪念馆的馆长请我为他们留言时，我写道：

伟大的俄罗斯人民是全人类的骄傲。

于是，在俄罗斯到处也找不到斯大林时，斯大林却在这里。当斯大林在许许多多历史反思的书籍中受到深刻而无情的批评时，在这里却依然受到尊崇。这就是俄罗斯人的历史观。对于有污点的巨人，不能随意地把他化为一个小丑，也不给他盖上遮羞布。历史的功过是不能夸大也不能缩小的，也不能用"几几开"简单地一说了事。历史的本质是客观，不客观的历史仍是一种欺骗。只有客观的历史才有借鉴意义，并有益于后人与未来。

看望老柴

对于身边的艺术界的朋友，我从不关心他们的隐私；但对于已故的艺术大师，我最关切的却是他们的私密。我知道那里埋藏着他的艺术之源，是他深刻的灵魂之所在。

从莫斯科到彼得堡有两条路。我放弃了从一条路去瞻仰普希金家族的领地米哈伊洛夫斯克村，甚至谢绝了那里为欢迎我而准备好的一些活动，是因为我要经过另一条路去到克林看望老柴。

老柴就是俄罗斯伟大的音乐家柴可夫斯基。中国人亲切地称他为"老柴"。

我读过英国人杰拉德·亚伯拉罕写的《柴可夫斯基传》。他说柴可夫斯基人生中最后一个居所——在克林的房子二战中被德国人炸毁。但我到了俄罗斯却听说那座房子完好如故。我就一定要去。因为柴可夫斯基生命最后的一年半住在这座房子里。在这一年半中，他已经完全失去了资助人梅克夫人的支持，并且在感情上遭到惨重的打击。他到底是怎样生活的？是穷困潦倒、心灰意冷吗？

给人间留下无数绝妙之音的老柴，本人的人生并不幸福。首先他的精神超乎寻常的敏感，心情不定，心理异常，情感上似乎有些病态。他每次出国旅行，哪怕很短的时间，也会深深地陷入思乡之

211

痛，无以自拔。他看到别人自杀，夜间自己会抱头痛哭。他几次患上严重的神经官能症，惧怕听一切声音，有可怕的幻觉与濒死感。当然，每一次他都是在精神错乱的边缘上又奇迹般地恢复过来。

在常人的眼中，老柴个性孤僻。他喜欢独居，在三十七岁以前一直未婚。他害怕一个"未知的美人"闯进他的生活。他只和两个双胞胎的弟弟莫迪斯特和阿纳托里亲密地来往着。在世俗的人间，他被种种说三道四的闲话攻击着，甚至被形容为同性恋者。为了瓦解这种流言的包围，他几次想结婚，但似乎不知如何开始。

1877 年，他几乎同时碰到两个女人，但都是不可思议的。

第一位是安东尼娜。她比他小九岁。她是他的狂恋者，而且是突然闯进他的生活来的。在老柴决定与她订婚之前，任何人——包括他的两个弟弟都对这位年轻貌美的姑娘一无所知。据老柴自己说，如果他拒绝她就如同杀掉一条生命。到底是他被这个执著的追求者打动了，还是真的担心一旦回绝就会使她绝望致死？于是，他们婚姻的全过程如同一场飓风。订婚一个月后随即结婚。而结婚如同结束。脱掉婚纱的安东尼娜在老柴的眼里完全是陌生的、无法信任的，甚至是一个"妖魔"。她竟然对老柴的音乐一无所知。原来这个女子是一位精神病态的追求者，这比盲目的追求者还要可怕！老柴差一点自杀。他从家中逃走，还大病一场。他们的婚姻以悲剧告终。这个悲剧却成了他一生的阴影。他从此再没有结婚。

第二位是富有的寡妇娜捷日达·冯·梅克夫人。她比他大九岁。是老柴的一位铁杆崇拜者。梅克夫人写信给老柴说："你越使我着迷，我就越怕同你来往。我更喜欢在远处思念你，在你的音乐中听你谈话，并通过音乐分享你的感情。"老柴回信给她说："你不想同我来往，是因为你怕在我的人格中找不到那种理想化的品质，就此而言，你是对的。"于是他们保持着一种柏拉图式的纯精神的情感。互相不断地通信，信中的情感热切又真诚。梅克夫人慷慨地给老柴一笔又一笔丰厚的资助，并付给他每年六千卢布的年金。这个支持是老柴音乐殿堂一个必要的而实在的支柱。

然而过了十四年（1890年9月）之后，梅克夫人突然以自己将要破产为理由中断了老柴的年金。后来，老柴获知梅克夫人根本没有破产，而且还拒绝给老柴回信。此中的原因至今谁也不知。但老柴本人却感受到极大的伤害。他觉得往日珍贵的人间情谊都变得庸俗不堪。好像自己不过靠着一个贵妇人的恩赐活着罢了，而且人家只要不想答理他，就会断然中止。他从哪里收回这失去的尊严？

正是在这样的背景下，老柴搬进了克林镇的这座房子。我对一百多年前老柴真正的状态一无所知，只能从这座故居求得回答。

进入柴可夫斯基故居纪念馆临街的办公小楼，便被工作人员引着出了后门，穿过一条布满树荫的小径，是一座带花园的两层木楼。楼梯很平缓也很宽大。老柴的工作室和卧室都在楼上。一走进去，就被一种静谧、优雅、舒适的气氛所笼罩。老柴已经走了一百多年，室内的一切几乎没有人动过。只是在1941年11月德国人来到之前，前苏联政府把老柴的遗物全部运走，保存起来，战后又按原先的样子摆好。完璧归赵，一样不缺——

工作室的中央摆着一架德国人在彼得堡制造的黑色的"白伊克尔"牌钢琴。一边是书桌，桌上的文房器具并不规整，好像等待老柴回来自己再收拾一番。高顶的礼帽、白皮手套、出国时提在手中的旅行箱、外衣等，有的挂在衣架上，有的搭在椅背上，有的撂在墙角，都很生活化。老柴喜欢抽烟斗，他的一位善于雕刻的男佣给他刻了很多烟斗，摆在房子的各个地方，随时都可以拿起来抽。书柜里有许多格林卡的作品和莫扎特整整一套七十二册的全集，这两位前辈音乐家是他的偶像。书柜里的叔本华、斯宾诺莎的著作都是他经常读的。精神过敏的老柴在思维上却有着严谨与认真的一面。

他在读列夫·托尔斯泰、屠格涅夫和契诃夫等作家的作品时，几乎每一页都有批注。

老柴身高1.72米，所以他的床很小。他那双摆在床前的睡鞋很像中国的出品，绿色的绸面上绣着一双彩色小鸟。他每天清晨在楼上的小餐室里吃早点、看报纸，午餐在楼下，晚餐还在楼上，但只吃些小点心。小餐室位于工作室的东边。只有三平米见方，三面有窗，外边的树影斑斑驳驳投照在屋中。现在，餐桌上摆着一台录音机，轻轻地播放着一首钢琴曲。这首曲子正是1893年他在这座房子里写的。这叫我们生动地感受到老柴的灵魂依然在这个空间里。所以我在这博物馆留言簿写道：

在这里我感觉到柴可夫斯基的呼吸，还听到他音乐之外的一切响动。真是奇妙至极！

在略带伤感的音乐中，我看着他挂满四壁的照片。这些照片是老柴亲手挂在这里的。这之中，有演出他各种作品的音乐会，有他的老师鲁宾斯基，以及他一生最亲密的伙伴——家人、父母、姐妹和弟弟，还有他最宠爱的外甥瓦洛佳。这些照片构成了他最珍爱的生活。他多么向往人生的美好与温馨！然而，如果我们去想一想此时的老柴，他破碎的人生，情感的挫折，生活的困窘，我们绝不会相信居住在这里的老柴的灵魂是安宁的！去听吧，老柴最后一部交响曲——第六交响曲正是在这里写成的。它的标题叫《悲怆》！那些又甜又苦的旋律，带着泪水的微笑，无边的绝境和无声的轰鸣！它才是真正的此时此地的老柴！

老柴的房子矮，窗子也矮，夕照在贴近地平线之时，把它最后的余晖射进窗来。屋内的事物一些变成黑影，一些金红夺目。我已经看不清它们到底是些什么了，只觉得在音乐的流动里，这些黑块与亮块来回转换。它们给我以感染与启发。忽然，我想到一句话：

　　"艺术家就像上帝那样，把个人的苦难变成世界的光明。"

　　我真想把这句话写在老柴的碑前。

深秋花开应未迟

我相信一个人与一个地方是有缘分的。倘若无缘，失之交臂；倘若有缘，千里相牵。由此而言，我与俄罗斯既是有缘又是无缘的。

先说有缘。八十年代初中国新时期文学发轫，我应是作品最早被介绍到"前苏联"的一个。我的短篇小说《高女人和她的矮丈夫》被译成俄文于 1983 年 2 月 25 日在前苏联《文学报》刊出后，引起他们很大的惊讶：这是中国文学吗？中国文学能这么伤感吗？随后，我的一些中短篇小说也被译了过去，发表在各种中国当代文学的选本中。1985 年莫斯科的彩虹出版社出版了我的作品专集《冯骥才中短篇小说集》。不久，由我的小说《神鞭》改编的同名电影在前苏联一些城市上演。这种又象征又传奇又荒诞又被武术化了的电影，他们也是见所未见的。在那个时期，前苏联的一些相关组织一直在邀请我去访问。如果那时我去了，所获得的一定是一种全然异样的"前苏联"的感觉。但我一直未能成行。

再说无缘。

1983 年前苏联著名汉学家李福清来华访问我。记得那次我们谈得亲切和热情，意趣相投，话题很广泛。我从述说自己"文革"受难的经历一直到激动地站起来背诵普希金的《致大海》和《窗》。

李福清是我许多小说的译者。他回国后把我们这次谈话写成一篇长达四万字的访谈，发表在前苏联重要的理论刊物《文学问题》（1984年第1期）上。这篇文章给我找了麻烦。被当时心有余悸的文化部门看做"过分揭露'文革'"，而成为我访苏的障碍。为此还将美国爱荷华写作中心对我的邀请拖迟了一年。这算是对我的一种"温柔"的惩罚吧。

从1985年到1989年，前苏联与中国的关系冷暖无定，这些都成了我"访苏"一事时显时隐的缘故。其间，前苏联还想搞一次《神鞭》的研讨会，中途忽又辍止。1989年后，俄罗斯人忙于"国家重组"，自顾不暇，自然想不到把客人请到自己乱哄哄的家里来。待一切安定下来，手头的拮据又成了难题。而我这次访问也同样是经过几番周折，直到登上飞机，才相信我和俄罗斯最终是有缘的。但这中间至少间隔了十五年。

到了莫斯科机场，来接机的中国大使馆文化参赞崔先生给我一本俄文版的厚厚的书，名叫《中国现当代文学作品集》。其中有一篇是我的中篇小说《末日夏娃》。崔参赞告诉我这本书刚刚出版，昨天还是在中国大使馆里举行的图书首发式呢。我拿着这本散发着油墨芬芳的新书，忽有所悟——原来二十年来我与俄罗斯文学的关系一直绵延不断！

我由奥廖尔回到莫斯科时，李福清、索罗金、阿直马穆多娃和妮娜一起来看我。他们都是我的俄文版作品的译者，也是我在俄罗斯的真正的文学知音。索罗金和李福清一样都是老一代汉学家，他的译笔令俄罗斯同行交口称赞。我的中篇小说《啊！》就是经他介绍到俄罗斯的。能够被他的译笔"镀镀金"应是我的福气。妮娜年轻漂亮，汉语说得十分流畅，她是索罗金的弟子。索罗金认为她极有可能成为出色的汉学家。新近在莫斯科出版的《末日夏娃》正是她翻译的。《末日夏娃》采用的是荒诞的手法，从荒诞的构思到荒诞的视觉性，只有理念是非荒诞的。这部小说在国内发表后反响甚微，甚至受到过批评。但妮娜说，俄国人却很能理解。她说这是给世界看的一本书，这使我直到现在也不知道到底应该怎样看待自己这部书。

阿直马穆多娃应是索罗金和妮娜中间的一代人。她是我的中篇小说《感谢生活》的译者。我知道她译得很好，因为那本书在俄罗斯有不少读者。

我对他们笑道："你们四位连在一起，是我个人在俄罗斯的文学史。从1983年《高女人和她的矮丈夫》至2002年《末日夏娃》整整二十年！"我当然首先要感谢他们。如果没有他们中的任何一个，也无法连成这样一条漫长的溪流。

和他们广泛地一聊，更觉得我是个幸运者。如今俄罗斯文学市场化得厉害，畅销书十分风行。中国的图书多是针灸、武术和风水一类，体现大众的需要。再有便是《易经》、《道德经》和儒家的种种典籍，反映了丢掉原来政治信仰的俄罗斯人广泛的精神探索。然而，纯正的中国文学却鲜有介绍。

在圣彼得堡时，应彼得堡大学之邀前去访问和座谈。在这个俄罗斯著名的汉学摇篮里，我见到了司格林等七八位教授和学者。我早在八十年代就结识了司格林教授。他幼时生活在北京，他的北京话像他的俄语一样好；他的俄语也像他的北京话一样好。司格林教授将他们收藏到的我的一些著作陈列出来，表示敬意。这些教授有的讲授中国古典文学，有的研究中国作家与作品。如老舍、沈从文、张贤亮、贾平凹。我尽我所知，帮助他们了解这些作家。但在交谈中，我发现他们对中国文学的现状知之甚少。他们缺乏联系渠道，与中国的文学组织基本没有联系。据说自五十年代老舍曾来过这里，此后没有一个中国作家"光顾"过。他们对中国文学的了解基本是靠着几种杂志，没有更多的信息源。在法国，汉学界对中国文学的了解虽然不是同步，上下却不差一年，但在俄罗斯至少慢了五年八年。难道曾经那么密切的关系一下子就变得如此疏离了吗？

再往深处谈，希望便露出光亮来。如今新一代人重新对中国发生兴趣。这可能是近些年中国的经济奇迹带来的魅力。就在我们座谈之间，一拨拨学习汉学的学生进来旁听。据说新一代人知识结构好，起点高。但由于在俄罗斯很难买到中国书刊，他们常常感到知识的匮乏和眼界的有限。那么谁来帮助他们？如果这一代人不能产生索罗金、李福清这样的大汉学家，我们文化的输出就会失去高质量的通道。

在回到莫斯科时，莫斯科大学的谭傲霜教授约我一见。她送给我一袋很特殊的礼物，是她的学生学习我的《高女人和她的矮丈夫》时所写的感想式的论文。我看了这些书写生疏却工整认真的字迹，很是感动。我想，他们这样苦苦地学习我们，我们还不应该帮助他们吗？俄罗斯的汉学界在世界是一流的，趁着老一代俄罗斯的汉学家健在，应该促使他们巩固自己的汉学界。为了他们，也为了我们。因为，中国文化在世界的光大，一半要依靠汉学界。

巴黎的天空

　　大自然派到巴黎的捣蛋鬼是雨。尤其进入了秋天。如果出门时天晴日朗，为了贪图轻便而不带雨伞，那一准就会叫雨儿捉弄了。巴黎的雨是捉摸不定的。有时一天你能赶上五六次雨。有时街对面一片阳光，街这边却雨儿正紧。有时你像被谁在楼上窗口浇花时不小心将一片水点洒在背上，抬头一看原来是雨，一小块巴掌大小的云带来的最小的、最短暂的、唯巴黎才有的"阵雨"。巴黎很少大雨瓢泼，很少江河倒灌，也很少阴雨连绵。它的雨，更像是一种玩笑，一种调皮，一种心血来潮。

　　它不过是一阵阵地将花儿浇鲜浇艳，叫树木散出混着雨味的青叶的气息，把大街上跑来跑去的汽车小小地冲洗一下。再逼迫人们把随身携带的各种颜色和各种图案的雨伞圆圆地撑开。城市的景观为之一变。这雨原来又是一种情调。

　　然而，雨儿停住，收了伞，举首看看云彩走了没有。这时，有悟性的人一定会发现，巴黎一幅最大的图画在天空。

　　这图画的画面湛蓝湛蓝，白云和乌云是两种基本颜料。画家是风，它信马由缰地在天上涂抹。所以，擅长描绘天空的法国画家欧仁·布丹的一幅画，题目是《10月8日·中午·西北风》。

　　巴黎的白云和乌云来自大西洋。大海的风从西边把这些云彩携来，随心所欲地布满天空。风的性情瞬息万变，忽刚忽柔，忽缓忽疾，天上的云便是它变幻无穷的图像。大自然的景观一半是静的，一半是动的。宁静的是大地，永动的是天空。当十九世纪后半期，法国画家们的工作从画室搬到田野后，天空便给画家以浩瀚和无穷的想象。在大西洋沿岸那座著名的古城翁弗勒尔，我参观前边所说的那位名叫布丹的美术馆时，看到了他大量的描绘天空的速写。在大自然中，只有天空纯属自然，最富于灵性。于是，大自然的本质被他表现出来了，这便是生命的创造和创造生命。在布丹之前，谁能证明天空是一个巨大的创造力无穷的生命？一个被布丹称做"美丽的、透明的、充满大气"的生命？所以，库尔贝、波德莱尔都对这位画友画天空的才华推崇备至。巴比松画家柯罗甚至称他为"天空之王"。

在荷兰的阿姆斯特丹，我去看凡·高美术馆，研究他从荷兰到法国前后画风的变化。我发现他最初到巴黎开始他的艺术生涯时期的一幅作品，便是用一大半篇幅去表现动荡而激情的云天。任何艺术家都会首先注意不同的事物。"不同"往往正是事物的本质。那么巴黎奇异的天空自然会吸引住这位敏感的艺术家的心灵。而且这种吸引力一直抵达凡·高一生的终结处——巴黎郊外的奥维尔。看看凡·高在奥维尔画的最后一批作品，天空被他表现得更富于动感、更深入、更动人，并成为他不安的内心的征象。

可是，我想，为什么我们中国人的绘画从来不画天空、不画光线？即使画云，也是山间的云雾，或是为了陪衬天上的神仙与飞行的龙，从来不画天空上的云。清代末期上海画家吴石仙擅长画雨景，但他不画乌云，他只是用水墨把天空平涂一片深灰色，来表示阴云密布。也许中国文人的山水画，多为书斋内的精神制品——不是自然的风景，而是主观或内心的山水意境。即使是"师造化"的石涛，也只是"搜尽奇峰打草稿"而已。故此，中国的山水多为"季节性"，缺乏"时间性"。不管现代山水画如何发展，至今没有一个中国画家画天上的云彩。难道天空在中国画中永远是一块"空白"？

现在我们回到巴黎中来——

天空莫测的风云，不仅给巴黎带来多变的阴晴，还演变出晦明不已的光线。雨儿忽来忽去，阳光忽明忽灭。在巴黎，面对一座美丽和典雅的建筑举起相机，不时会有乌云飞来，遮暗了景色，拍照不成。可是如果有耐心，等不多时，太阳从云彩的缝隙中一露头，景色反而会加倍地灿烂夺目！

阳光与云彩的配合，常常使这座城市现出奇迹。

我闲时便从居住的那条小街走出来，在塞纳河边走一走，看看丰沛而湍急的河水、行人、船只，以及两岸的风光。尽管那些古老的建筑永远是老样子，但在不同的光线里，画面会时时变得大大不同。一次，由于天上一块巨大的云彩的移动，我看到了一个奇观。先是整条塞纳河被阴影覆盖，然后远处——亚历山大三世桥那边云彩挪开了，阳光射下去，河里的水与桥上镀金的雕像闪耀出夺目的光芒。跟着，随着云彩往我这边移动，阳光一路照射过来。云行的速度真不慢，眼看着塞纳河上的一座座桥亮了起来，河水由远到近地亮起来，同时两岸的建筑也一座座放出光彩。这感觉好像天空有一盏巨大无比的灯由西向东移动。当阳光照在我的肩头和手臂上，整条塞纳河已经像一条宽阔的金灿灿的带子了。然后，云彩与阳光越过我的头顶，向东而去。最后乌云堆积在河的东端。从云端射下的一道强烈的光正好投照在巴黎圣母院上。在接近黑色的峥嵘的云天的映衬下，古老的圣母院显得极白，白得异样与圣洁。

不知为什么，在这一瞬，竟然唤起我对圣母院一种极强烈的历史感受。我甚至感觉加西莫多、爱斯梅拉达和克罗德现在就在圣母院里。

可是就在我发痴发呆的时候，眼前的景象忽变，云彩重新遮住太阳。一盏巨灯灭了。圣母院顿时变得一片昏暗，好似蒙上重重的历史的迷雾。忽然，我觉得几个挺凉的水滴落在我的手背上，我抬起头来，一块半圆形的雨云正在我头顶的上空徘徊。

精神的殿堂

　　人死了，便住进一个永久的地方——墓地。生前的亲朋好友，如果对他思之过切，便来到墓地，隔着一层冰冷的墓室的石板"看望"他。扫墓的全是亲人。

　　然而，世上还有一种墓地属于例外。去到那里的人，非亲非故，全是来自异国他乡的陌生人。有的相距千山万水，有的相隔数代。就像我们，千里迢迢去到法国。当地的朋友问我们想看谁。我们说：卢梭、雨果、巴尔扎克、莫奈、德彪西等一大串名字。

　　朋友笑着说："好好，应该，应该！"

　　他知道去哪里可以找到这些人，于是他先把我们领到先贤祠。

　　先贤祠就在我们居住的拉丁区。有时走在路上，远远就能看到它颇似伦敦保罗教堂的石绿色的圆顶。我一直以为是一座教堂。其实，我猜想得并不错，它最初确是教堂。可是在法国大革命期间，曾用来安葬故去的伟人，因此它就有了荣誉性的纪念意义。到了1885 年，它被正式确定为安葬已故伟人的处所。从而，这地方就由上帝的天国转变为人间的圣殿。人们再来到这里，便不是聆听神的旨意，而是重温先贤的思想精神来了。

　　重新改建的建筑的入口处，刻意使用古希腊神庙的样式。宽展的高台阶，一排耸立的石柱，还有被石柱高高举起来的三角形楣饰，庄重肃穆，表达着一种至高无上的历史精神。大维·德安在楣饰上制作的古典主义的浮雕，象征着祖国、历史和自由。上边还有一句话："献给伟人们，祖国感谢他们！"

这句话显示这座建筑的内涵，神圣又崇高，超过了巴黎任何建筑。

我要见的维克多·雨果就在这里。他和所有这里的伟人一样，都安放在地下。因为地下才意味着埋葬。但这里的地下是可以参观与瞻仰的。一条条走道，一间间石室。所有棺木全都摆在非常考究和精致的大理石台子上。雨果与另一位法国的文豪左拉同在一室，一左一右，分列两边。每人的雪白大理石的石棺上面，都放着一片很大的美丽的铜棕榈。

我注意到，展示着他们生平的"说明牌"上，文字不多，表述的内容却自有其独特的角度。比如对于雨果，特别强调由于反对拿破仑政变，坚持自己的政见，遭到迫害，因而到英国与比利时逃亡十九年。1870年回国后，他还拒绝拿破仑三世的特赦。再比如左拉，特意提到他为受到法国军方陷害的犹太血统的军官德雷福斯鸣冤，因而被判徒刑那个重大的挫折。显然，在这里，所注重的不是这些伟人的累累硕果，而是他们非凡的思想历程与个性精神。

比起雨果和左拉，更早地成为这里"居民"的作家是卢梭和伏尔泰。他们是十八世纪的古典主义的巨人，生前都有很高声望，死后葬礼也都惊动一时。1778年伏尔泰送葬的队伍曾在巴黎大街上走了八个小时。卢梭比伏尔泰多活了三十四天。在他死后的第十六年（1794年），法兰西共和国举行一个隆重又盛大的仪式，把他迁到先贤祠来。

将卢梭和伏尔泰安葬此处，是一种象征，一种民族精神的象征。这两位作家的文学作品都是思想大于形象。他们的巨大价值，是对法兰西精神和思想方面做出的伟大贡献。在这里的卢梭的生平说明上写道，法兰西的"自由、平等、博爱"就是由他奠定的。

卢梭的棺木很美，雕刻非常精细。正面雕了一扇门，门儿微启，伸出一只手，送出一枝花来。世上如此浪漫的棺木大概唯有卢梭了！再一想，他不是一直在把这样灿烂和芬芳的精神奉献给人类？从生到死，直到今天，再到永远。

于是，我明白了，为什么在先贤祠里，我始终没有找到巴尔扎克、斯丹达尔、莫泊桑和缪塞，也找不到莫奈和德彪西。这里所安放的伟人们所奉献给世界的，不只是一种美，不只是具有永久的欣赏价值的杰出的艺术，而是一种思想和精神。他们是鲁迅式的人物，而不是朱自清。他们都是撑起民族精神大厦的一根根擎天的巨柱，不只是艺术殿堂的栋梁。因此我还明白，法国总统密特朗就任总统时，为什么特意要到这里来拜谒这些民族的先贤。

1955 年 4 月 20 日，居里夫人和皮埃尔的遗骨被移到此处安葬。显然，这样做的缘由，不仅由于他们为人类科学作出的卓越的贡献，更是一种用毕生对磨难的承受来体现的崇高的科学精神。

读着这里每一位伟人的生平，便会知道他们中间没有一个世俗的幸运儿。他们全都是人间的受难者，在烧灼着自身肉体的烈火中去找寻真金般的真理。他们本人就是这种真理的化身。当我感受到他们的遗体就在面前时，我被深深打动着。真正打动人的是一种照亮世界的精神。故而，许多石棺上都堆满鲜花，红黄白紫，芬芳扑鼻。这些花是来自世界各地的人天天献上的。它们总是新鲜的。有的是一小支红玫瑰，有的是一大束盛开的百合花。

这里，还有一些"伟人"，并非名人。比如一面墙上雕刻着许多人的姓名。它是两次世界大战中为国捐躯的作家的名单。第一次世界大战共五百六十名，第二次世界大战共一百九十七名。我想，两次大战中的烈士成千上万，为什么这里只是作家？大概法国人一直把作家看做是"个体的思想者"。他们更能够象征一种对个人思想的实践吧！虽然他们的作品不被人所知，他们的精神则被后人镌刻在这民族的圣殿中了。

一位叫做安东尼奥·圣修伯利的充满勇气的浪漫派诗人也安葬在这里。除去写诗，他还是第一个驾驶飞机飞越大西洋、开辟通往非洲航邮的功臣。1943年他到英国参加戴高乐将军的"自由法国"抵抗运动，在地中海的一次空战中不幸牺牲，尸骨落入大海，无处寻觅。但人们把他机上的螺旋桨找到了，放在这里，作为纪念。他生前不是伟人，死后却得到伟人般的待遇。因为，先贤祠所敬奉的是一种无上崇高的纯粹的精神。

对于巴黎，我是个外国人，但我认为，巴黎真正的象征不是埃菲尔铁塔，不是卢浮宫，而是先贤祠。它是巴黎乃至整个法国的灵魂。只有来到先贤祠，我们才会真正触摸到法兰西的民族性，她的气质，她的根本，以及她内在的美。

我还想，先贤祠的"祠"字一定是中国人翻译出来的。祠乃中国人祭拜祖先的地方。人入祠堂，为的是表达对祖先的一种敬意、崇拜、纪念、感谢，还有延续下去并发扬光大的精神。这一切意义，都与法国人这个"先贤祠"的本意极其契合。这译者真是十分的高明。想到这里，转而自问：我们中国人自己的先贤、先烈、先祖的祠堂如今在哪里呢？

燃烧的石头

——罗丹的私人化雕塑

我第一次接触到罗丹的原作是在中国，时间为 1992 年。把罗丹的作品搬到东方文明的古国来展出，一时惊动了世界。前往中国美术馆的参观者人山人海，好像去看罗丹本人。我怀着景仰之情挤在人群里，伸头探颈去搜寻罗丹的每件传世名作。可是，这"第一次接触"给我的印象却十分意外。它真正震撼我的并不是那些举世皆知的名作《思想者》《巴尔扎克》《行走的人》和《加莱市民》等，而是一件洁白而透明的大理石双人小像——《吻》。

当然，我很早就从画集上见过这件雕塑，这赤裸的男女在相拥而吻的一瞬，和谐优美又充满激情地融为一体。我把它当做一种完美爱情的象征。然而，站在这雕塑面前，我却感到有一种私密的气氛笼罩着这两个纠缠着的男女，无法克制的情爱使他们的肉体在燃烧。跟着，一切生命的欲望全都集中在他们的嘴唇上来。这时我发现，他们的嘴唇并没有接触上，中间还有很小的一个空间。我围着这雕塑转了两三圈，我感到这小空间中似有一种无形的气流。一种热切和急促的气流。他们的嘴唇正在颤抖、发烫！我被这件作品所震撼。这不是冰冷的大理石雕，而是两个活生生的热血沸腾的生命；这不是爱情的象征，而是被情爱点燃的两个"具体的人"。他们是谁？这中间是不是潜藏着罗丹和他的情人卡米尔·克洛岱尔的那个美丽又残酷的故事？

从那时，我就很想去巴黎寻找答案了。

在巴黎，《吻》就放在罗丹美术馆里。

这座历史上叫做比隆别墅的美术馆曾是罗丹的故居。但它只是罗丹晚年的住所。1908 年经奥地利诗人里尔克的推荐，罗丹才搬到这座典雅的豪宅中来。克洛岱尔从没到这里来过，她早在这之前就与罗丹决裂了。比隆别墅对于克洛岱尔和罗丹那场狂热又痛苦的恋爱全然不知。是啊，我在美术馆楼上楼下走来走去，感觉它什么也不能告诉我。

故而我看《吻》，竟不如在中国美术馆那样的震撼，为什么？我挺茫然。

可是，静下心再看美术馆大大小小的原作，吸引我的仍然是表现男女情爱的那些小像。有些小像是先前不曾见过的。罗丹怎么会有这么多这类题材的作品？只要专注地观看每一件作品，就会觉得掀开了遮挡罗丹私人生活帷幕的一角，一种幽邃的、私密的、生命深层的气息便透露出来。于是，渐渐觉得与先前从《吻》获取的那种感受又连接上了。

这时，两只手出现在我面前。一只是男人的，一只是女人的。只有这两只手，它们像是由一块石头里"冒"出来的。那男人的手横着伸过去，试探着，又大胆地去触摸女人的手。这是罗丹的作品《情人的手》。这《情人的手》如同《吻》那样——此刻身体的全部神经都跑到手上。手也在发抖和发烫。跟着同样是生命的燃烧。

但是对于爱情来说，"触"比"吻"的意义伟大得多。"触"是圣洁的身体语言的第一个字，它要用无比的勇气来表达。这轻轻的一触依靠的却是内心的千钧之力，它是一种伟大的起点和辉煌的诞生。于是，这《情人的手》比《吻》更具惊心动魄的力量。

谁能像罗丹如此敏锐地发现爱情中这最初的勾魂摄魄的一瞬？发现手的神圣的意义？发现手是心灵的触角？心灵中一切最细微、最真实的感觉全在手上。

罗丹说："如果一个人失去触觉，那么他就等于死了。触觉，这是唯一不可替代的感觉。"

他从哪里获得这样的神示？仅仅听凭一种天赋吗？

当然，这是迷人、性感和天才的克洛岱尔告诉他的。

其实，在罗丹第一次见到克洛岱尔时，就爱上了她。这一半由于她那带着野性的美、傲气十足的嘴，以及赤褐色头发下"绝代佳人"的前额和深蓝的眼睛，另一半则由于她罕见的才气。而同时，克洛岱尔也主动地向这位比自己年长二十四岁的男人敞开了自己纯净和贞洁的少女世界。这完全由于罗丹的天才。男人的魅力就是才华。罗丹的一切天生都从属于雕塑——他炯炯的目光、敏锐的感觉、深刻的思维，以及不可思议的手，全都为了雕塑，而且时时都闪耀出他超人的灵性与非凡的创造力。虽然当时罗丹还没有太大的名气，但他的才气已经咄咄逼人。于是，他们很快相互征服。正当盛年的罗丹与洋溢着青春气息的克洛岱尔如同烈日狂风，一拥而入他们爱情的酷夏。同时，罗丹也开始了他艺术创作的黄金时代。

而对于克洛岱尔来说，她所做的，是投身到一场要付出一生代价的残酷的爱情游戏。因为，罗丹有他的长久的生活伴侣罗丝和儿子。但是已经跳进漩涡而又陶醉其中的克洛岱尔，不可能回到岸边来重新选择。这样，他们只有躲开众人的视线，在公开场合装作若无其事，然后寻找任何一个可能的机会，一点空间和时间，相互宣泄无法抑制的爱与无法克制的欲望。从学院街小理石仓库，到莺歌街的福里·纳布尔别墅，再到佩伊思园……在一个个工作室幽暗的角落里、躺椅上、满是泥土的地上，在未完成的雕塑作品与零件中间，他们滚烫的肉体疯狂地纠结一起。她用沾着大理石碎屑的嘴唇吻他，他用满是石膏粉的手抚摸她——他们用极致的性爱快乐将爱情表达得无比丰盈与真实。虽然这长达十余年的爱恋，一直是私密的，东躲西藏，或隐或显地受着被旁人察觉的威胁，并不断地与不幸的罗丝发生冲突。她甚至从来没有在他身边过夜。但这反而使他们的爱更加充满渴望，充满偷吃禁果的强烈的快感，与压抑下爆发的欢愉。

手是心之具。在他们自己并不十分自觉的情况下，已经把这一切用"会说话的手"捏进泥巴里，或用"有眼睛的锤子与凿子"有力地刻进石头中。

无论是罗丹的《晨曦》，还是克洛岱尔的《罗丹像》，都是热恋者心中的对方。《晨曦》中戴着睡帽的女子，明洁、纯静、高贵、朦胧，连皮肤的表面不都是充满了罗丹的无限的柔情吗？而风格刚毅和锐利的《罗丹像》，不就是克洛岱尔时时刻刻心中激荡着的形象？

在他们的作品中，各有一件"双人小像"，彼此十分相像，便是克洛岱尔的《沙恭达罗》和罗丹的《永恒的偶像》。这两件作品都是一个男子跪在一个女子面前。但认真一看，却分别是他们各自不同角度中的"自己与对方"。

在克洛岱尔的《沙恭达罗》中，跪在女子面前的男子，双手紧紧拥抱着对方，唯恐失去，仰起的脸充满爱怜。而此时此刻，女子的全部身心已与他融为一体。这件作品很写实，就像他们情爱中的一幕。

但在罗丹的《永恒的偶像》中，女子完全是另一种形象，她像一尊女神，男子跪在她脚前，轻轻地吻她的胸膛，倾倒于她，崇拜她，神情虔诚至极。罗丹所表现的则是克洛岱尔以及他们的爱情——在自己心中的至高无上的位置。

一件作品是入世的、血肉的、激情的；一件作品是神圣的、净化的、纪念碑式的。将这两件雕塑放在一起，就是从1885年至

1898 年最真实的罗丹与克洛岱尔。

可以说，这一开始，他们的爱情就进入了罗丹手中的泥土、石膏、大理石，并熔铸到了千古不变的铜里。

罗丹用泥土描述他抚摸过的美丽的肉体，以石膏再现那些炽烈乃至发狂的情感，用黝黑而发亮的铜张扬他勃发的雄性，并放纵石头去想象浪漫的情爱。这些雕塑是他们爱情的记录，也是爱情的梦想。克洛岱尔的面容、表情、姿态，身体上的那种无与伦比的"法兰西民族线条"，时时出现在他的作品中。他用手中的材料去复制她，体验她，怀念她，想象她，抚摸她。他用充满着她生命感觉的手去再造她。她与他的人生搅拌在一起，也与他的艺术熔化在一起。除去他明确地为她做了许多塑像，她还明明灭灭地出现在他广泛的雕塑中。

罗丹曾对克洛岱尔说：

"你被表现在我的所有雕塑中。"

从 《沉思》《圣乔治》《法兰西》 《康复中的女病人》 《永远的春天》《占有》《逃逸的爱情》《众神的信使伊丽斯》、《罗密欧与朱丽叶》《拥抱》到 《罪》《圣安东尼的诱惑》《坏精灵》《亚当与夏娃》《转瞬即逝的爱情》 等，可以看到克洛岱尔在爱情中的光彩，情感生活的千姿百态，以及性爱时肉体迷人的美。

这一切，都浸透了罗丹的激情。一切至美的形态，一切动人的线条，一切心神荡漾的意境，全是罗丹的感受与幻想。那种两情的缱绻、缠绵、牵挂和愉悦，以及两性的诱惑、追逐、快乐和狂乱，全都来自罗丹的心灵。

克洛岱尔几乎就是罗丹的一切。于是，我们也就明白，一位伟大的雕塑家为什么创作出如此数量惊人的私人化的作品。何况在《地狱之门》 那数百个形象中，我们还可以辨认出克洛岱尔形形色色的身影。

进一步说，克洛岱尔不仅给他一个纯洁而忠贞的爱情世界，还让他感到生命自身的力量与真实，无论是肉体的、情感的，还是心灵的。

　　罗丹在雕塑史上的最重要的价值，是他把古希腊以来一直放置在高高基座上的英雄的雕像搬下来，还以生命的血肉与灵魂。他真切的爱情经历、身体的体验、灵魂的感受，使他更加注目于生命个体的意义。故而，就使得他同时创作的《巴尔扎克》和《加莱市民》，都是"返回人间"的伟大的凡人。在罗丹美术馆里，我们能看到半裸的雨果和全裸的巴尔扎克，连巴尔扎克的生殖器也生机勃勃地暴露着。故此，这些作品面世之时，都引起不小的风波，受到公众审美习惯激烈的抵制与抨击。但是，当它们最终被人们心悦诚服地接受下来时，历史便迈出伟大的一步。但在这"历史的一步"中，他那些私人体验与私人化的雕塑起到了无形却至关重要的作用。

　　1900 年以后，罗丹名扬天下的同时，克洛岱尔一步步走进人生日渐深浓的阴影里。

　　克洛岱尔不堪承受长期厮守在罗丹的生活圈外的那种孤单与无望，不愿意永远是"罗丹的学生"。她从与罗丹相爱那天就有"被抛弃的感觉"。她带着这种感觉与罗丹纠缠了十五年，最后精疲力竭，颓唐不堪，终于 1898 年离开罗丹，迁到蒂雷纳大街的一间破房子里，离群索居，拒绝在任何社交场合露面，天天默默地凿打着石头。尽管她极具才华，却没有足够的名气。人们仍旧凭着印象把她当做罗丹的一个弟子，所以她卖不掉作品，贫穷使她常常受窘并陷入尴尬，还要遭受雇来帮忙的粗雕工人的欺侮。这期间，罗丹已经日趋成功。他属于那种活着时就能享受到果实成熟的艺术家。他经历了与克洛岱尔那种迎风搏浪的爱情生活后，又返回平静的岸边，回到了在漫长人生之路上与他分担过生活重负与艰辛的罗丝身旁。他在默东买了大房子，过起富足的生活；并且又在巴黎买下了文艺复兴时期的豪宅比隆别墅，以应酬趋之若鹜的上流社会千奇百怪、光怪陆离的人物。这期间，还有几个情人进入了他华丽多彩的生活。当然，罗丹并没有忘记克洛岱尔。他与克洛岱尔的那场轰轰烈烈、电闪雷鸣的恋爱，是刻骨铭心的。他多次想帮助她，都遭到高傲的克洛岱尔的拒绝。他只有设法通过第三者在中间迂回，在经济上支援她，帮助她树立名气。但这些有限的支持都没有在克洛岱尔身上发生真正的效力。

在绝对的贫困与孤寂中，克洛岱尔真正感到自己是个被遗弃者了。渐渐地，往日的爱与赞美就化为怨恨。本来是个激情洋溢的性格，变得消沉下来。

1905 年克洛岱尔出现妄想症，而且愈演愈烈。她常常与一切人断绝来往，一个人呆在屋里。身体很坏，脾气乖戾，狂躁起来就将雕塑全部打碎。1913 年 3 月 3 日克洛岱尔的父亲去世。克洛岱尔已经完全疯了。3 月 10 日埃维拉尔城精神病院的救护车开到蒂雷纳大街六十六号，几位医院人员用力打开门，看见克洛岱尔脱光衣服、赤裸裸披头散发坐在那里，满屋全是打碎的雕像。他们只能动手给克洛岱尔穿上控制她行动的紧身衣，把她拉到医院关起来。

这一关，竟是三十年。克洛岱尔从此与雕刻完全断绝。艺术生命的心律变为平直。她在牢房似的病房中过着漫无边际和匪夷所思的生活。她一直活到 1943 年，最后在蒙特维尔格疯人院中去世。她的尸体埋在蒙特法韦公墓为疯人院保留的墓地里。十字架上刻着的号码为 1943——No.392。

在疯人院保留的关于克洛岱尔的档案中注明：克洛岱尔死时，没有财物，没有任何有价值的文件，甚至连一件纪念品也没留下。所以克洛岱尔认为罗丹把她的一切都掠夺走了。

在罗丹与克洛岱尔相爱的那些年，他们的作品风格惊人地相近。在克洛岱尔看来，罗丹"从她身上汲到不少东西去滋养了他的才能"。但那是些什么东西呢？其实那就是爱情！爱情不仅给了他们相同的激情与力量，还把他们的艺术语言奇迹般地同化了。那时，克洛岱尔不是感觉"我们惊人地相似，以致我们的手中再也产生不了任何题材新颖的作品了"吗？在那个伟大的时刻，他们从肉体、生命、精神到艺术全部融为一体。如果没有这爱情，克洛岱尔也创作不出《罗丹像》《沙恭达罗》和《窃窃私语》来！从这个意义上说，罗丹的全部私人化的作品都应是他们共同创造的。

克洛岱尔之后，那些走进罗丹情感世界的楚楚动人的女人们，没有人再给他的生命注入同样的"核动力"了。他给法克斯夫人、格雯·约瀚、埃莱娜·德·诺斯蒂丝、舒瓦瑟侯爵夫人等都塑过像，他也爱过这些"美人"；但绝对没有一个塑像能够像《吻》和《情人的手》等一大批作品那样令人震撼！

应该说，造就那些伟大艺术，甚至是造就罗丹的人——同时又是最大的牺牲者，应是克洛岱尔。

那么克洛岱尔本人留下了什么呢？

卡米尔·克洛岱尔的弟弟、作家保罗在她的墓前悲凉地说："卡米尔，您献给我的珍贵礼物是什么呢？仅仅是我脚下这一块空空荡荡的地方？虚无！一片虚无！"

可是，克洛岱尔葬身的这块墓地，后来由于政府的征用也彻底地平掉了。克洛岱尔已经无迹可寻。最后我们还是得回到她和罗丹的作品中，因为艺术家已经把他们的生命留在作品中了。

在克洛岱尔被关进疯人院的同一年，罗丹突然中风。这是巧合，还是一种神秘的生命感应，无从得知，也永无人知。

这一切便是一位大师真实的艺术与人生。

最后的凡·高

（1888年2月21日——1890年7月29日）

我在广岛的原子弹灾害纪念馆中，见到一个很大的石件，上边清晰地印着一个人的身影。据说这个人当时正坐在广场纪念碑前的台阶上小憩。在原子弹爆炸的瞬间，一道无比巨大的强光将他的影像投射在这石头上，并深深印进石头里边。这个人肯定随着核爆炸灰飞烟灭，然而毁灭的同时却意外地留下一个匪夷所思的奇观。

毁灭往往会创造出奇迹。这在大地震后的唐山、火山埋没的庞贝城，以及奥斯威辛与毛特豪森集中营里我们都已经见过。这些奇迹全是悲剧性的，充满着惨烈乃至恐怖的气息。可是为什么凡·高却是一个空前绝后的例外，他偏偏在毁灭之中闪耀出无可比拟的辉煌？

法国有两个不起眼的小地方，一直令我迷惑又神往。一个是巴黎远郊瓦涅河边的奥维尔，一个是远在南部普罗旺斯地区的阿尔，它们是凡·高悲剧人生的最后两个驿站。阿尔是凡·高神经病发作的地方，奥维尔则是他疾病难捱、最后开枪自杀之处。但使人费解的是，凡·高于1888年2月21日到达阿尔，12月发病，转年5月住进精神病院，一年后出院前往奥维尔，两个月后自杀。这前前后后只有两年！然而他一生中最杰出的作品却差不多都在这最后两年、最后两个地方，甚至是在精神病反反复复发作中画的。为什么？

于是，我把这两个地方"两点一线"串联起来。先去普罗旺斯的阿尔去找他那个"黄色小屋"，还有圣雷米精神病院；再回到巴黎北部的奥维尔，去看他画过的那里的原野，以及他的故居、教堂和最终葬身的墓地。我要在法国的大地上来来回回跑一千多公里，去追究一下这个在艺术史上最不可思议的灵魂。我要弄个明白。

在凡·高来到阿尔之前，精神系统里已经潜伏着发生错乱和分裂的可能。这位有着来自母亲家族的神经病基因的荷兰画家，孤僻的个性中包藏着脆性的敏感与烈性的张力。他绝对不能与社会及群体相融，耽于放纵的思索，孤军奋战那样地在一己的世界中为所欲为。然而，没有人会关心这个在当时还毫无名气的画家的精神问题。

在世人的眼里，一半生活在想象天地里的艺术家们，本来就是一群"疯子"。故此，不会有人把他的喜怒无常、易于激动、抑郁寡言看做是一种精神疾病早期的作怪。他的一位画家朋友纪约曼回忆他突然激动起来的情景时说："他为了迫不及待地解释自己的看法，竟脱掉衣服，跪在地上，无论怎样也无法使他平静下来。"

这便是巴黎时期的凡·高。最起码他已经是非常的神经质了。

凡·高于1881年11月在莫弗指导下画成第一幅画。但是此前此后，他都没有接受过任何系统性的绘画训练。1886年2月他为了绘画来到巴黎。这时他还没有确定的画风。他崇拜德拉克罗瓦、米勒、罗梭，着迷于正在巴黎走红的点彩派的修拉，还有日本版画。这期间他的画中几乎谁的成分都有。如果非要说出他的画有哪些特征是属于自己的，那便是一种粗犷的精神与强劲的生命感。而这时，他的精神疾病就已经开始显露出端倪——

1886年他刚来到巴黎时，大大赞美巴黎让他头脑清晰、心情舒服无比。经他做画商的弟弟迪奥介绍，他加入了一个艺术团体，其中有印象派画家莫奈、德加、毕沙罗、高更等，也有小说家左拉和莫泊桑。这使他大开眼界。但一年后，他便厌烦了巴黎的声音，对周围的画家感到恶心，对身边的朋友愤怒难忍。随后他觉得一切都混乱不堪，根本无法作画，他甚至感觉巴黎要把他变成"无可救药的野兽"；于是他决定"逃出巴黎"，去南部的阿尔！

　　1888 年 2 月他从巴黎的里昂车站踏上了南下的火车。火车上没有一个人知道他的名字，更不会有人知道这个人不久就精神分裂，并在同时竟会成为世界美术史上的巨人。

　　我从马赛出发的时间接近中午。当车子纵入原野，我忽然明白了一百年前——初到阿尔的凡·高那种"空前的喜悦"由何而来。普罗旺斯的太阳又大又圆，在世界任何地方都见不到这样大的太阳。它距离大地很近，阳光直射，不但照亮也照透了世上的一切，也使凡·高一下子看到了万物的本质——一种通透的、灿烂的、蓬勃的生命本质。他不曾感受到生命如此的热烈与有力！他在给弟弟迪奥的信中，上百次地描述太阳带给他的激动与灵感。而且他找到了一种既属于阳光也属于他自己的颜色——夺目的黄色。他说："铬黄的天空，明亮得几乎像太阳。太阳本身是一号铬黄加白。天空的其他部分是一号和二号铬黄的混合色。它们黄极了！"这黄色立刻改变了凡·高的画，也确立了他的画风！

　　大太阳的普罗旺斯使他升华了。他兴奋至极。于是，他马上想到把他的好朋友高更拉来。他急切地要与高更一起建立起一间"未来画室"。他幻想着他们共同和永远地使用这间画室，并把这间画室留给后代，留给将来的"继承者们"。他心中充满一种壮美的事业感。他真的租了一间房子，买了几件家具，还用他心中的黄色将房子的外墙漆了一遍。此外又画了一组十几幅《向日葵》挂在墙上，欢迎他所期待的朋友的到来。这种吸满阳光而茁壮开放的粗大花朵，这种"大地的太阳"，正是他一种含着象征意味的自己。

在高更没有到来之前，凡·高生活在一种浪漫的理想里。他被这种理想弄得发狂。这是他一生最灿烂的几个月。他精神快活，情绪亢奋。他甚至喜欢上阿尔的一切：男女老少，人人都好。他为很多人画了肖像，甚至还用高更的笔法画了一幅《阿尔的女人》。凡·高在和他的理想恋爱。于是这期间，他的画——比如《繁花盛开的果园》《沙滩上的小船》《朗卢桥》《圣玛丽的农舍》《罗纳河畔的星夜》等，全都出奇的宁静、明媚与柔和。对于梵·高本人的历史，这是极其短暂又特殊的一个时期。

其实从骨子里说，所有的艺术家都是一种理想主义者，或者说理想才是艺术的本质。但危险的是，他把另一个同样极有个性的画家——高更，当做了自己理想的支柱。

在去往阿尔的路上，我们被糊里糊涂的当地人指东指西地误导，待找到拉马丁广场，已经完全天黑。这广场很大，圆形的，外边是环形街道；再外边是一圈矮矮的小房子，黑黑的，但全都亮着灯。几个开阔的路口，通往四周各处。我们四下去打听拉马丁广场二号——凡·高的那个黄色的小楼。但这里的人好像还是一百年前的阿尔人，全都说不清那个叫什么凡·高的人的房子究竟在哪里。最后问到一个老人，那老人苦笑一下，指了指远处一个路口便走了。

我们跑到那里，空荡荡一无所有。仔细找了找，却见一个牌子立着。呀，上边竟然印着凡·高的那幅名作《在阿尔的房子》——正是那座黄色的小楼！然而牌子上的文字却说这座小楼早在二战期间毁于战火。我们脚下的土地就是黄色小楼的遗址。这一瞬，我感到一阵空茫。我脑子里迅速掠过 1888 年冬天这里发生过的事——高更终于来到这里。但现实总是破坏理想的。把两个个性极强的艺术家放在一起，就像把两匹烈马放在一起。两人很快就意见相左，跟着从生活方式到思想见解全面发生矛盾，于是天天争吵，时时酝酿着冲突，并发展到水火不容的境地。于是理想崩溃了。那个梦幻般的"未来画室"彻底破灭。潜藏在凡·高身上的精神病终于发作。他要杀高更。在无法自制的狂乱中，他割下自己的耳朵。随后是高更返回巴黎，凡·高陷入精神病中无以自拔。他的世界就像现在我眼前的阿尔，一片深黑与陌生。

我同来的朋友问："还去看圣雷米修道院里的那个神经病院吗？不过现在太黑，去了恐怕什么也看不见。"

我说："不去了。"我已经知道，那座将凡·高像囚徒般关闭了一年的医院，究竟是什么气息了。

在凡·高一生写给弟弟迪奥的八百封信件里，使我读起来感到最难受的内容，便是他与迪奥谈钱。迪奥是他唯一的知音和支持者。他十年的无望的绘画生涯全靠着迪奥在经济上的支撑。迪奥是个小画商，手头并不宽裕，尽管每月给凡·高的钱非常有限，却始终不离不弃地来做这位用生命祭奠艺术的兄长的后援。这就使凡·高终生被一种歉疚折磨着。他在信中总是不停地向迪奥讲述自己怎样花钱和怎样节省，解释生活中哪些开支必不可少，报告他口袋里可怜巴巴的钱数。他还不断地做出保证，决不会轻易糟蹋掉迪奥用辛苦换来的每一个法郎。如果迪奥寄给他的钱迟了，他会非常为难地诉说自己的窘境。说自己怎样在用一杯又一杯的咖啡，灌满一连空了几天的肚子；说自己连一尺画布也没有了，只能用纸来画速写或水彩。当他被贫困逼到绝境的时候，他会恳求地说："我的好兄弟，快寄钱来吧！"

但每每这个时候，他总要告诉迪奥，尽管他还没有成功，眼下他的画还毫不值钱，但将来一定有一天，他的画可以卖到二百法郎一幅。他说那时"我就不会对吃喝感到过分耻辱，好像有吃喝的权利了"。

他向迪奥保证他会愈画愈好。他不断地把新作寄给迪奥来作为一种"抵债"。他说将来这些画可以使迪奥获得一万法郎。他用这些话鼓舞弟弟，他害怕失去支持，当然他也在给自己打气。因为整个世界没有一个人看上他的画。但今天——特别是商业化的今天，为什么凡·高每一个纸片反倒成了"全人类的财富"？难道商业社会对于文化不是充满了无知与虚伪吗？

故此在他心中，苦苦煎熬着的是一种自我的怀疑。他对自己"去世之后，作品能否被后人欣赏"毫无把握，他甚至否认成功的价值乃至绘画的意义。好像只有否定成功的意义，才能使失落的自己获得一点虚幻的平衡。自我怀疑，乃是一切没有成功的艺术家最深刻的痛苦。他承认自己"曾经给一种不可抗拒的力量挫败过"。在这种时候，他便对迪奥说："我宁愿放弃画画，不愿看着你为我赚钱而伤害自己的身体！"

他一直这样承受着精神与物质的双重摧残。

可是，在他"面对自然的时候，画画的欲望就会油然而生"。在阳光的照耀下，世界焕发出美丽而颤动的色彩，全都涌入他的眼睛。天地万物勃发的生命激情，令他震栗不已。这时他会不顾一切地投入绘画，直至挤尽每一支铅管里的油彩。

当他在绘画时，会充满自信，忘乎所以，为所欲为；当他走出绘画回到了现实，就立刻感到茫然，自我怀疑，自我否定。他终日在这两个世界中来来回回地往返，所以他的情绪大起大落。他在这起落中大喜大悲，忽喜忽悲。

从他这大量的"心灵的信件"中，我读到——

他最愿意相信的话是福楼拜说的："天才就是长期的忍耐。"

他最想喊叫出来的一句话是："我要作画的权利！"

他最现实的呼声是："如果我能喝到很浓的肉汤，我的身体马上会好起来！当然，我知道，这种想法很荒唐。"

如果着意地去寻找，会发现这些呼喊如今依旧还在凡·高的画里。

　　凡·高于 1888 年 12 月 23 日发病后，病情时好时坏，时重时轻，一次次住进医院。这期间他会忽然怀疑有人要毒死他，或者在同人聊天时，端起调颜色的松节油要喝下去，后来他发展到在作画的过程中疯病突然发作。1889 年 5 月他被送进离阿尔一公里的圣雷米神经病院，成了彻头彻尾的精神病人。但就在这时，奇迹出现了。凡·高的绘画竟然突飞猛进，风格迅速形成。然而这奇迹的代价却是一个灵魂的自焚。

　　他的大脑弥漫着黑色的迷雾，时而露出清明，时而一片混沌。他病态的神经日趋脆弱，乱作一团的神经刚刚出现一点头绪，忽然整个神经系统全部爆裂，乱丝碎絮般漫天狂舞。在贫困、饥饿、孤独和失落之外，他又多了一个恶魔般的敌人——精神分裂。这个敌人巨大、无形、桀骜、骄横、来无影去无踪，更难于对付。他只有抓住每一次发病后的"平静期"来作画。
　　在他生命最后一年多的时间，他被这种精神错乱折磨得痛不欲生，没有人能够理解。因为真正的理解只能来自自身的体验。癫痫、忧郁、幻觉、狂乱，还有垮掉了一般的深深的疲惫。他几次在"灰心到极点"时都想到了自杀，同时又一直以否定自己真正有病来平定自己。后来他发现只有集中精力，在画布上解决种种艺术的问题时，他的精神才会舒服一些。他就拼命并专注地作画。他在阿尔患病期间作画的数量大得惊人。一年多，他画了二百多幅作品。但后来愈来愈频繁的发病，时时中断了他的工作。他在给迪奥的信中描述过：他在画杏花时发病了，但是病好转之后，杏花已经落光。神经病患者最大的痛苦是在清醒过来之后。他害怕再一次发作，害怕即将发作的那种感觉，更害怕失去作画的能力。他努力控制自己"不把狂乱的东西画进画中"。他还说，他已经感受到"生之恐怖"！这"生之恐怖"便是他心灵最早发出的自杀的信号！

然而与之相对的，却是他对艺术的爱！在面对不可遏止的疾病的焦灼中，他说："绘画到底有没有美，有没有用处，这实在令人怀疑。但是怎么办呢？有些人即使精神失常了，却仍然热爱着自然与生活，因为他是画家！""面对一种把我毁掉的、使我害怕的病，我的信仰仍然不会动摇！"

这便是一个神经错乱者最清醒的话。他甚至比我们健康人更清醒和更自觉。

凡·高的最后一年，他的精神世界已经完全破碎。一如大海，风暴时起，颠簸倾覆，没有多少平稳的陆地了。特别是他出现幻觉的症状之后（1889年2月），眼中的物象开始扭曲、游走、变形。他的画变化得厉害。一种布满画面蜷曲的线条，都是天地万物运动不已的轮廓。飞舞的天云与树木，全是他内心的狂飙。这种独来独往的精神放纵，使他的画显示出强大的主观性，一下子，他就从印象派画家马奈、莫奈、德加、毕沙罗等等所受的客观的和视觉的约束中解放出来。但这不是理性的自觉，而恰恰是精神病发作之所致。奇怪的是，精神病带来的改变竟是一场艺术上的革命，印象主义一下子跨进它光芒四射的后期。这位精神病患者的画非但没有任何病态，反而迸发出巨大的生命热情与健康的力量。

对于凡·高这位来自社会底层的画家，他一生都对米勒崇拜备至。米勒对大地耕耘者淳朴的颂歌，唱彻了凡·高整个艺术生涯。他无数次地去画米勒《播种者》那个题材。因为这个题材最本质地揭示着大地生命的缘起。故此，燃起他艺术激情的事物，一直都是阳光里的大自然，朴素的风景——长满庄稼的田地、灿烂的野花、村舍以及身边寻常和勤苦的百姓们。他一直呼吸着这生活的元气，并将自己的生命与这世界上最根本的生命元素融为一体。

当患病的凡·高的精神陷入极度的亢奋中，这些生命便在他眼前熊熊燃烧起来，飞腾起来，鲜艳夺目，咄咄逼人。这期间使他痴迷并一画再画的丝杉，多么像是一种从大地冒出来的巨大的生命火焰！这不正是他内心一种生命情感的象征么？精神病非但没有毁掉凡·高的艺术，反而将他心中全部能量一起爆发出来。

或者说，精神病毁掉了凡·高本人，却成就了他的艺术。这究竟是一种幸运，还是残酷的毁灭？

令人匪夷所思的是，这种精神病的程度"恰到好处"。他在神志上虽然颠三倒四，但色彩的法则却一点不乱。他对色彩的感觉甚至都是精确至极。这简直不可思议！就像双耳全聋的贝多芬，反而创作出博大、繁复、严谨、壮丽的《第九交响乐》。是谁创造了这种艺术史的奇迹和生命的奇迹？

倘若他病得再重一些，全部陷入疯狂，根本无法作画，美术史便绝不会诞生出凡·高来；倘若他病得轻一些，再清醒和理智一些呢，当然，也不会有现在这个在画布上电闪雷鸣的凡·高了。

它叫我们想起，大地震中心孤零零竖立的一根电杆，核爆炸废墟中唯一矗立的一幢房子。当他整个神经系统损毁了，唯有那根艺术的神经却依然故我。

这一切，到底是生命与艺术共同的偶然，还是天才的必然？

1890 年 5 月凡·高到达巴黎北郊的奥维尔。在他生命最后的两个月里，他贫病交加，一步步走向彻底的混乱与绝望。他这期间所画的《奥维尔的教堂》《有杉树的道路》《蒙塞尔的茅屋》等等，已经完全是神经病患者眼中的世界。一切都在裂变、躁动、飞旋与不宁。但这种听凭病魔的放肆，却使他的绘画达到绝对的主观和任性。我们健康人的思维总要受客观制约，神经病患者的思维则完全是主观的。于是他绝世的才华，刚劲与烈性的性格，艺术的天性，得到了最极致的宣泄。一切先贤偶像、艺术典范、惯性经验，全都不复存在。人类的一切创造都是对自己的约束。但现在没有了！面对画布，只有一个彻底的自由与本性的自己。看看《奥维尔乡村街道》的天空上那些蓝色的短促的笔触，还有《蓝天白云》那些浓烈的、厚厚的、挥霍着的油彩，就会知道，凡·高最后涂抹在画布上的全是生命的血肉。唯其如此，才能具有这样永恒的震撼。

这是一个真正的疯子的作品，也是旷古罕见的天才的杰作。

除了他，没有任何一个神经病患者能够这样健康地作画；除了他，没有任何一个艺术家能够拥有这样绝对的非常态的自由。

我们从他最后一幅油画《麦田群鸦》，已经看到他的绝境。大地在乌云的倾压下，恐惧、压抑、惊栗，预示着灾难的风暴即将到来。三条道路伸往三个方向，道路的尽头全是一片迷茫与阴森。这是他生命最后一幅逼真而可怕的写照，也是他留给世人一份刺目的图像遗书。他给弟弟迪奥的最后一封信中说："我以生命为赌注作画。为了它，我已经丧失了正常人的理智。"在精疲力竭之后，他终于向狂乱的病魔垂下头来，放下了画笔。

1890 年 7 月 27 日他站在麦田中开枪自杀。被枪声惊起的"扑喇喇"的鸦群，就是他几天前画《麦田群鸦》时见过的那些黑黑的乌鸦。

随后，他在奥维尔的旅店内流血与疼痛，忍受了整整两天，29日死去。离开了这个他疯狂热爱却无情抛弃了他的冷冰冰的世界，冰冷而空白的世界。

我先看了看他在奥维尔的那间住房。这是当年奥维尔最廉价的客房，每天租金只有三点五法郎。大约七平米。墙上的裂缝，锈蚀的门环，沉暗的漆墙，依然述说着当年的境况。从坡顶上的一扇天窗只能看到一块半张报纸大小的天空。但我忽然想到《哈姆·雷特》

中的一句台词："即使把我放在火柴盒里，我也是无限空间的主宰者。"

　　从这小旅舍走出，向南经过奥维尔教堂，再走五百米，便是他的墓地。这片墓地在一片开阔的原野上。使我想到凡·高画了一生的那种浑厚而浩瀚的大地，他至死仍旧守望着这一切生命的本土。墓地外只圈了一道很矮的围墙。三百年来，当奥维尔人的灵魂去往天国之时，都把躯体留在这里。凡·高的坟茔就在北墙的墙根。弟弟迪奥的坟墓与他并排。大小相同，墓碑也完全一样，都是一块方形的灰色的石板，顶端拱为半圆。上边极其简单地刻着他们的姓名与生卒年月。没有任何雕饰，一如生命本身。迪奥是在凡·高去世后的半年死去的。他生前身后一直陪伴着这个兄长。他一定是担心他的兄长在天国也难于被理解，才匆匆跟随而去。

　　一片浓绿的常春藤像一块厚厚的毯子，把他俩的坟墓严严实实遮盖着。岁月已久，两块墓碑全都苔痕斑驳。唯一不同的是凡·高的碑前总会有一束麦子，或几朵鲜黄的向日葵。那是来自世界各地的人们献上去的。但没有人会捧来艳丽而名贵的花朵。凡·高的敬仰者们都知道他生命的特殊而非凡的含义，他生命的本质及其色彩。

　　凡·高的一生，充满世俗意义上的"失败"。他名利皆空，情爱亦无，贫困交加，受尽冷遇与摧残。在生命最后的两年，他与巨大而暴戾的病魔苦苦搏斗，拼死为人间换来了艺术的崇高与辉煌。

　　如果说凡·高的奇迹，是天才加上精神病；那么，凡·高至高无上的价值，是他无与伦比的艺术和为艺术而殉道的伟大的一生。

　　真正的伟大的艺术，都是作品加上他全部的生命。

孤独者的自由

当你和一位作家过从甚密，便会产生一种担心——这家伙会不会哪一天把你写进小说？

你的担心极有道理。作家能够真正写活、写得入木三分的人，恰恰都是与他贴近的人。即使虚构的人物，也常常从熟悉的人的身上"借用"一些情节和细节。借用太多便会"酷似"某某人。这就免不了招来麻烦。最典型的例子是，契诃夫在《跳来跳去的女人》中惹恼了他的好友列维坦；左拉在《杰作》中深深伤害了他一生的挚友塞尚。这两个例子有个特别的相同之处，就是被无辜遭到"侵犯"的皆为画家。但不同的是，事后契诃夫与列维坦重归于好，左拉与塞尚却终生绝交，至死不再见面。

从作家角度说，这真是没办法的事。因为在他朋友身上发生的事实在太诱惑了。可是谁去体验一下画家们内心深处那种难言的痛苦呢？比如塞尚。

与左拉的关系，贯穿着塞尚的一生。

这两位巨人的友谊，始自 1852 年。那一年他们一同进入法国南部普罗旺斯地区艾克斯的包蓬中学。左拉十二岁，塞尚十三岁。他们志趣相投，很快结为伙伴。学习之外，一起去游泳、钓鱼、爬山。人高马大的塞尚还成了弱小的左拉的保护者。而共同的理想、抱负、见解和野心，在他们心中描绘着相同的未来。后来他们都千里迢迢北上到了巴黎，左拉从文，塞尚事画，从成长到成功几乎全在一个城市里。左拉又是作家中唯一涉足画坛并举足轻重的人物。可以说，他是印象派运动的发动者。但为什么他偏偏要把自己的挚友塞尚写进小说，并写成一个艺术事业上彻底失败的人物呢？

我们去艾克斯那天正赶上周末。艾克斯市比一个镇还小。偏爱传统生活方式的普罗旺斯人在周末总是起床很迟。我们的车子在城中转了两三转，才打听到塞尚故居所在的那条劳伏街。这条用石块铺成的小街又窄又长，有些弯曲，而且是爬坡，车子上不去。徒步往上走时，脚掌还得用点力气呢！街上极静，走了一百来米，才见一位老人迎面走下来。我说："看，塞尚来了。他要到下边的包列贡街吃早饭去。"大家笑了，继续往上走。待与这老人走近时，便问塞尚故居是哪一个门。老人说："你们走过了。"他朝下指了指说，"那个就是。"

一扇不起眼的暗红的门板。门两旁的石墙快给从院内涌出的繁盛的绿藤整个包住了，连"塞尚画室"的标志牌也给遮住。看上去不像是"故居"，好像塞尚还在里边。我屈指敲门。门声一响，忽然弄不清是想敲开塞尚的家，还是想敲开藏着许多秘密和答案的历史？

塞尚的性格是他与别人之间的一道墙。1861年，他刚到巴黎的苏维士学院学画，就对人际交往频繁的巴黎生活非常不适。几个月后便返回老家艾克斯。尽管强烈的绘画愿望使他不得不重新再去巴黎那个绘画的中心，但他总是呆一阵子又走一阵子。塞尚的天性内向，为人拘谨，但又有情绪忽然紧张起来的神经质的一面。他最重要的问题，不是别人接近他困难，而是他难于接近别人。

十九世纪六十年代到七十年代是印象派的形成期。巴黎的画家们十分活跃。无论是在左拉家中常常举行的"星期四聚会"，还是在巴提约尔大道十一号的盖尔波瓦咖啡馆里，塞尚通过左拉结识了马奈、莫奈、雷诺阿、德加、芳汀、克洛德、丢朗提等一大群画家。这些画家正酝酿着绘画史上一场伟大的革命。在这场革命中他们将把绘画从空气凝滞的画室带到大自然灿烂的阳光里。左拉把这即将掀起的艺术大潮称做"自然主义绘画"。他实际是这个画家群体——他们自称做"巴提约尔集团"——思想上的领导者。在印象主义者们翻开绘画史新的一页时，是他向全欧洲宣告："古典风景画被生命和真理灭绝了！"

虽然塞尚也是这运动的一员，他也声称"我决定不在户外就不画"，但他无法融入这个画家群体。他不喜欢高谈阔论，不喜欢乱哄哄人多嘴杂的场合，忍受不了与自己截然相反的见解，甚至会嫌恶个别的人，比如马奈。在别人眼里，塞尚也叫人反感。大家受不了他粗俗的穿戴，举止任性，很难与他沟通和融洽。尽管 1874 年 4 月 15 日举行的历史性的"无名艺术家协会"的展览会（即首次印象派画展）上，塞尚是参展的一员，但事先就遭到了画家们的反对。在展览会上，他独异的画风还受到公众的嘲笑。在印象主义一开始，似乎他与大家风马牛不相及。可以说，在当时的法国，印象派是一种"另类"。在印象派群体之中，塞尚又是一个另类。他是另类中的另类，一个和谁也不沾边的个体。此中的缘故，就不是他的个性了，而是他的绘画本身。他和当时的印象派（早期印象派）有根本的不同。

塞尚实际上是埋藏在早期印象派中的一个叛逆。这是当时谁也没有看出来的——包括左拉！

在当时，两个艺术时代——古典画派与印象派之间的斗争中，塞尚属于印象派这一新的时代。他和凡·高一样，都把画架搬到田野中，面对阳光下的世界作画。但是他和凡·高在骨子里与莫奈、德加、雷诺阿、毕沙罗等人是不同的。1876 年塞尚给毕沙罗的信中说：

> 太阳的光线如此强烈，让我感到物体的轮廓都飞舞了起来……但是，这可能是我看错了。我又觉得这是地面起伏的现象。

显然，凭着他天才的悟性，他刚刚迈入印象主义，马上就不满足户外作画带来的视觉上的快感了。他反对仅仅凭"印象"作画，反对那种被现实束缚的瞬间印象。他一下子就从"印象"穿越过去，谁又能有这样的眼力与勇气？

所以在塞尚的画中，事物没有消融在炫目和缤纷的光线里。它们的本质被有力和富于意味地体现出来，从神奇的色彩里可以触摸到坚实的结构。而这严密的构成中又包含许多抽象的形态。那么——这种被塞尚自嘲地称为"灰色而臃肿的大笔画"到底应该归属于哪一个艺术的范畴？人们对孤立而无序的艺术现象总是要排斥在外的。所以乔治·摩亚干脆称他是一个："绘画的无政府主义。"

正像古典主义不能接受印象主义一样，前期的印象主义运动也不能接受塞尚。塞尚便成了"全世界的敌人"。我们翻阅当时巴黎的报刊就会看到，当时的巴黎对他讥讽、奚落、挖苦和嘲弄简直达到了疯狂！

比如勒罗瓦在《喧噪》中写道：

> 如果与女士们一起去看画展，想找到最有趣的事情，就请赶快去到塞尚那幅肖像画前吧。看，那个像鞋底颜色的、奇妙的脑袋，一定会给你非常强烈的印象。他多么像得了黄热病！

这样的话举不胜举，天天闯进塞尚的眼睛。

攸斯曼斯的那本重要的书《关于现代艺术》，甚至没有给塞尚一个小小的地位！

他给巴黎抛弃了。

于是他给人们的印象，是一个彻头彻尾的失败者！他和凡·高不同，凡·高一直在圈外，至死无名；他却在圈内，在舆论中心，于是他被认定为一个有才能却误入歧途的失败者。他孤单无助，天天被各种攻击打得满身弹洞，唯一能够给以支持的是他"人生的伙伴"——左拉。可是就在这"生死关头"，左拉忽然把他拉进那部系列小说《卢贡·马卡尔家族》之一《杰作》中，把他写成一个名叫克劳德·兰蒂尔的人物。这个人物是一位固执已见、终生失意而无可救药的画家，最后走投无路而自杀！

左拉在塞尚的身后，非但没有托着塞尚的后背，给他以力量，反而挖了一个洞，把他拉了下去！

如果着意研究其中的根由，就会发现，早在塞尚和左拉到达巴黎之后，就已经分道扬镳。他们在各自的世界奋斗着。虽然，他们彼此往来，相互赠书赠画，他们之间的友谊看似延长着，实际上却没有加深。这首先是不同的工作性质决定的。塞尚不主张画家做太多抽象的文学思考。他认为画家应该用眼睛去观察自然，头脑只是用来研究表现方法。他在自己的世界里涉入愈深，就与左拉的世界距离愈远。

尽管左拉关切绘画，但在艺术主张上，他与"巴提约尔集团"更趋一致。可以说左拉与马奈等人的志同道合远远超越了同塞尚源自童年那一份久远的情谊。因此，左拉在写作《杰作》而动用他与画家们交往"这一大块"生活积累时，顺手就从自己最熟悉的塞尚身上去选择细节了。左拉毫不避讳"克劳德·兰蒂尔"的一部分原型是塞尚。这表明塞尚在他心中仅仅是一位昔时的友人罢了，并没有太大的分量。

然而，具有悲剧意味的是，左拉完全不了解生活在另一个世界里失意潦倒的童年挚友塞尚，对自己却一如往昔地情真意切！故而在人生的意义上，左拉对塞尚的打击是带有毁灭性的。

《杰作》发表于1885年，塞尚四十六岁。这一年塞尚流年不利。事业的失败到达谷底，还经历了一次夭折的恋情，再加上最密切的朋友负情忘义——不，应该说是左拉在他人生的坠落中，又给他加上一块巨石！

走进塞尚故居的大门。一个被一些树木的浓荫覆盖的小院，一座两层的木楼，暗红的百叶窗全都打开着。简简单单，没有任何装饰。倘若不是塞尚的故居，我们一定会感觉单调乏味，然而由于它是塞尚晚年的画室，自然会感到它内在的丰富、浓郁、神秘、寂寞，还有浸透塞尚一生孤独的气息。

眼前的一切都像我们曾经在文字上看到过的。二楼上的画室真的十分高大，一面全是巨大玻璃窗，室内饱和着普罗旺斯独具的通彻的光明。唯一一个在有关塞尚的书里没有见过的细节是，墙角有个洞，穿过楼板，通往楼下，这是当年塞尚为从楼下往画室搬运大型画布而专门设计的。

塞尚故居的布置极具匠心。画家的外衣随意似的搭在躺椅的椅背上，几个画架都支立着，有的放着一幅未完成的油画，有的挂着外出写生的背包。好像塞尚有事出门，不一会儿就会出现在门口。桌上陈列着布置好的静物。那块深灰色带暗花的背景布，那几个形状各异的水罐，那些水果，那个石膏的孩童像，都在塞尚的画中见过。现在看来便十分亲切。十来张椅子随处乱放，颜料、调色油、烛台、水瓶、酒瓶和咖啡杯铺了一地。这正是塞尚的真实。

全部精神都在想象天地里的人，生活上必定七颠八倒。塞尚的心情总是很坏，这从他缭乱的画室便能观察出来。他作画的速度十分缓慢，过程中不断推翻自己。没有成功的艺术家对自己总是疑虑重重。尤其是画家，一个人在屋子里默默地作画，没有任何观众，他怎么知道自己的画能否被人认可，是否会获得成功？对于那个死后才成名的凡·高，折磨其一生的幽灵就是这种孤独中时时会出现的自我怀疑。塞尚有神经质的一面，所以他常常会情绪低落、心情败坏，对自己发火，把自己的画摔在地上，愤怒地踩成烂饼。这一切左拉都是知道的。左拉说过："当他踏破自己作品的时候，我便知道他的努力、幻灭和败北是怎样的了。"

显然，左拉完全清楚《杰作》对于塞尚本人意味着什么了。

开始时，塞尚表示左拉这样做是出于小说的需要。他努力维护着他们的友谊。可是当左拉声称克劳德·兰蒂尔就是塞尚时，他与左拉的友谊断交了。

尽管如此，塞尚表现得很平静，没有任何激动的言论。他的神经质也没有发作。为什么？是在舆论上所处的被动位置使他无法与左拉直言相对？是长期怀才不遇养成的骨子里的高傲，使他只能保持沉默？还是他害怕这已然破裂的友谊进一步地走向毁灭？他实在太在乎与左拉这份情谊了！可以说，他对左拉的友谊是他人生"最大的情感"。当然，他与左拉中断了一切往来与书信。这一切，左拉当然明白。但左拉并没有任何良心的触动，也没有任何主动和好的表示。相反，在塞尚住在艾克斯的一段时间里（1896年），左拉曾从巴黎到艾克斯来看望另一位友人，居然没有与塞尚通个信儿。塞尚得知后，缄默无语，甚至脸上任何表情也没有。他把自己的内心遮盖得严严实实。

那些同是左拉与塞尚的朋友的一些人，谁也猜不到塞尚心里到底是一片怒火还是一片寒冰。1902年9月，当塞尚听到左拉煤气中毒而身亡时，他当时被震惊得几乎跌倒。一连几日，坐在这画室里，不住地流泪。他为什么流泪？为不幸的左拉，还是为了永远不可能再修复的破裂的友谊？对于一个真正的男人，失去友谊与失去爱情一样都是深切的痛苦。

这痛苦一直伴随着他艺术上的孤独。

塞尚的传记作家约翰·利伏尔德说，在左拉的系列小说《卢贡·马卡尔家族》中，这本《杰作》给人一种孤立之感。因为在他的这个系列的作品中，没有像此书这样放进如此多的回忆，采用如此多的自己周围的人物。这本书写法更接近于纪实。

无疑，左拉的这本书，不服从于卢贡·马卡尔家族的血缘与整体的一致性。他的写作冲动源于他与画家们一段共同的漫长和缤纷的历程。这样就使他的小说常常陷入具体的人和事。在这之中，塞尚之所以成为小说的"牺牲品"，最根本的缘故是左拉也认定塞尚是个失败者。也就是说，左拉用小说证实了塞尚的失败与无望。

塞尚身负巨大的压力，孤立无援，自我怀疑阵阵袭来。然而对抗这内外夹击的力量还得从自己身上吸取。塞尚说过："如果世界只有一个画家存在，那个画家就是我。"这句话使我们忽然发现，这棵在狂风中一直没有摧折和倾倒的树木——原来树干竟是钢铁铸成的！

当然，历史证明塞尚最终得到成功。从 1895 年开始，塞尚逐渐被认可，并进入他的"胜利时期"。一方面由于他绘画个性成熟之后巨大的魅力，一方面由于世人对流光溢彩的前期印象主义的审美疲劳。当绚烂而迷人的光线渐渐消散，事物内在的表现力和造型的想象力，一点点透露出来。塞尚的魅力，不仅在于他从构图到笔触上那种独特又神奇的对角线结构，还有他的画面——在现实与幻想、写实与抽象、真实与虚构之间，存在着强大的张力，这是前期印象主义所没有的。历史的太阳终于越过高高的山脊，将大山这一边的风景全部照亮。塞尚将印象主义拉进了生机勃勃的后期。凡·高、马蒂斯等一批新人站到了舞台的前沿。

人们终于明白，塞尚是一个艺术的先觉者。但先觉者在他坎坷又漫长的历程中，总是喝尽了孤独的苦酒。

从塞尚的故居走出，登上后边的高地，便可远眺圣维克多山。这座山雄伟又坦荡的形象由于数十次出现在塞尚的笔底而闻名天下。广袤的山野上，村庄、树林与丘陵黄黄绿绿，全是塞尚的色块；在阳光下，一切景物强烈又坚实的轮廓，使我们想起塞尚有力的笔触，还有他那句诗意的话：

"我们富饶的原野吃饱了绿色与太阳。"

塞尚经过十五年的舆论非难，开始被世人认识之时，他却回到艾克斯隐遁下来。他没有在巴黎品尝获取成功后的甘甜，而是躲到遥远的故乡一如既往地继续苦苦地追求他的理想。艺术家的道路没有终点也没有顶峰，只有不断地艰涩地攀援的过程。于是他在艾克斯的日子依然辛劳与寂寞。他终生是一个人一声不吭地面对着画布。

晚年的塞尚又被糖尿病所折磨，他依然天天背着画架与画箱在山道上上下下。昔日巴黎的那些恶意的舆论他如今还想得起来么？左拉留给他的那些又温馨又残酷的人生画面呢？

在写生中，他时时会走过阿尔克河。半个世纪前，他和左拉常来这里钓鱼和游泳。喧响的河水多么像他们往日的欢声！

1906 年，艾克斯的图书馆为左拉制作一尊胸像。塞尚被邀请参加揭幕仪式。塞尚与左拉共同的老友纽玛·柯斯特讲话时，回忆起他们的童年往事。这一下，塞尚忽然失声痛哭，而且劝慰不止。这哭声让人们感受到强烈的震动，并由此忽然懂得这位艺术家内心深厚的情感和深切的孤独。

但是不要以为孤独仅仅是人生的不幸。

塞尚说：

"孤独对我是最合适的东西。孤独的时候，至少谁也无法来统治我了。"

他说出孤独真正的价值。

孤独通向精神的两极，一是绝望，一是无边的自由。

拉丁区，我们那条小街

如果能在巴黎住上一阵子，一定要选择拉丁区。比如这次我和我妻子就幸运无比，不用我们提出要求，就被邀请我们的主人安排在拉丁区的腹地——苏吉尔街。那天，到机场接站的法国朋友开车拉着我们进入巴黎市区后，穿街入巷，东转西转，一边指着车窗外说，这是康德生前总呆在里边的咖啡馆，那是杜拉斯住过的房子。在巴黎的街上只要转一会儿，便会感到和历史丝丝缕缕地纠结上了。这位法国朋友把我们拉进一条又弯又长的老街里，车子一停，说："你们到了。"我下车来前后看了看，再抬头看看房子，很迷惑，我们好像站在了巴尔扎克的小说的某一页里。

苏吉尔街太小太没有名气，地图上连街名都不标出来。但苏吉尔（SUGER）这个人却是法国史上的一个大角色。这位法国中世纪最负盛名的修道士（1081—1151 年）在世时的权力无人企及。他是路易六世和七世两代王朝的谋士，在国王统领十字军东征时竟摄政管理过国家。然而使我更感兴趣的是，这位手执权棒的人，十分迷恋历史。在封建时代，如果文化受宠于某一位权贵，乃是文化的一种幸运。比如苏吉尔，在他主持修复欧洲最古老的圣德尼教堂（建于 630 年）时，坚持要保护这座哥特式教堂迷人的古貌，于是修复手段仅以"加固"为之。这一前所未有的古建筑的修复思想，显示了人类在文化上的自觉，成为建筑保护史的一个起点。应该说苏吉尔是人类史上最早具有文化保护意识的人。我忽然想，我的主人把我安排在这里，是否为了契合我这些年近似偏执的文化保护的主张与行动？后来我知道，并不是这样。我们住在这里，只是因为我们居住的公寓恰好在这条街上，恰好是一种巧合。然而谁说巧合不含着冥冥中一种未知的暗示？

再说这条苏吉尔街，它不过一百多米。它是一种抻开而舒展的"S"形。但站在路口这端还是看不到路口那端。"S"形的街道总有一种迂回和纵深之感。在街上一边走，那些各色各样的古屋，就一边成双地在小街的两边出现。这些至少一二百年以上的老房子，最高不过四层。首层全是石头的，上边几层才是砖墙。而且，根据当时十分流行的一种建筑结构力学，这些老房子的底层都是垂直而立，上边几层却逐层向里倾斜。但这样反而造成视觉上的一种错觉——看上去底层像是向外倾倒。整条街似乎都在缓慢地坍塌的过程中。至于这些老屋本身更是苍老至极。有些石头的墙面已经粉化，雨水留下许多蜿蜒的槽痕，风儿把建筑上所有的棱角都磨圆，甚至还在许多地方吹出一些洞眼，有的黑黑的像历史留下的一只眼睛，怪诞地与你的眼睛相对视，向你的无知发难。至于那一扇扇古老的门，不管什么样式，一概简朴而笨重，推动起来必须双臂用上十足的力气。门环和门把上的兽头快磨成一个个形象含混的铁疙瘩了。人类的行为是一方面将万物从无到有地创造出来，一方面又把万物从有到无地泯灭掉。当然，人类在这方面的帮凶是时间。年深岁久之后，那种上端呈拱形的最古老的大门，上边的铁饰快消失在门板中了，有些钉帽儿只留下一排排挺大的"锈红"色的圆点。

阳光不会把这种"S"形的街道整条街同时照亮。每当阳光离开我们的两扇窗户，我马上从窗口伸出头向西边看。阳光正在前边，无限妩媚地把那边的古屋照耀得如诗如画。时间的色彩学是调和。时间会把一切本来反差很大的色彩模糊了，谐调了，中和了。但是阳光的色彩学刚好相反。它偏偏要从万物中找出反差和亮色，强调出来。于是它把这些素雅的古屋所有窗前的花儿全都照亮。红色的、白色的、紫色的，还有旺盛而鲜亮的绿色。这样，古街便从它沉湎的历史中苏醒过来，一切变得生气盈盈。

我们要用最快的速度，把将在巴黎为期两个月的生活建设起来。其实，在这个属于法国人文科学基金会的公寓里，一个学者的生活必需都已十分齐备。包括一套带厨室的房间，还有洗衣房、电脑房，以及小型的座谈间。这公寓也是一座很古老的房子，而且典型地按照法国人的方式改造过。那就是，房子临街的立面包括门窗绝对地原封不动，原汁原味呈现其本来面貌。房子内部却进行"现代"意义的改造。这"现代"即在功能设施方面充分体现现代科技带来的恩惠。第一是舒适的卫生间，第二是通畅的通讯，第三是便利的设施，如电梯、供暖、消防通道和安全系统。这座经过"现代化"的公寓，走廊与共享空间全部使用金属钢架与玻璃，极具现代风格。但在某些局部，比如一小块古老的墙、一段当年的木栏杆、一片昔时的天花板却刻意地保留下来，甚至在老墙前还装了一层玻璃加以保护。玻璃上刻了几行字，说明这座房子的历史与年代。这种类似博物馆的做法，直观地表现出这一建筑空间的时间与文化的内涵，同时还显示了历史所处的尊贵的位置。

巴黎人的一只脚站在优越的现代世界，一只脚仍留在优美的历史空间里。前者享用物质，后者享受精神。这才真正是现代人的享受！

这样，我们只用了两个小时，就把生活安排得饱满丰盈。我们在不远的超市与商店，买来喜爱的食品、佐餐和烧菜的调料，还有一些小用品。依照我们的习惯，对这些日常小用品的色彩挑选得十分严格。我们尽量不叫一块颜色的"噪音"进入生活。妻子还在街头花店买了两束花。一束是黄色的球状的野花，另一束花是红边的白月季。这两种花在国内都没有见过。房间内备有筒状的玻璃花瓶。这种花瓶的优点是花儿插在瓶中之后，可以看到它浸在透明的水中碧绿的茎。我们将这两瓶花分别放在茶几与书桌上。新生活便从这花之中开始。我们心里充满了新鲜感和快意。

生活就是创造每一天。

风儿从我们的"S"形的街道中穿过时，画一条无形的曲线，流畅又舒适。风儿舒适时不留下任何声音。所以我们在巴黎睡得又深入又香甜。只是每天天亮前，必有一辆冲洗街道的车大吵大闹地把我们闹醒。冲洗街道是巴黎的传统之一。故此，一些老街在街道的正中央都有一条坡形的石槽，便于流水。但是从来没人反对这种搅人好梦的水车。倘若谁被这水车惊醒，心里有气，骂这水车野蛮，但当清晨出门，在沐浴之后分外洁净的街道上一走，步履轻盈、呼吸清新、心头爽快，不知不觉就会站在"传统"的一边了。

如果哪一天没有活动安排，也不想去博物馆，出门站在苏吉尔街上，我们便面临着两个选择——往西走就会进入历史街区；往东走便是巴黎闻名于世的那一片名胜的天地。

往东走吧！一出口就来到圣·米歇尔广场。这个三角形的广场很小，前边横着塞纳河。河上一座桥，过桥是西岱岛。巴黎古老的历史一半都在这个狭长的河中小岛上。岛上的建筑如巴黎圣母院、正义宫、圣多佩勒教堂，全都闻名天下，故而天天门前都拥着一群群肤色各异的游客。每一幢建筑的本身，都是一部读不完的历史和讲不完的故事。于是，我们这边的圣·米歇尔一带便成了巴黎的交通枢纽。几条地铁干线在地下交叉着，从这儿直通城中各处。日夜不绝的人们从广场周围的几个地铁站口钻进钻出。于是，一个神奇的事情出现了，圣·米歇尔广场成了情人们约会的最佳之处。自然，它也成了浪漫的巴黎的情人们接吻次数最多的地方。

在巴黎的街面处处可见一种灰白色的圆点。它不是鸟粪，因为水车的水也冲不去。它是口香糖的痕迹。据说巴黎有一种口香糖是专用于接吻之前吃的。所以，圣·米歇尔广场一带的地面到处是这种灰白色的圆点。特别是雨后，柏油的路面颜色变深，圆点更加清晰。这白花花一片称得上巴黎最奇特、最浪漫的城市装饰了。

我们穿过广场时，踏着地面上这些动人的斑点，与拥抱接吻的可爱的年轻人擦肩而过，仅仅走了五十米，就来到塞纳河边。西岱岛上的那些历史建筑我们已经去过多次，所以，我们更喜欢在河这边，隔河去细细品味历史创造的这些精致的画面。妻子则更喜欢走下河岸，在下边一条更低的河边小路上散步。在这下边的小路上，更接近汹涌的河水。塞纳河的水又大又急，河中从无两岸的倒影，却有深刻而强劲的水纹在河中快速地驰过。只有在离河水很近的地方，才会有它从心而过的酣畅的感受。

同时，这低岸的小路，鲜有游人，宁静又悠闲。只有孤独的老人，遛狗的女子，享受着爱情的情侣，还有看书的人。偶有一个人边走边说，自言自语，他是一个神经病患者，还是一位诗人？当然，最常见的是架着画板在写生。他们多半不是画家，写生只是他们的一种生活。

我对妻子说："我们也来写生吗？"

妻子笑了笑，手指着前边说："最好的画家是秋天。"

河边的秋树的落叶已经把这小路一片一片地染成黄色，黄得很鲜很亮，连停泊在河边的游船的篷顶也铺了一层黄叶，像花瓣。

无风的天气里，不断飘下来的落叶落得非常慢。我一伸手，竟然捏住一片叶子，像是捏住一只飞舞中的蝴蝶。

一片娇小又夺目的叶子在手指之间。

我们都笑了。这是唯塞纳河边才有的"风景的奇迹"。

尽管我完全不懂法文，每每经过塞纳河边的旧书摊时，总会被它们"粘"住。我喜欢旧书。旧书和新书的意义不同。新书让你进入未知的世界，旧书却常常叫你自愧于知之有限。你会恍然大悟，原来今天奉为神明的那些话，很早很早以前就有人说过。人类创造过的财富一半遗失在旧书里。而且旧书总带着它往日的风采，引起你的怀念。当油墨的芬芳消失殆尽，变黄的纸会散发出一种凝重的岁月的气味。

我唯一能看懂的，是挂在那些漆成墨绿色书箱上的老画片。它们大多是从破损的老书中割取下来的版画。有的年代很久，甚至有十八世纪的，已经是古董了。就在我翻看这些老画片时，忽然一个画面闯进眼睛：几个洋兵冲入一间宽大的房子，一些便装的洋人和梳辫子的中国人露出惊喜神情。我马上认出这是一种描绘庚子事变的老画报，一看日期，果然是 1900 年。我对于珍罕的史料从来不会放过，马上将有相关内容的画报尽数买了。回来找朋友一看，这是 1900 年前后巴黎出版的一种画报，名为《小画报》。四开纸，彩色印刷，以图为主，伴有各类文章及消息。十天一期，每期两大张，对开十六版。我所买的几期的图画，都是对庚子事件的时事报道，时间由 1900 年 7 月至 11 月，包括《联军攻打总理衙门》《清兵在黑龙江与俄军开战》《东北义和团砸教堂》《德国公使克林德被杀》等。其中一页《联军攻打中国地图》尤为珍贵。这一收获使我高兴了好几天，也使我一连好几天都跑到塞纳河边流连不已，来回来去地逛旧书摊。

有一种说法：全法国的书 80%在巴黎，全巴黎的书 80%在拉丁区。这说法有理，因为早自中世纪，这个区就是学生区。最早的学生说拉丁语，拉丁区之名便由来于此。校园的食粮是书，出版社供应这种纸制的精神食粮。于是拉丁区也是巴黎各类书店和出版社最密集的地区。拉丁区地处巴黎的正中，一种浓郁的书香气味便由这里散布全城。我发现，在拉丁区人们看书的方式很像吸烟。坐着也看，站着也看，在车上也看，在电梯上还看，我还见过一个人一边走一边看书。这是因为这本书太吸引他，还是他太爱看书？他会不会一脚踩空掉进"地沟"里？

我的法国朋友大笑，说："巴黎没有这种地沟。"

VCD 如今在中国已经相当普及，但在法国始终没有流行开来。这大概由于，不少法国人对书的兴趣依旧高过电视。他们不大看电视连续剧，不喜欢快餐文化。菲利普·德莱姆写的《第一口啤酒》那种描写得细致人微的书，之所以在法国畅销，问世当年就再版 23次，其根本的原因是由法国人读书的习惯决定的。法国人习惯于这种在文字上有滋有味的咀嚼。可是当这本书被翻译到汉语文化博大精深的中国来，为什么受到冷遇？到底我们被商业性的快餐文化弄坏了胃口，还是守旧的法国人在现代化的进程中慢了半拍？

妻子说我最顽固不化的是"中国胃"。我按照我的胃口每次在超市选购食品的结果，总是排骨、牛里脊、大白菜、番茄和菜花那几样。尽管如此，我还是要向法式的"饮食文化"让步。比如，我只有跑到很远很远的十三区的陈氏百货公司一带，才能买到我爱吃的油条和芝麻烧饼。我被迫改用了法式早餐。被迫的结果不一定很糟糕。这一来，我竟迷上了法国的"棍面包"。记得儿时，天津租界小白楼的面包房也烤这种面包。但要想吃纯正又地道的——又脆又软又韧又松又喷香的法式"棍面包"，还得到巴黎来。这也正体现了地域文化所独具的价值。

如果国内有朋友来看我们，想叫我们陪着逛一逛巴黎，那就一准要陪他走这样一条路线——出苏吉尔街西口，拐个小弯儿，又走进另一条"S"形的小街。而实际上这小街是由两个"S"形连在一起的。比我们的苏吉尔街多一个"S"。走在这小街里，觉得自已像条鳟鱼那样摆着身子在小溪里曲线地游动。

巴黎的建筑多用灰白或灰褐色的石料，这使小街显得十分的洁净。再加上墙壁老式的风灯、窗子上黑色的护栏、墙里墙外的花树，分外优雅又温馨。巴黎很少有胡同，多是这种小街。小街又长又深又古老。走进这种小街才是真正走进巴黎的生活。

现在，我们走进的这条小街属于一种典型。它的尽头是一道铁栅栏，栅栏的一半快被簇密的常青藤包上了。栅栏中间的一扇小门却常年开着。它开了九十度，却永远是九十度。它无法关上也无法开得更大。因为合页部分早已锈死。

走进门是一道小院，左右各有一家。左边一家的门在底层，只有一扇，很小，但很结实，厚厚木板上钉满粗大的铁钉。当年设计这样一个紧巴巴的入口，是否为了安全？我几次经过这里，这门一直关得死死的，我怀疑是一座空楼。但一天晚上路过时，发现楼上几扇窗里的灯全都亮着，雪白的纱帘十分美丽，我还看见一个女人的侧影。至于右边一户，由一道石砌的台阶一直通上去，入口的门在二楼。油漆剥落的门板上，挂着一个为了欢迎客人而用红玫瑰编成的花环。这种画面我们在巴尔扎克和左拉的笔下都已经看过了。

院子的侧面是一个城门似的拱形的门洞，门洞上端仍是建筑的一部分。穿过门洞，又是一道院。这道院的四面墙上上下下都爬满了藤蔓，楼上的几扇窗子快被枝蔓遮满了。他们为什么不除去这些碍事的藤条？此时入秋，藤叶变黄变红，红的颜色深深浅浅，再美的花色也没有这种秋藤的颜色丰富。我想倘若是我，也一样不舍得把它们剪去。

而此时，透过这些已然萧疏的藤叶，可以看出这道院比前一道院更古老，所有房子一概是石头砌的，宛如古堡。外墙上的雨水管全是铸铅而成，厚如炮筒，虽然管口早已锈蚀，但没有人去把它拆掉。因为巴黎人都知道：历史的生命保留在历史的原件里，历史的美也保留在历史的原件里。

从这道院走出去，另一条横向的街完全是十八世纪以前的风格。小咖啡馆是家庭式的，每张小座上一盏台灯，柔和的灯光局部地照亮半张苍老或年轻的脸，地面的石头方砖已经全部被踩成光溜溜"石蛋"了。一家西班牙艺术品的专卖店里，地面有一块玻璃，里边用灯照着，是一条幽暗的地道。如果你表现出有兴趣，店员会过来告诉你，这地道很深，通着一间牢房，它至少有六百年。

如果你更有兴趣，她会讲给你一个发生在几百年前的可怕的故事。这故事的一半像传说。

当然，这些人都以历史为荣。

巴黎是个只修不改的城市。

它的街道不变，房子不变，门牌不变。如果一幢房子倾圮，便把它的门牌与相邻房子的门牌连起来，如30-32。我所居住的公寓的门牌就是16-18RNESUGER。它说明这里曾经还有一座古屋，不知在哪个世纪与我这座公寓合并一起了。故而一封一百年前寄往巴黎的信，辗转曲折，最终也会送到目的地。

哪个城市也能这样与历史通邮？

在我所居住的这个街区里，各种店铺应有尽有。由于拉丁区是学生区，店铺内商品的价钱都不高。这里没有金店，但有各种风格的首饰店，比如，非洲的、阿拉伯的、埃及的、墨西哥的……女学生们常常会光顾这里。饭店则多为实惠的小吃，土耳其烤肉、比萨饼、中式快餐，应有尽有。但美国的麦当劳却很少见到。法国人排斥美国式浅薄的快餐文化。由于旅游者常常会闯进这种巴黎特有的历史街区，仰着头东看西看，举起相机不断拍照，故此一些古董店也在这里设下罗网。店内的东西是纯正的法国货色。我房后有一家古董店，品位很高，全是古老的家具、绘画、室内饰品与宗教艺术。它不以精致华贵取胜，却以一种岁月的沧桑感吸引人。店主是位老人，西服的款式很老，甚至有些破旧，胸前摇晃的一条怀表链已有些发黑。然而他的气质却十分儒雅，人瘦体弱，动作迟缓。一双蓝色的眼睛柔和而空濛。他在店中，与他的古董完全风格一致，融为一体，好像他是从某一幅画走下来的，或者退一步，又回到那个残缺和鎏金的镜框中去。

　　每每傍晚时分，妻子烧菜煮饭，我就会抽空跑出去，穿过圣日尔曼大道，去一趟王子路上的友丰书店。路不算远，走十分钟，便能在这家驰名巴黎的中文书店中买到当日的中文报纸——《欧洲日报》和《欧洲时报》。这两份报都在巴黎出版。客寓巴黎的华人就靠着这两份报一览天下。

　　王子路很窄很长，老式的路灯很暗，入夜便很黑。历史上这条街却有许多小型的出版社。书店、旧书店、善本书店以及修理旧书的店铺都很多。这里的咖啡店常常是作家和出版商交谈之处。别看这些咖啡店破旧至极，椅面磨出洞来，但不少大作家成名前都在这种咖啡店里，与出版商在版税上讨价还价，争执不休。如今那些往事与故人都成了这些小店的文化资本。然而在今天的商业文化狂潮和媒体霸权的打击下，人们的文化方式变了，王子街的不少书店和出版社在日甚一日的萎缩中歇业关张，但友丰书店却意外地一枝独秀，在日落之后依旧灯火通明。

　　支持书店的一是书，二是读者。

　　在友丰书店里，可以买到华人世界的一切新书。两岸三地，各地热点，此处皆知。于是这家书店便成了巴黎华人文化的一个信息中心。许多人到此一为买书，一为了解最新信息，以摸清各地文学与社会文化的走向。高行健获诺贝尔奖的那些天，各种看法与说法便在书店随意表达，尽情褒贬。至于平日里，彼此相识的书客，在此碰面，交谈间常常会对某位大陆或台湾的作家作品评议一番，倘若意见相左，还会争论不已。此地此景，颇似沙龙。这样的书店在整个欧洲唯巴黎才有。在柏林，我见过一家"中国书店"，书架上却只见两岸三地的畅销书，言情武打，侦探冒险，供人消遣而已。此外便是一堆堆电视剧的录影带。这只是一种赚钱糊口的小铺子，没有任何文化的意义。然而巴黎的风景就全然不同了。此地汉学的基础原本就十分雄厚，法国人学中文的人向来不少，近年来国内大批学人来法进修，人多势众，成了气候。嗜书和爱书的人都聚到这里来，小小书店就演变成一个文化的磁场。

早在十几年前（1987年），我便结识了这家书店的店主潘立辉先生。那年我去比利时参加"布鲁塞尔国际书展"，他从法国驱车到比利时也来看书展。当时他的书店在草创时期。他是生在柬埔寨的华侨，由于一种神秘的文化血缘，他对中文书籍抱有极强烈的兴趣。此后他还出版了我的两本中法文对照的短篇小说集。从卖书到出书，我看出他对书的痴爱。

十几年过去，友丰书店已经颇具实力，在巴黎有两个铺面、两个很大的书库，每天吞吐量高达半吨，自己编辑出版的书已有二百多种。他出书的目的使我颇感兴趣。他从来不出通俗类，显然他不想出书牟利。比如近一年来他出版的《1912至1930年中国摄影集》《巴黎城市建设史》《陈建中画集》等，销售起来颇要费些力气。这表明，当他认定了一本书有价值之后，出书主要是表达一种支持。现在国内的私家书商都处在"原始积累的初级阶段"，尚无这般境界。

在友丰的架上，我发现了我的几种书。连我新近在人文社出版的亦图亦文的《画外话》，也已出现在友丰书店。友丰货源的畅通，由此也可想而知。于是我想，下次再访法，不用自己再背一二十斤的书来。而且这两个月里，我在友丰还买了不少大陆以外出版的书，满满装了两箱呢！

一天，我们从西海岸诺曼底地区返回巴黎。当晚我觉得有什么事要办。妻子烧饭时，我便去到王子路的友丰书店转转看看，和几位店员聊聊天，然后买了近两天的报纸，还有一些新到的书刊回来。走在路上，我忽然想，在巴黎我已经离不开友丰了。它的意义已经远远地超出了一个书店。

这天，友丰书店的三位店员请我吃饭。这使我很愉快。我感觉我已经和巴黎这家中文书店融为一体了。而且我也很喜欢这三位店员，他们都很有学识，有的一边在书店工作，一边读博士。他们都很懂书，通晓市场，而且一位来自中国大陆，一位来自台湾，一位是法国人。他们三人正好把海峡两岸和中法两国四个方面全覆盖了。

我们在王子路一家印尼馆吃饭。依照法国人的习惯，先饮了十一月份第三个星期的葡萄酒。嘴里带着新鲜葡萄又清又甜的醇香大谈拉丁区这里种种文化上的故事。谈到法兰西学院的开放的教育制度，巴黎理工大学的光荣历史，法国人和德国人读书习惯的不同，巴黎汉学界的张三李四，扯来扯去就扯到这一带有一处傅雷先生的"故居"。

傅雷是我年轻时代心中的神。我很想去看他的"故居"。饭后，那位来自台湾的店员余子超先生，便陪我去。这傅雷的故居还是他考证出来的呢。

我们走出了王子路，沿着日尔曼大街向东，左拐右拐，终于站在这座楼房下边。在夜幕中这座临街的楼房四四方方，没有任何特色，也没有装饰。大概当年是一座租金很低的公寓。经余子超指点，三楼角上一个黑黑的窗子便是昔日傅雷先生在巴黎居住的房间。傅雷先生 1928 年到巴黎，先住在郊区贝底埃镇一户人家学习法语，半年后到巴黎大学上学时，便住进这座楼。这座楼属于青年会，住过不少留法的中国学生。现在它依然是一座外国学生招待所。然而今天无论是法国人还是中国人，没人知道这是中法之间一

座精神桥梁的伟大的建造者的居所。余子超说，首先中国人应该在
这座楼上挂个牌子来纪念傅雷。于是我记下了这个地址：

3，RUECLEZCANMES

（卡尔曼街三号）

可是我又想，这牌子由谁来挂？我对谁说？

每个地方的气质，都会在某一个特定的日子分外突出地散发出
来。有的是在一个纪念日，有的是一个风俗的节日。比如我的家乡
天津独有的气息在大年三十表现得尤为强烈。那么，我们客寓于巴
黎的拉丁区呢？在周末！

每逢周末我们都会深深感受拉丁区的气息。

一到周五的晚上，所有餐馆咖啡店几乎都被放了假的学生们所
占领。街头的咖啡店几无虚席。巴黎咖啡店的小桌的直径只有六十
厘米。这种店只要人满，全是"挤成一团"。但是巴黎人太习惯在
狭窄的空间里享受生活，连爱丽舍宫的国宴上每个人的座位规定也
只有七十厘米。据说这样一来，人们必须收臂耸肩，腰板随之挺
起，显得精神昂然。而吾国的会场都是大椅子、软靠背，容易东倒
西歪，乃至呼呼入睡。

周末的拉丁区，到处是年轻人。他们把重负一般的学业扔在脑
袋后边，所以人人的神气都很休闲。男男女女有说有笑。于是，艺
术家们纷纷来到街头，把人们的兴致和生活的情感全都发挥出来。

只要艺术家高兴，他们就会站在街心连唱带跳。那种人多的小
街，自动变成了步行街，很少有车行驶。然而这些演出没有固定的
地点和时间，全凭艺术家们的随心所欲。如果你在街上遇上一个高
超和绝妙的表演，那完全是一种运气。找也找不着，不找却碰到。
拉丁区的生活充满了快乐的机遇。

有一天，我们在一家老面包房买面包，出来碰到一位艺术家。

他骑一辆轻便摩托，车上绑着旗子、木枪、鸟网，并插满很大的棕树叶子。他的打扮使人想到当年在越南打仗的法国兵或美国兵。一身老式军装，军用太阳帽，上上下下也挂了不少树叶，似是防空伪装。他手拿一个苍蝇拍，见有人从身边走过，就朝肩膀和后背"啪"地打一下，像是拍打蚊子。后来，见人围观，索性下车，寻到一个路人，便用苍蝇拍追着打。打得并不用力，只是一种表演或一种玩笑。围观的人谁笑得厉害，他就过去拍打这人。后来，过来一辆汽车，他跑到车前把车拦住，并打手势叫车上的人下来，他要为他们清除身上的蚊子。车上的人只是笑，却不下来，他就一扭身坐在车头上。车上的人也和他开玩笑，开着车缓缓往前走。他便坐在车头挥着苍蝇拍神气十足表演一番，才跳下车来。车上的人一踩油门，大笑而去。

我与一位法国友人谈起这事，他说可能是讽刺当年法国兵在越南的行动。他说，在现在的年轻人看来，当年法国人在越南做的事，无非是打蚊子罢了。当谈到这种表演形式，他说这是一种现代戏剧吧，又像是一种行动艺术。不过，他说他没见过。拉丁区的艺术千奇百怪。某一个人见过的，可能这人所有认识的人都没见过。

然而不要以为拉丁区文化只是表面上的千变万化。一天夜里，我们从阿蒙区一位朋友的家中聊天回来，天下着很密的雨。在拐向我们的苏吉尔街的丁字路口，那个早已关了门的小杂品店的房檐下，一个人拉着提琴。这乐曲很熟，但一时想不起是谁的曲子了。曲子本来就是伤感的，但他拉得很深切，肯定他把一种内心的东西放进去了。尤其在这带着寒意的秋雨中，琴音裹在雨声里，便分外地动人心扉。我第一次听到这种混合着秋雨的感伤的曲调。在黑乎乎的屋檐下，只能看到他的身影与轮廓。他不是一个街头艺术家，他更不是在表演，他一定也居住在这一带，一定被一种情感折磨得夜不能寐，跑到这细雨街头尽情地抒发出来。

这才是拉丁区最深的、也是最日常的一种生活。

可是当我们看到这一幕时，已经该整理行装打道回国了。

回国数月后，一次与妻子聊天中谈到巴黎，谈起在巴黎的那些日子，我忽问妻子："如果再去巴黎，你最先要到什么地方看看。"

她好像不假思索地说："拉丁区，我们那条小街。"

我笑了，点点头。这也正合我之意。我感觉我们和拉丁区已经丝连一起。但我不知道——到底是拉丁区已经在我的心里生根，还是我们的心在拉丁区里留下了一些依然活着的根须。

穿西服的日本人

人，由于好奇而关注。

在中国人好奇而关注的世界里，不包括日本。日本对于大多数中国人来说，是没有新鲜感的。

对于那些文化学者，几乎没人将中国与日本做比较性研究。最热门、最畅销的题目还是东西方文化的比较。因为，东西方之间最具相对甚至相反的性质。捉对成双，进行比较，也最易寻到各自文化的形态与精神。在文化学者的眼中，世界分成东方和西方，犹如人类分成男人和女人。双方之间，对方总是神秘的、新鲜的、充满诱惑的。相反的文化才看得清楚，才引起兴趣，才是一种补充而去吸取。那么日本呢？日本与中国，好似男人与男人或女人与女人，有一种同类感。这是中国对日本的文化感觉。

在中国人眼里，日本人与中国人何其相似，一样地用筷子吃饭，拿毛笔写字，以茶水为饮料，甚至还使用大量的汉字。再看看面孔——黑眼睛、黑头发、黄皮肤，看眼神似乎就知道对方想的是什么。在中国人和日本人之间，往往必须张口说话，才能分辨出是否是自家同胞。日中交流了数千年，正因为"一衣带水"，隔海相望，舟船往来，互通有无。东方世界中，再没有其他国家像中日这样有着如此深切的文化血缘。没有去过日本的中国人，大都懵懵懂懂把中国文化当做一种"母文化"，把日本文化当做一种"子文化"。中国的文化是鸡，日本的文化是鸡蛋。中国人何需再向日本多看一眼？对于当代的中国人来说，日本使中国人艳羡的，大概只有经济实力、科学水准和家用电器；中国人应向日本人学习的，大概也只有尖端技术、企业管理和殷勤备至、"多多关照"式的服务态度了。哪还提到甚至想到文化？老师还需要向学生学习什么？

这真是天大的误会，也是天大的误解。

日本不仅是东方的一个经济强国，也是东方一个文化古国。日本文化在它的哺乳时期，曾经从早熟的强健的饱满的中国文化肌体中，大口大口吸吮过乳汁。但是早在一千年前的"平安时代"，日本就将巨大的中国文化消化在自己强劲的胃里，形成了举世无双的洋溢着大和民族精神的日本文化。

笔者一直对"日本的文化形态"和"在东西方关系上中日观念之不同"这两个题目抱有兴趣。中国学者历来爱谈中西的不同与中日的相同，何不反过来，从背面上看一看中西的相同与中日的不同？

1993年深秋和1994年盛夏，笔者有幸两次访日。前次应日本国际交流基金会之邀，飞越沧海，赴东瀛做文化考察；后次承朝日新闻社主办"冯骥才现代中国画展"，再抵扶桑，进行文化交流。笔者在这浮出太平洋弯月形的群岛上四处浏览之时，留心察看，着意思索，感受殊深。那便是闪烁在其经济状态表层之下的强劲的独一无二的文化精神。

这精神表现在，它如何融入了中国与西方两种文化，又最终实现了日本化。在中国的唐代之前，几乎"全盘汉化"，明治维新之后，又几乎"全盘西化"。但它既没汉化，也没西化，却一再地强化了自己。虽然它兼容着东西两种文化，但无论是西方还是中国都无法与其认同，这就保证了它无可替代的存在价值。令笔者惊讶的是，如今这种文化精神在日本无所不在，日本人依然贪婪地吸收着东西方乃至全世界各种文化。一位日本朋友问我：

"日本最大的力量是什么？"

"是日本化。"我说。这是我对日本精神的结论。

这日本化，是一种文化。不是文化形态，而是一种文化精神。

当代中国需要向日本学习经济技术，更需要学习这种文化精神。这种精神也是笔者访日期间努力寻找和探究的，当然也是引起本书写作的理由。

出版人问我，该给本书起怎样一个恰当又易畅销的书名？

笔者想起第二次赴日，住在神户临海的大仓宾馆。那日正逢假期，一群年轻人在宾馆的礼堂宴厅举办婚礼。按照当今日本人的习惯，前来祝贺新婚的宾客，妇女们依旧着装和服——上了年纪的妇女梳圆髻，年轻姑娘将头发精妆成钵状的"岛田式"发型。衣裙华美，古香古色，腰间带子讲究地打着"太鼓结"，脚下蹬着足袋和木屐，行走如挪，小步蹒跚，煞是娇美。有趣的是，来宾中的男人不穿和服，一律黑色西服，打着银白色领带。女人是东方传统的，男人是西方外来的，居然配套，也很和谐。这表现明治维新以来的社会风气——男人属于社会，容易接受外来事物；妇人们属于家庭，固守着传统的生活方式。这样一双双男女，进进出出宾馆大厅，庄重、典雅和谐调，这也是日本文化形态的一种迷人的象征吧。

尤其这些男人，身上虽着西装，脑袋里的思维方式却是日本的。分手告别时，依然行着日本礼节，频频鞠躬，每躬必腰弯九十度，银白色的领带闪闪下垂，来回晃动，无论在欧美还是中国，哪里还有这样的形象？唯日本耳。故此，我说书名叫做：

"穿西服的日本人。"

细雨品京都

　　牛毛细雨绵绵密密洒落京都。这向来宁静的千年古都，多了雨声，只有雨声。偶有风来，吹飞雨点，在光亮的地方闪烁地飘舞。伞儿必须迎风撑着遮雨。日本人身小，伞儿也小，雨点儿透过我的衣服，凉滋滋贴在皮肤上，给游览古迹带来诸多不便。糟糕……可是，一仰头，重峦叠翠，烟雾空濛，清水寺的山门宝塔就立在这之间。日本的塔尖，修长似剑，在细雨霏霏中更显峭拔之势。此时，隔过山谷，飘起一缕轻岚，在空谷中白纱一般地游动，使人想起喜多郎的声音。这缕轻岚，正好从山那边耸立的一座橘色琉璃佛塔前飞过，佛塔一点点模糊又一点点清晰出来，烟岚飞去，塔身竟像给拭过那样洁净光亮……其实这是雨水的反光。在金阁寺里我发现，那雨中镀金的金阁反比阳光下的金阁更加夺目，景象真是奇异。还有花草松竹，给雨水一洗，更艳更鲜更亮更香，而花味草味松味竹味，似乎也更加清新醉人。是来自苍天的雨激发出大地万物的生命气息吗？

　　金阁寺一株600年的古松，被园林艺人修剪成船的形状，名为"松之舟"。当年列岛上一无所有，最早的一切都是渡海从朝鲜和中国学来的，船就成了日本人的崇拜物。如今它所有松针都挂满雨珠，珠光宝气，倒像一只珍珠船……我想到去年来此，秋叶正红，一些精美娇艳的红叶落在这松船上，我还对同行的一位日本朋友说，应该叫"枫之舟"。如果冬日里它落满厚厚的一船白雪呢？日本大画家的名字"雪舟"两字，忽然冒了出来……

最美的景色，便在任何时候都是美的，无论仲春或残秋。好似一个女人，无论青春年少还是银丝满头，她都美。真正的美是一种气质。那么——

京都的气质呢？

这座至今整整有1200年历史的昔日都城，从皇室故宫、豪门巨宅到庙宇寺观，举目皆是。国宝文物，低头可见。如果导游向你介绍这些古迹古物的由来与传说——他手指的地方，几乎每移动一尺，就能讲出长长的一个故事。但死去的时光并不能吸引我。使我着迷的，分明是一种活着的、长命的、深切的东西，它是什么呢？

走出大云山龙安寺，穿过夹在竹栏间的砂石小径，低头钻过低垂下来的湿淋淋的繁枝密叶。陪同我们的朝日新闻社的村漱聪先生和町田智子女士，引我们走入一处庭院。临池倚树是一间精雅的房舍。我们坐在清洁的榻榻米上，吃这家小店特有的煮豆腐，享受着传统生活的滋味。窗扇半开半闭，可见院中怪石修竹、野草闲花，以及它们在池中的倒影。一只巴掌大的花蝶，一直在窗外的花丛上嬉舞，时飞时憩，亦不飞去，好像经过训练，点染风光，以使游人体味到千百年前京都贵族高雅悠闲的生活意趣。日本人对自己的历史尊崇备至，砂锅煮豆腐如今改用电炉加热，电门却放在暗处，好让游人的全部身心全都沉湎于历史中。这样我就找到京都的魅力了吗？

近黄昏时，町田智子问我：

"你们想到什么地方用餐？"

"当然是日本馆。中国餐可以回国后天天吃。希望是地道的京都小馆。"

撑着伞走进一条湿漉漉的老街。掀开日本式的半截的土布门帘，进了一家小馆。这种日本民间小馆，一切风习依旧，愈小愈土，愈土愈雅。从文化的眼光看，愈土才愈富有文化的原生态和文化的意味。

进门照例是脱鞋，穿过纸糊的方格隔扇，一屈腿坐在清凉光滑的竹席上。跟着是穿和服的妇女端上陶瓷和大漆的餐具，放在矮腿的小台桌上。但这一切不是旅游性质的仿古表演，不是假模假样的旧习俗的演示，而是千百年来传衍至今的不变的过去。

中国菜讲究"色、香、味"，日本菜讲究"色、形、味"。变了一个形字，日本饮食文化的特征就出来了。墨色的漆盘放一片菱形的鲈鱼片，嫩白的鱼肉上斜摆两根纤细的紫菜，上边再点缀一朵金黄色小小的菊花。日本人真是不折不扣传承自己先人留下的美。那床棚处，依照传统方式，下角摆一个"清水烧"的陶瓶，瓶中插一朵饱满的棠棣花，再撒出几根风船葛，中间竖着一根轻柔的白荻。也人工，也自然。日本的插花是把精巧的人工和充满生机的大自然融成一体。床棚正面的板壁上，垂挂一幅书法，只一个"花"字，淡墨湿笔，字形松散，笔迹模糊，带着花的温情与清雅，也引起人对花的联想。中国艺术的"空白"以及佛教的顿悟——都叫日本人"拿来"了。

妻子同昭忽有所感，对我说：

"雨天里，在这种地方倒蛮有味道。"

町田智子好像被这话启发出什么来，眸子一亮，点点头。

我不禁扭头望望窗外。小小院落，木墙石地，都因雨水而颜色深重。一束青竹，高低参错，疏密有致，细雨淋上，沙沙作响。仔细听——雨打在竹叶上的声音轻，在叶子上积水而滴落的声音重。前者连绵不断，后者似有节奏，好像乐器在协奏。大自然是超时间的，它这声音把历史拉回到眼前，并把墙上书法的境界、瓶中插花的幽雅、桌上和式饭食独有的滋味，还有这说不出年龄的老店的历史感，融为一体，令我莫名地感动起来。我知道，是这列岛上积淀了千年文化的精灵感染了我……带着这感受饭后在老街上走一走，那沿街小楼黝黑而耗尽油水的墙板，那磨得又圆又光的井沿，那千百年被踏得发光的石板路面，以及一盏一盏亮起来、写着黑字的红灯笼……仿佛全都活了，焕发出古老的韵味，以及遥远又醇厚的诗意。这意味和气息是从历史升华出来的。只要你感受到它，过后你可能忘却这些旧街老巷名胜古迹的具体细节与来龙去脉，但会牢牢记住这种气息与滋味。

因为，文化不只是知识，它是人创造的精灵。

永恒的敌人

——古埃及文化随想

　　我面对着雄伟神奇、不可思议的金字塔，心里的问号不是这二百三十万块巨石怎样堆砌上去的，也没有想到天外来客，而是奇怪这人类历史上最伟大的建筑竟是一座坟墓！

　　当代人的生命观变得似乎豁达了。他们在遗嘱中表明，死后要将骨灰扬弃到山川湖海，或者做一次植树葬，将属于自己最后的生命物质，变为一丛鲜亮的绿色奉献给永别的世界。当天文学家的望远镜把一个个被神话包裹的星球看得清清楚楚，古远天国的梦便让位于世人的现实享受。人们愈来愈把生命看做一个短暂的兴灭过程。于是，物质化的享乐主义便成了一种新宗教。与其空空地企望再生，不如尽享此生此世的饮食男女，谁还会巴望死亡的后边出现奇迹？坟墓仅仅是一个句号而已。人类永远不会再造一个金字塔吧。

　　但是，不论你是一个怎样坚定的享乐主义者，抑或一个无神论者和唯物主义者，当你仰望那顶端参与着天空活动的、石山一般的金字塔时，你还是被他们建造的这座人类史上最大的坟墓所震撼——不仅由于那种精神的庄严、那种信仰的单纯，更重要的是那种神话一般死的概念和对死的无比神圣的态度与方式。

　　古埃及把死当做由此生渡到来世的桥梁，或是一条神秘的通道。不要责怪古埃及人的幼稚与荒唐，在旷远的四千五百年前，谁会告诉他们生命真正的含义？再说，谁又能告诉我们四千五百年后，人类将怎样发现并重新解释生与死的关系，是不是依旧把它们作为悲剧性的对立？是不是反而会回到古埃及永生的快乐天国中去？

空气燃烧时，原来火焰是透明的。我整个身体就在这晃动的火焰里灼烤，大太阳通过沙漠向我传达了它的凛然之威。尽管戴着深色墨镜，强光照耀下的石山沙海依然白得扎眼。我身上背着的矿泉瓶里的水已经热得冒泡儿了，奇怪的是，瓶盖拧得很严，怎么会蒸发掉半瓶？尽管如此，我来意无悔，踩着火烫的沙砾，一步步走进埋葬着数千年前六十四个法老的国王谷。

钻进一个个长长的墓道，深入四壁皆画有象形文字的墓室，才明白古埃及人对死亡的顶礼膜拜和无限崇仰。一切世间梦想都在这里可闻可见，一切神明都在这里迷人地出现。人类艺术的最初时期总与理想相伴，而古埃及的理想则更多依存于死亡。古埃及的艺术也无处不与死亡密切相关。他们的艺术不是张扬生的辉煌，而是渲染死的不朽。一时你却弄不清他们赞美还是恐惧死亡？

他们相信只要保存遗体的完好，死者便依然如同在世那样生活，甚至再生。木乃伊防腐技术的成功，便是这种信念使然。沉重的石棺、甬道中防盗的陷阱、假门和迷宫般的结构，都是为遗体——这生命载体完美无缺地永世长存。按照古埃及人的说法，世间的住宅不过是旅店，坟墓才是永久的居室。金字塔的庞大与坚固正是为了把这种奇想变成惊人的现实。至于陪葬的享乐器具和金银财宝，无非使法老们死后的生活一如在世。那么这一切到底是为了装饰着死，还是创造一种人间从未发生过的奇迹——再生和永生？

即使是远古人，面对着呼吸停止、身躯僵硬的可怕的尸体，都会感到生死分明。但是在思想方法上，他们还是要极力模糊生死之间的界限。古埃及把法老看做在世的神，混淆了人与神的概念；中国人则在人与神之间别开生面地创造一个仙。仙是半神半人，亦人亦神。在中国人的词典里，既有仙人，也有神仙。人是有限的，必死无疑；神是无限的，长生不死。模糊了神与人、生与死的界限，也就逾越死亡，进入永生。

永生，就是生命之永恒。这是整个人类与生俱来最本能、也最壮丽的向往。

从南美热带雨林中玛雅人建造的平顶金字塔，到中国西安那些匪夷所思的浩荡的皇家陵墓，再到迈锡尼豪华绝世的墓室，我们发现人类这样做从来不只是祭奠亡灵，高唱哀歌，而是透过这死的灭绝向永生发出竭尽全力的呼唤。

死的反面是生，死的正面也是生。

远古人的陵墓都是用石头造的。石头坚固，能够耐久，也象征永存。然而四千五百年过去了，阿布辛比勒宏伟的神像已被风沙倾覆，尼罗河两岸大大小小几乎所有的金字塔，都被窃贼掏空。曾经秘密地深藏在国王谷荒山里的法老墓，除去幸存的阿蒙墓外，一个个全被盗掘得一无所有。没有一个木乃伊复活过来，却有数不尽的木乃伊成为古董贩子们手里发财的王牌。不用说木乃伊终会腐烂，古埃及人绝不会想到，到头来那些建造坟墓的石头也会朽烂。在毒日当头的肆虐下，国王谷的石山已经退化成橙黄色的茫茫沙丘；金字塔上的石头一块块往下滚落；斯芬克斯被风化得面目全非，眼看要复原成未雕刻时的那块顽石。如果这些石头没有古埃及人的人文痕迹，我们不会知道石头竟然也熬不过几千年。这叫我想起中国人的一句成语：海枯石烂。站在今天回过头去，古埃及人那永生的信念，早已成为人类童年的一厢情愿的痴想。

世界上最古老的神庙——卢克索神庙和卡纳克神庙，已经坍塌成一片倾毁的巨石。在卢克索神庙的西墙外，兀自竖立一双用淡红色花岗岩雕成的极大的脚，膝盖以上是齐刷刷的断痕，巨大的石人已经不见了。他在哪里，谁人知晓？这样一个坚不可摧的巨像，究竟什么力量能击毁并把它消匿于无？而躺在开罗附近孟斐斯村地上的拉美西斯二世的几十米的石像，却独独失去双脚。他那无与伦比的巨脚呢？我盯着拉美西斯二世比一间屋子还大的修长光洁的脸，等待回答。他却毫无表情，只有一种木讷和茫然，因为他失去的是比这双脚更致命的东西：永恒。

永恒的敌人是什么？它并不是摧残、破坏、寇乱、窃盗、消磨、腐烂、散失和死亡，永恒的敌人是时间。当然，永恒的载体也是时间，可是时间不会无止无休地载运任何事物。时间的来去全是空的。在它的车厢里，上上下下都是一时的光彩和瞬息的强大。时间不会把任何事物变得永恒不灭，只能把一切都变得愈来愈短暂有限和微不足道。可是古埃及人早早就知道怎样对抗这有限和短暂了。

当我再次面对着吉萨大金字塔，我更强烈地被它所震撼。我明白了，这埋葬法老的人类最伟大的建筑，并非死亡象征，乃是生之崇拜、生之渴望、生之欲求。

金字塔是全人类的最神圣的生命图腾！

想到这里，我们真是充满了激情。也许现代人过于自信现阶段的科学对生命那种单一的物质化的解释，才导致人们沉溺于浮光掠影般的现实享乐。有时，我们往往不如远古的人，虽然愚顽，却凭直觉、直率，固执地表现生命最本能的欲望。一切生命的本质，都是顽强追求存在以及永存。艺术家终生锲而不舍的追求，不正是为了他所创造的艺术生命传之久长吗？由于人类知道死亡的不可抗拒，才把一切力量都最大极限地集中在死亡上。只有穿过死亡，才能永生。那么人类所需要的，不仅是能力和智慧，更是燃烧着的精神与无比瑰丽的想象！仰望着金字塔脱落而光秃秃的顶部，我被深深感动着。古埃及人虽然没有跨过死亡，没有使木乃伊再生，但他们的精神已然超越了过去。

永恒没有终极，只有它灿烂和轰鸣着的过程。

正是由于人类一直与自己的局限斗争，它才充满活力和不断进步。

今日布拉格

布拉格对我的诱惑，除去德沃夏克、卡夫卡、昆德拉，以及波希米亚人，还有便是歌德的那句话："布拉格是欧洲最美丽的城市。"歌德这句话是两百年前说的，那么今天的布拉格呢？在捷克做过文化参赞的诗人孙书柱对我说："你不去布拉格会是终身遗憾。"

经历了二十世纪两次世界大战和非同寻常的社会风暴之后，布拉格会是什么样子？我想起二十世纪九十年代初一个黄昏进入东柏林时那种黑乎乎、空洞和贫瘠的感受。于是，我几乎是带着猜疑，而非文化朝圣的心情进入了捷克的边境。

三天后，我在布拉格老城区一家古老的饭店喝着又浓又香的加蒜末的捷克肚汤时，手机忽然响了，是孙书柱。他说："感觉怎么样？"我情不自禁地答道："我感到震撼！"我听到自己的声音很响亮。

布拉格散布在七个山丘上，很像罗马。特别是站在王宫外的阳台上放目纵览，一定会为它浩瀚的气概与瑰丽的景象惊叹不已。首先是城市的颜色。布拉格所有的屋顶几乎全是朱红色的，他们使用的是一种叫石榴石的矿物质颜料，鲜明又沉静；而墙体的颜色大多是一种象牙黄色。在奥匈帝国时代，捷克的疆域属于帝国领土的一部分，哈布斯堡王朝把一种"象牙黄"视为高贵的颜色，并致力向民间普及。于是这红顶黄墙与浓绿的树色连成一片。百余座教堂与古堡千奇百怪地耸立其间。这便是在世界上任何地方都见不到的城市景观。

然而捷克之美，更在于它经得住推敲。

在捷克西部温泉城卡洛维发利，我在那条沿河向上的老街上缓缓步行，一边打量着两边的建筑。我很惊讶。没有任何两座建筑的式样是相同的。它们像个性很强的女人，个个都目中无人地站在街头，展示自己。其实，这不正是波希米亚人不尚重复的性格？

在布拉格更是这样。只有在上个世纪五六十年代建造的那些宿舍楼，才彼此一个模样，没有任何美感与装饰。从中我发现，它们竟然和我们同时代的建筑"如出一炉"，这倒十分耐人寻味！

而布拉格的城市建筑真正的文化意义，是它保存着从中世纪以来，包括罗马式、哥特式、巴洛克式、青年艺术风格等各个不同时期的建筑作品。站在老城广场上，挤在上千惊讶地张着嘴东张西望的游客中间，我忽然明白，当年歌德看到的，我们都看到了。但跟着一个问题冒出来：它是如何躲过上个世纪的剧烈的政治风暴的冲击？甭说民居墙面上千奇百怪的花饰，单是查理大桥上那些来自宗教与神话的巨大的雕塑早该被"砸得稀巴烂了"！

一个城市的历史总是层层叠叠深藏在老街深巷里。布拉格这些深巷常常使游人迷路。据说卡夫卡知道这每一座不知名的老屋里的故事。他的朋友们常常看见他在这些街头巷尾或哪个门洞里一晃而过。

老街至今还是用石块铺的路。几百年过去的时光从上面辗过，一代代人用脚掌雕塑着它们。细瞧上去，很像一张张面孔，有的含混不明，有的凄苦地笑，有的深深刻着一道裂痕。街上的门都很小，然而门内都有一个小小的罗马式回廊环绕的院子，只有正午时分，阳光才会直下。站在这样的院子里就会明白，为什么卡夫卡把它称做"阳光的痰盂"。

生活在这样世界里的布拉格人，并不因此愁闷与阴郁。他们天性热爱个人的生活，专注于家庭，还有传统。他们对啤酒有天生的嗜好，一如法国人钟爱葡萄酒。每年一个捷克人平均喝掉150升啤酒。而他们对音乐的热爱不亚于奥地利人。连惹起祸端而招致前苏联军队把坦克开进城中的"布拉格之春"，也是音乐带来的麻烦。但即使在那个非常的年代，人们去听音乐会，也照旧会盛装打扮，这样的人民会去把建筑上的艺术捣毁吗？

我则认为，我们的文化遗产所遭受的最大的破坏还是"文革"。"文革"之前，老房上那些砖雕石雕，谁会动手去砸，我们只是把它作为"无用的历史"弃置一旁。布拉格最著名的圣维特大教堂在二十世纪五六十年代，被当做工厂使用，就像天津的广东会馆。但是"文革"不仅仅举国如狂地毁灭自己的文化遗产，更严重的是对自己文化的轻视与蔑视。蔑视自己的文化比没有文化还可怕。而这种自我的文化轻蔑在功名利禄迷惑人心的当代便恶性地发酵了。于是，我便转而专注于今天的布拉格人怎样重新对待自己的文化遗产。

他们正在全面整理和精心打扮自己的城市。从外观上，将这些至少失修了半个世纪的建筑，一座座地从岁月的污垢中清理出来。同时将具有现代科技含量的生活硬件注入进去。他们在修整这些地面上最大的古物时，精心保护每一个有重要价值的细节。由于他们没有经过那种"涤荡一切污泥浊水"的"大革文化命"的年代，所以历史遗存极其丰厚。连各种店铺的商家也都把这些遗产引以为豪，并且印成资料与画片，赠送给客人。不像我们胡乱地扫荡之后，待要发展旅游，已经空无一物，只能靠着造假古董和编故事（俗称编段子），将历史浅薄化、趣味化、庸俗化。

从老城广场到查理桥必须经过一条历史名街——皇帝街。这条长长的窄街弯弯曲曲，顺坡而下。街两旁五彩缤纷地挤满各色小店，咖啡店、酒吧、食品店、小旅店，形形色色的小商店里经营的大都是本地的特产，如提线木偶、草编人物、民间土布，以及闻名天下的玻璃器具。最小的店铺大约只有四五平米，却都是有声有色、有滋有味，故而皇帝街是布拉格人气最旺的一条步行街。

据说十年前，有人想从美国引资对这条街进行改造，将石块铺成的路面改为平整的柏油路，两边的商店扩宽重建。这引起很大争议。经居民投票民主表决，结果还是顺从当地人民的意见——皇帝街保持历史的原貌！

东欧国家经过九十年的巨变，几乎碰到同样一个问题：怎样对待自己的城市。从俄罗斯的圣彼得堡、德国的柏林和魏玛、匈牙利的布达佩斯，直到捷克的古城。我看到了一种共同的态度——正像我在柏林拜访过一个负责修整历史街区的组织的名字——"小心翼翼地修改城市"。那就是用心珍惜历史遗产，全力呵护文化财富，一切为了未来。

古希腊的石头

　　每到一个新地方，首先要去当地的博物馆。只要在那里边呆上半天或一天，很快就会与这个地方"神交"上了。故此，在到达雅典的第二天一早，我便一头扎进举世闻名的希腊国家考古博物馆。

　　我在那些欧洲史上最伟大的雕像中间走来走去，只觉得我的眼睛被那个比传说还神奇的英雄时代所特有的光芒照得发亮。同时，我还发现所有雕像的眼睛都睁得很大，眉清目朗，比我的眼睛更亮！我们好像互相瞪着眼，彼此相望。尤其是来自克里特岛那些壁画上人物的眼睛，简直像打开的灯！直叫我看得神采焕发！在艺术史上，阳刚时代艺术中人物的眼睛，总是炯炯有神；阴暗时期艺术中人物的眼睛，多半暧昧不明。当然，"文革"美术除外，因为那个极度亢奋时代的人们全都注射了一种病态的政治激素。

　　我承认，希腊人的文化很对我的胃口。我喜欢他们这些刻在石头上的历史与艺术。由于石头上的文化保留得最久，所以无论是希腊人，还是埃及人、玛雅人、巴比伦人以及我们中国人，在初始时期，都把文化刻在坚硬的石头上。这些深深刻进石头里的文字与图像，顽强又坚韧地表达着人类对生命永恒的追求，以及把自己的一切传之后世的渴望。

　　然而，永恒是达不到的。永恒只是很长很长的时间而已。古希腊人已经在这时间旅程中走了三四千年。证实这三四千年的仍然是这些文化的石头。可是如今我们看到了，石头并非坚不可摧。世界上没有任何东西可以把人带到永远。在岁月的翻滚中，古希腊人的石头已经满是裂痕与缺口，有的只剩下一些残块和断片。

在博物馆的一个展厅，我看到一截石雕的男子的左臂。虽然只是这么一段残臂，却依然紧握拳头，昂然地向上弯曲着，皮肤下面的血管膨膵鼓胀，脉搏在这石臂中有力地跳动。我们无法看见这手臂连接着的雄伟的身躯，但完全可以想见这位男子英雄般的形象。一件古物背后是一片广阔的历史风景。历史并不因为它的残缺而缺少什么。残缺，却表现着它的经历，它的命运，它的年龄，还有一种岁月感。岁月感就是时间感。当事物在无形的时间历史中穿过，它便被一点点地消损与改造，并因而变得古旧、龟裂、剥落与含混，同时也就沉静、苍劲、深厚、斑驳和朦胧起来。

于是一种美出现了。

这便是古物的历史美。历史美是时间创造的。所以它又是一种时间美。我们通常是看不见时间的。但如果你留意，便会发现时间原来就停留在所有古老的事物上。比如那深幽的树洞，凹陷的老街，泛黄的旧书，磨光的椅子，手背上布满的沟样的皱纹，还有晶莹而飘逸的银发……它们不是全都带着岁月和时间深情的美感吗？

这也是一种文化美。因为古老的文化都具有悠远的时间的意味。

时间在每一件古物的体内全留下了美丽的生命的年轮，不信你掰开看一看！

凡是懂得这一层美感的，就绝不会去将古物翻新，甚至做更愚蠢的事——复原。

站在雅典卫城上，我发现对面远远的一座绿色的小山顶上，爽眼地竖立着一座白色的石碑。碑上隐隐约约坐着一两尊雕像。我用力盯着看，竟然很像是佛像！我一直对古希腊与东方之间雕塑史上那段奇缘抱有兴趣。便兴冲冲走下卫城，跟着爬上了对面那座名叫阿雷奥斯·帕果斯的草木葱茏的小山。

山顶的石碑是一座高大的雕着神像的纪念碑。由于历时久远，一半已然缺失。石碑上层的三尊神像，只剩下两尊，都已经失去了头颅，可是他们依然气宇轩昂地坐在深凹的洞窟里。这时，使我惊讶的是，它竟比我刚才在几公里之外看到的更像是两尊佛像。无论是它的窟形，还是从座椅垂落下来的衣裙，乃至雕刻的衣纹，都与敦煌和云冈中那些北魏与西魏的佛像酷似！如果我们将两个佛头安装上去，也会十分和谐的！于是，它叫我神驰万里，一下子感到世纪前丝绸之路上那段早已逝去的令人神往的历史——从亚历山大东征到希腊人在犍陀罗为原本没有偶像崇拜的印度人雕刻佛像，再到佛教东渐与中国化的历史——陡然地掉转过头，五彩缤纷地扑面而来。

原来时间隧道就在希腊人的石头中间！在这隧道里，我似乎已经触摸到消失了数千年的那一段时光了。这时光的触觉，光滑、柔软、流动，还有一些神秘的凹凸的历史轮廓。我静静坐在山顶一块山石上，默默享受着这种奇异和美妙的感受，直到夕阳把整个石碑染得金红，仿佛一块烧透了的熔岩。

由此，我找到了逼真地进入希腊历史的秘密。

我便到处去寻访古老的文化的石头，从那一片片石头的遗址中找到时光隧道的入口，钻进去。

然而，我发现希腊到处全是这种石头。希腊人说他们最得意的三样东西就是：阳光、海水和石头。从德尔菲的太阳神庙到苏纽的海神庙，从埃皮达洛夫洛斯的露天剧场到迈锡尼的损毁的城堡，它们简直全是巨大的石头的世界。可是这些石头早已经老了。它们残缺和发黑，成片地散布在宽展的山坡或起伏的丘陵上。数千年前，它们曾是堆满财富的王城、聆听神谕的圣坛或人间英雄们竞技的场所。但历史总是喜新厌旧的。被时光筛子筛下来只有这些破碎的房宇、残垣败壁、断碑，兀自竖立的石柱，东一个西一个的柱头或柱础。

尽管无情的历史遗弃它，有心的希腊人却无比珍惜它。他们保护这些遗址的方式在我们看来十分奇特。他们绝不去动一动历史遁去之后的"现场"。一根石柱在一千年前倒在哪里，今天绝不去把它扶立起来。因为这是历史的本来面目。尊重历史就是不更改历史。当然他们又不是对这些先人的创造不理不管。常常会有一些"文物医生"拿着针管来，为一些正在开裂的石头注射加固剂，或者定期清洗现代工业造成的酸雨给这些石头带来的污迹。他们做得小心翼翼，好像这些石头在他们手中依然是活着的需要呵护的生命。

他们使我们认识到，每一块看似冰冷的古老的石头，其实并没有死亡，它犹然带着昔时的气息。它们各自不同的形态都是历史的表情，石头上的残痕则是它们命运的印记与年龄的刻度。认识到这些，便会感到我们已身在历史中间。如果你从中发现到一个非同寻常的细节，那就极有可能是神奇的时间隧道的洞口了。

迈锡尼遗址给人的感受真是一种震撼。这座三千多年前用巨石砌成的城堡，如今已是坍塌在山野上的一片废墟。被时光磨砺得分外粗糙的巨大的石块与齐腰的荒草混在一起。然而，正是这种历史的原生态，才确切地保留着它最后毁灭于战火时惊人的景象。如果细心察看，仍然可以从中清晰地找到古堡的布局、不同功能的房舍与纵横的甬道。1876 年德国天才的考古学家谢里曼就是从这里找到了一个时光隧道的入口，从隧道里搬出了伟大的荷马说过的那些黄金财宝和精美绝伦的"迈锡尼文化"——他实际是活灵活现地搬出来古希腊一段早已泯灭了的历史。谢里曼说，在发掘出这些震惊世界的迈锡尼宝藏的当夜，他在这荒凉的遗址上点起篝火。他说这是 2244 年以来的第一次火光。这使他想起当年阿伽门农王夜里回到迈锡尼时，王后克莉登奈斯特拉和她的情夫伊吉吐斯战战兢兢看到的火光。这跳动的火光照亮了一对狂恋中的情人眼睛里的惊恐与杀机。

今天，入夜后如果我们在遗址点上篝火，一样可以看到古希腊这惊人的一幕；我们的想象还会进入那场以情杀为背景的毁灭性的内战中去。因为，迈锡尼遗址一切都是原封不动的。时光隧道还在那些石头中间。于是我想，如果把迈锡尼交给我们——我们是不是要把迈锡尼散乱的石头好好"整顿"一番，摆放得整整齐齐；再将倾毁的城墙重新砌起来；甚至突发奇想，像大声呼喊着"修复圆明园"一样，把迈锡尼复原一新。如若这样，历史的魂灵就会一下子逃离而去。

珍视历史就是保护它的原貌与原状。这是希腊人给我们的启示。

那一天，天气分外好。我们驱车去苏纽的海神庙。车子开出雅典，一路沿着爱琴海，跑了三个小时。右边的车窗上始终是一片纯蓝，像是电视屏幕的蓝卡。

海神庙真像在天涯海角。它高踞在一块伸向海里的险峻的断崖上。看似三面环海，视野非常开阔。这视野就是海神的视野。而希腊的海神波塞冬就同中国人的海神妈祖一样，护佑着渔舟与商船的平安。但不同的是，波塞冬还有一个使命是要庇护战船。因为波斯人与希腊人在海上的争雄，一直贯穿着这个英雄国度的全部历史。

可是，这座世纪前的古庙，现今只有石头的庙基和两三排光秃秃的多里克石柱了。石柱上深深的沟槽快要被时光磨平。还有一些断柱和建筑构件的碎块，分散在这崖顶的平台上，依旧是没人把它们"规范"起来。没有一个希腊人敢于胆大包天地修改历史。这些质地较软的大理石残件，经受着两千多年的阵阵海风吹来吹去，正在一点点变短变小，有几块竟然差不多要湮没在地面中了；一些石头表面还像流质一样起伏。这是海风在上边不停地翻卷的结果。可就是这样一种景象，使得分外强烈的历史感一下子把我包围起来。

纯蓝的爱琴海浩无际涯，海上没有一只船，天上没有鹰鸟，也没有飞机。无风的世界了无声息。只有明媚的阳光照耀着古希腊这些苍老而洁白的石头。天地间，也只有这些石头能够解释此地非凡的过去。甚至叫我们想起爱琴海的名字来源于爱琴王——那个悲痛欲绝的故事。爱琴王没有等到出征的王子乘着白色的帆船回来，他绝望地跳进了大海。这大海是不是在那一瞬变成这样深浓而清冷的蓝色？爱琴王如今还在海底吗？他到底身在哪里？在远处那一片闪着波光的"酒绿色的海心"吗？

　　等我走下断崖时，忽然发现一间专门为游客服务的商店。它故意盖在侧下方的隐蔽处。在海神庙所在的崖顶的任何地方，都是绝对看不见这家商店的。当然，这是希腊人刻意做的。他们绝对不让我们的视野受到任何现代事物的干扰，为此，历史的空间受到了绝对与纯正的保护！

　　我由衷地钦佩希腊人！

　　希腊人告诉我们，保护古代文明遗产，需要的是对历史的深刻理解与崇拜、科学的方法、优雅的美感和高尚的文化品位。因为历史文明是一种很高的意境。

　　创造古希腊的是历史文明，珍惜古希腊的是现代文明。而懂得怎样珍惜它，才是一种很高层次的文明。

意大利断想

一个东西方文化交流史的盲点深深吸引着我：丝绸之路的东端是中国，西端是意大利，这两端恰恰都是光辉灿烂的美术大国。通过这条世纪前就开通了的丝绸之路，东西方把他们各自拥有的布帛、香料、陶瓷、玻璃、玉石、牲畜等彼此交换；中国人制造丝绸的技术最晚在七世纪就传到西西里，但为什么独独在美术方面却了无沟通？

我曾面对洛阳龙门石窟雕刻的那"北市香行社造像龛"一行小字发呆——在唐代，罗马的香料已被妇女作为时髦物品，为什么在这浩大的石窟内却找不到欧洲雕刻的直接影响？

在十六世纪，当米开朗琪罗等人叮叮当当地把他们的激情与想象凿进坚硬的石头，中国人早已告别石雕艺术的时代。如果马可·波罗把霍去病墓前那些怪异的石兽运一个回去，说不定意大利文艺复兴运动就会以另一种景象出现。而当聚集在佛罗伦萨和威尼斯的画家们，用无与伦比的写实技术在画布上创造出一个个活生生的人物时，中国画家早就从写实走向写神，以幻化的水墨，随心所欲地去表达内心非凡的感受。当然，意大利画家也是从未见到过这些中国画家的作品。直到十八世纪，郎世宁来到中国时，东西方艺术已全然是两个世界了。

比较而言，西方艺术家尊崇物质，东方更注重自己的精神情感。由此泛开而说，西方人一直努力把周围的一切一点点弄清楚，东方人却超乎物外，享受大我。一句话，西方人要驾驭物质，东方人要驾驭精神。经过十几个世纪，西方人把飞船开到月球，东方人仍在古老的大地上原地不动，精神却遨游天外。

东西方文化具有相悖性。

相悖，才各自拥有一个世界，自己的世界对于对方才是全新的。人类由于富有这东西方相悖的两种文化，才立体和完整。

最大和最完整的事物都是两极的占有。

现在看来，丝绸之路主要是一条贸易通道。对于文化，它只是在不自觉中交流了文化，而不是自觉交流了文化。

正因为如此，东西方艺术便在相互独立的状态中形成了自己的一套。幸亏如此！如果它们像现代社会这样在文化上互通有无，恐怕东西方文化早就变成一只黄老虎和一只白老虎了。

我联想到现在常常说到的"文化交流"这个概念，并为此担忧。文化交流与科技交流本质不同。科技交流为了取消差距，文化交流只能是为了加大区别。谁能够做到这些？

文化是有个性的。文化的全部价值都在自己的个性里。文化相异而并存，相同而共失。因此，文化交流不是抵消个性，而必须是强化个性，谁又能这样做？

可是，天下有多少明白人？弄不好最终这世界各处全都是清一色的文化"八宝饭"，或者叫"文化的混血儿"。

与别人不同容易，与自己不同尤难。比如这三座同为意大利名城的罗马、佛罗伦萨和威尼斯——

罗马依旧有股子帝国气象。好似一头死了的狮子，犹然带着威猛的模样。这恐怕由于它一直保持原帝国都城的规模和格局，连同昔时的废墟亦兀自荒凉着，甚至那些古老建筑的碎块，遗落在地，绝不移动。原封不动才保住历史的真实。从来没有人提出那种类似"修复圆明园"的又蠢又无知的主张。建设现代城市中心则另辟新区。对于一个城市的文化史来说,死去的罗马比活着的罗马还要神圣。

罗马的美,最好是在雨里看。到处的中世纪粗大笨重的断壁残垣在白茫茫雨雾中耸立着,那真是一种人间神话。我从斗兽场出来,赶上这样的大雨,小布伞快要给雨水浇塌,正在寻求逃避之路,陡然感到自己竟是站在历史里。那城角、券洞、一根根多里克或科林斯石柱、一座座坍塌了上千年的废墟,远远近近地包围着我。回头再看那斗兽场,已经被雨幕遮掩得虚幻模糊,却无比巨大地隔天而立。一时分不清自己是在罗马的遗迹里还是在罗马的时代里。它肃穆、雄浑、庄严和神奇……这独特的感受是在世界任何地方都不曾得到的。古建筑不是死去的史迹,而是依然活着的历史的细胞。如果失去这些,我们从哪里才能感受真正的罗马的灵魂?

我痴迷立着,任凭大雨淋浇,鞋子像灌满水的篓儿。

然而,这种罗马气象在佛罗伦萨就很难看到了。佛罗伦萨整座城市干脆说就是文艺复兴时期的象征。从乌菲齐博物馆二楼长廊上的小窗向外望去,阿尔诺河的两岸连同那座廊式老桥的桥上,高高矮矮一律是文艺复兴时期红顶黄墙的小楼,在湛蓝湛蓝的天空与河水的对比下,明丽而古雅。比起罗马时代,它轻快而富于活力;比起后来的巴洛克时代,它又朴素和沉静。看上去,佛罗伦萨是拒绝现代的。也许由于文艺复兴时代迸发的人文精神仍是今天欧洲精神的支柱和源泉,它滔滔汩汩,奔涌不绝。人们既把它视为过去,也作为现在。佛罗伦萨是文化的百慕大,站在其中会丧失时间的概念。

黄昏时在老街上散步。足跟敲地,好似叩打历史,回声响在苔痕斑驳的石墙上。还有一人的脚步声在街那边,扭头瞧,哎,那瘦瘦的穿长衣的男人是不是画圣母的波提切利?

比起罗马与佛罗伦萨，威尼斯散发着它独有的浪漫气质。这座在水上的城市，看上去像半身站在水里。那些古色古香建筑的倒影都被波浪摇碎，五彩缤纷地混在一起晃动着。入夜时，坐上一种尖头尖尾的名叫"洪都拉"的小船，由窄窄而光滑的水道穿街入巷，去欣赏这座婉转曲折的水城每一个诗意和画意的角落，不时会碰到一些年轻人，船头挂着灯，弹着吉他，唱着情歌，擦船而过。世界上所有傍河和临海的城市都有种开放的精神，何况这水中的威尼斯！在金碧辉煌的圣马可广场上，成千上万的鸽子中间有无数从海上飞来的长嘴的海鸥……

城市，不仅供人使用，它自身还有一种精神价值。这包括它的历史经历、人文积淀、文化气质和独有的美，它的色调、韵律、味道和空间景象。这一切构成一种实实在在的精神，这城市人的性格、爱好、习惯、追求、自尊，都包含其中。城市，既是一种实用的物质存在，也是一种高贵的精神存在。

你若把它视为一种精神，就会尊敬它、珍惜它、保卫它；你若把它仅仅视为一种物质，就会无度地使用它、任意地改造它、随心所欲地破坏它。一个城市的精神是无数代人创造积淀出来的。一旦被破坏，便再无回复的可能。失去了精神的城市该是什么样子？

我忽然想到今年年初到河南，同样跑了三座东方古城：郑州、洛阳和开封。

这三座古城对我诱惑久矣。谁想到一观其面，竟失望得达到深切的痛苦。

哪里还有什么"九朝古都"、"商城"和"大宋汴京"的气象，这分明是在内地常见的那种新兴城市。连老房子也多是本世纪失修的旧屋。郑州那条土夯的商代城墙，被挤在城市中间，好似一条废弃的河堤。从历史文化的眼光看，洛阳的白马寺差不多像个空庙。

开封那花花绿绿新建的宋街呢？一条只有十年历史的如同影城中的仿古街道，能给人什么认识与感受？是一种自豪还是自卑感？

不要拒绝拿郑州、开封、洛阳去和罗马、佛罗伦萨、威尼斯相对照吧，我们这三座古城和中原文化曾经是何等的辉煌！

在梵蒂冈，最令我激动的不是《拉奥孔》与《摩西》，不是拉菲尔的《雅典学院》和达·芬奇的《圣徒彼得》，而是西斯廷教堂穹顶上那经过长长十二年修复后重现光辉的米开朗琪罗的壁画。

这人类历史最伟大也最壮观的壁画，使西斯廷教堂成为解读神学和展示天国景象的圣殿。然而自从十六世纪的米开朗琪罗完成这幅壁画，历经五百年尘埃遮蔽，烛烟熏染，以及一次次修整时刷上去的防止剥落的亚麻油，这些有害物质使画面昏暗模糊，失去了往日的光彩。

从本世纪六十年代起，梵蒂冈博物馆的克拉路奇教授和他的助手将壁画拍摄成七千张照片，进行精密研究，并选择了两千个部分做了修复试验，终于确定方案，自一九八二年到一九九四年展开了本世纪最浩大的古代艺术的修复工程。终于使得米开朗琪罗以非凡的才华叙述的这个天国故事，好似拨云见日一般再现在人们的视线之中。我们头一次如此透彻地读到了世间对神学的最权威和最动人的解释，也如此清澈地看到了米开朗琪罗出神入化的笔触。在此之前，谁能想到那画在高高穹顶上亚当的头部，竟然这样轻描淡写？而描绘《末日审判》中基督的脸颊，居然大笔挥洒，总共只用了三笔！倘若不是这次修复，我们怎能领略到这个艺术大师如此非凡才华的细节？

请注意，修缮西斯廷教堂壁画的原则，既非"整旧如新"，也非"整旧如旧"，而是一个新的目标：整旧如初。

整旧如新，即改变历史面貌地粉刷一新；整旧如旧，虽能保住历史原貌，但对那些残破的古物，只能无奈地顺从时光磨损，剥落不堪，面目不清；而整旧如初，才是真正回复到最初的也是最真实的面貌。

这种只有靠高科技才能达到的"整旧如初"，是古物修复的历史性进步。它终于实现了先人的梦想：复活历史。

可以相信，如今我们仰望西斯廷教堂穹顶的壁画时，就同1511年米开朗琪罗大功告成时的情景全然一样。

我们享受到了历史的艺术，也享受到了艺术的历史。

在米兰，也在以同样的目标修复举世闻名的达·芬奇的壁画《最后的晚餐》。这个将历时七年的修复工程是开放式的，使我们得以看到修复人员的工作方式。

由于达·芬奇当年作画时不断更换和试用新颜料，这幅壁画尚未完工就开始剥蚀，如今它已成为世界上残损最重的壁画之一。此刻，技术人员站在画前的铁架上，以每一平方厘米为单元精心修饰。粗看这些技术人员一动不动，好似静止；细看他们的动作缜密又紧张，犹如外科医生正在做开颅手术！

然而，说到最令我震动的，却不是在这些艺术的圣殿里，而是在街头——

居住在佛罗伦萨那天，晨起闲步，适逢一夜小雨，拂晓方歇，空气尤为清冽，鸟声也更明亮。此时，忽从高处掉下一块墙皮，恰有一位老人经过，拾起这墙皮。墙皮上似有彩绘花纹，老人抬头在那些古老的房子上寻找脱落处，待他找到了，便将墙皮工工整整立在这家门口，像是拾到这家掉落的一件贵重的东西。

我不禁想，如果这事发生在我们的城市里，谁会这样做？

我对一位朋友说起这事。当时我的情绪有些激动。我的朋友笑道："你的精神是不是有点奢侈？"

我一怔，默然自问，却许久不得答案。

文化

甲戌天津老城踏访记
——一次文化行为的记录

　　甲戌岁阑，大年迫近，由媒体中得知天津老城将被彻底改造，老房老屋，拆除干净，心中忽然升起一种紧迫感。那是一种诀别的情感。这诀别并非面对一个人，而是面对此地所独有的、浓厚的、永不复返的文化。

　　天津老城自明代永乐二年建成，于今五百九十余年矣！世上万事，皆有兴衰枯荣，津城亦然，有它初建时的纯朴新鲜，一如春天般充满生机；有它乾隆盛世的繁茂昌华，仿佛夏天般的绚烂辉煌；有道咸之后屡遭挫伤，宛如秋天般的日益凋敝；更有它如今的空守寂寞，酷似冬天般的宁静与茫然……而城中十余万天津人世世代代繁衍生息于此，渐渐形成其独特的生活方式和文化形态，并留下大量的历史遗存保留至今。这遗存是天津人独自的创造，是他们个性、气息、才智及勤劳凝结而成的历史见证，是他们尊严的象征，也是天津人赖以自信的潜在而坚实的精神支柱。而津城将拆，风物将灭，此间景物，谁予惜之？于是，本地一些文化、博物、民俗、建筑、摄影学界有识之士，情投意合，结伴入城，踏访故旧。一边寻访历史遗迹，一边将所见所闻、所察所获，或笔录于纸，或摄入镜头。此间正值乙亥春节，城内年意浓郁，市井百态无不平添一层迷人的民俗意味。摄影界人士深感这是老城数百年来最后一个春节，于是举行"春节旧城年俗采风"活动。大年期间，乃子午交时的新年之夜，都立在城中凛冽的寒气里，摄下这转瞬即成为历史的画面。各界专家还联合穿街入巷，寻珍搜奇，所获甚丰。勘查到失传已久的明代文井、于今仅存的八国联军庚子屠城物证、唯一可见的徐家大院的豪门暗道、义和团坛口旧址及大量历史遗迹和散落在城中各处的建筑构件之精华。既做了现场的拍摄录影和文字登记，又转入书斋进行考证与研究。天津大学建筑系师生也加入进来，对城中一些风格独具的典型宅院进行测绘，此举应是有史以来对老城文化一次规模最大的综合和系统的考察。

我称此举是一次文化行为。

文化行为是以强烈的文化意识为出发点，进行具有深刻文化目的之行动。这目的有两个，一个是成果，一个是过程。成果是指通过这一行为获得新的文化发现；过程是指通过这一行为所引起世人对文化的关注。应该说，这两个目的——成果与过程——同等的重要。或者说，文化人更注重后者，即过程。因为这过程针对世人，也影响着后人。

特别在中国，虽然是文化久远，但朝代更迭太多。每一朝代的君主为表示自己开天辟地，则必改址迁都，废除旧制，视前朝故旧为反动。因而使我们很少从文化意义上确认古代遗物的价值。文化随同朝代，一朝兴必一朝亡。悠远的文化都被阶段性地断送掉了！

此外，中国自古是农业国，秋衰而春荣，故尤重"新春"中的"新"字。新是对生活美好前景的憧憬和期望。故常言"旧的不去，新的不来"，"除旧迎新"，"万象更新"。对新的崇拜的反面，即是对旧的废弃。近世又多了"破旧立新"和"砸烂旧世界"的口号。古代遗存自然存者无多。虽说我们创造了五千年的灿烂文化，同时我们又在无情地毁灭自己的创造。倘若今日站在中原大地上极目四望，这中华文化的沃土理应有着极浓厚的历史意味，而我们所能看到的，却是野树荒坡，草丘泥河，好像这大地上什么也没发生过……

也正为此，津城早已破败不堪，数万人拥挤在这狭小的历史空间里，残垣断壁，低屋矮房，烂砖碎瓦，确是应当改造。为人民改善生存环境和生活现状，确是功德无量之盛举！然而面对着这座积淀深厚又破坏惨重的文化古城，难道还不去反省——我们这个文化大国又是多么需要文化！这文化不是文化知识，而是文化意识。懂得文化之价值，具有文化之眼光，在保护历史文化的前提下，再建设现代文化，而不是为了建设新的去破坏历史的风景。

然而，津城终究是一座文化的城。当我发现到"文革"期间，城中居民们担心无知的学生砸毁房檐和影壁上的古代砖雕，用白灰抹涂，使得一些精美的建筑艺术杰作得以保留下来，使我们深为感动。特别是这次踏访老城的文化行为，得到百姓响应，许多城中老人，献出珍藏已久的旧照旧物，以示支持。对于摄影家们爬墙上屋，选择拍摄角度，更是无不热情相助。继而还听到，节假日里一些百姓在城内古迹前拍照留影，以为永记。还有些摄影家受到我们这一文化行为的启迪，也来到老城厢，收集历史画面，为这一方故土留下它最后的原生态的景象，令我们尤感欣慰！

这不正是我们的文化行为所企望的么？

踏访老城活动始自甲戌岁尾，终结于乙亥夏初，约计半年，收集实物资料颇多，发现珍罕古迹若干处，拍摄历史文化遗存及现存景象照片近四千幅，包括历史遗迹、城市面貌、街头巷尾、建筑精华、民俗文化、市井生活以及极具地方精神气质之众生相。这些出自摄影家之手的照片，有些本身就是具有很高审美品格的作品。单是一幅九十五岁老寿星和另一幅1995年出生在城中之婴儿的人像照片，就构成了本世纪天津城内令人着迷的生命史。更有一些专家学者关于老城历史、民俗、建筑和文化艺术的研究文章，见地精辟，依据翔实，都显示了学术界对天津老城最新的研究成果，也是对这即将凝固的老城历史的一种全面的文字终结。为此，我也对我们这一文化行为的硕大成果感到骄傲，为新一代津人浓烈的乡土情感和文化意识感动而自豪。他们用这乡土情感和文化意识的经纬，编织一张细密的大网，从这良莠混杂的老城遗址上，筛出近六百年残存至今而弥足珍贵的文化精粹。天津老城将不复再见，我们却永无遗憾地把它最后的形态和最真实的容颜留在这本图集中了。

经过本图集编辑室大工作量的甄选与编辑，案头事宜已告完成。图集以这次踏访老城拍照的照片及收获的资料为主，实际上是这一感人的文化行为的记录。文化的大信息量和第一手资料感，将成为本图集的首要追求。学者们的著述及各种测绘与编排图表，也是本图集的重头内容。由于本图集不是一般意义上的历史图录，故对这次行动中所搜集的珍贵罕见的历史照片采用极少，以求显示这本图集的自身特色。笔者相信，凡别人可以重复做到的事都是没有价值的。

割爱，往往是一种成全。

此集编成之日，笔者只身又赴老城，于老街老巷中，踽踽独步，感慨万端，长叹不已。那曲折深长的小道小巷，黝黑檐头上风韵犹存的高雅的花饰，无处不见的千差万别的砖刻烟囱和石雕门墩，还有那一座座气势昂然的豪门宅院……将我拥在其间。想到它五百九十余年无比丰富的历史内容，使我深刻感受到了一种独特的文化气息。跟着，开头所说的那种诀别感，又袭上了心头。忽感自己为这块乡土的文化作为甚少。编辑此集虽用尽全力，并得到朋友们的协力，以及政府部门和各界有识者的热情襄助，但终究菲薄有限，仅此而已。文化人的责任在于文化。于是殊觉又有重负压肩，当不得懈怠，倾心倾力再做便是。

大雪入绛州

　　在禹州考察完钧瓷古窑出来，雪花纷纷扬扬，扑面而来。这雪花又大又密，打在脸上有种颗粒感。按计划要取道郑州和洛阳而西，经三门峡逾黄河北上，去新绛考察那里的年画。现今全国的十七个主要的年画产地中，就剩下晋南新绛一带的年画普查还没有启动。晋南年画历史甚久，现存最早的年画就出自北宋时代晋南的平阳（临汾）。这一带很多地方都产年画。除去临汾，新绛和襄汾也是主要的产地。二十世纪八十年代末我在京津一带的古玩市场曾买到过一些新绛的古画版。历史最久的一块画版《和合二仙》应是明代的。这表明新绛的年画遗存在二十年前就开始流失了。它原有的历史规模究竟如何、目前状况怎样、有无活态的存在，心中毫无底数。是不是早叫古董贩子折腾一空了？

　　车子行到豫西，没想到雪这么大，还在河南境内就遇到严重的塞车。大量的重型载重卡车夹裹着各色小车像漫无尽头的长龙，一动不动地趴在公路上。所有车顶都蒙着厚厚的白雪，至少堵了一天了吧。我们想出各种办法打算绕过这一带的塞车，但所有的国道和小路也全都堵得死死的。在大雪里我们不懈地奋斗到天黑，又冷又饿，直到把所有希望都变成绝望，才不得已滞留在新安县一家旅店中。不知何故，这家旅店夜间不供暖气，在冰冷的被窝里我给同来的助手发了一个短信："我有点顶不住了，再找机会去绛州吧！"然而，清晨起来新绛那边派人过来，居然还弄来一辆公路警车，说山西那边过来的路还通，要我跟他们呛着道儿去山西。盛情难却，只好顶着风雪也顶着迎面飞驰而来的车辆，逆行北上，车子行了五个小时总算到了新绛。

用餐时，当地主人要我先不去看年画，先去看光村。光村的大名早就听到过。还知道北齐时这村子忽生异光，因名光村。主人说，你只要去了就不会后悔，村里到处扔着极精美的石雕，还有一座宋代的小庙福胜寺，里边的泥彩塑是宋金时代的呢。我明白，他们想叫我们看看光村有没有保护价值，怎么保护和开发。而今年春天我们就要启动全国古村落的普查，听说有这样好的村落，自然急不可待要去，完全忘了脚底板已经快冻成"冰板"了。

雪里的光村有种奇异的美。但我想，如果没有雪，它一定像废墟一样破败不堪。然而此刻，洁白的雪像一张巨毯把遍地的瓦砾全遮盖起来，连残垣断壁也镶了一圈白绒绒的雪，只有砖雕、木拱和雀替从雪中露出它们历尽沧桑而依然典雅又苍劲的面孔。令我惊讶的是，千形百态精美的石雕柱础随处可见。还有不少石础被雪盖着，看不见它的真容，却能看见它一个个白皑皑、神秘而优美的形态。它们原是各类大型建筑坚实又华贵的足，现在那些建筑不翼而飞，只剩下这些石础丢了满地。光村原有几户颇具规模的宅院，从残余的一些楼宇中可见其昔日的繁华并不逊色于晋中那些大院。但如今损毁大半，而且毫无保护措施。连村中那座被列为国家文物保护单位的福胜寺中的宋金泥塑，也只是用塑料遮挡起来罢了。我心里有些发急，抢救和保护都是迫在眉睫了。根据光村的现状，我建议他们学习晋中王家大院和常家庄园在修复时所采用的将散落的古民居集中保护的"民居博物馆"的方式。但这需要请相关专家进一步论证，当务之急是不让古董贩子再来"淘宝"了。因为刚刚从村民口中得知最近还有一些石雕的柱础与门狮被贩子买去了。近二十年来，那些懂得建筑文化的建筑师们大多在城里为开发商设计新楼，经常关心这些古建筑艺术的却是不辞劳苦和络绎不绝的古董贩子们，这些古村落不毁才怪呢。

从光村回到新绛县城后，这里的鼓乐团的团长听说我来新绛，特意在一座学校的礼堂演一场"绛州鼓乐"给我们看。绛州鼓乐我心仪已久。开场的"杨门女将"就叫我热血沸腾，十几位杨氏女杰执槌击鼓，震天动地，一瞬间把没有暖气的礼堂中的凛冽寒气驱得四散。跟下来每一场演出都叫人不住喊好。演出的青年人有的是当地的专业演员，有的是艺校学员。应该说这里鼓乐的保护与弘扬做得相当有眼光也有办法。他们一边把这一遗产引入学校教育，从娃娃开始，这就使"传承"落到实处；另一边将鼓乐投入市场，这也是促使它活下来的一种重要方式。目前这个鼓乐团已经在市场立住脚跟，并且远涉重洋，到不少国家一展风采。演出后我约鼓乐团的团长聊一聊。团长是位行家，懂得保护好历史文化的原汁原味，又善于市场操作。倘若没有这样一位行家，绛州古乐会成什么样？由此联想到光村，光村要是有这样一位古建方面的行家会多好啊！

相比之下，新绛的年画也是问题多多。

转天一早，当地的文化部门将他们保存的新绛年画的古版与老画摆满一间很大的屋子。单是古版就有近二百块。先前，新绛的年画见过一些，但总觉得它是古平阳年画的一个分支，比较零散。这次所见令我吃惊。不单门神、戏曲、风俗、婴戏、美人、传说等各类题材，以及贡笺、条幅、横披、灯画、桌裙、墙纸、拂尘纸、对子纸等各种体裁应有尽有，至于套版、手绘、半印半绘等各类制作手法也一应俱全。其中一种门神是《三国演义》中的赵云，怀里露出一个孩童——阿斗光溜溜的小脑袋，显然这门神具有保护儿童的含意。还有一块《五老观太极》的线版，先前不曾所见，应是时代久远之作。特别是十几幅美人图，尺寸很大，所绘人物典雅端庄、衣饰华美，线条流畅又精致，与杨柳青年画的"美人"有着鲜明的地域差异，富于晋商辉煌年代的华贵气质和中原文明的庄重之感。看画时，当地负责人还请来两位当地的年画老艺人做讲解。经与他们一聊，二位艺人都是地道的传人。所谈内容全是"口头记忆"，分明是十分有价值的年画财富，对其普查——尤其是口述史调查需要尽快来做了。只有把新绛年画普查清楚，才能彻底理清晋南年画这宗重要的文化遗产。可是谁来做呢？当地没有专门从事年画研究的学者，没有绛州古乐团的团长那样的人物，正为此，至今它还是像遗珠一般散落在大地上。这也是很多地方文化遗产至今尚未摸清和整理出来的真正原故。而一些宝贵的文化遗产在无人问津之时就已经消失了。

雪下得愈来愈大，高速公路已经封了。原计划下一站去介休考察清明文化已经无法成行。在回程的列车上，我的心里真是五味杂陈。三晋大地文化遗存之深厚之灿烂令我惊叹，但这些遗存遍地飘零并急速消失又令人痛惜与焦急。几年来我们几乎天天为一问题而焦虑：从哪里去找那么多救援者和志愿者？到底是我们的文化太多了，专家太少了，还是专家中的志愿者太少了？

我望窗外，外边的原野严严实实而无声地覆盖着一片冰雪。

草原深处的剪花娘子

车子驶出呼和浩特一直向南，向南，直到车前的挡风玻璃上出现一片连绵起伏、其势头凶险的山影，那便是当年晋人"走西口"去往塞外的必经之地——杀虎口。不能再往南了，否则要开进山西了，于是打轮向左，从一片广袤的大草地渐渐走进低缓的丘陵地带。草原上的丘陵实际上是些隆起的草地，一些窑洞深深嵌在这草坡下边。看到这些窑洞我激动起来，我知道一些天才的剪花娘子就藏在这片荒僻的大地深处。

这里就是出名的和林格尔。几年前，一位来自和林格尔的蒙族人跑到天津请我为他们的剪纸之乡题字时，头一次见到这里的剪纸。尤其是看到一位百岁剪纸老人张笑花的作品，即刻受到一种酣畅的审美震撼，一种率真而质朴的天性的感染。为此，我们邀请和林格尔剪纸艺术的后起之秀兼学者段建珺先主持这里剪纸的田野普查，着手建立文化档案。昨天，在北京开会后，驶车到达呼和浩特的当晚，段建珺就来访，并把他在和林格尔草原上收集到的数千幅剪纸放在手推车上推进我的房间。

在民间的快乐总是不期而至。谁料到在这浩如烟海的剪纸里会撞上一位剪花娘子的极其神奇的作品，叫我眼睛一亮。这位剪纸娘子不是张笑花，张笑花已于去年辞世。然而老实说，她比张笑花老人的剪纸更粗犷、更简朴，更具草原气息。特别是那种强烈的生命感及其快乐的天性一下子便把我征服了。民间艺术是直观的，不需要煞费苦心的解读，它是生命之花，真率地表现着生命的情感与光鲜。我注意到，她的剪纸很少有故事性的历史内容，只在一些风俗剪纸中赋予一些寄寓，其余全是牛马羊鸡狗兔鸟鱼花树蔬果以及农家生产生活等等身边最寻常的事物。那么它们因何具有如此强大的艺术冲击力？这位不知名的剪花娘子像谜一样叫我去猜想。

再看，她的剪纸很特别，有点像欧洲十八、十九世纪盛行的剪影。这种剪影中间很少镂空，整体性强，基本上靠着轮廓来表现事物的特征，所以欧洲的剪影多是写实的。然而，这位和林格尔的剪花娘子在轮廓上并不追求写实的准确性，而是使用夸张、写意、变形、想象，使物象生动浪漫，其妙无穷。再加上极度的简约与形式感，她的剪纸反倒有一种现代意味呢。

"她每一个图样都可以印在T恤衫或茶具上，保准特别美！"与我同来的一位从事平面设计的艺术家说。

这位剪花娘子到底是怎样一个人，她生活在文化比较开放的县城还是常看电视，不然草原上的一位妇女怎么会有如此高超的审美与现代精神？这些想法，迫使我非要去拜访这位不可思议的剪花娘子不可。

车子走着走着，便发现这位剪花娘子竟然住在草原深处的很荒凉的一片丘陵地带。她的家在一个叫羊群沟的地方。头天下过一场雨，道路泥泞，无法进去，段建珺便把她接到挨进公路的大红城乡三铟天子村远房的妹妹家。这家也住在窑洞里，外边一道干打垒筑成的土院墙，拱形的窑洞低矮又亲切。其实，这种窑洞与山西的窑洞大同小异。不同的是，山西的窑洞是从厚厚的黄土山壁上挖出来的，草原的窑洞则是在突起的草坡下掏出来的，自然也就没有山西的窑洞高大。可是低头往窑洞里一钻，即刻有一种安全又温馨的感觉，并置身于这块土地特有的生活中。

剪花娘子一眼看去就是位健朗的乡间老太太。瘦高的身子，大手大脚，七十多岁，名叫康枝儿，山西忻州人。她和这里许多乡村妇女一样是随夫迁往或嫁到草原上来的。她的模样一看就是山西人，脸上的皮肤却给草原上常年毫无遮拦的干燥的风吹得又硬又亮。她一手剪纸是自小在山西时从她姥爷那里学来的。那是一种地道的晋地的乡土风格，然而经过半个世纪漫长的草原生涯，和林格尔独有的气质便不知不觉潜入她手里的剪刀中。

和林格尔地处北方游牧文化与中原农耕文化的交汇处。在大草原上，无论是匈奴鲜卑还是契丹和蒙古族，都有以雕镂金属皮革为饰的传统。当迁徙到塞外的内地民族把纸质的剪纸带进草原，这里的浩瀚无涯的天地、马背上奔放剽悍的生活，伴随豪饮的炽烈的情感、不拘小节的爽直的集体性格，就渐渐把来自中原剪纸的灵魂置换出去。但谁想到，这数百年成就了和林格尔剪纸艺术的历史过程，竟神奇地浓缩到这位剪花娘子康枝儿的身上。

她盘腿坐在炕上。手中的剪刀是平时用来裁衣剪布的，粗大沉重，足有一尺长，看上去像铆在一起的两把杀牛刀。然而这样一件"重型武器"在她手中却变得格外灵巧。一沓裁成方块状普普通通的大红纸放在身边。她想起什么或说起什么，顺手就从身边抓起一张红纸剪起来。她剪的都是她熟悉的，或是她的想象的，而熟悉的也加进自己的想象。她不用笔在纸上打稿，也不熏样。所有形象好像都在纸上或剪刀中，其实是在她心里。她边剪边聊生活的闲话，也聊她手中一点点剪出的事物。当一位同来的伙伴说自己属羊，请她剪一只羊，她笑嘻嘻打趣说："母羊呀骚胡？"眼看着一头垂着奶子、眯着小眼的母羊就从她的大剪刀中活脱脱地"走"出来。看得出来，在剪纸过程中，她最留心的是这些剪纸生命表现在轮廓上的形态、姿态和神态。她不用剪纸中最常见的锯齿纹，不刻意也不雕琢，最多用几个"月牙儿"（月牙纹），表现眼睛呀、嘴巴呀、层次呀，好给大块的纸透透气儿。她的简练达到极致，似乎像马蒂斯那样只留住生命的躯干，不要任何枝节。于是她剪刀下的生命都是原始的、本质的，膨脖又结实，充溢着张力。横亘在内蒙草原上数百公里的远古人的阴山岩画，都是这样表现生命的。

她边聊边剪边说笑话，不多时候，剪出的各种形象已经放满她的周围。这时，一个很怪异的形象在她的笨重的剪刀中出现了。拿过一看，竟是一只大鸟，瞪着双眼向前飞，中间很大一个头，却没有身子和翅膀，只有几根粗大又柔软的羽毛有力地扇着空气，诡谲又生动，好似一个强大的生命或神灵从远古飞到今天。我问她为什么剪出这样一只鸟。她却反问我"还能咋样？"

于是她心中特有的生命精神和美感，叫我感觉到了。她没有像我们都市中的大艺术家们搜索枯肠去变形变态，刻意制造出各种怪头怪脸设法"惊世骇俗"。她的艺术生命是天生的、自然的、本质的，也是不可思议的。这生命的神奇来自于她的天性。她们不想在市场上创造价格奇迹，更不懂得利用媒体，千古以来，一直都是把这些随手又随心剪出的活脱脱的形象贴在炕边的墙壁或窑洞的墙上，自娱或娱人。没有市场霸权制约的艺术才是真正自由的艺术。这不就是民间艺术的魅力吗？她们不就是真正的艺术天才吗？

然而，这些天才散布并埋没在大地山川之间。就像契诃夫在《草原》所写的那些无名的野草野花。它们天天创造着生命的奇迹和无尽的美，却不为人知，一代一代，默默地生长、开放与消亡。那么，到了农耕文明在历史大舞台的演出接近尾声时，我们只是等待着大幕垂落吗？在我们对她们一无所知时就忘却她们？我的车子渐渐离开这草原深处，离开这些真正默默无闻的人间天才，我心里的决定却愈来愈坚决：为这草原上的剪花娘子康枝儿印一本画册，让更多人看到她、知道她。一定！

晋地三忧

俗话常说，地下文物看陕西，地上文物看山西。在山西一转，果然没有虚传。倘在北京，指某一老屋，说是建自大明，必然令人愕然，并视做珍宝。但在山西，那些随处可见的古寺古塔，一问便是唐宋！

也许真的是好东西太多，不当做宝。近几年，山西的文物充斥全国的古物市场，文物离开了它的"出生地"，便失去了一半的意义。这真叫人忧虑。那么留在山西的文物的境况如何？跑到山西看看，忧心更重。尤使我所忧的乃是如下三处：

一、资寿寺的壁画脱落在即

资寿寺坐落在晋中灵石县。由于寺中十八个明塑罗汉头被盗而流落海外，后经台湾陈永泰先生重金买下，送归故里，重附金身，资寿寺因之名噪天下。如今这些罗汉们可谓"大难不死，必有后福"，寺中的守卫不再是那两位因耳聋而听不到锯佛头声音的老人，而是换上了几个耳聪目明、精力十足的年轻人。罗汉堂的屋角还安装了红外线报警器，有了"特护"，足以使人心安。

可是大雄宝殿和药师殿的几面巨幅的壁画却处境不妙，前景堪忧。

依我看，资寿寺的壁画有极高的艺术水准。在我国现存的明代壁画中应属上品。在风格上，一边明显地带着唐代接受外来影响的痕迹，一边具有强烈的本土化的中原风格。大雄宝殿西壁的壁画为工笔重彩画法，富丽华贵，严谨庄重。左下角的护法神为关公。这种将民间崇拜的关公融入佛天之中的画面，极为罕见。大概与关公是山西解州人而备受晋人尊崇有关。壁画的线描精准而流畅，线条有粗细的变化，应比芮城永乐宫的壁画更具表现力。大殿东壁壁画在风格上就不同了，它明显地出自另一位画工之手。这位画工还画了药师殿的壁画。他技艺超群，用笔十分精熟老到，行笔的速度很快，奔放之中极有神韵，几十平米的壁画好似一气呵成，却毫无轻率之感。而且设色很淡，线条很突出，全幅画几乎是用线结构而成的。其线条的能力可想而知。即令是明代画坛上那些大家，有几位能有这位民间画工如此扛鼎的笔力？

然而，这些极其宝贵的壁画已经开始起甲和酥碱。大雄宝殿东西两壁壁画的酥碱处，显然已经无可救药。起甲之处，随处可见。用手指一碰，便可剥落下来。在靠墙的香案上可以看到许多剥落下来的粉末与带着色彩的碎渣。药师殿壁画受潮情况更重一些。墙壁上可见一大片依然含水的湿迹。西壁的一角已然大片大片地膨起，完全离开墙体，倘若受到震动，或者再经过几次夏胀冬缩，必然会脱落下来。

尤为叫人心忧的是，寺中对这些壁画的病害没有任何治理措施，任凭生老病死和自然消损。我对寺中人员说，可以向敦煌研究院去求援，他们有治理壁画病害的比较先进的办法与技术。寺中人员面带困惑，显然他们是无力解决的。那么谁来挽救这病入膏肓的国宝级的壁画？非要等着哪一天壁画也被盗，成为一个事件，再来加以保护吗？

二、应县木塔不能再上人了！

看过应县木塔，我心里最想说的话，就是这一句：木塔绝对不能再上人了！

早就从媒体上获知，这座辽代木制的宝塔一如比萨塔，已经倾斜，因受世人之担忧。但到了应县木塔上一看，比料想的境况糟得多。

虽然木塔的倾斜已久，但近几年变得明显加快。现在，五层木塔（不算暗层）对外开放到第三层。就这三层来看，笔直而立的木柱已经不多。有的斜得吓人。梁柱与斗拱之间插接的木榫有的已经完全脱开。此塔是层层叠加，没有穿层的大柱。故而，整座塔的倾斜分成三截，中层向右，上层向左。这就给治理造成极大的困难。故而，治理方案一直没有确定下来。有的主张落架重建，有的主张用吊悬的方式分段调整与加固。现在所做的只是专家们对其险情随时进行监测而已。

在方案没确定之前怎么办？也就是在尚无治疗方案之前，怎样对待这位病体垂危的"老人"？

现在每天上塔的游客，少至一百，多至数百，旅游季节游客如云。虽然管理部门限制每次同时上塔者不能超过三十位，但依我观察毫不严格。塔大人杂，对进塔和出塔很难有效地控制而每一位游客都会给病塔增加一百斤左右的负荷。人们来回走动，还会产生震动，对病塔造成进一步伤害。我发现有的楼板踩上去已经有些颤动。可是有的游人在上面故意颤动双腿，试试楼板是否结实。因此游人上去，只能增加人为破坏的可能。木塔的每一层，至多只有一个看守者。如此力度如何能捍卫这座巨大而罕世的千年宝塔？更不用说，每一层还都有极为精美的辽塑！万一坍塌，损失无可估量！

但可能出现的事就摆在我们面前——反正这塔，无论如何也不能再上人了！

但是，一旦谢绝参观，一笔不算少的门票收入从何而来？门票一张三十元，一天至少几千元，谁来解决？

三、悬空寺的古佛伸手可摸

在悬空寺那些搭在绝壁上的木栈道上，小心翼翼地上上下下时，一边钦佩古人的奇思妙想，一边对古人心怀愧疚——我们这些不肖子孙把你们天才的创造糟蹋成了何种模样！

这座始建于北魏的奇寺，由于身挂悬壁，各个殿堂都十分狭小，里边供奉的神佛就在眼前。悬空寺是一座佛道相融而并存的寺庙，神佛形象十分丰富，而且唐宋以来几代的塑像都有，并多为泥塑，甚是珍贵。有的虽经后代彩绘，其筋骨与神韵仍不失原貌。可是寺中对这些神佛基本上没有保护，游人进入这只有两米进深的殿堂后，塑像就在眼前，伸手便可触摸。游人出于好奇，动手摸头摸脸，寺中又根本无人看管，故而许多塑像的脸颊、鼻尖、额头、嘴唇，全摸得污黑。还有的游客对神佛的琉璃眼珠有兴趣，一些塑像的眼皮都被抠破。一座号称"国家级重点保护单位"的古寺，哪里还有尊严可言？简直是游客登梯爬高，"玩玩心跳"的娱乐场！

更可悲的是，悬空寺的另一边，竟然新修了一条水泥栈道，扶摇而上，中间还要穿过一张俗不可耐的巨大的黄色龙嘴，其终点居然也是一个架在崖壁上的红色仿古楼殿。原来这是个新建的旅游景点，而且绝对高度还高居悬空寺之上。这样一比，悬空寺便黯然失色，哪还称得上什么"中华一绝"，我们古人的智能不太"小儿科"了吗？

世界上哪里还会这样糟蹋自己的文化？

当然，这不是文物部门干的，而是一些非文化的单位修造的用来赚钱的旅游景点。

把高贵的历史文化降低为世俗玩物，是"旅游性破坏"的一种本质。

那么，这种事应该谁管？还是根本无人来管？

写到此处，由忧转愤，担心愤极失言，赶紧停笔住口。住口之前，还要说一句，赶快救救这些国宝吧！这样的国宝已经不多了！

涂了漆的苗寨

12 月里在南宁的文化遗产抢救论坛讲了一句话："许多遗产在我们尚未抢救时就已经消失了。"我所表达的是近些年常常碰到的一种令人焦急的状况与感受。会后一个当地的记者追着要我对上边的话具体说明。我说："还要我举例吗？你下去跑一跑就知道了。"

从他的脸上看，显然还不明白我这话的意思。但紧接着的事情，就可以拿来回答他。

从南宁出来，一路北上，去到桂北的山里考察少数民族的村寨。如今经济发达地区，比如江浙的沿海地区，再比如山东，古村落已寥如寒星。我知道，只有在这片黔桂湘三省交界这样的大山的皱褶里，还会隐伏着一些古老的山寨。然而这些古寨的现状如何？还有多少完好的历史杰作？我特意邀请当地的几位文化学者做向导，他们知道我想看什么。

然而，亲眼目睹到的却如挨了当头一棒。

依计划先到融水苗族自治县去看一座山上有名的苗寨。据说这山寨的历史至少在五百年以上。从一位做向导的当地学者的描述听得出，这座苗寨外貌优美、内涵深厚，宛如宝寨。然而驱车攀山三四个小时之后，停车钻出来抬头一看，令所有人——包括做向导的学者也大惊失色。遍布山野一片刺目的艳丽五彩。原来这古寨竟刷了油漆。木楼的墙板涂成雪白，再勾上湖蓝色的花边，吊脚楼长长短短的木柱一律刷上翠绿色，看上去像堆在天地之间一大堆粗鄙的、恶俗的、荒唐可笑的大礼盒。当地的一位学者不禁说："怎么会成这样？前几个月来还好好的呢！"

后来才知道这里要建设新农村，一些人认为这样做是为了表现"新"——焕然一新。这叫我想起二十年前写过的一篇小说《意大利小提琴》。一位落魄的艺术家在旧物店里发现一把意大利小提琴，如获至宝，但手里的钱不够，他回去四方借款，待把钱凑齐再去买琴时，出现了同样荒唐的一幕——店主为了使这把老琴更招人喜爱，用白漆把琴亮光光重油一遍，好像医院用的便壶。

能说店主不是出于好意吗？但无知也会"犯罪"。一座古寨就这样被报废了。

接下来我去访问龙堆山顶上另一座历史悠久的侗寨时，所见景象更加糟糕。为了开发旅游，吸引人们去看著名的龙脊梯田，这座山寨快成旅店区了。改建的改建，涂漆的涂漆，然后再用彩漆在墙板写上各种店名。与我同来的本地学者哑口无言了。是啊，刚才被他描述得神乎其神的那座侗寨呢？

看吧，这些古寨和古村落，不就是在我们还没看到时就消失了吗？我很想打电话叫南宁那位记者来亲眼看一看。可惜我没有他的名片。

珍贵的文化遗产就是这样被毁掉的。一半是片面地为了 GDP，为了政绩，为了换取眼前一些小利；一半出于无知。

文化遗产就是以这样的速度消失了的。几个月前还在，几个月后就完了，永远消失不见。

我想起两个月前到浙南考察廊桥时，在陈万里先生居住过龙泉县的大窑见到一座古庙。这座庙立在村头的高坡上，老树簇拥，下临深涧，很是优美。此刻，当地为了开发旅游，正忙着翻旧为新，换砖换瓦，油漆粉刷。待爬上去一看，这座庙竟是一座明代遗存。不仅建筑是明代的，连木柱上原先的油漆所采用的"披麻带灰"也原汁原味是明代的。我还发现大殿两侧木板墙上画着"四值功曹"，风格当属清代中期。所用颜色朱砂石绿都是矿物色，历久弥新，沉静古雅。然而眼下民工们正在用白色的油漆往上刷呢！四位天神已被盖上一位，还用彩漆依照原样"照猫画虎"重新画上，花花绿绿，丑陋不堪。我忙找来村里的负责人，对他说："你知道你干的是什么事吗？这可是你们村里的宝贝。快快停下来。千万别这么干了！"

遗产的抢救不仍是第一位的吗？但抢救不是呼吁，而是行动。要到田野，到山间，到广大民间去发现和认定遗产，还要和当地人讨论怎样保护好这些遗产，而不是舒舒服服地坐在屋里高谈阔论、坐而论道。

此次在桂北三江的澄阳八寨，徜徉于那种精美的鼓楼和风雨桥之时，真为侗族人民的创造而折服。经人介绍，与当地的一位侗寨的保护者结识。据说这八座侗寨就是他保护下来的，遂对他表示敬意。谈话中他说，当初有关领导部门也曾来人，要他们把这些美丽的风雨桥全漆成大红色，要和天安门一样，被他们坚决拒绝。如果没有那次拒绝，就没有今天迷人的澄阳八寨了。后来知道，此人是一位侗族学者，现在就住在澄阳八寨，天天守在这里，为保护和弘扬侗族文化而致力工作。

一种遗产如果有一位钟爱它的学者，这遗产就有了安全保证。但我们中华民族的遗产实在博大而缤纷，多数遗产的所在地实际上是没有学者的、没有明白人的。如果没有文化上的见识，这些遗产必然置身在危机之中，毁灭时时可能发生。

抢救是必须在田野第一线的。第一线需要学者，而且需要学者中的志愿者。问君愿意在中华大地上千千万万濒危的遗产中认领一样悉心呵护么？

羌去何处？

羌，一个古老的文字，一个古老民族的族姓，早已渐渐变得很陌生了，最近却频频出现于报端。这是因为，它处在惊天动地的汶川大地震的中心。

羌字被古文字学家解释为"羊"字与"人"字的组合，因称他们为"西戎的牧羊人"。在典籍扑朔迷离的记述中，还可找到羌与大禹以及发明了农具的神农氏的血缘关系。

这个有着三千年以上历史、衍生过不少民族的羌，被费孝通先生称之为"一个向外输血的民族"，曾经为中华文明史作出过杰出贡献。但如今只有三十万人，散布在北川一带白云迷漫的高山深谷中。他们居住的山寨被称做"云朵上的村寨"。然而这次他们主要聚居的阿坝州汶川、茂县、理县和绵阳的北川，都成了大灾难中悲剧的主角。除去一千余羌民远居住在贵州省铜仁地区之外，其他所有羌民几乎全是灾民。

古老的民族总是在文化上显示它的魅力与神秘。羌族的人虽少，但在民俗节日、口头文学、音乐舞蹈、民居建筑、工艺美术、服装饮食以及民居建筑方面有自己完整而独特的一套。他们悠长而幽怨的羌笛声令人想起唐代的古诗；他们神奇的索桥与碉楼，都与久远的传说紧紧相伴；他们的羌绣浓重而华美，他们的羊皮鼓舞雄劲又豪壮；他们的释比戏《羌戈大战》和民俗节日"瓦尔俄足节"带着文化活化石的意味……而这些都与他们长久以来置身其中的美丽的山水树石融合成一个文化的整体了。近些年，两次公布的国家非物质文化遗产名录已经把其中六项极珍贵的民俗与艺术列在其中。中国民协根据这里有关大禹的传说遗迹与祭奠仪式，还将北川命名为"大禹文化之乡"。

在这次探望震毁的北川县城的路上，到处是大大小小的飞石，树木东倒西歪，却居然看到道边神气十足地竖着这样一块大禹文化之乡的牌子，可是羌族唯一的自治县的"首府"——北川已然化为一片惨不忍睹的废墟。

二十天前北川县城就已经封城了。城内了无人迹，连鸟儿的影子也不见，全然一座死城。湿润的空气里飘着很浓的杀菌剂的气味。我们凭着一张"特别通行证"，才被准予穿过黑衣特警严密把守的关卡。

站在县城前的山坡高处，那位靠着偶然而侥幸活下来的北川县文化局长，手指着县城中央堆积的近百米滑落的山体说，多年来专心从事羌文化研究的六位文化馆馆员、四十余位正在举行诗歌朗诵的"禹风诗社"的诗人、数百件珍贵的羌文化文物、大量田野考察而尚未整理好的宝贵的资料，全部埋葬其中。

我的心陡然变得很冲动。志愿研究民族民间文化的学者本来就少而又少，但这一次，这些第一线的羌文化专家全部罹难，这是全军覆没呀。

我们专家调查小组的一行人，站成一排，朝着那个巨大的百米"坟墓"，肃立默哀。为同行，为同志，为死难的羌民及其消亡的文化。

大地震遇难的羌民共三万，占民族总数的十分之一。

在擂鼓镇、板凳桥以及绵阳内外各地灾民安置点走一走，更是忧虑重重。这里的灾民世代都居住在大山里边，但如今村寨多已震损乃至震毁。著名的羌寨如桃坪寨、布瓦寨、龙溪川、通化寨、木卡寨、黑虎寨、三龙寨等等都受到重创。被称作"羌族第一寨"的萝卜寨已夷为平地。治水英雄大禹的出生地禹里乡如今竟葬身在堰塞湖冰冷的湖底。这些羌民日后还会重返家园吗？通往他们那些两千米以上山村的路还会是安全的吗？村寨周边那些被大地震摇散了的山体能够让他们放心地居住吗？如果不行，必须迁徙。积淀了上千年的村寨文化不是注定要瓦解么？

在久远的传衍中，这个山地民族的自然崇拜和生活文化都与他们相濡以沫的山川密切相关。文化构成的元素都是在形成过程中特定的，很难替换。他们如何在全新的环境找回历史的生态与文化的灵魂？如果找不回来，那些歌舞音乐不就徒具形骸，只剩下旅游化的表演了？

在擂鼓镇采访安置点的羌民时，一些羌民知道我们来了，穿着美丽的羌服，相互拉着手为我们跳起欢快的萨朗舞来。我对他们说："你们受了那么大的灾难，还为我们跳舞，跳这么美，我们心里都流泪了。当然你们的乐观与坚强，令我们钦佩。我们一定帮助你们把你们民族的文化传承下去……"

不管怎么说，这次地震对羌族文化都是一次毁灭性的打击。它使羌族的文化大伤元气。这是不能回避的。在人类史上，还有哪个民族受到过这样全面颠覆性的破坏，恐怕没有先例。这对于我们的文化遗产保护工作，无疑是一个巨大的难题。

可是，总不能坐待一个古老的兄弟民族的文化在眼前渐渐消失。于是，这一阵子文化界紧锣密鼓，一拨拨人奔赴灾区进行调研，思谋对策和良方。

马上要做的是对羌族聚居地的文化受灾情况进行全面调查。首先要摸清各类民俗和文学艺术及其传承人的灾后状况，分级编入名录，给予资助，并创造传承条件，使其传宗接代。同时，对于地质和环境安全的村寨，经过重新修建后，应同意原住民回迁——总要保留一些原生态的村落，当然前提是安全！还有一件事是必做不可的，就是将散落各处的羌族文化资料汇编为集成性文献，为这个没有文字的民族建立可以传之后世的文化档案。

接下来是易地重建羌民聚居地时，必须注意注入羌族文化的特性元素；要建立能够举行民俗节日和祭典的文化空间；羌族子弟的学校要加设民族传统文化教育的课程，以利其文化的传承；像北川、茂县、汶川和理县都应修建羌族文化博物馆，将那些容易失散、失不再来的具有深远的历史和文化记忆的民俗文物收藏并展示出来……——说到这里，我忽想做了这些就够了吗？想到震前的昨天灿烂又迷人的羌文化，我的心变得悲哀和茫然。恍惚中好像看到一个穿着羌服的老者正在走去的背影，如果朝他大呼一声，他会无限美好地回转过身来吗？

废墟里钻出的绿枝

　　车子驶入绵竹，这里好像刚打过一场惨烈的战争，还有零星的炮声——余震还时有发生。到处残垣断壁，瓦砾成堆，大楼的残骸狰狞万状。多么强烈的地动山摇，能够把一座座钢筋水泥建筑摇得如此粉碎？由车窗透进来的一种气味极其古怪，灭菌剂刺鼻的气息中还混着酒香。一问才知，剑南春酒厂的老酒缸全碎了。存藏了上百年、价值几亿元的陈年老酒全部化成气体无形地飘散在震后犹然紧张的空气里。

　　这使我想起五年前来考察绵竹年画时，参观过剑南春酒厂。那次，我是先在云南大理为那里的木版甲马召开专家普查工作的启动会，旋即来到绵竹。绵竹不愧是西部年画的魁首。它于浑朴和儒雅中彰显出一种辣性，此风唯其独有。绵竹人颇爱自己的乡土艺术。那时已拥有一座专门的年画博物馆了，珍藏着许多古版年画的珍品。其中一幅《骑车仕女》和一对"填水脚"的《副扬鞭》令我倾倒。前一幅画着一位模样清秀、身穿旗袍、头戴瓜皮帽的民国时期的女子，骑一辆时髦的自行车，车把竟是一条金龙。此画所表达的既追求时尚又执著于传统的精神，显示出那个变革的时代绵竹人的文化立场。后一幅是"填水脚"的《副扬鞭》。"副扬鞭"是指一对门神，"填水脚"是绵竹年画特有的画法。每逢春节将至，画工们做完作坊的活计，利用残纸剩色，草草涂抹几对门神，拿到市场换些小钱，好回家过年。谁料无意中却将绵竹画工高超的技艺表现出来。画作简练粗犷，泼辣豪放，生动传神。这一来，"填水脚"反倒成了绵竹年画特有的名品。记得我连连赞美这幅清代老画《副扬鞭》是"民间的八大"呢！

那次在绵竹还做了几件挺重要的事：去探望年画老艺人，召开绵竹年画普查专家论证会。这样，对绵竹地区年画遗产地毯式的普查便开始了。普查做得周密又认真，成果被列入国家级文化工程《中国木版年画集成·绵竹卷》。其间，中国民协还将绵竹评为"中国木版年画之乡"。这来来回回就与绵竹的关系愈扯愈近。

大地震发生时，我人在斯洛文尼亚，听说震中在汶川，立即想到了绵竹，赶紧打电话询问年画博物馆和老艺人有没有问题，并叫基金会设法送些钱去。那期间，震区如战场，联系很困难，各种好消息坏消息都有，说不上哪个更可靠。回国后，便从四川省民协那里得知年画博物馆震成危楼，没有垮塌，两位最重要的老艺人都幸免于难。但一个画乡棚花村已被夷为平地。更具体和更确凿的情况到底怎样呢？

这次奔赴灾区，首先是到遵道镇的棚花村。站在村子中央，环顾四方，心中一片冰冷。整个村庄看不到一堵完整的墙。只有遍地的废墟和瓦砾，一些印着"救灾"二字的深蓝色小帐篷夹杂其间。村中百户人家，罹难十人。震后已有些天，村民心情渐渐平静下来，开始忙着从废墟里寻找有用的家当，但没人提年画的事。人活着，衣食住行是首要的，画画的事还远着的。

茫然中想到，最要紧的是要去看另外两个地方：一是年画博物馆，看看历史是否保存完好。二是看看两位重要的年画传承人——老艺人现况到底如何？

年画博物馆白色的大楼已经震损，楼上的一角垮落下来，外墙布满裂缝。馆长胡光葵看着我惊愕的表情说："里面的画基本上都是好好的，没震坏。"他这句话是安慰我。我问他："可以进去看看吗？"眼见为实，只有看到真的没事才会放心。

打开楼门，里边好像被炸弹炸过，满地是大片的墙皮、砖块和碎玻璃，可怕的裂缝随处可见，有的墙壁明显已经震酥了。但墙上的画，尤其前五年看过而记忆犹新的那些画，都像老朋友贴着墙排成一排，一幅幅上来亲切地欢迎我。又见到《骑车仕女》和那对"填水脚"的《副扬鞭》了，只是玻璃镜面蒙上些灰土，其它一切，完好如昨。我高兴地和这些老相识一一"合影留念"，然后随胡馆长去看"古画版库"。打开仓库厚厚的铁门，里边两百多块古画版整齐地立在木架上，毫发未损。看到这些在大难中奇迹般地完好无缺的遗存，我的心熠熠地透出光来。

当我走进老艺人居住的孝德镇的射箭台村，心中的光愈来愈亮。当今绵竹最具代表性的两位老艺人，一位是李芳福，今年八十五岁。上次来绵竹还在他家听他唱关于年画《二十四孝》的歌呢。他的画风古朴深厚、刚劲有力，在绵竹享有北派宗师的盛名。地震时他在五福乡的老宅子被震垮了，现在给儿子接到湖南避灾，人是肯定没事的，灾后一准回来。另一位是南派大师陈兴才，年岁更长些，人近九十，身体却很硬朗。我见到老人便问："怕吗？"他很精神地一挺腰板说："怕什么，不怕。"大家笑了。他的画风儒雅醇厚，色彩秀丽，多画小幅，鲜活喜人。这几年，当地重视民间艺术，老人搬进一座新建的四合院。青瓦红柱，油漆彩画，当然都是自家画的。房子很结实，陈氏一家现在还住在房内。北房左间是陈兴才的画室；右间里儿子陈云禄正在印画；东厢房也是作画的作坊，陈兴才的孙子和邻家的女孩子都在紧张地施彩设色。这些天，全国各地来救灾或采访的，离开绵竹时都要带上两三幅年画作为纪念，需求量很大，在绵竹市大街上还有人支设帐篷卖年画呢。绵竹年画反变得更有名气。

如今陈家已是四世同堂。两岁的重孙儿在画坊里跑来跑去，时不时也去伸手抓画案上的毛笔，他将来也一定是绵竹年画的传人吧。

我说："只要历史遗存还在——根还在，杰出的艺人和传人还在——传承在继续，绵竹年画的未来应该没有问题。"

民间艺术生在民间。民间是民间文化生命的土地。只要大地不灭，艺术生命一定会顽强地复兴的。

在受灾最重的汉旺镇那几条完全倾覆的大街上考察时，我端着相机不断把发现的细节摄入镜头，比如挂在树顶上的裤子、一辆侥幸完好的汽车、齐刷刷被什么利器切断的一双运动鞋、带血的布娃娃、一盘被砸碎的《结婚进行曲》的录音磁带和被缠在一团钢筋中的大红色的胸罩、时间正好定格在下午两点二十八分的挂钟……忽然我看到从废墟一堆沉重又粗硬的建筑碎块中钻出来一根枝条，上边新生出许多新叶新芽，新芽方吐之时隐隐发红，好似带血，渐而变绿，生意盈盈，继之油亮光鲜，茁壮和旺盛起来。它忽地唤起我刚刚在射箭台村陈家画坊中的那种感受，心中激情随之涌起，不自禁一按快门，咔嚓一声，记录下这一倔强而动人的生命景象。

谁能万里一身行？

昨天，摄影家郑云峰跑到天津来，见面二话没说，就把一本又厚又沉的画册像一块大石板压到我怀里。封面赫然印着沈鹏先生题写的三个苍劲的字："三江源。"

夏天里，我在天津大学北洋美术馆为郑云峰先生举办"拥抱母亲河"摄影展时，他说马上就要出版这部凝聚他二十多年心血的大书，跟着又说他还要跑一趟黄河的中下游，把黄河拍完整了。干事的人总是不满足自己干过的事，总是叫你的目光盯在他正在全神贯注的明天的事情上。

在他的摄影展上，郑云峰感动了天津大学年轻的学子们。谁肯一个人拿出全部家财买一条船，抱着一台相机在长江里漂流整整二十年，并爬遍长江两岸大大小小所有的山，拍摄下这伟大的自然和人文生命每一个动人的细节？不单其艰辛匪夷所思，最难熬的是独自一人终岁行走在山川之间的孤寂。他为了什么——为了在长江截流蓄水前留下这条养育了中华民族的母亲河真正的容颜，为了给李白杜甫等历代诗人曾经讴歌过的这条大江留下一份完整的视觉"备忘录"。多疯狂的想法。但郑云峰实实在在地完成了。他以几十万张照片挽留住长江亘古以来的生命形象。为此，我在他的摄影展开幕式讲道："这原本不是个人的事，却叫他一个人默默却心甘情愿地承担了。我们天天叫嚷着要张扬自我，那么谁来张扬我们的山河？我们文化的民族？"

提起郑云峰，自然还会联想到最早发现"老房子"之美的李玉祥。他也是一位摄影家，是三联书店的特聘编辑。二十世纪九十年代初他推出一大套摄影图书《老房子》时，全国正在进行翻天覆地的"旧城改造"。李玉祥却执拗地叫人们向那些正在被扫荡的城市遗产投去依恋的目光。二十一世纪初凤凰电视台要拍一部电视片"追寻远去的家园"，计划从南到北穿过数百个各个地域最具经典意义的古村落。凤凰电视台想请我做"向导"，可是我当时正忙着启动多项民间文化遗产的普查，便推荐李玉祥。我说："跑过中国古村落最多的人是李玉祥。"

记得那阵子我的手机上常常出现一些陌生地区的电话号码，都是李玉祥在给电视剧组做向导时一路打来的。这些古村落都曾令李玉祥如醉如痴，这一次却不断听到他在话筒的惊呼："怎么那个村子没了，十年前明明一个特棒的古村落在这里呀！""怎么变成这样，全毁得七零八落啦！"听得出他的惋惜、痛苦、焦急和迷茫。也许为此，多年来李玉祥一直争分夺秒地和这些难逃厄运、转瞬即逝的古村落争抢时间。他要把这些经过千百年创造的历史遗容留在他相机的暗盒里。他是一介书生。他最多只能做到这样。然而他把摄影的记录价值发挥到极致。这些价值在被野蛮而狂躁的城市改造见证着。许多照片已成为一些城市与乡镇历史个性的最直观的见证。李玉祥至今没有停止他的自我使命，依然端着沉重的相机，在天南海北的村落间踽踽独行。古来的文人崇尚"甘守寂寞"和"不求闻达"，并视为至高的境界；然而在市场经济兼媒体霸权的时代，寂寞似与贫困相伴，闻达则与发达共荣，有几人还肯埋头于被闹市远远撇在一边冰冷的角落里？不都拼命在市场中争奇斗艳、兴风作浪吗？

前些天在北京见到李玉祥。他说他已经把江浙闽赣晋豫冀鲁一带跑遍。他想再把西北诸省细致地深入一下。我忽然发现站在面前的李玉祥有点变样，十多年前那种血气方刚的青年人的气息不见了，俨然一个带着些疲惫的中年汉子。心中暗暗一算，他已年过四十五岁。他把生命中最具光彩的青春岁月全支付给那些优美而缄默着的古村落了。

然而，很少有人知道他，因为他并不想叫人知道他本人，只想让人们留心和留住那些珍贵的历史精华。

由此，又联想起郭雨桥——这位专事调查草原民居的学者，多年来为了盘清游牧时代的文化遗存，也几乎倾尽囊中所有。背着相机、笔记本、雨衣、干粮和各种药瓶药盒，从内蒙到宁夏和新疆，全是孤身一人。他和郑云峰、李玉祥一样，已经与他们所探索的文化生命融为一体。记得他只身穿过贺兰山地区时，早晨钻出蒙古包，在清冽沁人的空气里，他被寥廓大地的边缘升起的太阳感动得流泪。他想用手机把他的感受告诉我，但地远天偏，信号极差。他一连打了多次，那些由手机传来的一些片断的声音最终才表达了他难以抑制的激情。上个月我到呼和浩特，他正在东蒙考察，听说我到了，连夜坐着硬席列车赶了几百公里来看我，使我感动不已。雨桥不善言辞，说话不多，但有几句话他反复说了几遍，就是他还要用三年时间，争取七十岁前把草原跑完。

他为什么非要把草原跑完？并没人叫他非这么做不可，再说也没有人支持他、搭理他。那些"把文化做大做强"的口号，都是在丰盛的酒席上叫喊出来的。他一心只是把为之献身的事做细做精。

然而，这一次我发现雨桥的身体差多了。他的腿因劳损而变得笨重迟缓。我对他说再出远门，得找一个年轻人做伴，"能不能在大学找一个民俗学的研究生给你做做帮手？"他对我只是苦笑而不言。是啊，谁肯随他付出这样的辛苦？这种辛苦几乎是没有回报和任何实惠的。此次我们分手后的第三天，他又赴东蒙。草原已经凉了，今年出行在外的时间已然不多，他必须抓紧每一天。

随后一日，我的手机短信出现他发来的一首诗："萧萧秋风起，悠悠数千里，年老感负重，腿僵知路迟。玉人送甘果，蒙语开心扉，古俗动心处，陶然胶片飞。"此时，在感动之中，当即发去一诗：

> 草原空寥却有情，
> 伴君万里一身行，
> 志大男儿不道苦，
> 天下几人敢争锋？

上边说到三个不凡的人。一个在万里大江中，一个在茫茫草原上，一个在大地的深处。当然还有些同样了不起的人，至今还在那里默默而孤单地工作着。

为周庄卖画

上世纪九十年代初 （1991 年） 冬天，我在上海美术馆举办个人画展，其间二位沪中好友吴芝麟和肖关鸿约我去远郊的周庄一游。

那时周庄尚无很大名气，以致我听了反问道：

"值得一去吗？"

二位好友眯着眼笑而不答，似是说："那还用说。"

这眼神看来是周庄最好的广告——诱惑我去。

车子出了城还要走很长的路，随后在一片寂寞又灰暗的村落前停住。车门一开，湿凉的水汽便扑在脸上。水汽中分明还有许多极其细密、牛毛一般的水的颗粒。一股南方的柔情使我心动。

穿入一些窄巷，就是入村了。两边的房子大多关着门板；开了门的，里边黑糊糊的也不见人。只有一只黑母鸡带着一群小鸡在巷子里跑来跑去地觅食。村里的人跑到哪里去了？

这天雾大。树枝、檐角，晾衣绳，到处挂着湿雾凝结成的亮晶晶的水珠。时而会有一滴凉滋滋落在头顶或脖梗，顺着后背往下滑。待到了江南水乡的生命线——那种穿村而过的小河边，竟然连河水也看不清。站在石板桥上，如在云端，四外白白的全是流烟，只听得水鸟的翅膀用力扇动浓重的雾气时扑棱棱的声音就在头上边。更奇妙的是，看不见河，却听得到船儿"吱呀呀"的摇橹声穿过脚下的石桥。声音刚在左下边，几下就到右下边去了，也像一只飞鸟。

下了桥，走进一条宽一些的街上，便能看见来来去去的人影了。古村落的活力从来就是在这样的老街上。

那时候，周庄尚未开发，却有了一点点文化的觉醒。听芝麟说不久前，周庄刚刚度过九百年的生日，村民们还在村口立了一块纪念碑呢。芝麟请来当地的一位文物员带领我们走街串巷，一边滔滔不绝地讲着这古村的历史，话里边带着几分自豪。不像后来的旅游向导多是取悦于游客的"买卖腔儿"了。

走进一幢老宅，从砖木的精雕细刻中始知周庄当年的殷富。谁想到文物员一介绍，这老宅竟是江南巨贾沈万山的故居，我马上感觉与周庄有了一种异样的亲切。这亲切感，来自童年时心爱的一本厚厚的小人书，叫做《沈万山巧得聚宝盆》。故事描写心地善良的沈万山贫困交加，走投无路，一头撞向家中破墙，不料在被他撞倒的老墙里，惊现一个巨大的煌煌夺目的聚宝盆——据说是祖辈为了怕家道衰落后人受穷，秘密藏在墙中的。沈万山靠着这个聚宝盆经商发财，并用赚来的钱财济困扶危，赢得一世的赞许。且不论这小人书里有多少虚构，由于它是我儿时崇拜的画家沈曼云所画，便将这本小小的图书视同珍宝。这书一直保存到"文革"，抄家后再也找不到了。以后许多年，每次想起这本失去的书，都会生出一点点怅然，好像失去的不仅仅是这一本书。没想到这早已沉睡在记忆底层的一种情感竟在这湿漉漉而幽暗的老宅里被唤醒了。这老宅外墙的雕砖还刻着一个精巧的聚宝盆呢！

我情不自禁把这桩童年往事说给文物员听。他笑着对我说，他还能使我对沈万山印象更深一些——请我们一行吃一顿"沈家肘子"。

沈家肘子的确非同寻常。红彤彤、油亮亮、肥嘟嘟的大肘子端上来时，浓浓的肉香没有入口，已经先钻进鼻孔里。猪肘子有两根骨头，一根圆而粗，一根扁而细。文物员从肘子中将细骨头抽出来。这骨头又扁又长，像一柄白色的刀。拿它在肘子上轻轻一划，毫不用力，肥肥的肉便像水浪一样向两边翻卷。肘子就这样被美妙地切开了。我说就像船桨在水上一划那样。关鸿说："划得大冯口水都出来了。"

中午过后，从沈家走出来，没几步就是河边。此刻，大雾已散。一条被两排粉墙黛瓦的小屋夹峙着的小河，弯弯曲曲伸向远方。周庄的景色真是晴时美、雾中奇。雨里呢？忽然，我注意到远远的有一座两层小楼略略凸出岸边，二层的楼外有一条短短的木梯一直通到下边的水面，那里系着一条轻盈的扁舟。我指着这远处的小楼说，不用画了，这就是画。

文物员告诉我，这座如画的小房子，被称做迷楼。当年这里是个茶馆。柳亚子的南社诸友常聚在这里活动，被人误以为这些才子们叫茶馆主人的一个美丽又娇好的女儿迷住了，还闹出一些笑话来。我说："看来周庄无处无故事。"这话本该引来文物员更得意的表情，谁料他面露一丝忧愁，还叹了口气。我问他是何原因。这原因出乎我的意料！原来迷楼的主人想拆掉房子，用卖木料的钱去盖一座新房。这是此时周庄流行起来的改善生活的一种做法。很多老房子就这么拆掉了。

我一怔，马上问道："这座小楼的木料能卖多少钱？"

文物员说："三万吧。"

我便说："我来出这笔钱吧。现在正有两位台湾人在上海的画展上想买我的画。我不肯卖，但为了这座小楼我愿意卖。一会儿回上海马上就把画卖掉。咱把这迷楼留住。"

吴芝麟笑道："大冯也被这迷楼迷住了。"

我也说着笑话："茶馆老板的女儿至少也得一百岁了吧。"然后认真地对芝麟说，"这房子买下来就交给你们报社吧。今后再有文人来游周庄，便请他们在楼里歇歇腿，饮点茶，吟诗作画，多好。你们就拿这些诗画布置这小楼。"文人的想法总是理想主义的。

朋友们说我这个想法极妙。当日返回上海，联系那两位台湾人，把两幅心爱的小画《落日故人情》和《遍地苏堤》卖掉，得款三万五千元，马上与周庄那位文物员联系。没想到事情不顺，过了几天才有回信。原来房主听说有人想买这座迷楼，猜到此楼不是寻常之物，马上把价钱提高到十万以上。

我一听便急了，还要再卖画；吴、肖二友对我说："这房子买不成了。等你出到十万，他会再涨价。不过你也别急，你不是怕这房子拆掉吗？这一买，一不卖，反而不会拆了。"

此话有理。如此迷楼还立在周庄。

我写此文，不是说我曾经为周庄做过什么努力——我并没为周庄花一分钱的力气——真正为周庄立下不朽功勋的是阮仪三先生。但在周庄遇到的事令当时的我惊讶地看到，在经济生活的转型中，我们的精神家园竟然在不知不觉之中悄然无声地松垮了。一个看不见的时代性的文化危机深深地触动并击醒了我，使我的关注点移到这非同寻常的事情上来。由此，才有了三个月后，在宁波为了保护贺秘监祠的第一次真正的卖画捐款。

我的文化保护是以周庄为起点的。从周庄思考，从周庄行动。

精卫是我的偶像

　　这一次，当我把两年多来的绘画精品拿出来卖掉，以支持艰难的文化遗产抢救的事业，心中的矛盾加剧地较量着。

　　并非我不够慷慨，而是这些画都是我的心灵之作。我说过，艺术是艺术家心灵的闪电。它是心中的灵性，只是偶然出现。这也是我的画数量不多和很少重复的缘故。因之，我一向十分珍视自己的画作，不肯拿它去换钱。

　　此时可以说，这些画不是从我手里拿出去的，是从心里拿出去的。

　　记得，甲申年在京津举办第一次画展时，我将自藏多年的两幅画《高江急峡》和《树之光》卖掉。虽然价钱很高，一位好友却对我说："你不该把这两幅画卖掉！"

　　我承认，这句话加重了我心里的矛盾。因为我的画一如文章，无法重复，也不能重复。记得前一幅画作画时激情飞扬，溅得满身水墨；后一幅画光线之强烈竟使我自己愕然。在那次公益画展上我心想，这样大规模卖画的事只做一次吧。

　　然而，事过两年，我又要义卖画作了，而且是我两年来绝大部分的心爱之作。其原因既简单又直接——我们的文化遗产仍然身处危难，破坏和消亡的速度与力度大大超过抢救的速度与力度。特别是在这个物质化和功利化的时代，人们对这种文明受损的严重性尚不清楚，故而文化遗产全面受困，为其工作的人员极其有限，经费困窘得常常一筹莫展。我一手创立的专事文化抢救和保护的基金会始终处在社会边缘，仅此一家，无人垂顾，境遇尴尬。

当我身在书房和画室，对个人的作品自然会心生爱惜；当我跋涉在广阔的乡土和田野中，必然又会对那些随处可见、一息尚存、转瞬即逝的文化遗产心急如焚。此时，个人一己的艺术得失怎能与大地文化的存亡相比？我说过，我们大地的文化犹如母亲的怀抱，我们都是在她的滋养哺育中成长成人的。当母亲遇到危难，危在旦夕，怎么能不出手相援。卖画又算什么？

应该说，此次公益画展是一次自相矛盾和自我战胜后的行动。在这次行动中我看到了自己依然站在当代文化的前沿上，很高兴自己没有退缩。

记得有人问我："你靠卖画能救得了中国的文化遗产吗？这莫不是精卫填海？"

我说："精卫填不了海。精卫是一种精神。一种决不退却、倾尽心力乃至生命的精神。我尊崇这种精神。它是我的偶像。"

思想

鲁迅的功与"过"

——国民性批判之批判

在盘点二十世纪中国文学时，我们都发现了这个奇迹：鲁迅写的小说作品最少，但影响最巨。他没有我们当下作家的一种恐慌：倘无巨制，即非大家。他就凭着一本中等厚度的中短篇小说集，高踞在当代中国小说的峰巅。而且未曾受惠于任何市场炒作，先生本人也没上过电视。何故？

倘若从文化角度去看，这奇迹的根由便一目了然，就是他那独特的文化的视角，即国民性批判。

作家的眼睛死盯在人的身上。所以，他从这文化视角看下去，不只看到社会文化形态，更是一直看到人的深层的文化心理。那么接下去便是他独有的一种创造：将这文化心理，铸造成一种文化性格，一种非常的人物来。这种人物不是一般意义上的个性人物，也不是现实主义文学中的典型人物。他这种人物的个性，全是中国国民共有的劣根性。他是把一个个国民的共性特征，作为个性细节来写的。这就使他笔下的人物具有巨大的覆盖性。比如阿Q——在现实中绝对没有这种人物存在，但在他身上却能找到我们每个人的某一部分的影子。

进一步说，这种共性，不是通常那种人所共有的人性，而是一种集体无意识，是一种文化的特性。我曾经用过一个"文化人"的词语，来述说这种特殊的人物。这里所说的"文化人"，不是"有文化的人"的概念。这个"文化人"是指特有的文化铸成的特有的文化性格。这种性格放在小说人物身上是一种个性，放在小说之外是一种集体性格。当一种文化进入某地域的集体的性格心理中，就具有顽固和不可逆的性质。倘若逆转，极其缓慢。它属于一种根性。当然，任何民族的文化性格都是两面的，一面是优根性，一面是劣根性。可是它像一张纸的两面，是孪生一对生出来的，不能免掉任何一面。但作家的思维天生是逆向的，文学的本质是批判。当它面对文化性格时，肯定要先批判国民劣根性的一面。

然而，在鲁迅之前的文学史上，我们还找不到这种先例。鲁迅是第一位创造性地使用这个文化视角，来观察、感受、认识、分析和批判生活，然后升华出这种独特的"文化人"来。他的小说的人物不完全是这种"文化人"。比如祥林嫂、孔乙己、闰土等，虽然具有世纪初中国人的某些集体性格特征，但还不是纯粹的"文化人"。阿Q则是鲁迅自觉创造的最典型的"文化人"的形象。在鲁迅的杂文中，也有这种潜在的"文化性格"屡屡出现，比如《聪明人、傻子和奴才》等等。这种人物所具有深刻的认识价值，学者们多有论述，本文不做重复。我只想说，我们从这个视角可以发现到其他角度无法发现的内容。比如从这里，我们一下子找到了中国社会痼疾最本质的缘故。同时，这种极其独特的审美形象，自然就穿过那种司空见惯的平庸的文学平面，异彩缤纷地跳跃到中国小说的人物舞台上来。

所以说，作家最关键的是他的视野。视野的关键是视角的独特性。而文学的关键是视野的果实——人物。

鲁迅的这种"文化人"，不是真实的而是逼真的，不是生活的再现而是深层的表现。它既是悟性的发现更是理性的创造。它专门是写出来供"批判"用的，而这批判为了唤起国民的自省。对此鲁迅心里十分明白，做得更明白。鲁迅属于那种像法官一样异常清醒的作家。他始终是瞪着眼看世界，和瞪着眼写他的小说。

鲁迅是充满责任的作家。当下人们已经很讨厌责任这两个字了。其实责任就是良心。我换句话说——鲁迅是个充满良心的作家。他压给自己的使命是剪断古老的精神锁链，唤醒世人迟钝的心，催动国民的自省与自奋。当然，鲁迅的工作并不是一步到位地直接写给大众看的。大众也根本看不懂他的《阿Q正传》和《狂人日记》。他主要想影响比较高层的知识分子，通过他们去影响一般知识分子，最后影响到大众。他的文学最初是作用于"小众"范围之中的。他的思想之所以能够通过层层影响，直抵时代大众，就足以表现这种思想强烈的现实意义及其力度了。

然而，我们必须看到，他的国民性批判源自1840年以来西方传教士那里。这些最早来到中国的西方传教士，写过不少的回忆录式的著作。他们最热衷的话题就是中国人的国民性。它成了西方人东方观的根本与由来。时下，已经有几家出版社将传教士的这一类著作翻译出版。只要翻一翻亚瑟·亨·史密斯的《中国人的性格》，看一看书中那些对中国人的国民性的全面总结，就会发现这种视角对鲁迅的影响多么直接。在世纪初，中国的思想界从西方借用的思想武器其中之一，就是国民性批判。通过鲁迅、梁启超、孙中山等人的大力阐发，它犹如针芒扎在我们民族的脊背上，无疑对民族的觉醒起过十分积极的作用。我这话是说，鲁迅的国民性批判来源于西方人的东方观。他的民族自省得益于西方人的旁观。一个民族很难会站到自己的对面看自己。除非有个对方，便从对方的瞳仁中看到了自己的影像。但鲁迅笔下的"文化人"绝不是对西方人东方观的一种图解与形象化。他不过走进一间别人的雕塑工作室，一切创造全凭他自己。鲁迅从这特殊的文化视角进入中国社会的深层，也就是进入了中国人的文化心理结构之中，淋漓尽致地抒展他的发现与批判的才能。他找到传统社会身体上所有的压痛点与病灶。文学的批判功能被他发挥到极致。由于二十世纪初的中国是个社会更迭的时代，社会命题攸关每一个人的生存，没有给人多少"私人化"的空间，鲁迅的文学作用便变得至高无上。

可是，鲁迅在他那个时代，并没有看到西方人的国民性分析里所埋伏着的西方霸权的话语。传教士们在世界所有贫穷的异域里传教，都免不了居高临下，傲视一切。在宣传救世主耶稣之时，他们自己也进入了救世主的角色。一方面他们站在与东方中国完全不同的文化背景上看中国，会不自觉地运用"比较文化"的思维，敏锐地发现文化中国的某些特征；另一方面则由于他们对中国文化所知有限，并抛之以优等人种自居的歧视性的目光，故而他们只能看到中国的社会与文化的症结。他们的国民性分析，不仅是片面的，还是贬义的或非难的。

由于鲁迅所要解决的是中国自己的问题，不是西方的问题。他需要这种视角借以反观自己，需要这种批判性。故而没有对西方人的东方观做立体的思辨。又由于他对封建文化的残忍与顽固痛之太切，便恨不得将一切传统文化打翻在地，故而他对传统文化的批判往往不分青红皂白。当然，他的偏激具有某种时代的合理性。正是这种偏激，才使他分外清晰和强烈。可是他那些非常出色的小说，却不自觉地把国民性话语中所包藏的西方中心主义严严实实地遮盖了。我们太折服他的国民性批判了，太钦佩他那些独有的"文化人"形象的创造了，以致长久以来，竟没有人去看一看国民性后边那些传教士们陈旧又高傲的面孔。

二十世纪八十年代以来，中国的一批"文化电影"在西方获得前所未有的称许，随之便是捧得各种世界级亮闪闪的奖牌回来。在如潮般的赞扬声中，有一种批评极不中听，即"这些电影都是专门拍给西方人看的"。一时，人们都认为那是左爷们僵化的过了时的滥调，哈哈一笑，不去理会。

可是，中国的事常常是你中有我，我中有你。

这一批以文化自省的方式关照生活的电影，之所以为西方叫好，恰恰是由于它们的思想背景巧合一般地印证了西方由来已久的文化偏见。对于西方人来说，他们的东方观总是与最早来到中国的传教士那些国民性的分析一脉相承，遥远又紧切地联系着。这早已经是一种固定不变的成见。一个西方人，尤其是从来没有来到过中国的西方人，你给他一个充满幽默感、性格快乐的中国人形象，他也会摇头说 NO，表示不信；你给他一个呆板麻木的形象，他会叫好。而这批电影通常都没有具体的时代背景，有点超时空的绝对化的味道。人物被放在四面高墙之中，与各种阴影生活在一起，个个性格怪异，行动诡秘，不是性压抑就是性变态。这种故事愈强化，愈神秘化，就愈会被西方人认作是经典的东方。因为神秘二字，正体现西方人因文化隔绝而产生的对东方的感受。我虽然不认为这批电影是有意地去"取悦洋人"，但它们的确没有走出一个多世纪以来的西方中心主义的磁场。他们的文化指针依然对准在亚瑟·亨·史密斯的刻度上。

最后要说是，我之所以在本文标题《鲁迅的功与"过"》的过字上加一个引号，是想表明这个把西方人的东方观一直糊里糊涂延续至今的过错，并不在鲁迅身上，而是在我们把鲁迅的神化上。这话怎么讲呢？

中国文学有个例外，即鲁迅一直是文学中唯一不能批评的作家。也许由于他曾经被毛泽东钦定为"伟大的思想家、革命家和文学家"——先把他在政治上定了"革命"的性，再在前边加上"伟大"的桂冠，他就变得神圣而不可侵犯了。有人说鲁迅如果碰上"文革"，准要遭殃，实际上鲁迅在"文革"也一样"走红"。一个作家被奉若神明是可悲的。最有活力的作家总是活在褒贬之间的。他原本是一个勇士，却在他的四周拉上带电的铁丝网。他生前不惧怕任何人责骂，死后却给人插上"禁骂"的牌子。这一来，连国民性问题也没人敢碰了。多年来，我们把西方传教士骂得狗血喷头，但对他们那个真正成问题的"东方主义"却避开了。传教士们居然也沾了鲁迅的光！

国民性批判问题是复杂的。它是一个概念，两个内涵。一个是我们自己批评自己；一个是西方人批评我们。后一个批评里浓重地包含着西方中心主义的立场——它们亦是亦非地纠缠一起。尽管留下的问题十分复杂，但还得说清楚：我们承认鲁迅通过国民性批判所做出的历史功绩，甚至也承认西方人所指出的一些确实存在的我们国民性的弊端，却不能接受西方中心主义者们关于中国"人种"的贬损。我们不应责怪鲁迅作为文学家的偏激，却拒绝传教士们高傲的姿态。这个区别是本质的——鲁迅的目的是警醒自我，激人奋发；而传教士却用以证实西方征服东方的合理性。鲁迅把国民的劣根性看做一种文化痼疾，应该割除；西方传教士却把它看成是一种人种问题，不可救药。

二十世纪八十年代末，我尝试使用文学来表达我对传统文化症结的认识与发现。我采用辫子、小脚和阴阳八卦，作为传统文化——主要指封建文化的劣根性、自我束缚力和封闭性自我循环的文化黑箱的一种意象来写。我之所以没有像鲁迅那样把这些文化特征转变成一种人物性格，是因为，只要我往这方面一想，马上就觉得自己成了鲁迅的仿制品。能被人模仿是杰出的，叫人无法模仿才是一种伟大和独有的创造。写到这里，即刻停笔，真怕我也把我敬重的人神化。

思想与行动

在巴黎罗丹纪念馆静谧的院中，我举着一把黑布伞凝视着那座世人皆知的思想者的雕像。细密的秋雨淋着他铜绿色赤裸的肩背，亮光光寒冷的雨水沿着他的臂膀和手流到双腿上，但他一动不动，紧张的思想使他忘却一切。于是，在我眼里，它不再是一个沉思的人，而是思想本身。它是拟人化的思想的形象。

《思想者》是对思想的颂歌。

人类社会只要还在进步，就需要思想。人类靠着自己的思想穿过一道道生活的迷雾从历史走到今天。但今天的迷雾只有靠今天产生的思想廓清。上世纪身陷于贫穷的中国人不可能有当今被淹没在汪洋大海般物欲中的困惑。因此一切真正有价值的思想都来源于对现存世界的怀疑。它的本质，既是批判性的，又是创造性的。思想永远是一种先觉的社会理性。

思想是被现实的困境逼迫出来的。它不是空想联翩与向壁虚构。它与活生生的现实对话，还一定要作用于现实之中，影响和改变现实。那么谁是思想的实践或实现者呢？

在历史上用行动去完成自己思想的人大多是政治家。或许有人说，政治家可以使用手中的权力，文化人手中却只有一枝笔。所以在常人眼中，文化人只能是发发议论和牢骚、大声呼吁乃至做个宣言而已。可是，晚年的托尔斯泰为什么要离开在亚斯细亚波利纳亚庄园极其舒适的生活，频繁而焦灼地介入社会事件，甚至去做灾民调查？他似乎连文学也放弃了。

思想是现实的渴望。它不是精神的奢侈品。它必须返回到现实中去。最好的实践者是思想者本人。特别是我们关于经济全球化中本土文化命运的思考，一直与本土文化载体的大量消失在同一时间里。我们等待谁去援救那些在田野中稍纵即逝、呻吟不已的珍贵的本土文明？所以行动者一定是我们自己。

这不是被动的行动。它是思想的一部分。

所以我说，我喜欢行动。不喜欢气球那样的脑袋，花花绿绿飘在空中。我喜欢有足的大脑，喜欢思想直通大地，触动大地。不管是风风火火抢救一片在推土机前颤抖着的历史街区，还是孤寂地踏入田野深处寻觅历史文明的活化石。唯有此时，可以同时感受到行动的意义和思想的力量。

行动使我们看到自己的思想，充实、修正和巩固我们的思想。我们信奉自己的思想，并不是狂妄自大和自以为是，而是因为这些思想在现实中得到一次又一次的验证与吻合。这一切都必须经过自己的行动。

因而，在编辑这本小册时，我把"思想与行动"作为主题，并得到本书编者、好友祝勇的认同。我刻意将近两三年来所写的文化批评类的文章，择精选要，分为两类：一类是"思想"，即对当代中国文化命运的思考；一类是"行动"，即我付诸行动时，随手记下的一些事件、过程、思考与感受。由于要与同一套书的体例保持一致，所选"思想"的部分自然多一些；又由于篇幅所限，只能将"行动"的部分压缩下来。需要说明的是，前后两部分没有时间的顺序。多年来，我一直是边思考边行动。我喜欢这样的感觉：

在行动中思考。使思想更富于血肉，更具生命感。随时可以在思想中触摸到现实的脉搏。

在思考中行动。使足尖有方向感，使行动更准确和深刻，并让思想在现实中开花结果。

当作家把自己写入书中，心中的企望只剩下一个：愿读者的感受与我相同。

理论要支持田野

首先要表明，这不是一般意义的学术会议。在我国，关于民间美术分类的专门的研讨似乎从来没有进行过，那么今天为什么要拿来研讨？说到这里，就必须面对当今民间文化的学术现实——

近两年，民间文化的学界一个重要的动向是重燃对田野的激情。书店里，展示各种田野调查成果的出版物层出不穷。在获得全国性的民间文化"山花奖"的理论著作中，优秀的田野调查的作品也日见其多。这表明愈来愈多文化学者投入了这场旨在摸清文化家底的普查运动，从书斋走入田野，去拥抱那些濒危的文化生命。然而，在这样令人鼓舞的文化形势下，却存在着诸多令人堪忧的问题。

首先是专业研究队伍十分薄弱，不少民间文化领域根本没有从事研究的专业人员。许许多多民间文化事项——不论是独特的民俗、卓越迷人的民间艺术还是学术的空白，甚至从来没有进入研究者的视野。比如古民居这样博大的民间遗产，直到今天还只是为建筑学家们关注，而没有民俗学家和人类学者的涉入。它们是我们的盲点和盲区。因此在现代化狂潮中，大批古民居、古村落和城市的历史街区被推土机推去，彻底消失，我们却浑然不觉。进而言之，在很多民间文化门类中，至今没有公认和通用的分类法。最严重的门类是民间美术。

由于我国幅员辽阔，自然条件不同，民族众多，长期历史形成的文化板块错综复杂，民间美术缤纷多样，不可胜数。然而民间美术的分类却一直模糊不清，乱无头绪。长期以来，学者们或依从习惯，或自行其是，对于这个基础性的问题只有不多几位学者做过专门研究，但没有得到深入研讨并被普遍认可，这就极大地限制了对于千头万绪的民间美术全面和总体把握与认识。而长期以来，民间美术的研究置身在美术研究和民俗学研究中间的夹缝里。民俗学主要对象是民俗与民间文学，对民间美术关注甚微；而美术界一直把民间美术放在主流之外。民间美术研究处境尴尬，人员很少，力量薄弱，无法建立起严谨的理论体系。这样，当我们用以应对当前普查所得来的中华大地上极其丰富和浩瀚的美术现象时，必然捉襟见肘，力不能支。换句话说，当我们把从田野普查之所获搜集起来时，却没有一个统一的标准的分类法来进行整理，最终只能还是各行其是，其成果必然就会参差不齐，缭乱无序。这就是最近我们要进行一系列民间文化分类研究的缘故。

应该说，是田野普查，是民间文化本身要求——或者说是逼迫我们用理论支持它。如果理论总是远离对象——如果最后都不能回到对象本身，甚至不能解释对象，这种理论只是一种书斋的奢侈而已。

当前，民间文化的研究正在活跃起来，这是数十年来未有的景象。究其缘由，乃是全球化时代的一种必然。面对全球化的霸权，各民族的文化全都身陷危难。全球化的本质是消解人类文化的多样性，而各民族自身的精神传承依靠的正是自己独有的文化。因此，一旦人们对此觉悟，产生自觉，民族民间文化就必然成为全社会的文化焦点。中国毕竟是一个文明古国和文化大国，在全球化席卷而来时，并不需要太长时间就开始深切地关注对自己文明传承及其保护等一系列重大的问题了。

但我们必须清楚，民间文化是在它危亡之时受到关切的。所以，我们首要的工作是抢救和保护，工作的前提是普查。普查包括摸清家底的调查和分类化的整理。其实这些工作都是学术性很强的工作。故而我们的学术研究和学术理论首先是支持田野的调查工作。没有可靠的坚实的理论和学术的支持，田野成果便会良莠不分，年代不明，价值不辨，并全部混杂一起。民间文化与精英文化的一个很大的不同是，精英文化历来一直有鉴别和著录，分门别类，井然有序，而民间文化至今仍是落英满地。我们普查的最终目的是使这"中华文化的一半"——民间文化像精英文化那样整理出来。如果没有理论和学术为后盾，最终一定是杂乱无章，事与愿违。

　　为此，民间文化理论的当代需要，是实效性、应用性和工具性的。不管我们心中的理论大餐如何精美，现在最需要的是收割庄稼的镰刀。其实这些最现实的工具理论——比如分类法，也是学术建设的基础与根本。反过来说，如果我们连这样的理论也无法提供，能说我们有着很高超的理论能力吗？

　　于是，今天我们将诸位学者请来进行研讨。诸位都是民间文化和民间美术研究的大家，在分类方面各有卓见。我们并不指望一次研讨会就能用理论将这样一个极其复杂的问题解决。因此，展开各自的见解，交换观点，归纳思路，启动思辨是这次研讨的目的。我相信，一种规范的、标准的、通用的分类法会由此渐渐诞生。

　　正在进行的民间文化的抢救与保护及其田野调查，向我们的理论研究发出呼唤，提出挑战，也激发着理论的活力。应该说，今天是民间文化事业获得发展的千载难逢的良机。而理论发展的最佳途径则是深入田野实践，发现问题，研究问题，解决问题。从田野中所获得的不仅是做文章的由头，而是融入它脉搏跳动着的生命。让我们在理论研究与田野调查的互动中，促使普查与研究的双丰收，推动民间文化事业的整体发展。

到民间去！

面对着全球性的流行文化狂潮一般的冲击，我们何去何从？我们不能总是一边抱怨这种麦当劳式的快餐食品，无益于精神的强健，一边又无所措于手足。我们的文化正在迅速的粗鄙化，愈来愈失去自我的重心与文化的尊严。就像沙尘暴肆虐的日子——我们只是关上窗子和戴上口罩吗？

我们应该从哪里做起？

毫无疑问，我们应该回到我们的根上，回到我们文化的根基与原点上，回到我们的母体文化中。只有在那里，才能找到我们鲜明的文化个性，我们的文化血型，以及骄傲和自尊的依据。其实，这是世界所有先发的现代化国家都早已经明白的道理。无论是法国人还是日本人，都怡然自得地生活在自己的文化传统上。而我们的作家却今天把自己化装为马尔克斯，明天克隆出一个或几个昆德拉。而文化市场上今天刮"台风"，明天又闹"寒（韩）流"。

我们自汉唐以来的那种雍容大气、雄厚与深邃，跑到哪里去了？难道我们就用当前这种轻飘飘、眉目不清、大杂烩的文化与世界碰撞吗？

可是，当我们回到自己的文化上，就会强烈感受到它的困境。尤其是民间文化。它正在遭受冷遇、歧视、破坏。正在濒危和消亡。我们的文化根基不但被动摇着，而且已经松动与瓦解。等到全国的城镇盖满了小洋楼之后，我们的文化就会无所凭借！

于是，刻不容缓的首要的使命是抢救。

民间文化的传衍性质是口传心授。它一直是以接力的方式一代代传承下来。只要中断，便是终结。因此我说，我们当代文化人一个时代性的使命，就是抢救。那就是将至今尚存的文化遗产，不论是活态的还是濒危的，都要进行彻底的普查与盘点，严格和细致的分类与整理，把它们牢牢掌握起来。如果我们不做，后人就会永远失去这笔巨大而珍贵的文化遗产；而我们做了多少，后人就会拥有多少。

为此，我们的口号是：到民间去！

我们不能一边在城市里指责流行文化的横冲直撞，一边坐等着自己母体文化的消亡。暂时先离开我们的书斋吧。在广阔的田野和乡村里，我们一定会被母体文化的困境激起强烈的救助之情，也一定会感受到中华文化鲜活而迷人的生命力。

我们一代文化人的书桌应该是大地；我们身上寻呼机的号码应该是120；而手中的笔从来都是我们的心。

如今，这项工作也在燕赵大地上开始。许许多多文化人已经走向民间。他们的文化责任感令我们钦佩。我们希望更多的人加入他们的队伍——到民间去！回到母体文化中去！

因为，养育了我们的母体文化现在需要我们。

当代大众的文化菜单

　　每个时代的人都有一个文化菜单，各不相同。远的不说，比如"文革"。中国人每一天的文化菜单基本都是由这几种文化食品组成的：语录歌、收音机的样板戏、忠字舞、革命连环画、宣传画、《春苗》和《半夜鸡叫》一类的电影。对于识文断字的人还有额外的一道精神大餐——《金光大道》。由这种菜单喂养的一代人，自然都是唯命是从，缺乏个性与自我，没有想象力和创造力的一代。

　　比起那个时代，当代人进了天堂。古今中外，五湖四海，五花八门，五光十色，天天能把人们埋在文化里。可是眼瞧着文化食品堆积如山，吃到嘴里的东西到底怎样？

　　我们先要弄明白当代人文化食品是哪里来的。当代大众的文化食品主要来自两个巨型的"供应商"。一是报纸，一是电视。全是媒体。当然还有网络，这要放在后边另说。

　　媒体称霸的根本原因是现代传播技术的飞速发展，人们可以通过媒体极快乃至同步地获知地球上发生的一切。信息、知识与文化有了最通便、最广泛传播渠道。当代人只要打开电视，翻开报纸，天下大事、经济讯息、社会众生、科技发明、医疗保健直到生活购物，几乎无所不知。至于人们对于文化的需求，歌呀、舞呀、电影呀、曲艺呀、故事小说呀，媒体上全有。如果看小说费劲，还能把它改编成电视剧，赏心悦目地捧给你瞧。应该说，当今是媒体指导生活的时代，也是媒体文化的时代。当代人文化菜单上的主菜是媒体给你的。

那么媒体文化的本质是什么呢？

首先你得明白，媒体是企业。它得赚钱养活自己，还得和同行竞争。那么它就必须有卖点。对于媒体来说，一切意外的、刺激的、新奇的、有趣的和独家的都是它的卖点。媒体的内容不崇尚永久性，只追求"当天的效应"。当然是愈刺激、愈新奇——愈好！媒体文化与生俱来地带着媒体这些特征。因此说，媒体文化是商业化的、快餐性的、一过性的、消费性的。

故而，我们也就用不着去责怪报纸上的社会新闻偏偏去寻奇说怪，埋怨电视剧故弄玄虚，谴责明星作秀和节目制作人炒作。媒体不能被动地等待知音，而必须主动地去招徕看客。倘若不去起哄、炒作、造势，不温不火，没人来看，谁还会在媒体上做广告，媒体怎么活？

但是反过来我们的脑袋还得清醒，这种媒体文化到底有多少文化养分？

进一步说，在这种光怪陆离的媒体文化的菜单里，你会发现最常见的两样"看家菜"：一是名人，一是时尚。这两样都是媒体卖点中的卖点。

先说名人。名人（包括各类明星和公众人物）本来就是大众关注的人物。于是名人们的行踪、轶闻、笑话、结婚、离婚、再婚、绯闻、出丑、出事，等等，自然都为媒体所关注、所聚焦。媒体还要设法包装、炒作、升温名人，只有把名人哄抬得貌似伟人，他们摔掉门牙才能成为一条勾人的新闻。媒体时代是名人的时代。因为只有媒体才能够制造出一个又一个惊天动地的名人来。古代的名人靠的是"功夫在诗中"，现代的名人靠的是"功夫在诗外"。也许有些聪明人悟得此道，才使劲伸长脖子在媒体中探头探脑，还不断地"生事"，给好事的媒体送上"猛料"，以此赚得名气。人类从来没有像今天这样拥有如此庞大的名人阵。没有人会去追究这些名人到底有几个货真价实。因为今天的名人只不过是一种社会看点，一种消费或消遣而已。

再说时尚。历史上的时尚是一种流行的风尚。比如唐代女人尚胖，或尚穿胡装，或尚骑射。但后边都有着很深的历史文化背景。在商品化时代，时尚却是无由而生，一哄而起，一天一尚，层出不穷。而且几乎无论什么都有时尚。比如流行一时的什么发型、衣装、背包、鞋子、手机、手链、饰物、玩物，都可以进入时尚之列。而且不单单是随身物品。从生活方式、度假方式、娱乐方式，都随时会有一种新时尚冒出来。时尚是一种时髦，一种新潮。时髦和新潮都有很大诱惑力。媒体自然要拿它炒作，作为自己的卖点。但时尚与名人不一样。名人是媒体制造的，时尚是商家制造的。营造时尚，是当今市场最主要的商业策划。一种时尚的营造成功，会创造出一个多么巨大的商机！有时，名人和时尚还可以联手，比如贝克汉姆的发型和张曼玉的旗袍，等等。一旦时尚由名人领衔，就一定有人大发其财。也许你会批评时尚是泯灭个性的。你指责时尚是一种追随，一种趋同，反而失掉了自己。但时尚无法反对掉。它是符合市场规律的，因为时尚是一种最强有力的市场激素。

当然，除此之外，当代人还会从媒体之外获得文化食品。比如偶尔去看一场电影，买几本书或杂志。

但是，我国电影在好莱坞称霸的电影市场已经很难分一杯羹。而那种美国人的影片除去极少数如《辛德勒的名单》之外，大多影片看到底不过是幼稚的故事加上高科技的大制作，没有多少思想与艺术含量，基本上是卖钱的商品。谈到图书，大众难免又会掉入商家的"畅销书排行榜"的迷魂阵中。畅销书也是一种变相的时尚。不过我们应该承认，如今严肃的纯文学基本上是在作家自己的圈子里转来转去，相互阅读，相互看好，失去了起码的社会影响。不是作家专业化，而是文学专业化。它们已经被当代人的文化菜单排除在外了。

这里，我之所以没有多谈网络，是因为我谈的只是大众的文化食品。大众的文化食品基本是被动的；小众的文化食品才是主动的，比如上网。我认为网络是当代人一种较好的精神文化方式。上网可以交流、深入，视野没有限定。但如今网络只存在于知识层，还远远没有进入中国大众的文化菜单。

如果让我们鉴定一下当代大众的文化菜单，我看基本是快餐式的、消费性的、粗鄙化的，而且带着很大的商品的制作性。可以说，当代人的文化食品不是纯自然的绿色食品，而是一种商品性的制品。我感觉，我们就像产业化喂养的鸡鸭和鱼虾一样。我们天天用这种食品把肚子塞得鼓鼓的。但我们肚子里的这些乱糟糟的货色，最多只能在电视大赛上应付那种说"是"或"不是"的知识问答。精神里没有多少真正东西。

当然除去"文革"，任何时代的文化菜单都不是由谁开出的。它是供需双方不断"磨合"的结果。但我们是否看到市场在悄悄地把它的非文化和纯盈利的意图有力地注入进去，并渐渐成为一种新的精神统治？

文化可以打造吗？

　　一个气势豪迈的词儿正在流行起来，这个词儿叫做：打造文化。常常从媒体上得知，某某地方要打造某某文化了。这文化并非子虚乌有，多指当地有特色的文化。这自然叫人奇怪了，已经有的文化还需要打造吗？前不久，听说西部某地居然要打造"大唐文化"。听了一惊，口气大得没边儿。人家"大唐文化"早在一千年前就辉煌于世界了，用得着你来打造？你打造得了吗？

　　毋庸讳言，这些口号多是一些政府部门喊出来的。这种打造是政府行为。其本意往往还是好的，为了弘扬和振兴当地的文化。应该说，使用某些行政手段，是可以营造一些文化氛围、取得某些文化效应的。但这种"打造"还是造不出文化来。打造这个词儿的本意是制造。优良的工业产品和商品，通过努力是可以打造出来的。文化却不能，因为文化从来不是人为地打造出来的。温文尔雅的吴越文化是打造出来的吗？美国人阳刚十足的牛仔文化是打造出来的吗？巴黎和维也纳的城市文化是打造出来的吗？苗族女子灿烂的服饰文化是打造出来的吗？谁打造的？

　　文化是时间和心灵酿造出来的，是一代代人共同的精神创造的成果，是自然积淀而成的。你可以奋战一年打造出一座五星级酒店，甚至打造出一个豪华的剧场却无法制造一种文化。正像我们说，使一个人富起来是容易的，使一个人有文化——哪怕是有点文化气质可就难了。换句话说，物质的东西可以打造，精神文化的东西——是不能用打造这个词儿的。难道可以用搞工业的方式来进行文化建设？那么为什么还要大喊打造文化，仅仅是对文化的一种误解吗？

坦率地说，打造文化叫得这么响，其中有一个明显的经济目的——发展旅游。因为，人们已经愈来愈清楚文化才是最直接和最重要的旅游资源。一切文化都是个性化的。文化的独特性愈强，旅游价值就愈高。文化是老祖宗不经意之间留给后人的一个永远的"经济增长点"。那么在各地大打旅游牌的市场竞争中，怎样使自己的文化更响亮、抢眼、冒尖、夺人？一句话，看来就得靠"打造"了。

很清楚了，这里所谓的打造文化其本质是对原有文化的一种资源整合，一种商业包装，一种市场化改造。当今有句话不是说得更明白吗——要把某某文化打造成一种品牌。品牌是商业称谓。文化是没有品牌的。中国文化史从来没有把鲁迅或齐白石当做过"品牌"。鲁迅和齐白石也不是打造出来的。当下的打造文化者也并不想再打造出一个鲁迅或齐白石，却想把鲁迅和齐白石当做一种旅游品牌"做大做强"。所以伴随着这种商业化的"文化打造"，总是要大办一场大哄大嗡的文化节来进行市场推广。这种打造和真正的文化建设完全是两码事。

进而说，如果用市场的要求来打造历史文化，一定要对历史文化大动商业手术。凡是具有趣味性和刺激性、吸引与诱惑人的、可以大做文章的，便拉到前台，用不上的则搁置一旁。在市场霸权的时代，一切原有的文化都注定地要被市场重新选择。市场拒绝深层的文化，只要外表光怪陆离的一层。文化的浅薄化是市场化的必然。此外，市场还要根据自己的需要，还要对原有文化进行再造。涂脂抹粉，添油加醋，插科打诨，必不可少。这也是各个旅游景点充斥着胡编乱造的"伪民间故事"的真正缘故。与此同时，便是无数宝贵的口头文学遗产消失不存。再有，就是假造的景点和重建的"古迹"。这儿添加一个花里胡哨的牌坊，那儿立起来一个钢筋水泥的"老庙"，再造出一条由于老街拆光了而拿来充当古董的仿古"明清街"。街两边的房子像穿上款式一样的戏装那样呆头呆脑地龙套似的站着——文化便被打造成了。

这里边有文化吗？真实的历史文化在哪儿呢？打造出来的到底是什么"文化"？伪文化？非文化？谁来鉴别和认定？反正前来"一日游"的游客们只要看出点新鲜再吃点特色小吃就行，没人认真。也许那些对当地文化一无所知的洋人们会举着大拇指连声称好，凑巧被在场的记者拍张照片登在转天报纸的头版上，再写上一句"图片说明"：

"东方文化醉倒西方客。"

打造文化，一个多么糊涂的说法和粗鄙的做法！

谁消解我们的文化？
——从春节的失落感谈起

又一个平平淡淡的春节刚刚过去。对此，是耶非耶，议论纷纷，莫衷一是。颇耐寻味的是，它前后紧挨着两个舶来的洋节，前为圣诞节，后为情人节。在市场和媒体的炒作中，这两个洋节红红火火。传统的春节被夹在中间更显得尴尬和落寞。最要紧的是人们在长长七天的春节中，不知该怎么"过"。于是商家出了一个主意叫做"黄金周"——到异地甚至到异国去旅游。出去转一圈似乎不错，但回来再一琢磨，更不知什么叫做"年"了。"年"就是玩吗？吃吗？换一些新奇时尚的玩法吃法就万事大吉？可为什么这么吃了玩了却觉得不是在过年？人们对电视春节晚会的不满仅仅是节目的不尽如人意？在那些禁炮的城市中，悄悄放炮的人渐渐多起来，是简简单单一种怀旧或是陋习使然吗？

当然不是。

在每年农历的腊月里，数千万在城市打工的民工潮水一般奔回家去过年，也许是当今最鲜明地体现"年"的意义的一种现象了。回家，团聚，尽孝，亲情，合家欢乐，还有一种深深的故土与根的认同。此中包含着一种无形的强大的精神和情感的力量，就是我们常说的民族的亲和力与凝聚力。中华民族五千年能够传衍不断，合而不分，与其创造的文化传统密切相关。年，是不用政府花一分钱，老百姓一年一度自我增加民族凝聚力和亲和力的日子。

为此，大年三十之夜，对于全世界的华人来说是"普天同庆"之时。倘若此刻人在异地，一定要通过长途和越洋电话把种种祝福送回家乡。这是唯华人才有的一种民族情感的总爆发，它与平时互致问候的电话的感受绝不相同。中国人怎么创造出如此强大的自我凝聚的文化来呢？为什么所有华人此时此刻一定会产生这样的渴望团圆的心理与故乡亲情呢？应该说，这是中华文化最深刻的一部分，是我们民族的至宝！

从文化学和民俗学的角度看，一个民族的情感与精神是要由一系列特定的方式作为载体。这方式就是民俗。民俗不是政令法律，但它是经过一代代认同、接受和传承下来的，是共同遵循的文化规范与仪式。虽然在风俗的传衍中也会发生变异，但这种变异一定要经过长时间的接受过程而最终被共同认可。否则，很难成为风俗的内容。从这个意义上说，风俗是固定的、严格的，不能随心所欲地删改与添加。

比如电视春节晚会曾经一度被人们称做"新民俗"，但从近几年的情形看，不一定能够进入年俗的序列。这里边一个重要的原因是电视春节晚会不符合民俗的性质。在所有的民俗活动中，人都是主动的，参与其中的。无论是年夜饭、贴春联和燃放鞭炮，人都是主角。春联的内容、祝酒的话语和鞭炮的多少，都由人来定。每个人都发自内心，自由地选择、表达与宣泄，以达到满足。但面对电视时，人是被动的。人的一切愿望和心理都无法表达，也无法满足。电视上表演的只是导演的想法，它怎么能代替亿万人在年俗中那种主动而自由的宣泄？在人们对电视春节晚会的抱怨中，我们是否看到传统年俗载体的缺失带来的失落。这是当代人一种文化上的失落与心灵上的失落。于是，春节成了当今中国人最无奈的节日。可是我们至今也没有深究个中缘故。相反，无论是媒体还是商家，仍在一个劲儿地鼓励人们把年夜饭搬到餐馆，用电子炮代替真正的鞭炮，甚至将春节当做黄金周。将一个民族盛大的节日变为一种商机，把节日变为假日。

由此进一步说，节日与假日不同。假日是没有特定内涵的。它只是法律赋予的公民休息的权利。它像一个空口袋，随便装进去什么都行，但节日是有特定的精神文化内涵的。我们现在的节日大致可分为三类。一是政治节日，如国庆节、建党纪念日、五一劳动节等。二是民俗节日，如春节、灯节、中秋节和端午节。三是舶来的节日，如圣诞节、情人节、母亲节等。如今民俗的节日差不多都成了饮食节。中秋节吃月饼，端午节吃粽子，灯节吃元宵。原有的文化内涵无人理会，原有的非常丰富和优美的节日礼俗已经全部消失了。如果再没有粽子和月饼，人们真的就会把这两个传统的节日彻底忘掉。相反，圣诞节和情人节却被搞得有滋有味，西方过节的那一套我们应有尽有，五光十色。孩子们都认识圣诞老人，却不知谁是门神和门神是谁；都知道玫瑰代表什么，却不知水仙的意味。因为操纵这些节日的差不多都是商家。商家知道外来的文化畅销。所谓黄金周，实际上只是商家一个赚钱的大好时机而已。而如今我们自觉或不自觉地把国庆节也列入黄金周了。在世界任何国家，国庆都是隆重又庄严的日子。它是一个国家非凡历程的纪念日。难道它也能推进市场、卖给商家吗？

现今的国庆节，只剩下一场由各地政府要员和各界代表参加的一场例行的歌舞晚会而已。老百姓已经没有"国庆的感觉"了。

节日渐渐在成为假日。无论是国庆节还是春节。

如果一个民族在国家意义和文化意义上没有任何庄重的、神圣的精神的东西，而只是一味的消费、消费、消费，那么，我们从这里失去的，就一定要在另一些方面难堪地表现出来。如果田里缺水，庄稼就会枯萎，这是物质问题的特征。如果缺乏国家情感，就会出现诸如为"买春团"提供服务那样糟糕透顶的事，这是精神问题的特征。

究其原因，我想应是重经济、轻精神。精神是无形的，似乎可有可无；物质是有形的，自然必不可少。精神的内涵往往通过文化的方式表现出来，比如中国人的凝聚力和亲和力是依靠民俗方式传承下来的。由于轻视精神的意义，也就会漠视相关的文化，乃至于对于民俗所承载的民族精神与情感毫不关心。于是，那些在历史的变迁和时代的发展中本来已经所剩无多的民俗载体，还在被我们一个个地随手抛掉。年的尴尬，是因为没有民俗载体了。皮之不存，毛将焉附？人们空有年的盛情，却无以承载。这便是春节乃至各种节日都渐见空洞又无奈的深层原因。

　　然而，聪明的商家把这文化上的空洞变成巨大的商业空间，于是"黄金周"之说油然而生。节日一旦归入市场运作，其精神文化内涵便无人顾及。市场的标准是看它还有多大的消费价值。于是中国人最重要的节日文化便被消解了。它看似被市场消解，被外来文化消解的。不是！实际上是被我们自己的无知消解的。

　　它缘于我们对自己文化及其价值的无知，对人的精神生活与需求的无知。

　　但是，谁估量过它的损失——尤其是这日益经济全球化的时代？

　　伴随着经济全球化过程中，强势的外来文化对我们的冲击是必然的，也是根本性的。特别是外来文化又是以流行文化为主体和先锋，它具有异文化的新鲜感、现代文化的冲击性和市场霸权。流行文化本来就是商品市场的一部分。它在西方世界被打造得成熟练达。它在商品社会光芒四射。它猛烈地冲击着我们固有的文化，并成了相当一些人失去文化的自信心与光荣感的根由。如果我们还不清醒，不自觉并有力地保护自己的文化传统及其载体，我们传统的、本土的、主体的精神情感便会无所凭借，渐渐淡化，经裂纬断，落入空茫。

　　进而说，便是许多地方大到城市，小到乡镇，缤纷多样的地域形态迅速灭绝，历史记忆荡然无存，民间文化烟消云散。再过两三代人，他们面对着大片大片洋房和霓虹灯，还会知道中华文明曾经怎样的灿烂多姿？我们留给他们的只是一堆跟哪儿也对不上号的泛黄的老照片？

照此下去，现在人们在春节时的失落感，一定会出现在将来的一座座城市和大地山川之中。那时的人们可能很富有，但一定又感到贫乏。而这物质的富有和精神的贫乏都是我们留给他们的。

我们一定要理解到，广大人民的根本利益，既有政治的，也有物质的、经济的，还有文化和精神的。既有我们一代人的，也有后代和后世的。

城市可以重来吗？

前不久，某地房地产业召开一个"高峰论坛"，主题词气吞山河，曰：有多少城市可以重来？

其实这口号并不新鲜。早在二十世纪中期，我们就这么气壮山河地高吼过——什么改天换地呀，大地换新装呀，山河一新呀等等。好像非此不能体现我们这一代人的丰功伟绩。然而，这些看似壮丽的口号又是可怕的。多少大自然的生态和不能再生的历史文化遗存，就在这口号下被大肆涤荡，破旧立新，推倒重来，所剩无几。

今天，站在现代文明的立场看，这些口号是不文明的，甚至是野蛮的。

还得承认，开始对外经济开放和现代化的时候，我们并没有站在现代文明的立场去审视过去和面对今天。脑袋里热烘烘，依旧是"破旧立新"和"旧貌换新颜"那一套，再加上这一次的力度之大前所未有，所以直接的负面后果是六百多个城市的历史生命被一扫而光，性格形象消失了，年龄感没了，个性记忆被删除得干干净净，我们已经无法感知认识自己城市的文化性格和精神历程。从这个意义上来说，城市是不能重来的！城市不是一个巨大的功能性的设施齐备的工作机器与生活机器。城市首先是一个生命。有命运，有历史，有记忆，有性格。它是一方水土的独特创造——是人们集体的个性创造与审美创造。如果从精神与文化层面上去认识城市，城市是有尊严的，应当对它心存敬畏；可是如果仅仅把它当做一种使用对象，必然会对它随心所欲地宰割。

这些年跑过的地方不少，每到之处都会向当地主人提出看看历史街区。这种在欧洲会被当做很尊重他们的要求，却常常使我的主人陷入尴尬。一次去往德州这座我心仪已久的古城，转了半天只看到一座古墓，此外就什么也看不到了。这样的徒有虚名的古城，我能开出一个很大的名单，保准人人会吃惊。古城变成新城——这大概就是"重来"的结果。江浙一些沿海的先发现代化的城镇甚至已经"重来"几次了！

世界上有没有重来的城市？有，我看过两座。但我对这两座重来的城市是没有非议的。其中一座是在二战时被战火荡平的德国的杜塞尔多夫，一座是被大地震颠覆的唐山。它们几乎是完全重建的。但这是很痛苦的事。然而唐山人很有眼光，还是刻意保留几座令人触目惊心的地震废墟，作为城市生活难以抹去的痛苦记忆下来。

珍惜城市精神文化的人，一定会精心地保存自己城市的历史，因为城市的灵魂在它的历史里。这使我想起曾经邀请我去柏林演讲的一个专事修复前东德城市遗存的组织，这组织的名称很独特，像口号，它叫做："小心翼翼地修复城市。"一听这名称，我就对他们心生敬意。

我们是不是真的不懂得城市的文化意义与精神价值？我想是，但也不是。

为什么说"也不是"？实说了吧，有时表面装不懂，实际是为了钱，为了经营城市及其土地。在这些人眼里每一座建筑下边的土地都可以变成大量钱财。只有把这些建筑拆掉，土地才有再使用的价值，即经济价值。于是，城市的历史文化便成了他们"盘活土地"的障碍。所以，他们要千方百计拆去这些历史建筑——这大概就是对城市呼喊"重来"的最真实的动机了。

城市要发展，要更新设施，增添功能，一定要被更改。为此，历史文化遗存也一定要付出代价，但这个代价要经过审慎思考和严格论证，它与"重来"是两码事。重来者无视城市的历史存在与文化存在。它对于城市的历史生命是一种断送，对文化积累是一种彻底的铲除，对城市个性是一种摒弃。

不要把这个城市的"重来"之说仅仅当做一个不恰当口号。它是那种由来已久的无知与野蛮的城市观在市场经济时代的恶性发作。尤其是在一些历史街区一息尚存的城市里，这种口号将催化城市历史的终结式的消亡。

为什么要留住城市的记忆？

在当前中国城市地毯式的改造中，一个词汇愈来愈执著地冒出来，就是——记忆。这个并不特别的词汇放在城市的变革中便让人们感到异样、另类、不和谐、不解，还让那些恨不得把城市"推倒重来"的人颇为反感。城市难道不是愈新、愈方便、愈现代愈好吗？为什么需要记忆？记忆什么？有什么用？为了那些看不见摸不着的记忆而把它破破烂烂地堆在那里吗？

首先说记忆。人的记忆分两种。一种是不自觉的，一种是自觉的。前者是自然的，松散的，不经意的。不论记住还是没有记住，不管日久便忘或历久难忘，全是一任自然，具有感性的色彩。我们在日常而平凡生活中的记忆大致如此。后者——也就是自觉的记忆，则是理性的，刻意的，是为了不被忘却。我们每个人的心灵中也都有这种自觉的记忆。

城市和人一样，也有记忆，因为它有完整的生命历史。从胚胎、童年、兴旺的青年到成熟的今天——这个丰富、多磨而独特的过程全都默默地记忆在它巨大的城市肌体里。一代代人创造了它之后纷纷离去，却把记忆留在了城市中。承载这些记忆的既有物质的遗产，也有口头非物质的遗产。城市的最大的物质性的遗产是一座座建筑物，还有成片的历史街区、遗址、老街、老字号、名人故居等等。地名也是一种遗产。它们纵向地记忆着城市的史脉与传衍，横向地展示着它宽广而深厚的阅历，并在这纵横之间交织出每个城市独有的个性与身份。我们总说要打造城市的"名片"，其实最响亮和夺目的"名片"就是城市历史人文的特征。

当然，伴随着记忆的另一半是忘却。这也是很自然的事。在城市漫长的成长过程中，它总是一边创造，一边销毁，还要不断地改造与扩大，再加上灾难性的变故（包括战争与自然灾害的破坏），记忆总是在不断丧失。在传统的城市发展中，记忆与忘却都是随其自然，是不自觉的和非理性的，拆旧建新，随心所欲。因为那时人们只把城市看做是功能的、实用的、物质的，没有看到它的个性的价值与文化意义。

但是，自从人类进入现代化社会，便对自己的城市产生一种理性的记忆的要求，开始觉悟到要保护这些历史人文的记忆载体。应该说到了二十世纪五十年代著名的《威尼斯宪章》一出来，人们对城市的保护就非常自觉了。保护它，决不仅仅因为是一种旅游资源或是什么"风貌景观"，更是要见证自己城市生命由来与独自的历程，留住它的丰富性，使地域气质与人文情感可触与可感。当然，这些都是从精神和文化层面上来认识的。于是，文化保护便成了现代城市建设中最紧迫和最前卫的课题之一。记忆和遗产在高速发展的当今世界上变得愈来愈重要。其实遗产就为了记忆。

应该说，城市本身没有自觉的记忆。这种理性的记忆，实际上是人赋予它的。为此，自觉的记忆是现代人类的文明要求与文明行为，而破坏记忆则仍是滞留在一种原始的非理性的惯性中。

当然，记忆是有选择的。

这里说的记忆不是个人化的，不是为了满足个人某种怀旧情绪的。它是一个城市的记忆，群体的记忆。那就要从城市史和人类学角度来审视城市，从城市的历史命运与人文传衍的层面上进行筛选，把必须留下的记忆坚决守住。这样，城市的保护就决不是简简单单留下几个"风貌建筑"，摆摆样子而已，更不会随手把许多极其珍贵的记忆大片抹去。

对待一个城市的生命记忆，对待一代代先人的经历与创造，必须慎重、严格、精心。对待保留下来的记忆必须尊重它的完整性与真实性。任何随心所欲的涂改都会破坏记忆。就像北京南池子改造中将四合院改为四合楼——记忆已经不复存在，本质上仍是"建设性破坏"。

我们强调保留城市的记忆是保护好城市的历史真实。能够体现真实的只有实物。那么我们就必须尊重城市历史，无权对它们任意宰割，把阅历丰厚的城市最终变成亮闪闪又"腹内空空"的暴发户，变为失忆症的患者。如果我们真的这样做了，我们的后代便会在未来的变得千篇一律的城市里，一边茫茫然无所凭借，一边骂我们这一代无知与野蛮。

谁掏空了古村落？

近年来，在深入各地古村落进行文化遗产的普查时，常常碰到一种令人忧虑的现象。就是它的历史形态虽然依存，那些古老的建筑一幢幢有模有样地立在那里，但建筑里边已经看不到任何历史文化的内涵了。一些非物质文化遗产也都支离破碎。那些唱傩戏的面具、印年画的画版、演影戏的皮影人儿，甚至连寺庙和戏台柱子下边雕花的石礅儿，全都是为了应付游人而找人新刻的。这些古村落除了建筑已经看不到任何历史的记忆与见证，它们都跑到哪里去了呢？

去到北京的潘家园、天津的沈阳道、上海的城隍庙、太原的南宫、成都的送仙桥以及遍布全国各地的大大小小的古董市场和古物集散地看一看吧，都在那里！

我考察过许多国家的古物市场（西方人叫跳蚤市场），但绝对没有我们的古董市场如此无奇不有、堆积如山、气势惊人。多年前我听到一位外国朋友发出感叹，他惊讶于中国历史悠久，古物极大丰富，多得没边。似乎我们的古物取之不尽。但今天如果再去逛逛各地的古物市场，已经被赝品所充斥，罕见真物，现出疲态，真东西不多了！

这不奇怪。首先是长久以来，农村贫穷，物品很难保持。近百年来又经过一次次自我的粗暴地扬弃。更直接和更致命的原因则是近二十年古董市场的开放。当时似有一种理论，似乎古董有了商品价值就不会被丢弃或毁掉，并把这种观点当做古董市场开放的理由而全面放开。但不料，它的负面远远大于正面。

那些很久以来一直被视做"破烂"的东西，忽然值了银子，一方面刺激了卖，一方面刺激了买。卖是为了换钱，买一半出于爱好，一半是为了升值。买卖都是市场的需求。这便促使一支专事搜罗古物的队伍——古董商贩的迅速形成与壮大。遗憾的是，我们对遗产最先看到的不是文化价值而是商品价值，最先深入田野并看重遗产的不是文化人而是商贩。在金钱的驱使下，这无以计数的古董商贩们跋山涉水、千辛万苦地把各省各镇各乡各村的古代遗存——从家藏细软、字画、陶瓷、家具到服装、老照片、家谱、房地契、农具、生活什物，及至窗扇、牛腿、花罩、砖础、柱础、门墩等等全都搬到市场上。我曾到京郊吕家营看过一个来自山西的商贩存放古董的仓库。单是各式各样的油灯就有数百个，大大小小的粮斗，至少上千。浩浩荡荡地摆成一片或高高地堆成一座小山。全是地道的"山西货"。真比我们"拉网式"普查做得还彻底。其结果，一方面这些搬到市场的古物，失去它的出处，也就失去了对自己原生的那块土地的历史文化见证的价值；另一方面那些被掏空了的古村落只剩下一个徒具其表的干瘪的躯壳，像一堆没有内页的书皮，只有空壳和书名，没有内涵和内容。

古村落是被古董商贩"淘宝"掏空的，也是被我们自己卖空的，倾其所有地卖空的。这就是二十年来古董市场的负面。由于没有人类先进的遗产观，没有认识到这些遗产的精神文化价值，没有在文明转型期（由农耕文明向工业文明转型）自觉的文化保护，也由于太看重古代遗存的经济价值了，才把这些极为重要、失不再来的历史文化遗存失去，致使大部分古村落和城市的历史街区出现了"文化空巢"现象。

可是，我们现在仍然没有对重要的民间文化遗存和非物质文化遗产的保护法。前些年有一个来自欧洲的女子在贵阳呆了六年，专事收集少数民族传世的古老又精美的服装，然后打包装箱运回国。她收获极丰，情不自禁地说出一句大话："十五年后中国的少数民族服装到我们那里去看！"没有法律保障的遗存会很轻易地流失掉。然而那些古董商贩却一刻未停，依然走村串乡，奋力"淘宝"。古村落剩余的文化汁液还在被使劲地吸吮着。我想，倘若要保住中国大地上最后的原生态的遗存，紧要的是立法保护。当然还有博物馆保护和遗产教育等等。

我们总不能把古村落全变成文化空巢留给后人！

春节假期为什么不前调一天

多年来，春节放假一直是由初一至初七，前后七天。我们已经习惯了这样的假期，因此年年必然都会感受到一种别扭，便是除夕那天由于尚未放假而忙得人仰马翻；但到了春节假期的最后一天（初七），又闲得无事可做，甚至会觉得乏味和无聊。

为什么年年过年都是这样开头紧张，结尾淡而无味？究其根本，乃是春节的放假没有遵循民俗习惯、节日内涵和人们的文化心理的缘故。

春节是中国人传承了数千年传统的节日。在农耕时代，人的生活节律与大自然的四季是同步的。年预示着新一轮的开始。过年最重要的生活与生命的意义便是"辞旧迎新"，也就是送走过往的一岁，迎接姗姗而来的新的一年。于是对往日的怀念，对意外不幸的担忧，对新生活的憧憬与企望——这些心理与情感，全都集中地表现在过年的这几天里。

在春节这几天中，正月初一，元旦之日，新春伊始，固然重要。但除夕这天，似乎更被中国人所看重。因为从时间上看，只有除夕这天，才更具有辞旧与迎新的意味。

故而，在这一天，身在天南地北打工做事的人全要赶回来，全家老小聚拢一起，以美食美酒助兴，相互祝福，享受亲情，共度这个一年一度的"辞旧迎新"的时刻。

为了过好这个隆重又非凡的日子，各种准备工作从腊月二十三（或二十四）就开始了。全国各地都有歌谣，合辙押韵地道出哪一天要做什么。为了过好年，人们要不断地往节日里增添力气，以表达对生活的热情与希冀。

从年俗上说，除夕这天就是"年"。中国人把这天亲热地称做"大年三十"。这天决不只是吃一顿"年夜饭"。年夜饭不过是除夕的一出重头戏。还有许多必不可少的大活动都要在这一天进行。从敬祀祖先、年夜守岁，到子夜时分燃放爆竹。而这一天最令人欢悦和感动的还是以家庭为中心的人间团聚。不论是男女老少一起忙碌着年夜的酒饭，还是在寒风中终于点燃了烟花的药捻，年的高潮、年的情怀，以及最深切的年味都是在大年三十这一天。

因此说，这个真正属于"年"的日子不放假，有点不合情理。近年来，每逢除夕，许多单位领导和老总都注意到"以人为本"，格外开恩，早早收工，叫职工们回去"忙年"了。尽管如此，法定不放假的除夕之日，还是叫人感觉"皮肉不合"，紧迫又忙乱。

再有，便是春节假期的最后一天——初七。待到长长的假期到了这天，该去拜年的已经全拜过了，大小聚会也转过一轮。倘若忽然想起哪位熟人，反倒不好去上门拜年了，怎么挨到初七才想起人家来呢？在传统年俗中，初五之后，生活进入日常状态，商家全都开市，谓之"破五"。到了初七就更没有什么大节目了，实际上已经无年可过。于是这天就成了春节假期的"垃圾时间"，变得可有可无。这样的假期还有意义么？为什么还要放假呢？

为什么不把春节的七天假期前挪一天——从大年三十放到初六？这样，人们既可以把除夕过得更充分、更从容也更尽兴，还可以割掉年假中那条无用的长尾巴，使整个春节紧凑又饱满。

如今，我们已经将春节列入我国首批非物质文化遗产。

节日遗产不同于艺术遗产。艺术遗产的传承者是艺人，节日遗产的传承者是全民。这个遗产的保护是设法使大众永远把节日过得有滋有味。那就首先要遵从文化的规律，顺乎民情表达，合乎年俗内涵，才能使优秀的传统文化得到真正的弘扬。

文化责任感

　　责任感这个词儿已被当今文学界所厌倦。以流行的看法，它像绳索——如果出于作家自身，写作就会如同自我捆绑起来，不得轻松，难以随心所欲、呼风唤雨地过把瘾；如果是来自某某人的要求呢，则是外加的束缚，更谈不上写作的自由了。于是，责任感几乎被当今文学推出门外。以致二十世纪八十年代初那种"为民请命"的作品，干脆被定性为非文学。

　　前不久，牛津大学一位博士生写来一大堆问题叫我回答。其中一个问题是，中国作家太注重责任感，因此扼制了艺术创造。问我是否如此。看来，整个世界的文学都讨厌责任感了。

　　可是，到底什么是责任感呢？

　　中国作家大喊责任感是在"文革"刚刚终结的二十世纪七十年代末。之所以这样大声鼓噪，首先是为了使文学对社会生活有"说不"的权利——是为了文学的自由，而不是不自由；同时还为了唤起同行，唤起良知，以纸为旗，以笔为矛。在那个时代，文学的责任感主要是社会责任感，因为那时社会问题压倒一切。倘有人弄些唯美的，再高超也不会被理睬，虚无飘渺的武侠言情更会被人们弃置一旁。尽管那种充满责任感、充满激情的文字，常常直白浅露，但这样的写作，是发自内心的呐喊，一样会有进入自由状态的快感，让人"过瘾"，只不过不是在玩文学。因为它神圣地充溢着社会良心。

不要把那个时代文学的直白归咎于责任感。直白恐怕正是那时代的一种需要。于是，我对那位牛津的博士生说——

责任感说到底是一种社会良心。当然作家写作的出发点不应该只是简单地出自良心或责任；而责任也并不单是社会责任，它还具有深广的内涵。人道主义同样是一种责任。再有，文化责任感也是一种社会良心。更准确地说，应叫做文化良心。

正像二十世纪八十年代初我关注畸形社会中种种小人物的命运一样，进入二十世纪九十年代后，我特别关注在急速现代化与市场化中文化的命运。一方面，由于文化问题跑到台前，变得紧迫和危急；另一方面也许我是文化人，便自觉地关注甚至关切到文化本身。如今，现代化造成的生态环境与资源的负面问题，正在愈来愈成为人们关注的焦点，但文化——比如正在被大规模的"城改"所涤荡的城市的历史文化性格问题，至今依然被漠视着。可以说，每一分钟里，我们的城市中都有大批文化遗存在推土机的轰鸣中被摧毁。历史遗存和原始生态一样，都是一次性的：一旦毁灭，无法生还。生态关乎人的生存，所以容易被看到；文化关乎人的精神，就常常不在人们的视野之中。在当前城市正走向趋同化的飞速演变中，我相信自己的一种可怕的预感，即三十年后我们祖先留下的千姿百态的城市文化将会所剩无几。清一色全是高楼大厦。这是多么迫在眉睫又水深火热的文化问题！文化的魅力是个性，文化的乏味是雷同。那么，为此而呼、而争、而辩、而战，不应是我们的责任？

责任感是一种社会承担。

你有权利放弃这种承担，但没有权利指责责任——这种自愿和慨然担当的社会道义。为了强调这种文化责任，我更愿称之为文化良心。

我们这个自诩为文化大国的国家，多么迫切地需要多一些虔诚又火热的文化良心！

文化遗产日的意义

——在国家图书馆为
"国务院省部级干部文化学习班"所做的讲演

很荣幸能和诸位部长谈谈我国文化遗产面临的问题。这是在我国首个文化遗产日里必须要面对的话题，也是关切当代中国社会不能绕开的带着压力的话题。我先从设立遗产日的背景说起：

一、人类的遗产观是怎样形成的?

遗产是个古老的词汇。它的原始概念是先辈留下的财产。在这种传统的遗产观中，遗产只是一种私有的物质财富。

进入十九世纪中期以来，遗产的内涵悄悄发生了变化。

开始有人把祖先留下的具有重要历史文化价值的公共财物视做遗产。这是另一层意义上的遗产，就是文化遗产。它是一种公共的、精神性质的财富。需要人们共同热爱，世代传承。

这种崭新的遗产观的产生，缘于整个人类文明的转型。

人类的文明由远古到今天，一共经过两次"转型"。一次是由渔猎文明转为农耕文明。在中国，差不多是在七千年前的河姆渡文化时期。在那时人类不可能懂得遗产的保护，所以渔猎文明荡然无存。再一次就是近一个世纪——农耕文明向现代工业文明的转化。

在文明转型期间，新旧事物的更迭非常无情。而且人们不是很快就能看到正在逝去的事物内在的文化价值与精神价值。遗产的消亡正是在这种"物换星移"的时候。因此说，谁提早认识到遗产的价值，谁就能将珍贵的遗产留住。迷人而沉甸甸的巴黎和罗马就是靠着一种前瞻性的眼光才得以保存下来的。

最先和最鲜明地表达出这种新的遗产观的是法国作家雨果。他在那篇著名的《向文物的破坏者宣战》中，用激愤的语言斥责当时大肆破坏法国城市历史的人，昂首挺胸地捍卫着法兰西的历史文明。文中有这样一段话——他说要"为名胜古迹制定一项法律。为艺术立法，为法兰西的民族性立法，为怀念立法，为大教堂立法，为人类智慧最伟大的作品立法，为我们父辈集体的成果立法，为被毁坏后无法弥补的事物立法，为一个国家前途之外最神圣的东西立法……"

这段话写于 1832 年。法国正处于工业化发端之际。他的文化敏感和文化责任，令我们惊讶，也令我们钦佩和感动。这篇在人类文明进程中具有先觉性和超前性的文章，竟然把新的遗产观说得如此明明白白。

历史地看，新的遗产观最初总是被一些有识之士顽强地表达着。由于这些人不屈不挠的努力，逐渐得到广泛的认同，然后形成了遗产保护的法律法规。法国的第一部《历史建筑法案》就是作家梅里美努力促成的。到了二十世纪初，英国、意大利、法国、日本、韩国等国陆续有了一些范畴不同的遗产保护法。

到了二十世纪七十年代，随着全球现代化的加剧，文化遗产在世界各地普遍受到惨重的摧毁。这促使新的遗产观被广泛地接受。法国历史学家皮埃尔·诺拉在《法国对遗产的认识过程》中说："在过去 20 年（他指二十世纪后半期），遗产的概念已经扩大，发生了变化。旧的概念把遗产认定为父母传给子女的财物，新近的概念被认为是社会的整体继承物。" 1972 年联合国教科文组织颁布了

《世界遗产公约》和《各国保护文化与自然遗产建议案》。这表明人类的遗产观已形成共识，共同而自觉的遗产保护就开始了。

然而，对事物认识的过程总是一步步的。1972年联合国的《世界遗产公约》主要是对物质文化遗产的保护。这时，人类对文化遗产内涵的认识还不完整，只看到了遗产的物质性一半，还没有看到另一半非物质的文化遗产。

物质文化遗产是看得见、摸得着的，是静态的，是实体。比如文物器物、经典古籍、大文化遗址、重要的历史建筑等等。非物质文化遗产则广泛得多，但常常是看不见也摸不着的。这中间包括民俗、民间文学、民间艺术、民间技艺等等。

然而，由于非物质文化大多是老百姓创造的、共同认同的，它一直被认为是底层的文化而不被重视。但它是养育我们的一种生活文化，每个人都是在这共同的文化中成长起来的。因此它直接表达着各个民族的个性特征，还有各自的认同感、亲和力与凝聚力。比如中国人的民族性情，不表现在颐和园和故宫上，而是深邃而鲜明地体现在春节的民俗之中。故此说，非物质文化遗产最能体现各个民族的本质，也最能体现人类文化的多样性。

最早关注非物质文化遗产的是日本、韩国等国家。日本人在1950年确立的《文化财保护法》中首次提出"无形文化财"的概念，并以法律形式规定了它的范畴。韩国人也较早有了这种观念。他们早在1962年就颁布了《文化财保护法》，并于1967年把江陵端午祭列为韩国的"重要无形文化财"。由于他们不懈的努力，这种前卫的遗产观渐渐得到世界各国的认知和认可，终于在1997年联合国教科文组织制定了《人类口头和非物质文化遗产代表作评选法》。进而在六年后（2003年）通过了《保护非物质文化遗产国际公约》。至此，人类将另一半文化遗产拥入了自己的怀抱。

对于非物质文化遗产国际上有好几种叫法。如口头非物质文化遗产、无形文化遗产等等。我们过去习惯称做民间文化。现在为了与国际上的称谓相协调，便称做非物质文化遗产。将遗产内容由物质的、有形的、静态的，伸延到非物质的、无形的、精神的、生态的，显示了当今人类对自己的文明创造的认识进了一大步。只有进入了现代社会，才会把前一阶段文明视做遗产。因此说，当人类相约对非物质文化遗产倍加珍视与保护时，一个现代的完整的遗产观便形成了。

现代遗产观也是一种现代文明观。文明的对立面是野蛮。那么，与现代文明相对便是对遗产野蛮的破坏了。

如上所述，人类文化遗产观的最终形成并不遥远，就在最近这三十年。在这样的时间背景下，中国的文化遗产处于什么状况呢？

二、中国文化遗产的特殊困境

从 1972 年到 2003 年这三十年，中国社会经历着历史上最剧烈的变化。即从"文革"进入改革。我们的一切，包括遗产都在这剧烈的变化中不断地产生前所未有的问题，也都是一些巨大而全新的难题和挑战。

对于文化遗产来说，"文革"是历史上最大的一次破坏。因为它直接以文化遗产作为"革命对象"。"文革"对中华文化的损害，不只是对有形文物大规模的毁灭，更是在人们心里注入了对自己文化的蔑视与对立。由此带来的对中华文明传承造成的损害，今天已经看得非常清楚了。在"文革"后期，从批判红楼、水浒，到批判克己复礼，实际上国人心中的中华文化已是空架子。然而，正是在这个时候中国社会突然之间急转弯地进入了改革。

我们的改革开放不是社会线性发展的新阶段。我们是一下子闯进改革、闯入世界的，外来文化也一股脑儿地闯进我们的生活。

在这里需要说明的是，对外来文化的认识一直有个误区。有一种观点认为当代中华文化的困境是外来文化的冲击所致，甚至认为这些麻烦是对外开放带来的。这是一种误解。如果外来文化是负面的，那么"五四"时代、盛唐时期，外来文化也十分迅猛，为什么没有给中华文化带来麻烦？相反中国这条巨龙着着实实地饱餐了一顿外来的精神营养品，更加壮大了自己。从马克思的《资本论》到贝多芬、巴尔扎克、达·芬奇和牛顿，不都是"五四"那个时代舶来的吗？那时，知识分子站在中国文化的前沿从容地对外来文化进行选择，从中挑选经典。但这一次不行了。你学贯中西也没用。由于这次从外部世界一拥而入的是麦当劳、大片、畅销书、排行榜上的金曲、劲歌劲舞、超市、国际名牌、时尚，以及明星大腕满天飞。这些商品性的、快餐式的、粗鄙又新奇的流行文化一下子填满了"文革"后国人空荡荡的精神空间。应该说，当前文化矛盾的本质，不是中外文化的冲突，而是我们原有的文化和商业流行文化的冲突与矛盾。所以，在两会上我曾经做过一个发言，题目是"警惕当前文化的粗鄙化"。所谈的是如何认识商业文化的本质及其负面效应。

进一步说，在从计划经济突然转型为商品经济时，我们没有自己的现成的商品文化，所以一定会照搬国外。然而由于语言关系，英语世界的流行文化不会一下子登陆中国，那就要通过周边的、汉字圈的、已有成熟商品文化的地区（港台）与国家（韩日）"转口"而来。二十世纪八十年代曾经一度冒出过自己本土的流行文化的苗头，如西北风。但这只是一种自发而非自觉的文化现象，完全跟不上飞速发展的商品社会对商品文化的需求，那就只好四处伸手。于是，武侠是香港的，歌曲是台湾的，言情是韩国的，漫画是日本的。其结果是"外边的世界多精彩"，这更加深了人们对自己文化传统的漠视。同时商品经济的根本手段是刺激消费、刺激物欲。在物欲的社会中，必然轻视精神。尤其文化遗产是公共的精神性的事物，则必受到冷落。

新的一轮直接对文化遗产构成破坏的是高速的现代化和城市化。这些情况，大家都已经很清楚。现在可以说，中国的六百多座城市基本一样。残余的历史街区已经支离破碎，有的城市甚至连一点历史踪迹都没有留下。我们可以解释为对城市的改造缺乏文化准备；可以解释为老百姓迫切需要解决实际的生活问题；可以解释为在不可抗拒的政绩压力下不得已而为之。但是究竟在这个世界城市史上绝无仅有的全国性的"造城运动"中，已经将我们的大大小小的城市全部卷土重来一次，抹去历史记忆，彼此克隆，最终像蚂蚁一样彼此相像。同时，堆满了罗马花园、意大利广场、美国小镇、英国郡，大概我们还乐陶陶地以为自己真正实现了"改天换地"吧。是不是应当反问自己一句：我们为什么会这样糟踏自己的家园，自己的遗产与文明？

我们的后代将找不到城市的根脉，找不到自我的历史与文化的凭借。当他们知道这是我们的所作所为——是我们亲手把一个个沉甸甸、深厚的城市生命，变成亮闪闪的失忆者，一定会斥骂我们这一代人的无知。

三、问题·压力·办法

2004年年底，在对文化遗产考察进行总结时，我们认定非物质文化遗产比物质文化遗产濒危。一方面由于物质遗产是有形的和固定的，相对稳定；而非物质文化遗产是无形和动态的，容易被忽略，受到损害也不会立即看到。比如节日文化，直到人们几乎把传统的节日忘却了，才感到了危机。另一方面由于非物质文化遗产是以口传身授的方式传承的，没有文字记录，易于丧失，失去了便无迹可寻。

目前，非物质文化遗产中最濒危的是三方面：一、少数民族的文化遗产；二、文化传承人；三、古村落。

一、少数民族的文化遗产问题

我国有 55 个少数民族，他们遍布全国，经济多样，生存环境各异，社会历史发展阶段不一，其文化底蕴深厚，特征独具，相互迥异，夺目迷人。少数民族为灿烂多姿的中华文明的形成和发展作出不可磨灭的贡献。他们的文化是中华文明的重要组成部分，是人类文化宝库中的珍贵遗产，也是各个民族安身立命之本及其民族身份与独自精神之所在。

由于历史原因，少数民族地处偏远，经济和社会长期滞后，人民生活相对贫困。改革开放以来，始入崭新的发展时期。特别是随着国家扶贫力度的加大，西部大开发的推进，少数民族地区的经济、生活和社会正在发生空前的急速的翻天覆地的变化。这是人民企盼的，也是历史发展和社会进步之必然。但也要看到，在这巨大的变革中，少数民族的传统与文化正面临着濒危与消亡，值得我们特别关注和着意应对。

当前，在强大的经济一体化浪潮中，面对着来势迅猛的西方化、单一化、汉族化、消费化，处于弱势的少数民族文化无力应对，只有随着潮流改变自己。一些富起来的地区，少数民族传统民居已经被"小洋楼"取代，民族服装服饰及其工艺日渐式微。由于没有相关的保护法规，古董贩子乃至外国人在少数民族地区肆意廉价地搜寻宝贵的文化遗存。愈来愈多的年轻一代外出打工，远离自己的传统。比如少数民族聚居的贵州黔东南地区，大约三十万年轻人到江浙一带打工。他们的文化兴趣逐渐被流行文化"化"了。不少地方听唱史诗的，已经不是本民族的年轻人而是一批批的旅游者。学校教育很少有民族文化内容，青年人对自己的文化传统缺乏必要的知识，缺少必要的感情。杰出的民间文化的传人大多人老力衰，或相继去世，很多经典文化无人传承。如今，民族语言在不少村寨已不复使用。一些民族语言（如赫哲语、满语、塔塔尔语、畲语、达让语、阿侬语、仙岛语、苏龙语、普标语等），会使用的都不超千人。随着最后一个鄂伦春人的迁徙和定居农区。他们的狩猎文化至此终结。这些形成于成百上千年的民族文化板块正在松动和瓦解。

在今天这样一个高速发展的时代，如何抢救和保护少数民族文化是一个历史性的大课题，也是全世界都没有找到最佳方案的大挑战。就是美国对印第安人的保护，日本对阿依努族的保护也大有值得讨论的地方，也有许多难题。但是如果不加紧抢救、存录、保护，就是对历史的犯罪，一些民族就会渐渐的名存实亡。对此我的建议是：

1．加快我国非物质文化遗产的保护立法。立法保护的重点应是少数民族文化。国家应加大民族地区濒危文化抢救与保护的财政投入。

2．在民族文化保护上不能项目化，而应该体系化。项目保护是枝节保护，体系保护是整体保护。应建立国家的权威的中国少数民族文化数据库。以图片、文字、录音、录像多种技术手段，综合地存录民族的文化生态资料。各民族自治区域应制定文化抢救方案和保护体系。选择一些少数民族自治区域做经济、文化、社会协调发展的试点。取得经验，进而推广。逐步形成严格、严密与科学的中国少数民族文化保护体系和民族发展的科学模式。

3．对一个小民族的迁徙，一种重要民族文化形式的消失，乃至杰出民间文化传承人的故去，都要给予极大的关注，应做到事前有紧急抢救，即时开展抢救性记录、调查和整理。要以博物馆方式予以整体保存。

4．设立少数民族文化抢救基金。资助重要和重点地区的少数民族文化的抢救。募集资金要与唤起社会各界对少数民族文化的关爱紧紧联系在一起。

5．在全国各地学校教育中开设有关我国各少数民族的文化成就与重要特征的课程，增进民族间的学习与了解。在民族区域自治地区和少数民族较集中地区开展本民族或多民族文化知识的课程，培养民族情感，强化民族审美，提高少数民族传承自己文化的自觉。

6. 应组织高层次、多部门、多学科的关于少数民族地区文化和经济协调发展的研讨。研究与探索现代化进程中文化保护与经济发展、传统文化与现代文化和谐发展之路；研究民族民间的建筑、服饰、生活用具的设计与民间工艺的发展关系，以使民族文脉循序进展。

当前，我国少数民族文化受到冲击的趋势正在日益加大，濒危是全方位的，抢救和保护已是刻不容缓。但如何保护少数民族文化，尚没有通盘的考虑。一些所谓保护尚好的地区基本上都是被开发的"旅游点"。在现阶段，旅游是获得保护资金的重要来源。但需要强调的是，少数民族文化是他们的民族之本，而非只供观光的"特色文化"，不能最终转化为一种旅游资源。他们的文化是其民族的根本，失去文化便意味着民族的消失。因此说，少数民族的文化是濒危而急需抢救的。

二、民间文化传承人

由于非物质文化是靠口头传承的，一半的中华文化延续的生命线便是代代相传的传承人。如果传承人没有了，活态的文化便立即中断，剩下的只能是一种纯物质的"历史见证"了。比如年画，虽然它本身是物质性的，但年画的技艺与使用时的风俗是由一代代人口口相传的，非物质的。如果艺术没了，技艺消亡，不再制作也不再使用，剩下的就只有物质性的年画。它活态的生命便不复存在。

所以说，非物质文化遗产的保护主要是活态保护，物质文化遗产是静态保护。活态保护的关键是传承人。

在农耕社会里，我们缤纷而博大的民间文化，都是靠着口传心授、婆领媳做的方式，千丝万缕地传承下来。这些传人是灿烂的中华文化一个个具体的拥有者、体现者、活宝库。在当前的文明转型期中，随着家庭、居住、工作和生活兴趣的改变，这些传承的线索大量中断。这也是我们常常感到中华文化日渐稀薄的原因。比如，当电视机进入一个农民的家庭，人们便不再讲民间传说，而讲电视故事。在所有民间文化中，民间文学消失得最快，也最彻底，而且是无声的，一切都发生在不知不觉之间。

但传承人保护的困难是，首先我们对传承人的状况没有底数。这些民间传人——老艺人、手工匠、画师、乐师、舞者、歌手、故事家、民俗传人等等，分布全国，深藏山野，不见经传，没有任何记载。当他们人走他乡，或者辞世而去，便带走一份珍贵的传承久矣的文化遗产。现在我们已经开展中国民间文化杰出传承人的普查与认定，由于传承人消失速度太快，急需做的事情包括：

1. 建立国家的文化传承人名录。如同日本的"人间国宝"。进入名录者要经过专家严格的评议与审批。对列入名录者要建立档案。以文字、图片和音像方式存录其全部资料。

2. 传承人名录可采用我国文物法中"多级保护"的制度，除国家一级的杰出传承人，还要确定有省级、市级、县级的传承人。以全面和整体地保护非物质文化的生态。

3. 对传承人要制定具体的保护措施。国家和地方政府给予经济资助。重要的是保证后继有人，不让任何一项重要的遗产失去传承。

三、古村落

在数千年农耕时代，农村是最基本的社会单元。由于历史悠久、民族众多，自然条件和文化板块不同，形成了形态缤纷、风情各异的村落文化。所谓五里不同风，十里不同俗。广大农村至今保持着极其丰富的历史记忆和根脉，以及丰富的文化遗存。农村的文化既包括村落的规划、各类建筑、历史遗址，这属于物质文化遗产；也包括各类民俗、民族语言、生活民居、民间文学、美术、音乐、舞蹈、戏剧、曲艺、杂技、武术、医药和各种传统技艺等等，属于非物质文化遗产。可以说，古村落是物质和非物质文化遗产的综合体。我们的非物质文化遗产基本上在农村，文化的多样性也在农村，民族之根深深地扎在农村里。

民间文化的本质是和谐，追求和谐与构成和谐。它的终极目的从来就是人与自然的和谐（天人合一），还有人间的和谐（和为贵），因此它是我们建设和谐农村得天独厚的根基。由于各民族各地域的文化都是那一方水土独特的精神创造和审美创造，它又是人们乡土情感、亲和力和自豪感的凭借，以及永不过时的文化资源和文化资本。

鉴于二十世纪八九十年代，我国城市大规模现代化改造中，片面追求经济指标，对城市历史文化造成的破坏已不可挽回。这一次，在新农村建设起步之时，应以全面的科学的协调的发展观，将文化遗产的保护，率先列入新农村建设的总体规划之中。千万不要再出现城市改造的文化悲剧，把"新农村"变为"洋农村"。

我国现在有大约两千个县，一万九千个镇和三万多个乡，六十万个村庄。文化遗存的状况和特色保持的程度不一。不是所有村庄都是古村落。

古村落应具备如下条件（即古村落的标准）：

1. 有鲜明的地域个性；
2. 建筑格局保存得较为整体和系统；
3. 有较丰厚的物质和非物质的文化遗产。

应该说，古村落的保护是困难的。因为它不是文物，不是颐和园和故宫，而是依然活着的古老社区，如今它正在发生"质"的变化。愈来愈多的村落因农民外出打工而出现"空巢现象"。有的古村落经年历久，多已破败，重修无力；有的在匆匆忙忙开发旅游。在现阶段的旅游开发中，只有能够成为旅游卖点的局部"景点"，才得到一些维护。而江浙一带经济发达地区，不少古村落早已从地图上抹去。这样一种状况的古村落，在即刻推动的新农村建设中，会出现怎样的局面？特别是对于一些尚未确立现代文化遗产观和科学发展观的古村落决策者来说，会不会重演城市改造中的文化悲剧？一些建设部门不是已经急不可耐地为农民设计什么"北方型"和"南方型"的住房了？

古村落保护的另一个难点是怎样使生活其中的百姓，逐渐享受到现代生活的舒适与方便？在欧洲，这些事是老百姓自己的事，而一般百姓都有文化保护意识，政府没有太大压力。而在我国，农村的建设和文化保护首先是政府的事。一方面要改善百姓的居住条件，一方面要保护老房子，这就使得事情内在的冲突与难度全集中到决策者的身上。政府又不能回避，压力自然就大了。

那么古村落应该怎样保护呢？

这几年在各处考察中看到一些地方在古村落保护方面做了一些努力与尝试。大致可分为下边几种方式：

1. 分区式。如丽江的束河。采取分区方式，如同罗马古城在老区之外另辟新区。老区原汁原味，新区为新建的现代化社区。

2. 民居博物馆式。如晋中的王家大院、常家庄园。将有重要价值的古民居集中起来保护。

3. 生态式。如西塘和同里。把现代的声光化电的管网埋在地下，村落格局与民众生活保持原生态。西塘的口号是"活着的千年古镇"。

4. 景观式。如婺源。注重景观的历史个性。邀请建筑师设计几种房型，外观是此地传统的白墙黑瓦的徽派风格，内部的卫生间和厨房符合现代生活的功能需求。村民盖新房必须从这些房型中选择，不能随意乱盖，以保持历史文脉。

5. 景点式。如乌镇。基本上是按照旅游需要来维修和改造的。

上述这些方式各有特点，都有可取之处，也都有成功的地方。鉴于我国村落缤纷多样，原则应是一个村庄一个办法，不能一刀切，按照一种方式必然削足适履。上述的各种方式可以给古村落保护提供一些很好的思路，值得借鉴。

应该说明的是，现阶段这些古村落的保护，多数与旅游相关。故此，比较注重外观、景点、路线，比较偏重于物质遗产。前几天在韩国，我对一位联合国非物质文化遗产委员会的委员说："将文化遗产简单地划分为物质和非物质有不合理的一面，会带来新问题。比如古村落，都是非物质和物质文化遗产的总和，相互依存，不能切割开来。但是，现在中国的西递和宏村是按照物质文化遗产申遗的。如果只保护物质这部分，里边的非物质的成分渐渐没了，西递和宏村就会失去生命与灵魂，冷冰冰地变成了木乃伊。"她表示同意我的看法，并说联合国教科文组织正在研究这类问题。

对于古村落保护我的意见是：

1. 对农村文化的现状进行全面调查，以了解和把握全局。将具有文化特色和遗存的村落，进行分类，针对性地制定切实的保护方案，列入新农村建设的各级规划，使文化遗产保护和发展农村经济同步和谐调地进行，避免片面的开发带来人为的冲突和损失。

2. 国家应设置中国古村落名录，确定保护目标和办法。古村落保护是一种综合性和整体性保护。不宜单方面放入物质（文物）或非物质文化遗产中。其性质应是物质与非物质的"双遗产"。

3. 少数民族古村落文化保护是重中之重。在开发的过程中，会使少数民族文化大量瓦解和失散，故而一方面要尊重少数民族的文化选择，一方面在重要的少数民族聚居地，要像欧洲人那样建立乡村博物馆，以保存历史记忆，继承和传承民族文化。

4. 无论是农村的文化保护，还是旅游开发，都不能离开科学指导。应邀请人文领域的专家学者参与到各地农村建设中来，以准确地科学地把握保护与开发、继承和发展的关系，使新农村能真正成为新时代中国品格和主体的社会主义的新农村。

由于历史形成的惯性，每次大规模的社会变革，都容易一哄而起。当人们对什么是新农村的"新"还没有具体标准时，很容易把"破旧"视为"立新"，把当今城市形态当做现代形态，把"洋"的当做"新"的。我们的六百多个城市已经基本失去个性，如果广大农村也变得千篇一律，同时内在的个性化的精神文化传统涣散一空，我们的损失将永难补偿。新农村先进文化的建设也就无所凭借了。数千年的历史文化将从我们的脚下失去，厚重与丰富的文化大地便会变得瘠薄和单一。

文化与经济从来是一个整体，不可分割。况且在现代社会中，文化——包括文化遗产也是重要的生产力、产业与资本。我们要以科学的全面发展观来规划拥有几千年历史文化积淀的农村文明的未来。

四、积极的应对：文化遗产日

在上述的令人忧虑的背景下，文化遗产日的确立首先显示一种非同寻常的必要性和极强的现实意义。

近几年，社会上在对待文化遗产保护的观念上正在迅速觉醒，一方面是急速的现代化造成普遍的文化失落感，引起了人们对民族传统的精神回归；一方面是协调和整体的科学发展观的提出。科学发展观和全面的政绩观是一种先进和科学的思想。由此，文化遗产的保护、环境保护、对弱势群体的关怀自然地渐渐成为政府与社会各界的关注点。

文化部主导的中国民族民间文化保护工程，中宣部批准的中国民间文化抢救工程和中国民间文化杰出传承人的调查与认定项目，正在全国各地全面展开。中央文明办着手节日文化的建设工作已发挥作用。国家正在对文化家底进行彻底的整理，以利系统而有序地加以保护。于此，一方面是国家文物局对全国博物馆物质性藏品的普查与登记，一方面是确立国家非物质文化遗产名录。这些工作在我国都是首次。经过严格程序申报和专家科学鉴定而批准的国家非物质文化遗产名录，是推动历史文明进入现代文明的重大举动，同时使国人对自己的文化遗产真正心中有数。这项工作做得富有远见。

这种国家行为对地方政府是一种积极的导向与推动。一种"政府主导，社会参与"的文化遗产保护体系已经初见端倪。一些大学、科研单位相继成立了遗产保护的机构。一些学者着手于"遗产学"学科的建立。具有现代文明意义的、并被人类广泛认同的文化遗产观，正在我国形成。然而，对文化遗产的珍视与保护不能只是政府与专家学者的事，主要是民众的事。民众是文化创造者，是文化的主人。如果民众不珍视、不爱惜、不保护、不传承自己的文化，文化最终还是要中断与消亡。特别是和世界上一些遗产保护相当成熟的国家相比，我们的工作只是初步，刚刚入轨。我们尚无非物质文化遗产保护法，公众的文化遗产意识还比较淡薄。文化遗产的本身——如上所述，全面濒危。我们的文化遗产日正是在这样的思考层面上设立的。

最早设立文化遗产日的是法国（1984年），后来遍及欧洲（1985年后）。在面对全球化带来的文化同质化的浪潮中，文化遗产日大大提高了欧洲各国人民对各自文化的自豪与自觉。法国每年有1000多万人（人口的六分之一）主动参加这一盛大的文化活动。在这一天，欧洲各地大到城市，小到乡镇，人民以各种方式，设法把这一天过得五彩缤纷，有声有色。这种活动既有政府出面组织，也有各界自发举办，丰富多彩，效果极好。从而大大丰富人们的文化情怀，提高人们对各自文化的光荣感。

在文化遗产日方面，我们不是旁观者，也没有缺席。近年来，一些省（如河南省）市（如苏州市）以及大学生们（如中央美院倡办、几十所大学加入的"青年遗产日"）自发地举办了"文化遗产日"活动。今天由国家确定"文化遗产日"更为重要，它显示了当代中国对自己文明的认识高度，表现了一个民族文明的自觉。只有进入现代社会，才会把历史文明视为不可替代的珍贵的精神遗产。所以说，珍视和保护遗产本身就是先进文化中一个重要的内容。

今年 6 月 10 日是我国首个文化遗产日。遗产日不是纪念日，它是一种人为的主题日。要想使它落地生根，需要注意：

1.要强调它的精神意义。不要变成千篇一律、表面热热闹闹地展示当地政府政绩的文化节，要设法使公众成为这一天的主人。成为主动的参与者而不是被动的参加者。要使国家文化遗产日成为全民的文化遗产日，使国家举措转化为每一个公民自觉的文化行为。

2.遗产日是一个纯文化的主题日。所有活动都应是公益活动。应该由政府主导。一切文化遗产的场所都应免费开放。商家不能从中牟利，使遗产日变味儿，变成"黄金日"。

3.社会各界都应为文化遗产日出力作贡献。首先是文物和文化机构的工作要在遗产日中充分发挥作用，积极进行遗产内涵与保护意识的普及工作。教育界也要利用好这一天，培养下一代人的中华文化的情怀是文化遗产日不能忽略的。对传承人的关怀，为少数民族文化的保护做实事，都应该是文化遗产日的重要内容。

4.遗产日可学习欧洲方式。每年确定一个主题。主题要针对性强、立意新鲜、有吸引力和启发性。比如 2000 年法国遗产日的主题是"二十世纪的遗产"。在人们告别二十世纪的时候，即刻引导人们以遗产的视角回顾刚刚成为往事的一百年，将正在挥手告别的生活转为历史财富，并加以珍惜。这一主题，有助于人们树立现代的遗产观，又紧贴时代、紧贴生活、紧贴情感。

文化遗产日体现着当今一代中国人文明的自觉，也是一种自觉的文明。在这一天，我们做得好，一定会赢得世界的关注。

世界需要一个经济高度繁荣的中国，更需要一个社会全面进步与协调发展、比古文明更加文明的现代中国。一个尊重自己历史文明的国家必然赢得世界的敬重。

我们的文化虽然不是人类共有的，却是人类共享的。我们保护自己文明的同时，也在为人类保护一份巨大的、珍贵的、不可替代的财富。

序言

灵魂的巢

——《冯骥才的天津》序

　　对于一些作家，故乡只属于自己的童年。它是自己生命的巢，生命在那里诞生，一旦长大后羽毛丰满，它就远走高飞。但我却不然，我从来没有离开过自己的家乡。我太熟悉一次次从天南海北、甚至远涉重洋旅行归来而返回故土的那种感觉了。只要在高速路上看到"天津"的路牌，或者听到空中小姐说出它的名字，心中便充溢着一种踏实、一种温情、一种彻底的放松。

　　我喜欢在夜间回家，远远看到家中亮着灯的窗子，一点点愈来愈近。一次一位生活杂志的记者要我为"家庭"下一个定义。我马上想到这个亮灯的窗子，柔和的光从纱帘中透出，静谧而安详。我不禁说："家庭是世界上唯一可以不设防的地方。"

　　我的故乡给了我的一切。

　　父母、家庭、孩子、知己和人间不能忘怀的种种情谊。我的一切都是从这里开始。无论是咿咿呀呀地学话还是一部部十数万字或数十万字的作品的写作；无论是梦幻般的初恋还是步入茫茫如大海的社会。当然，它也给我人生的另一面，那便是挫折、穷困、冷遇与折磨，以及意外的灾难，比如抄家和大地震，都像利斧一样，至今在我心底留下了永难平复的伤痕。我在这个城市里搬过至少十次家。有时真的像老鼠那样被人一边喊打一边轰赶。我还有过一次非常短暂的神经错乱，但若有神助一般被不可思议地纠正回来。在很多年的生活中，我都把多一角钱肉馅的晚饭当做美餐，把那些帮我说几句好话的人认作贵人。然而，就是在这样的困境中，我触到了人生的真谛，从中掂出种种情义的分量，也看透了某些脸后边的另一张脸。我们总说生活不会亏待人。那是说当生活把无边的严寒铺盖在你身上时，一定还会给你一根火柴。就看你识不识货，是否能够把它擦着，烘暖和照亮自己的心。

写到这里，很担心我把命运和生活强加给自己的那些不幸，错怪是故乡给我的。我明白，在那个灾难没有死角的时代，即使我生活在任何城市，都同样会经受这一切。因为我相信阿·托尔斯泰那句话，在我们拿起笔之前，一定要在火里烧三次，血水里泡三次，碱水里煮三次。只有到了人间的底层才会懂得，唯生活解释的概念才是最可信的。

然而，不管生活是怎样的滋味，当它消逝之后，全部都悄无声息地留在这城市中了。因为我的许多温情的故事是裹在海河的风里的。我挨批挨斗就在五大道上。一处街角，一个桥头，一株弯曲的老树，都会唤醒我的记忆，使我陡然"看见"昨日的影像，它常常叫我骄傲地感觉到自己拥有那么丰富又深厚的人生。而我的人生全装在这个巨大的城市里。

更何况，这城市的数百万人，还有我们无数的先辈的人，也都把他们人生故事书写在这座城市中了。一座城市怎么会有如此博大的承载与记忆？别忘了——城市还有它自身非凡的经历与遭遇呢！

最使我痴迷的还是它的性格。这性格一半外化在它的形态上，一半潜在它地域的气质里。这后一半好像不容易看见，它深刻地存在于此地人的共性中。城市的个性是当地的人一代代无意中塑造出来的。可是，城市的性格一旦形成，就会反过来同化这个城市的每一个人。我身上有哪些东西来自这个城市的文化，孰好孰坏？优根劣根？我说不好。我却感到我和这个城市的人们浑然一体，我和他们气息相投，相互心领神会，有时甚至不需要语言交流。我相信，对于自己的家乡就像对你真爱的人，一定不只是爱它的优点。或者说，当你连它的缺点都觉得可爱时——它才是你真爱的人，才是你的故乡。

一次，在法国，我和妻子南下去到马赛。中国驻马赛的领事对我说，这儿有位姓屈的先生，是天津人，听说我来了，非要开车带我到处跑一跑。待与屈先生一见，情不自禁说出两三句天津话，顿时一股子唯津门才有的热烈与义气劲儿扑入心头。屈先生一踩油门，便从普罗旺斯一直跑到西班牙的巴塞罗那。一路上，说得尽是家乡的新闻与旧闻，奇人趣事，直说得浑身热辣辣，通体舒畅，上千公里的漫长的路竟全然不觉。到底是什么东西使我们如此亲热与忘情？

家乡把它怀抱里的每个人都养育成自己的儿子。它哺育我的不仅是海河蔚蓝色的水和亮晶晶的小站稻米，更是它斑斓又独异的文化。它把我们改造为同一的文化血型，它精神的因子已经注入我的血液中。这也是我特别在乎它的历史遗存、城市形态乃至每一座具有纪念意义的建筑的缘故。我把它们看做是它精神与性格之所在，而决不仅仅是使用价值。

我知道，人的命运一半在自己手里，一半还得听天由命。今后我是否还一直生活在这里尚不得知。但我无论到哪里，我都是天津人。不仅因为天津是我的出生地——它决不只是我生命的巢，而且是灵魂的巢。

关于敦煌的写作

　　世界上有两种写作，一种是你要为它付出，为它呕心沥血，为它抽空了自己；另一种你却从写作中得到收获，你愈写愈充实，甚至会感到自己一时的博大与沉甸甸。这后一种感受分外强烈地体现在我关于敦煌的写作中。

　　二十世纪九十年代中期，应中央电视台之邀，写一部有关敦煌的史诗性巨片的文学本《人类的敦煌》。大约整整一年，我一边深入茫茫的戈壁大漠，一边钻进中古时代浩繁的卷帙中。我如入迷途般地身陷在这无边无际的历史文化的空间里，到处是高山峻岭，需要攀登；到处烟雾迷漫，需要破解。而每迈出一步都如同进入一片崭新的天地。渐渐的，我从中整理出五条线索，即中古史、西北少数民族史、丝绸之路史、佛教东渐史和敦煌石窟艺术史。我用这五条史脉编织成这部作品的经纬。于是，这一写作使我的思维所向披靡，"所向无空阔"，并认识到敦煌的人类意义与无上的价值。敦煌文化到底有多大多深，无人能答。反正那些把生命放在莫高窟里的一代代敦煌学者，倾尽终生，每个人最终不过仅仅完成了一小段路程而已。当然，这是一段黄金般的路程。

　　于是，在写作文本上，我选择了一种散文诗与警句相结合的写法。诗化的叙述便于抒发情感，警句可以提炼思想。电视片的文学本需要两个功能，一是启迪导演，二是具有解说词的性质。这种写法正好可以强化文学本所需要的两个功能。它还是一种升华，即思想与激情在艺术上的升华。这写法可以精辟地表述我的文化发现与文化思考，还有助于呈现迷人历史的气氛与艺术的精神。应该说，是我选择的写法使我在敦煌中恣意遨游——它使我情感澎湃、思维锐利、灵感闪烁、时有所悟，不断地把未知变为所获。因此我开头说，这是一种收获性的写作。

这部电视作品由于种种缘故，未能成为荧屏影像，但我这文本却在十年中再版三次。我的一些朋友和读者因为它没有成为电视作品而抱憾，我却不以为然。以我与影视打交道的经验，文学变为电视，很可能是对原作的破坏。文学是你想象的仙女，站在荧屏上可能会叫你大失所望。故此，在敦煌文艺出版社再版这一作品时，我反而庆幸她仍然只是一种文字上美妙的想象。

收录本集的《探访榆林窟》，是我为敦煌研究院所写的另一部电视文学本。文本方式与《人类的敦煌》全然一致。此作从未发表过。现在收录本书，除去风格完整之外，也使我心目中的姐妹窟——莫高窟和榆林窟，并立一处，相互映照，再加上年轻一代的敦煌学者吴健先生美轮美奂的摄影作品，文图互补，甚为完美。但愿读者也有同感。倘真的有此同感，我则十分欣然。且为序。

《抢救老街》 前记

　　这是一本没有先例的书。它记载着一群文化的志愿者抢救一条濒临灭绝的老街的全过程。或者说，它是对一桩文化抢救事件的由始至终的真实记录。它采用严格的纪实笔法，巨细无遗地记录了这一空前并充满激情的文化行为。我所说"没有先例"——不是说没有人用过这种笔法，而是不曾有过这样的文化行为。

　　我国有着灿烂而自觉之文化，但从无文化的自觉。于是，文化生于斯，亦毁于斯。自 1900 年敦煌藏经洞遗书遭劫，文化人始而觉醒，奋起抢救，致力保护。由是而今，历经百年，虽有一些文化的先觉者高呼遗产的保护，却仍不能引发国人之自珍。于是，近有"文革"劫难，继而开发狂潮，文化之命运一直处于岌岌之中。

　　此次，津门一些文化人，在估衣街遭受厄运之时，集合一起，进行抢救。不单振臂呼吁，更是付诸行动。所幸的是，这些行为一方面感动了各界与百姓，赢得广泛呼应；一方面得到政府的支持，最终使老街受到了全面保护。其间规划部门提出的与"建议性破坏"相对立的"保护性改造"的新概念，不仅已为此地人所共识，更为当今中国城市的改造和建设提供一个文化含金量颇高的创造性的范例。而估衣街的抢救行动可谓我国文化保护史上一件具有开创

408

性的事件。内中许多内涵，颇有启示意义。为传布示人，以醒天下，故将相关材料，整理成书。而对于当事者来说，亦是一种永久的纪念。是为记。

给谁拨打120?

——《民间文化拨打120·紧急抢救》序

　　人类的文明史由始至今，一共经历了两次文明的变迁。第一次是由渔猎文明转变为农耕文明，那是在远古时代，人们尚无文化的自觉，故而渔猎文明几乎没有留下什么遗存；第二是从农耕文明转变为现代的工业文明。这个转变正在我们生活中发生。于是，原有的在农耕文明架构中的一切文化都在迅速消失。消失与泯灭得最快的就是民间文化。因为民间文化本来就是自生自灭的。当我们还在讨论会上论证此中孰是孰非、何去何从，求得高深的理论见识时，我们先人创造的活生生的、灿烂的、不可再生的民间文化正在田野中和山洼里大批大批地死亡。死得无声无息，一如烟消云散。

　　人类文明的转换所向披靡。这因为，这种转换是历史的大势所趋，是一种进化。但是我们不能因此就抛却了农耕时代的文明创造，它们是数千年的历史阶段留下的巨大的财富。

　　但是人们并不都能看到这一点。

　　主要因为我们对"现代"这两个字抱以太多的激情与热切。

　　于是，往日的文化——实际上是整个农耕的文化正在速死，既是正常死亡，也是非正常死亡。只要我们到民间中去跑一跑，就会发现，一些曾经是民间文化花红草绿的沃土，如今已成寥寞的荒原。

这一年里，我没有写小说，一直在为启动"中国民间文化遗产"的抢救而奔波、呼吁、写文章，与各种相关的人交谈。我一直在为民间文化拨打 120——紧急呼救。可是有一次，我在一个会议上讲抢救民间文化的重要性和紧迫性时，我受到打击。记得当时我讲得激动难抑，热血沸腾。说实话，我更希望坐在主席台上的有关领导者能被我这些话感动。可是，我讲着讲着，扭头一看，却见两位领导者正在交头接耳地小声说话，根本没听我的话。他们脸上笑嘻嘻，似乎被什么秘密逗得十分快活。我的心一下子沉下来：我在给谁拨 120？向谁呼救？我是不是有点像"武训"了？

然而，我又想，我的责任是面对社会。只要整个社会具有文化良心，我们的文化才有希望。如今全社会的城市文化保护意识愈来愈强，不正是与知识界这些年全力的呼喊相关？这些想法鼓励了自己，使我没有消沉，并在此时成了我编这本集子的动力。

集子里的文章，绝大部分是近一年写的，发表在全国各地的报刊上。发表时只谈一个问题或一个侧面，整理成集便可以充分而立体地表达我对当代文化命运的看法。

最早建议我用集子的方式来完整地表述思想的是肖关鸿先生。他为我编辑了第一本随笔式的文化批评《手下留情》，交由上海学林出版社出版。近日关鸿调到文汇出版社主持工作，他敦促我继续做这件事。我知道，他这份心意，最终也是想唤起更多的人关注民间文化的存亡。我便将这本集子给了他。因为，一本书最好的产生过程，是经过一位知己者的手。

且为序。

《霓裳集》序

古来图赞淑女者多矣。或颂其节操贞烈，或褒其天资聪慧，品端貌美。若论画艺，唐之周昉张萱已臻极顶。由是而降，明清间仕女画步入鼎盛，蔚为一大画科，各类画谱画稿层出不穷，其中不乏佳作。

同昭昔日与吾同窗习画。吾工山水，同昭擅长花鸟人物。曾于三十年前见此古画稿数十帧，皆为散页，既无署名，也无款识，不知出处，却爱其人物姣好灵动，运笔娟秀清劲，遂用心摹之，颇得神髓。立笔竖毫，如锥划沙；驰腕运锋，似风拂水。虽是摹古，亦白描人物之精品。然当年以画为业，未将此摹本视为珍罕。谁想经历"文革"及地震，原件已佚，此摹本竟是劫后仅存，堪为宝也。因之刊印若干，以赠友人，并纪念以往，回味昔时苦乐参半之丹青生涯也。

为彰显画意，绽露内蕴，专予每幅画稿配以历代诗词名句。如此文图相映，足以表达对往日心血的爱惜。出版在即，撰此短章，是为记焉。

丙戌秋深冯骥才谨识于沽上照夜轩

范曾 《十翼童心》 序

阳春一日，范曾托人送来一包打印好的画稿，附信一纸，嘱我为他这些即将付梓的新作写篇短序。

在明澈的春光里，随手掀动画页，眸子灿然一亮，图画岂能令我耀目？它们皆是些斗方扇面，信笔勾画，不着颜色，甚至只用一支笔，一色墨，画罢便题。随手更随心，浪漫且自由。看似小品，实为精品。大文人的性灵之作，都是这样不经意地流露出来的。吴门文沈，清初四僧，扬州八怪，莫不如是。

然而，这些新作中的性灵，又因何这般别样的清醇和透亮？此时我注意到他自题的画名：十翼童心。童心二字，对于我辈已构成内心深处的触动。它是一种生命的怀旧，还是心性的回归？

这使我想起，当年范曾卖画捐建南开大学东方艺术系大楼时的种种情景。那时他心高气盛，血气偾张，故而才有一时期笔下的人物全都桀骜不驯，仰面朝天，仿佛画幅太小，急欲脱纸而出，独立于天地之间。

一个真正优秀的画家是能从画中看到他本人的。他就站在他的画的后边。因之，范曾的新作是对他当今的自己最好的解读。他已经离开昔时巨浪翻涌的中流，尽享长江大河的下游那种特有的平和与宁静了。

今日的范曾，绘画的语言少做刻画，多为抒写；结构不谋严谨，但求疏朗；形象摒弃一切雕饰，崇尚简约与神足。他那种唯范氏独有的线条，不再着意于跌宕遒劲、力透纸背，而是任其如行云流水般地飘逸与放达。由这不多的小品，可以看到范曾已步入一个新的境界：返璞归真，信手由性，一任自然。我喜欢当年的范曾，更喜欢今日的范曾。这是艺术的范曾，更是人生的范曾。因为，艺术就像人生一样，最终要找到的，其实就是生命的本真，亦即童心是也。

　　范曾读到此处，不知以为然否？

　　　　　　　　　丁亥三月写于海棠繁盛之问湖轩前

永恒的震撼

　　这是一部非常的画集。在它出版之前，除去画家的几位至爱亲朋，极少有人见过这些画作。但它一经问世，我深信无论何人，只要瞧上一眼，都会即刻被这浩荡的才情、酷烈的气息，以及水墨的狂涛激浪卷入其中！

　　更为非常的是，不管现在这些画作怎样震撼世人，画家本人却不会得知——不久前，这位才华横溢并尚且年轻的画家李伯安，在他寂寞终生的艺术之道上走到尽头，了无声息地离开了人间。

　　他是累死在画前的！但去世后，亦无消息，因为他太无名气。在当今这个信息时代，竟然给一位天才留下如此巨大的空白，这是对自诩为神通广大的媒体的一种讽刺，还是表明媒体的无能与浅薄？

　　我却亲眼看到他在世时的冷落与寂寥——

　　1995 年我因参加一项文学活动而奔赴中州。最初几天，我被一种错觉搞得很是迷惘，总觉得这块历史中心早已迁徙而去的土地，文化气息异常荒芜与沉滞。因而，当画家乙丙说要给我介绍一位"非凡的人物"时，我并不以为然。

　　初见李伯安，他可完全不像那种矮壮敦实的河南人。他拿着一叠放大的画作照片站在那里：清瘦，白皙，谦和，平静，绝没有京城一带年轻艺术家那么咄咄逼人和看上去莫测高深。可是他一打开画作，忽如一阵电闪雷鸣，夹风卷雨，带着巨大的轰响，瞬息间就把我整个身子和全部心灵占有了。我看画从来十分苛刻和挑剔，然而此刻却只有被征服、被震撼、被惊呆的感觉。这种感觉真是无法描述，更无法与眼前这位羸弱的书生般的画家李伯安连在一起。但我很清楚，我遇到一位罕世和绝代的画家！

这画作便是他当时正投入其中的巨制《走出巴颜喀拉》。他已经画了数年，他说他还要再画数年。单是这种"十年磨一画"的方式，在当下这个急功近利的时代已是不可思议。他叫我想起了中世纪的清教徒，还有那位面壁十年的达摩。然而在挤满了名人的画坛上，李伯安还是个"无名之辈"。

我激动地对他说，等到你这幅画完成，我们帮你在中国美术馆办展览庆祝，让天下人见识见识你李伯安。至今我清楚地记得他脸上出现一种带着腼腆的感激之情——这感激叫我承受不起。应该接受感激的只有画家本人。何况我还丝毫无助于他。

自此我等了他三年。由乙丙那里我得知他画得很苦。然而艺术一如炼丹，我从这"苦"中感觉到那幅巨作肯定被锻造得日益精纯。同时，我也更牢记自己慨然做过的承诺——让天下人见识见识李伯安。我明白，报偿一位真正的艺术家的不是金山银山，而是更多的知音。

在这三年，一种莫解的感觉始终保存在我心中，便是李伯安曾给我的那种震撼，以及震撼之后一种畅美的感受。我很奇怪，到底是一种什么力量，竟震撼得如此持久？如此的磅礴、强烈、独异与神奇？

现在，打开这部画集，凝神面对着这幅以黄河文明为命题的百米巨作《走出巴颜喀拉》时，我们会发现，画面上没有描绘这大地洪流的自然风光，而是全景式展开了黄河两岸各民族壮阔而缤纷生活图景。人物画要比风景山水画更直接和更有力地体现精神实质。这便叫我们一下子触摸到中华民族在数千年时间长河中生生不息的那个精灵，一部浩瀚又多难的历史大书中那个奋斗不已的魂魄，还有，黄河流域无处不在的那种浓烈醉人的人文气息。纵观全幅作品，它似乎不去刻意于一个个生命个体，而是超时空地从整个中华民族升华出一种生命精神与生命美。于是这百米长卷就像万里黄河那样浩然展开。黄河文明的形象必然像黄河本身那样：它西发高原，东倾沧海，翻腾咆哮，汪洋恣肆，千曲百转，奔涌不回，或滥肆而狂放，或迂结而艰涩，或冲决而喷射，或漫泻而悠远……这一切一切充满了象征与意象，然而最终又还原到一个个黄河儿女具体又深入的刻画中。每一个人物都是这条母亲河的一个闪光的细节，都是对整体的强化与意蕴的深化，同时又是中国当代人物画廊中一个个崭新形象的诞生。

我们进一步注目画中水墨技术的运用，还会惊讶于画家非凡的写实才华。他把水墨皴擦与素描法则融为一体，把雕塑的量感和写意的挥洒混合其间。水墨因之变得充满可能性和魅力无穷。在他之前，谁能单凭水墨构成如此浩瀚无涯又厚重坚实的景象！中国画的前途——只在庸人之间才辩论不休，在天才的笔下却是一马平川，纵横捭阖，四望无垠。

当然，最强烈的震撼感受，还是置身在这百米巨作的面前。从历代画史到近世画坛，不曾见过如此的画作——它浩瀚又豪迈的整体感，它回荡其间的元气与雄风，它匪夷所思的构想，它满纸通透的灵性，以及对中华民族灵魂深刻的呈现。在这里——精神的博大，文明的久远，生活的斑斓，历史的峻嶒，这一切我们都能有血有肉、充沛有力的感受到。它既有放乎千里的横向气势，又有入地三尺的纵向深度。它本真、纯朴、神秘、庄重……尤其一种虔诚感——那种对皇天后土深切执著的情感——让我们的心灵得到净化，感到飞升。我想，正是当代人，背靠着几千年的历史变迁又经历了近几十年的社会动荡，对自己民族的本质才能有此透彻的领悟。然而，这样的连长篇史诗都难以放得下的庞大的内容，怎么会被一幅画全部呈现了出来？

现在我才找到伯安早逝的缘故。原来他把自己的精神血肉全部搬进这幅画中了！

人是灵魂的，也是物质的。对于人，物质是灵魂的一种载体。但是这物质的载体要渐渐消陨。那么灵魂的出路只有两条：要不随着物质躯壳的老化破废而魂飞魄散，要不另寻一个载体。艺术家是幸运的，因为艺术是灵魂一个最好的载体，当然这仅对那些真正的艺术家而言。当艺术家将自己的生命转化为一个崭新而独特的艺术生命后，艺术家的生命便得以长存。就像李伯安和他的《走出巴颜喀拉》。

然而，这生命的转化又谈何容易！此中，才华仅仅是一种必备的资质而已。它更需要艺术家心甘情愿撇下人间的享乐，苦其体肤和劳其筋骨，将血肉之躯一点点熔铸到作品中去，直把自己消耗得弹尽粮绝。在这充满享乐主义的时代，哪里还能见到这种视艺术为宗教的苦行僧？可是，艺术的环境虽然变了，艺术的本质却依然故我。拜金主义将无数有才气的艺术家泯灭，却丝毫没有使李伯安受到诱惑。于是，在本世纪即将终结之时，中国画诞生了一幅前所未有的巨作。在中国的人物画令人肃然起敬的高度上，站着一个巨人。

今天的人会更多认定他的艺术成就，而将来的人一定会更加看重他的历史功绩。因为只有后世之人，才能感受到这种深远而永恒的震撼。

我们的母亲六百岁

  ——为天津建城六百周年而作

  我们在城市的怀抱里出生长大。城市是我们的母亲。如今我们的母亲六百岁了。这意味着什么，我们要为她做些什么？

  六百岁是六个世纪啊。这是怎样久远和漫长的历史长度？如果拿人的生命来衡量，至少有二十五代人从生到死，代代相传，用不停歇的双手与无穷的智慧，才在海河两岸原本荒芜的大地上创造出的这个举世闻名的都城。天津不仅是当今八百万人的。它是二十五代人的，二十五代人是多少人？

  祖祖辈辈所创造的，不仅是它宏大的规模、雄厚的实力和广阔的影响，还有它非凡而独特的历史。对于任何城市，历史都是最具个性的无形遗产。这遗产的精华是包蕴其间的独自的历史精神。历史精神不在历史书上，而是活生生地表现在这"一方人"的集体性格中。

  城市的文化分为三个层面。表层的文化是可视的城市形态，包括建筑；中层的文化是种种特有的习俗、艺术和方言；深层的文化是这地域的集体性格。天津人的性格异常鲜明。它爽快炽烈、急公好义、人情浓厚、逞强好胜、机智幽默、大大咧咧、务实守矩，等等。表层而可视的文化似乎可以再造，深层而无形的文化却是历史的专利。一个城市一旦生养出这种深层的文化——形成了人的地域性格，这个城市便有了灵气，有了精神，有了真正的不变的魅力。

而三层文化融混一起，便是这座城市特有的气息。这气息如同直沽老酒，烁烁发光，醇厚醉人。

一代代天津人在这种浓郁的地域文化气息中朝朝夕夕，耳濡目染，熏陶其心，浸润其骨，连血液里都带着这种文化因子。这是城市母亲馈赠给我们的一种基因。

我们每个天津人身上都有这种文化基因。不管自觉还是不自觉。平时发现不到它神奇的效力，可是往往身在异乡异地，碰到老乡，开口一说天津话，一股乡情热烘烘涌上心头。乡情是一种在一个怀抱中养育出来的亲情。再往深处说，也包含着我们对乡土共同的与生俱来的爱。

十年前，我在日本东京的日中会馆举办画展，其间东京的一些文化人邀请我作演讲，题目是《关于天津的文学》。其中几位听众是东京"天津地域史研究会"的成员，他们还出版过一本分量很重的《天津史》。我演讲一停，他们的一位成员——一位女士便问我："你很爱天津吗？"我笑一笑说："你们也很爱天津。但我比你们更福气一些——天津也很爱我。"

我没同他们故弄玄虚。

城市就像母亲那样，不仅为我们遮风挡雨，供给我们衣食住行，还给我们天光水色、四季的风、迷人的城市景观，以及许多亲朋好友，难忘的往事和如画的人生片段。在城市网状的街巷中，每一个人都可以找到自己过往的路，个人弯弯曲曲的历史。在岁月蹉跎中，我们都遇到过挫折与不幸，我们的城市母亲决不会弃之不顾，因为你生活中的转机、曙光、幸运、贵人、福祉，以及种种珍贵的人间真情，也都是在这里获得的。而城市母亲全都有心地为我们记忆下来，一点一滴也不会漏掉。不信，就去生活过的老街老巷老屋里转一转，连自己也忘却的细节，她却会帮你记住，再现，复活。这便是城市母亲爱我们的方式。

爱是需要用心体会的。尤其是那种默默无言的爱。

只有感受到城市对我们的爱，我们才会加倍地去爱她。

当然，任何城市、任何地域的性格都有缺欠。但是，如果你连它的缺点也宽容了，那才是真正的爱。爱不是只爱它的优点，而是爱它的全部。因为有缺欠的事物才是真实的。

可是，我们对自己城市是不是所知极其有限？我们只知道自己有生以来短短几十年中的母亲，并不清楚她遥远的过去。她的诞生、童年、青年与成年。她的经历与遭遇，光荣与屈辱，幸运与危难。她是否曾经妩媚迷人？是否一度辉煌？或者饱受风雨的摧残而遍体鳞伤？甚至整个城池陷入过一片火海、一片地震后的瓦砾、一片漆黑一团的压抑中。我们不能无视她的历史。这历史也是我们生命的一部分。

于是在城市母亲六百岁的日子里，我们怀着庄重的情感面对她的全部历程。追寻她的过去也探询自己的由来，引她的光荣为我们的自豪，将她难忘的苦难转化为激励我们奋进的动力。弄清楚怎样去爱惜她的遗产，坚守她的气质，超越她的缺欠，将未来的灯接通在深厚的历史根脉上。而不是在全球化和一体化中迷失自我，让我们母亲清晰的形象消失在当今世界流行的千篇一律的靓丽又单一的面孔中。

我们的母亲六百岁。一个人一百岁已经很老，一个城市六百岁却能够依然年轻。因为我们一代代人可以通过努力不断地让她充满活力，永葆青春。应该说今天的天津处在一个空前的兴旺期。但历史的机遇从来都是与责任连在一起的。我们既是城市的享受者，也是城市自觉的创造者；爱和被爱是情感生活的两面，它们合在一起，才是一个美好的整体。于是我们找到了纪念母亲六百岁的最好方式：主动地去爱我们的城市，心中永远放着她，并为她而奉献。

中国人丑陋吗?

——柏杨《丑陋的中国人》序言

人与人确实会擦肩而过,比如我和柏杨先生。

1984 年聂华苓和安格尔主持的"爱荷华大学国际写作计划"对我发出邀请,据说与我一同赴美的是诗人徐迟。同时还从台湾邀请了柏杨先生。但我突然出了点意外,没有去成,因之与这二位作家失之交臂,并从此再没见过。人生常常是一次错过便永远错过。

转年聂华苓再发来邀请。令我惊讶的是,在我周游美国到各大学演讲之时,所碰到华人几乎言必称柏杨。其缘故是头一年他在爱荷华大学演讲的题目非常扎眼和刺耳:"丑陋的中国人。"一个演讲惹起的波澜居然过了一年也未消去,而且有褒有贬,激烈犹新,可以想见柏杨先生发表这个演讲时,是怎样的振聋发聩,一石撩起千层浪!其实作家就该在褒贬之间才有价值。我找来柏杨先生的讲稿一看,更为头一年的擦肩而过遗憾不已。其缘故,乃是当时我正在写《神鞭》和《三寸金莲》,思考的也是国民性问题。

国民性是文化学最深层的问题之一。国民性所指是国民共有的文化心理。一种文化在人们共同的心理中站住脚,就变得牢固且顽固了。心理往往是不自觉的,所以这也是一种"集体无意识"。对于作家来说,则是一种集体性格。由于作家的天性是批判的,这里所说的国民性自然是国民性的负面,即劣根性。鲁迅先生的重要成就是对中国人国民劣根性的揭示，柏杨先生在《丑陋的中国人》所激烈批评的也是中国人国民性的负面。应该说，他们的方式皆非学者的方式，不是严谨而逻辑的理性剖析，而是凭着作家的敏感与尖锐，随感式却一针见血地刺中国民性格中的痼疾。鲁迅与柏杨的不同的是，鲁迅用这种国民集体性格的元素塑造出中国小说人物画廊中前所未有的人物形象——阿Q，遂使这一人物具有深刻又独特的认识价值。当然，鲁迅先生也把这种国民性批判写在他许多杂文中。柏杨则认为杂文更可以像"匕首一样"直插问题的"心脏"——这也是他当年由小说创作转入杂文写作的缘故。故而柏杨没有将国民性写入小说，而是通过杂文的笔法单刀直入地一样样直接摆在世人面前。他在写这些文字时，没有遮拦，实话实说，痛快犀利，不加任何修饰，像把一张亮光光的镜子摆在我们面前，让我们把自己看得清清楚楚，哪儿脏哪儿丑，想想该怎么办。

被人指出丑陋之处的滋味并不好受。这使我想起从十九世纪下半期到二十世纪初西方人的"传教士文学"——也就是那时到中国传教的西方的教士所写的种种见闻与札记。传教士出于对异文化的好奇，热衷于对中国文化形态进行描述。在这之中，对中国人国民性的探索则是其中的热点。被传教士指出的中国人的劣根性是相当复杂的。其中有善意的批评，有文化误解，也有轻蔑和贬损。特别是后者，往往与西方殖民者傲慢的心态切切相关。由于人们对1840年鸦片战争以后那段被屈辱的历史记忆刻骨铭心，所以很少有人直面这些出自西方人笔下的批评。这种传教士文学倒是对西方人自己影响得太深太长，而且一成不变甚至带着成见地保持在他们的东方观中。这又是另一个需要思辨的话题。

然而我们对自我的批评为什么也不能接受呢？无论是对鲁迅先生还是柏杨先生对国民劣根的批评，都不能平心静气以待之。是他们所言荒谬，还是揭疤揭得太狠？不狠不痛，焉能触动。其实任何国家和地域的集体性格中都有劣根。指出劣根，并不等于否定优根，否定一个民族。应该说，揭示劣根，剪除劣根，正是要保存自己民族特有的优良的根性。

还有一个问题值得思考。就是我们对国民的劣根性的反省始自"五四"以来。一方面由于国门打开，中西接触，两种文化不同，便有了比较。比较是方方面面的，自然包括着深层的国民的集体性格。另一方面，由于在中西的碰撞中，中国一直处于弱势。有责任感的知识分子面对这种软弱与无奈，苦苦寻求解脱，一定会反观自己，追究自己之所以不强的深层缘故。这便从社会观察到文化观察，从体制与观念到国民性，然而从文化视角观察与解析国民性需要非凡的眼光，用批评精神将国民性格的痼疾揭示出来需要勇气。所以我一直钦佩柏杨先生的这种批评精神与勇气。尤其是这个充满自责和自警的题目——丑陋的中国人——多容易被误解呀！但是只要我们在这些激烈的自责中能够体会一位作家对民族的爱意，其所言之"丑陋"便会开始悄悄地转化。

如今，中国社会正以惊人的速度走向繁荣。繁荣带来的自信使我们难免内心膨胀。似乎我们不再需要自省什么"丑陋不丑陋"了。然而一个真正文明的民族，总要不断自我批评和自我完善，不管是穷是富。贫富不是文明的标准。我们希望明天的中国能够无愧地成为未来人类文明的脊梁。那就不要忘记去不断清洗历史留下的那些惰性，不时站在自省的镜子里检点自己，宽容和直面一切批评，并从中清醒地建立起真正而坚实的自信来。

也许为此，柏杨先生这本令人深省的书重新又放在我们的案头。

为大地上的一段历史送终

——关于李楠的摄影作品《中国最后一代小脚女人》

在十二亿中国人举足跨越二十一世纪的门槛之时，谁也不会留意，这中间到底还有几双那种畸形和怪异的小脚。缠足的历史发端于五代，迄今将近千年；放足的历史始自清末，至今亦已百年。应该说，在二十一世纪中期妇女解放的运动中，那种自残性质的裹足习俗就彻底地废弃了。如今缠过足的妇女，都已年过七十。不管千百年来缠足习俗怎样残忍与蛮横，在今天的年轻一代看来，都已变得荒诞不经，甚至难以置信！曾经遍及天下的小脚，已然寥落无几，一如雨后残云，只待时代的风把它们干干净净地收拾而去。

毫无疑问，它们已是历史进程中的弃物，谁会再瞧它们一眼呢！

但一位青年摄影家李楠偏偏将摄影机的镜头对准了它，一按快门，把这些几乎被人们忘却的形象，赤裸裸摆在人们面前。然而，这不是出于好奇而猎奇，也不是寻奇作怪，以暴露"隐私"来惊动世人。可是对于当代人来说，猛然间看到李楠这些照片，却都会感到惊异和困惑。这到底是谁的主意，出于什么缘故，究竟用怎样的凶残的手段，才把女人的双脚伤残至此？这便自然进入一种文化反思。

这恐怕正是李楠想达到的效应。

由于我写过小说《三寸金莲》，曾经引来不少国家的影视人员找我问东问西，却都被我拒绝。我知道他们镜头的兴趣在哪里。对于三寸金莲这种悲剧性文化，或叫做病态文化，我拒绝甚至憎恶任何兴趣的角度，却执意于对它的研究与反思。文化研究是没有禁区的。仅仅情绪化地把它当做一种"国耻"，决不是对它历史的本质的认识。没有深刻的反省就没有诀别。当李楠决心用他的摄影机来担当起这并不轻松的使命时，便令我着实钦佩了。

摄影有其优势，便是客观和真实的记录。李楠非常明确自己的工作，即抓住行将消亡的最后一代小脚女人的生活，记录下这漫长而苦难的缠足史的最后几页。

我欣赏他采用的手法，没有造作，没有强化，更没有大惊小怪。他如同生活本身那样，不声不响地把这些被人遗忘的小脚女人们独有的生活景象摄入底片。那摇摇摆摆的步行，难堪的负重劳作，伶仃的伫立，还有片刻的歇息……一帧照片使我完全不曾料到她们这样行路——当这些小脚女人行走在沟边时，她们害怕身体不稳会掉进沟去，便两条腿叉开跨在沟上，左一脚右一脚蹬在沟的两边斜坡向前跳动。这个细节真是惊心动魄！她们就这样一代一代生活了一千年？它叫我看到了一千年间压在她们背上的那个病态文化狰狞暴虐的模样！不要以为轻易摆摆手，它就可以知趣地离去。虽说这段历史仿佛一辆大车已经轰然而过，但被它的车轮碾过的生命却依然挣扎着，发出无声而最后的哀叫。这叫声告诉我们什么？

只要细心，从照片上一张张皱纹密布的脸上，都读得出她们终生的艰辛。尤其是李楠追踪拍摄的一位百岁的缠足女人——名叫赵吉英——一生中的最后几年。从种种日常生活细节，直到她故去时直挺挺躺在床板上的凄凉景象。脚上穿着的一双精美的绣花小鞋，作为最终的饰物，也是她一生特有的句号。我还把它看做整个苦难缠足史冰冷的终结。而历史只有在它终结时，才能显现出这种警世意义和千古绝响！

不能叫这残酷而有罪的历史轻易地走掉。这便是李楠自动承担的使命。于是就在小脚即将逝去的一瞬，他以历史和文化的敏感，把它捕捉了。当我们再一次面对这些小脚时，真是浮想联翩，感慨不已。

不要以为中国几千年女子的历史都是缠足史。中国历史上的全盛的汉唐时代，女子并不缠足。单是大唐女子的放达，即使今天亦很难想象。可是那些骑着英俊的胡马招摇过市的女子，怎么到后来被囚徒一般幽禁在高宅深院"大门不出，二门不迈"？那些曾经和胡姬们一起跳着疾如旋风的胡旋舞和胡健舞的劲爽的双足，怎么到后来竟被缠裹成这种丑怪而无力的模样？或说这是为了约束女人的行动，或说是把这秘不示人的小脚改造成变相的性器官，供男人玩弄。其实这一切更深的本质，原都是封建制度的创造。封建制度依靠对人的扼制而维持。它表现在男性所主宰的社会中，便是对女人的专政。这专政的极致则把变态的性心理也参与进去。中国女人的缠足与封建社会的深化同步，也与中国社会的封闭同步。因此，缠足与封闭互为印证，愈演愈烈，高潮都是在明清时代。

反过来看，缠足的终结不正是中国近代文明的起步吗？这近代文明最深刻的表现就是人的解放。近代中国的人的解放是女人开始的，而女性的解放是从脚上开始的。由缠足到放足，从十九世纪末开始，跨越了整整一个世纪；但小脚的灭绝还要伸延到二十一世纪初。前后差不多需要一个半世纪。这也说明结束一个历史的艰难，尤其是封建社会的历史！且不说，当一个历史时代特有的形态结束后，它的观念与思想还想延绵多久。

从这些历史思考反观李楠这一主题的摄影作品，便更加清晰地看到其中非凡的历史文化价值。在这中间，当然包含着他的观察力、很好的美学素养与高超的拍摄技术，还有一种人道主义精神。在艺术中，人道精神常常转化为感人的力量。它不仅引起我们对上千年阴影重重的妇女命运的深切同情，同时会激发我们注目于那段正在烟消云散的历史，以无情的批判为它送终。

从这些作品中，还可以看到两种具有鲜明时代印记的画面。一种是小脚女人面对时代女性"天足"的无奈表情；一种是时髦的女青年站在小脚女人身边神气十足的样子。一个时代嘲弄一个时代，是一种进步，往往也是一种危险。因为一个荒谬的历史不仅需要嘲弄，更需要追究。出于这一理由，我们和李楠一同正视小脚是为了未来。

留下长江的人

很少有摄影家能够如此强烈地震撼我。为此，在他这
些惊世之作出版之际，我要为他写一些动心的话。

一

当我们选择了长江截流而从中获得巨大的生活之必需，是否想
到因此失去了这条波涛万里的大江，从此与养育了我们至少七千年
的母亲河挥手告别。我们失去的不只是它绝无仅有、风情万种的景
观，承载着无数的瑰奇而迷人传说的山山水水，永不复生的古迹，
以及它对我们母亲般亲切无间的关爱。我们正在把它七千年的历史
全部沉入一百多米的水底。我曾想过，如果美国人失去密西西比
河，俄国人失去伏尔加河，法国人失去塞纳河，他们会怎么样？是
的，我们将把大江无可比拟的动力转化为用之不竭的电力，我们再
不会恐惧恣肆的洪水带来的无边的灾难。可是我们同时失去了长
江！有时，我埋怨知识界的麻木不仁，没有反应。我们的历史精神
与文化精神究竟在哪里？我们的民族失掉如此博大与深刻的一笔遗
产——无论是自然遗产还是人文遗产，知识界缘何无动于衷？只有

国家出资的考古队和电视台出现在长江两岸，却没有任何个体的文化行为。我一直期待着有人对这条濒临灭绝的长江进行文化性质的抢救。包括历史学家、人文学者、民俗学家以及画家、作家、摄影家，等等。然而，当我第一次看到郑云峰先生拍摄的长江，我激动难捺。因为我实实在在触摸到在商品经济大潮中日渐稀少而弥足珍贵的历史责任与文化情怀。

二

郑云峰的行为是完全个人化的。

他自 1988 年就不断地只身远涉长江和黄河的源头，用镜头去探寻这两条华夏民族母亲河生命的始由。跋山涉水数十万公里，积累图片十数万帧。从那时，他的血肉之躯就融入了祖国山水的精魂。

十年后，随着长江大坝的加速耸起，三峡的湮灭日趋迫近，郑云峰决定和大坝工程抢时间，在关闸蓄水之前，将三峡的地理风貌、自然景象、人文形态、历史遗存，以及动迁移民的过程全方位地记录下来。这是一位年过半百的人所能完成的么？然而，历史使命都是心甘情愿承担的。于是他停止了个人的摄影，负债办起一家公司来积累资金。他用这些钱造了一条小木船放入长江，开始了摄影史上富于传奇色彩的"日饮长江水，夜宿峡江畔"的摄影生活。整整六年，无论风狂雨肆，酷暑严冬，他一年四季，朝朝暮暮，都生活与工作在长江。两岸的荒山野岭到处有他的足迹，许多船工村民与他结为好友。他日日肩背相机，翻山越岭，呼吸着山川的气息；夜夜身裹被单，睡在船中，耳听着江中浩荡而不绝的涛声。

也许他本人也不曾料到，这样的非物质和纯奉献的人生选择，最终得到的却是心灵的升华。

三

郑云峰与我大约是同龄人。但他个子不高，瘦健又轻爽，胳膊上的肌肉轮廓清楚。在三峡两岸随处都可以看到如此样子的人。他受到了长江的同化，已是长江之子。他面色黑红，牙齿皓白，这大概正是江上的风与江中之水的赐予。

同他对坐而谈，很快就能进入他的世界。他这些年在长江充满冒险经历的摄影生活，他的所见所闻，以及他的激情，他的忧虑，他的急迫，还有对长江那种无上的爱。他几乎不谈他的作品，只谈他的长江。一个热恋的人满口总是对方，独独没有自己。我被他深深地感动着。

为此，他爬上过三峡两岸上百座巍峨的峰顶。有些山峰甚至被他十多次踩在脚下。有时他要和山民吃住在一起，一起背篓上山；有时要同船工划船拉纤，一起穿越激流与险滩。他不仅寻找最富于表现力的视角，更是要体验什么是长江真正的灵魂。

在那些乱石峥嵘、荆棘遍布的大山里，他的衣服磨出洞来，双腿磕破流血。可是有一天，他忽然感受到那些绊倒他的石头或刺疼他的荆条是有灵性的，是沉默的大山与他的一种主动的交流，他忽然感觉长江的一切都变得有生命、有情感、有命运的了。

最使他刻骨铭心的是三峡两岸的纤夫古道。那些被纤绳磨出一条条十几公分凹槽的石头，那些绝壁上狭窄的纤夫的路，乃是长江最深刻的人文。他曾经在大雨中遇到一条纤夫古道，地处百米断崖，劈空而立，下临万丈深渊，恶浪翻滚。这古道只有肩宽，仅容双脚。千百年来，多少纤夫由于绷断纤绳，或者腿软足滑，落崖丧命？郑云峰要去亲身体验那些纤夫们的生命感受。尽管心惊肉跳，但他还是冒死地匍匐过去了。

还有哪一位摄影家、画家、作家和诗人这样做过？

也许你会问：为什么这样做？

他会用他说过的一句话回答你：长江是一部《圣经》。

一条凝结着一个民族命运与精神的江河，一定是庄严、神圣和深奥的。长江给予中国人的，绝不仅仅是饮用的水和一条贯穿诸省大动脉一般的通道，更重要的是它的百折不回的精神、浩阔的胸襟，以及对人们的磨砺。数千年来，人们与它在相搏中融合，在融合中相搏。它最终造就的不是中华民族豪迈与坚忍的性格么？

它又是一条流淌与回荡着民族精神的万里大江！郑云峰正是在这样的虔诚崇敬的境界中举起他的相机的。

四

为此，在整整六年对长江抢救性的拍摄中，他给我们的不是一般性的视觉记录，而是长江的精神、长江的魂魄、长江的气息，以及它深层的生命形象。

同时，这些出自于如此激情的摄影家手中的作品，每一帧都是情感化的。无论是对山花烂漫的三峡春色的赞美，对风狂雨骤的长江气势的讴歌；无论是对一块满是纤痕的巨石的刻画，还是对一片遍布暗礁的险滩的描述，都能使我们听到摄影家的惊叹、呼叫、欢笑与呜咽。如果不是他数年里在长江两岸的荒山野岭中来来回回地翻越，我们从哪里能获得如此绝伦的视角？特别是他站在那些峰巅之上全景的拍摄，会使我们出声地赞叹：这才是长江、三峡！

然而郑云峰会骄傲地告诉你，住在长江边上的人天天看到的都是这样的景色！

他已经是长江人的代言人了。唯有他才称得上长江的代言人！

自 2000 年 11 月长江便开始拦江蓄水。就此，传统意义的长江很快消失。无数历史人文和自然风景随即葬身水底，世代居住在两岸的百姓迁徙他乡。最重要的是，长江由"江"变为"湖"，由"动"变为"静"。不再有急流险滩，不再有惊涛拍岸，何处再能见到"大江东去"和"奔流到海不复回"那样的豪情？

一天，我在挥毫书写十年前一首诗《过三峡》。诗曰：

群山万道闸，

只准一舟行，

岸景疾如电，

转瞬过巴东。

一时我竟落下泪来。我联想到唐人的那些咏叹长江的诗篇都已成为匪夷所思的神话了！

然而，上苍竟在此时，赐给我们一位摄影家。他苦其体肤、劳其筋骨，以生命之躯去博取大江的真容。他以六年时间，倾尽家财，拍摄照片三万余帧，为我们留下了一个真切的、立体的、完整的三峡——还有三峡之魂！

艺术家不能改变历史，却能升华生活，补偿精神，记录时代，慰藉心灵。这一切，郑云峰全做到了。

我深信，将来的人们一定更能体会到郑云峰的意图。这便是这本图集真正的价值。因为，尽管长江三峡不复存在，却在这里获得了永生。

当代知识分子的文化良心录

——阮仪三《护城纪实》序

  如果你对现代化狂潮中正在毁灭的城市文化遗产感到忧虑、焦急和愤懑，却又无奈，那就请打开阮仪三教授这本书吧！你会在峥嵘的云隙里看到一道夺目的光明，或者感受到一阵浇开心头块垒的痛快的急雨。

  此刻，我在维也纳。我接受朋友的建议，刚刚跑一趟捷克回来。捷克令人欢欣鼓舞。布拉格的确如歌德所说是"欧洲最美丽的城市"之一。整个城市像一座人文图书馆和历史画册。走在那条著名的石块铺成的、年深日久、坑坑洼洼的皇帝路上，我忽然想到，在上世纪九十年代的巨变之后，从俄罗斯到东欧诸国都进入了经济开放与开发的时代，但是他们并没有急于改天换地，没有推倒老屋和铲去古街，没有吵着喊着"让城市亮起来"。相反，他们精心对待这些年久失修、几乎被忘却的历史遗存，一点点把它们从岁月的尘埃里整理出来。联想到前两年在柏林，我参观过一个专事修复原东德地区历史街区的组织，名字叫"小心翼翼地修改城市"，单是这名字就包含着一种对历史文化遗产的无上的虔敬。于是，从圣彼得堡到柏林、华沙、布拉格和卡洛维发利，都已经重新焕发了历史文化的光彩，并成为当今世界与巴黎、伦敦、威尼斯一样重要的文化名城……在从布拉格回到维也纳的路上，我暗自神伤，彷徨不已，因为我想到了我们的城市，我们的古城正在迅速地变为新城！我的心情糟糕至极。但到了居所，一包书稿在等候我——就是这部《护城纪实》。我捧着书稿竟一口气读到结尾。一下子，心中的郁闷被它扫荡一空。

过去，我只知道阮仪三教授是保护平遥的英雄，是拯救江南六镇的"恩人"。从本书中得以知之他二十年来为守住中华各地风情各异的古城古镇和山川胜迹，所进行的一连串非凡的"战斗"。并且知道，那么多历史遗存今日犹在，竟是他直接奋斗的结果；那么多历史遗存不幸消匿，也曾留下他竭力相争的痕迹。

在这本书中，阮仪三教授采用纯纪实的手法。他不从事文学，没有对每个事件的环境、人物、语言细致地描述。我们却能从中读出他的立场、性格、语气与心情，感受到他对民族文化遗产的挚爱与焦虑，他不妥协的精神，他奋争到底的作风，还有他的知识品格与人品，并为之感动！

我国真正现代意义的知识分子始于清末民初。自始，他们就表现出强烈的社会良心（一称社会责任感）。这社会良心自然包括着文化良心。1908年，一批史学界人士救火一般抢救敦煌藏经洞的遗书，便吹响了文化良心的号角。一百年来，他们为保卫优秀的中华文化倾尽全力，呕心沥血，而且薪火相传，直抵今日。从罗振玉、陈寅恪、马寅初、梁思成，到今天的阮仪三教授等人，他们一直信奉知识的真理性，坚守着知识的纯洁与贞操，并深信放弃知识就是抛弃良心。由于有这样的知识分子，衡量社会的是非才有一条客观的标准，文明传统才能延续不息，知识界才一直拥有一条骨气昂然的精神的脊梁。

而且，阮仪三教授不仅仅大声疾呼，更只身插入具体的矛盾中，以学识匡正谬误，以行动解决问题。我一向遵从"行动的知识分子"的概念。像他这样的知识分子就尤为可贵。

在当前城市文化保卫战中，实际上建筑界的知识分子一直站在最前沿。他们是城市规划和建筑设计的实施者，又是决策的参谋。城市的历史文化遗存也在他们的手中。故而，是趋炎附势而升官发财，还是坚持知识的良心，这是一个重要的选择。但选择是需要付出代价的。在本书中，他提到香港著名建筑师陈籍刚先生退出有害于福州历史街区"三坊七巷"的设计，很令人深思，给人以教益。故而，阮仪三在这本书中告诉给我们的远远超出这本书的本身了。

阮仪三教授是我国著名的建筑师和规划师。本书既是他专业之外的一部著作，更是他专业之内一部罕见的作品。在书中，他着力表述自己对当代重大文化问题的思考与立场，以及为这些思想付出的一切。因此说，这是一部具有时代性和思想性的大作品，是当代中国知识分子的一部良心录。在功名利禄迷乱人心的今天，这部作品必有振聋发聩、唤醒良知的力量。

此书付梓在即，阮仪三教授寄来书稿，嘱我撰文助兴。我出于对他学识与人品的钦佩，欣然承命，并有感而发。思为笔，情为墨，且为序。

沉默的脊梁

人身上最承重的是脊梁。但脊梁隐藏在后背里看不见。它终日坚韧地弯成弓状，默默地承受着背上沉重的压力。有时，在过重的负担下脊骨会发出咯吱一响。可是只要脊梁不断，便会把任何超负荷的重量扛住。从来没有一个人的脊梁是被压断的。

本图集的人物全是这样。它们是民族文化事业的脊梁。当全球化的飓风把我们的文化遗产吹得纷飞欲散之时，这些人毅然用身体顶上去。他们不在世人们关注的范围内，故而既没有迎面送上来的香喷喷的花束，也没有频频的雪亮的曝光。他们远离繁华闹市，身在荒野或大山之间，孤立无援，形影相吊，财力微薄，却倾尽个人之所有，十数年乃至数十年如一日，为民族抢救和守候住一份实实在在的璀璨的遗产。如果没有他们，明日的中华文化版图将会出现许多永无弥补的空白。

他们以舍我其谁的精神，把整个民族的文化使命放在自己背上。他们是用身体做围栏，保护着我们的精神家园。这种行为有如文化的清教徒。所以他们不求闻达，含辛茹苦，坚韧不拔，默默劳作。然而，今天我们把他们推到社会的台前，不只是为他们鸣冤叫屈，呼唤公平，而是张扬一种为思想而活着的活法，一种对文化的无上尊崇的感情，一种被浅薄的商业化打入冷宫的高贵的奉献精神与使命感。

　　本图集中这些当之无愧的文化守望者，有的与我早早相识，一直是我钦敬的朋友；也有的东西南北各在一方，心仪已久，却无缘相见。不管对他们知之或深或浅，这次仔细读了他们的事迹，仍为他们非凡的文化行为和卓然的业绩深深打动。由此深信在我国首次文化遗产日里，他们将以强大的感召力和人格魅力，呼唤出更多的文化良心与文化情怀。

　　由于民间文化守望者都是沉默的行动者，我们知之不多，挂一漏百，在所难免。故此，深望本图集将引起社会关注这真正的精神一族和文化一族，让整个社会都能感到脊梁在为我们负重和使劲，并促使各种力量汇集到民族精神的脊梁中来。

我们共同的日子

　　个人一年一度最重要的日子是生日，大家一年一度最重要的日子是节日。节日是大家共同的日子。

　　节日是一种纪念日，内涵却多种多样。有民族的、国家的、宗教的，比如国庆节、圣诞节等等。有某一类人如妇女、儿童、劳动者的，这便是妇女节、儿童节、母亲节、劳动节等等。也有与生产生活密切相关的，这类节日都很悠久，很早就有了一整套人们喜闻乐见、代代相传的节日习俗。这是一种传统的节日，比如，春节、中秋节、元宵节、端午节、清明节、重阳节等等。传统的节日为中华民族所共用和共享。

　　传统节日是在漫长的农耕时代形成的。农耕时代生产与生活、人与自然的关系十分密切。人们或为了感恩于大自然的恩赐，或为了庆祝辛苦的劳作换来的收获，或为了激发生命的活力，或为了加强人际的亲情，经过长期相互认同，最终约定俗成，渐渐把一年中某一天确定为节日，并创造了十分完整又严格的节俗，如仪式、庆典、规制、禁忌，乃至特定的游艺、装饰与食品，来把节日这天演化成一个独具内涵与氛围的迷人的日子。更重要的是，人们在每一个传统的节日里，还把共同的生活理想、人间愿望与审美追求融入节日的内涵与种种仪式中。因此，它是中华民族世间理想与生活愿望极致的表现。可以说我们的传统——精神文化传统，往往就是依靠这代代相传的一年一度的节日继承下来。

然而，自从二十世纪整个人类进入了由农耕文明向工业文明的过渡，农耕时代形成的文化传统开始瓦解。尤其是我国，在近百年由封闭走向开放的过程中，节日文化——特别是城市的节日文化受到现代文明与外来文化的冲击。当下人们已经鲜明地感受到传统节日渐行渐远，日趋淡薄，并为此产生忧虑。传统节日的淡化必然使其中蕴含的传统精神随之涣散。然而，人们并没有坐等传统的消失，主动和积极地与之应对。这充分显示了当代中国人在文化上的自觉。

近五年，随着中国民间文化遗产抢救工程的全面展开，国家非物质文化遗产名录申报工作一浪高过一浪的推行。2006 年国家将每年 6 月的第二个周六确定为"文化遗产日"；2007 年国务院又决定将春节假期前调一天，把除夕列为法定放假日，同时三个中华民族的重要节日——清明节、端午节和中秋节也法定放假。这一重大决定，表现了国家对公众的传统文化生活及其传承的重视与尊重，同时这也是保护节日文化遗产十分必要的措施。

节日不放假必然直接消解了节日文化，放假则是恢复节日传统的首要条件。但放假不等于远去的节日立即就会回到身边。节日与假日的不同是因为节日有特定的文化内容与文化形式。那么重温与恢复已经变得陌生的传统节日习俗则是必不可少的了。

千百年来，我们的祖先从生活的愿望出发，为每一个节日都创造出许许多多美丽又动人的习俗。这种愿望是理想主义的，所以节日习俗是理想的；愿望是情感化的，所以节日习俗也是情感化的；愿望是美好的，所以节日习俗是美的。人们用烟花炮竹，惊骇邪恶，迎接新年；把天上的明月化为手中甜甜的月饼，来象征人间的团圆；在严寒刚刚消退、万物复苏的早春，赶到野外去打扫墓地，告慰亡灵，表达心中的缅怀，同时戴花插柳，踏青春游，亲切地拥抱大地山川……这些诗意化的节日习俗，使我们一代代人的心灵获得了多么美好的安慰与宁静？

谁说传统的习俗全过时了？如果我们不曾知道这些习俗，就不妨去重温一下传统。重温不是模仿古人的形式，而是用心去体验传统的精神与情感。

当然，习俗是在不断变化的，但我们民族的传统精神是不变的。这传统就是对美好生活不懈的追求，对大自然的感恩与敬畏，对家庭团圆与世间和谐永恒的企望。

这便是我们节日的主题。我们为此而过节。

由此，我们便有了编写此书的初衷。在刻下恢复传统节日之际，将各个时代各个地域的传统节俗收集起来，供大家了解。有的久已废弃，且从中可以体味到古人的用心；有的至今还沿用，则使我们更明白它的意蕴与初衷；有的尚可采纳，不妨摹习，恢复传统，丰富节日。每节一册，以应时节；配图插画，为了直观。由于时间仓促，疏漏错误在所难免，敬希诸位明白人多多指正，以便不断修正和完善，使之成为一本普及传统节日文化工具性的小书。本书的目的，是为了大家过好我们的节日，保持民族优良的文化传统。为了今天，更为了明天。

中国的符号

　　这是一本认识中国的书。

　　认识一个国家的角度有很多，比如去读一本写得好的该国的历史书，或者走进这个国家历史文化的博物馆。本书所采取的却不是这些惯常的方式，而是使用符号学的概念与原理，从一个国家的符号来认识——中国。

一

　　对于一些巨大的事物，比如城市、国家和民族，符号本身是一种公认的结果。对于一个城市或国家，它是首先被想到的、被记忆最清楚的、也是最响亮和夺目的。符号不同于一般的记号。城市的符号是城市的标记和标志，国家的符号是国家最具特征的细节。最鲜明的符号被认做象征。这样的例子举不胜举。

　　然而，能成为国家符号的事物无所不包。其中，有举世闻名的文化遗址与历史建筑，有罕世绝伦的艺术珍品，有名贯千古的风流人物，有特立独行的民风民俗，也有得天独厚的山川奇观。它们从不同侧面显现着一个国家的精神，或情感、或智慧、或审美、或个性。反过来，它又是我们认识一个国家具体的凭借。应该强调，符号不是人为刻意制造的。它是历史积淀和选择出来的。它是一个民族的文化精华，是最深刻的内容最鲜明地外化。愈是博大和深厚的文明古国，它的符号就一定愈多、愈丰富和灿烂。符号的灿烂是文明的灿烂之使然。

二

在选编这部《符号中国》时，我们发现无论从哪类符号放眼看中国，都是一片崇山峻岭和奇花异卉。比如我们一想到泰山，那些举世皆知的名山与奇峰，如黄山、庐山、五台山、峨眉山、长白山和珠穆朗玛峰等等就会鱼贯而至；一想到敦煌，那些光照全球的中华瑰宝如云冈、龙门、乐山大佛、丝绸之路、周口店、兵马俑、清明上河图等等随即扑面而来；一想到那个献瑞呈祥的福字，那些带着华夏生活浓浓情味的春联、鞭炮、剪纸、财神、寿星、八仙、舞狮、龙舟、折扇、算盘、如意和文房四宝等等，便一下子五彩缤纷地把我们包裹其中。一样也不能拒绝。因为这些"符号"在我们的生活中一样都不能缺少。我忽然想起一位韩国文化学者曾对我说，世界一半的文化遗产在中国。

这由于我们的历史悠久而丰富，地域辽阔并多样，民族众多又各具特色。最重要的是，我们华夏先人太富于创造力和想象力，对生活倾注过多的情与意，才使我们拥有如此灿烂的文化、如此珍贵的经典、如此丰繁的符号。其实符号就是一种遗产、一种财富和无价宝。当然，这就给我们选择这些符号带来难度。其选择的目的和标准便是首要的了。

三

本文开宗明义就说这是一本"认识中国的书"。它是给谁认识中国的?

一是给外国人。从符号认识中国,可以一下子就看到中国的特征。符号是走进中国文化的入口。为此,我们要给外国朋友选准选精这个入口,不叫他们"迷路"。

二是给我们自己。通过对自己国家方方面面符号的了解,可以清晰地把握住自己国家的文化整体,看清自己的国家文化形象,以及我们这个东方文明古国的博大与灿烂。

故而在符号选择上,既要注重中华文化的丰富性,又要关照国家文化形象的整体性。既要总揽各类符号——本书分为自然、人文景观、艺术、人物、器物、民间艺术、民俗、民族八个方面,八个分册,又要选其精粹,避免芜杂与漫漶。一本编集国家符号的书,不是风景名胜大全、人物大典、文物图录、风物精要,而是确实能成为一个国家某一侧面的象征。当然,符号的类型不同,"体量"与差别很大,有的像长城与孔子,声名齐天;有的却不一定人人都听过见过。有两种符号是必须有的,一是世人皆知的,一是世人皆应知的。这样才能鲜明又充分地认识一个国家。

拿来那些世人皆知的符号容易,挑选另一些世人应知的符号却很难。但只有将后一类符号精选出来,本书才给人们提供一部完整地认识中国的凭借,本书才有真正的深入的普及价值和精当的认识价值。我们才敢说,我们为介绍中国提供了一个全新的文本。

为使本书达到上述初衷,故请北京大学文化研究所出面组织,邀集各方面专家各显所能,共成此书。由于从符号学入手来编写这样一本"认识中国的书"尚属首次，疏漏与失误之处自然难免，恳请读者多提意见，以使本书不断修正。编者深信，有广大读者的参与，本书最终可望成为一部有独特价值的中国读本。

图书在版编目（CIP）数据

珍珠鸟 / 冯冀才著 . —北京：作家出版社，2017.4
（2023．7 重印）
（共和国作家文库．典藏书系）
ISBN 978-7-5063-9477-2

Ⅰ．①珍⋯　　Ⅱ．①冯⋯　　Ⅲ．①散文集—中国—当代
Ⅳ．① I267

中国版本图书馆 CIP 数据核字（2017）第 091268 号

珍 珠 鸟

作　　　者：冯骥才
统　　　筹：张亚丽
责任编辑：秦　悦
装帧设计：丁奔亮
出版发行：作家出版社有限公司
社　　　址：北京农展馆南里 10 号　　　邮　　编：100125
电话传真：86-10-65067186（发行中心及邮购部）
　　　　　　86-10-65004079（总编室）
E-mail:zuojia @ zuojia.net.cn
http://www.zuojiachubanshe.com
印　　　刷：三河市北燕印装有限公司
成品尺寸：152×230
字　　　数：245 千
印　　　张：28.75
印　　　数：27201-32200
版　　　次：2017 年 7 月第 1 版
印　　　次：2023 年 7 月第 9 次印刷
ISBN 978-7-5063-9477-2
定　　　价：48.00 元